中国名著新读点100本名书

刘乐土◎编著

華夏出版社
HUAXIA PUBLISHING HOUSE

图书在版编目（CIP）数据

中国名著新读点——100本名书 / 刘乐土编著. －北京：华夏出版社，2012.1
（完美人生读书计划）
ISBN 978-7-5080-6620-2

Ⅰ.①中… Ⅱ.①刘… Ⅲ.①中国文学－文学欣赏－通俗读物 Ⅳ.①I206 － 49

中国版本图书馆CIP数据核字（2011）第200297号

中国名著新读点——100本名书

编　　著：刘乐土
策　　划：景　立　浩典图书
责任编辑：赵　楠　刘晓冰　李春燕
责任印制：刘　洋
装帧设计：浩　典 / 道 · 光
出版发行：华夏出版社
社　　址：北京市东直门外香河园北里4号
邮政编码：100028
经　　销：新华书店
印　　刷：三河市李旗庄少明印装厂
装　　订：三河市李旗庄少明印装厂
开　　本：720 × 1030　1/16开
印　　张：24
字　　数：424千字
版　　次：2012年1月北京第1版
印　　次：2012年1月北京第1次印刷
书　　号：ISBN 978-7-5080-6620-2
定　　价：30.00元

目录

CONTENTS

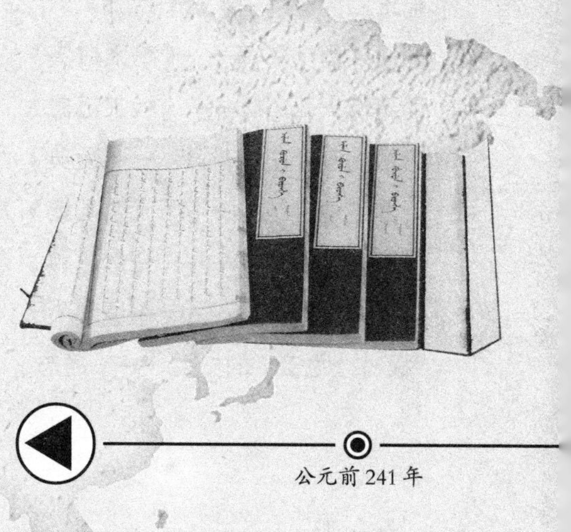

公元前 241 年

公元514年

公元1408年

公元 1792 年

公元1928年 公元1933年 公元1941年 公元1976年

P前言 REFACE

安静的阅读能带来头脑的充实、心境的平和以及性格的完美，但在现代社会匆忙的生活节奏中，你每天可以有多少时间去阅读？很少？甚至没有？让我们在匆忙的物质生活中抬起头来，去精神的世界里遨游一番。阅读能带来心灵的洗涤和精神的震撼，用知识装满头脑，你的人生才能够逐步完美。去安静地阅读吧！你获得的将不只是知识，还有受益匪浅的完美人生！

在悠悠的历史长河中，我们的先辈给我们留下了丰厚的文化遗产。在历史进程中，数以万计的灵魂人物涌现出来。他们是历史这辆火车的轨道铺路人，也是这辆火车的操纵者。可能这些在厚重的历史面前只能算沧海一粟，但我们却可以借助它们去了解历史，了解世界。卷帙浩繁，完美人生的阅读从何处开始呢？

《完美人生读书计划》丛书将人类历史中最具有代表性的名书、名人、名址、名文、建筑、学说、大事、战争一一分类收录，各自成册，方便读者阅读。本套丛书内容丰富，种类齐全，使读者可以全面而精简得当地了解完备的知识，进而完成完美人生的读书计划。

古往今来，无数前人深入社会、科学或文化领域进行探索，写下了一部部或推动社会前进、或打动人心的著作。也许面对满满的图书架，你无从下手。在这里，我们的100名书从高大的书山中为你开辟出一条攀登的小径，让你跟随历史的脚步来一览那些影响了整个时代的著作，透过它们了解人类的进步与发展历史。

类型	成书时间	推荐理由
哲学论著	春秋时期	《尚书》是我国最早的一部史书，也是世界著名的历史典籍之一。

帝王的必读书
——《尚书》

背景搜索

《尚书》原称《书经》，也可单称作《书》。它是我国最古老的一部历史文献，其中保存了若干殷周时代的历史文件和原始材料，属于“四书五经”中的“五经”。

古代“尚”与“上”通用，“书”原来就是史。上古时，史为记事之官，书为史官所记之史，由于这部书所记载的是上古的史事，所以叫做《尚书》。《尚书》也就是上古史的意思，“尚书者，上古帝王之书，或以为上所为，下所书，故谓之《尚书》”（王充《论衡·正说篇》）。

《尚书》的编定者孔子（前551—前479），被人们称为“万世师表”，与老子同是春秋末年著名的思想家，同时又是出色的教育家——首创私人办学，公开提出“有教无类”的口号，从而把教育的对象扩大了；并主张因材施教，重视发挥受教育者的主动精神。孔子年轻时做过几任小官；五十多岁时，由中都宰擢任司寇，参与国政；三个月后终因与当权者政见不合，离开鲁国，游历齐、魏、宋、陈、蔡、楚等国；晚年时返回鲁国，继续讲学。孔子一生的大部分时间是从事教育，他的弟子多达三千人，其中得意门生有包括颜回、曾参、冉求等在内的72人。

《尚书》是“五经”中学术价值最高的，但也是最为艰深难读的，这部古籍素以文辞古奥难懂著称。特别是从先秦到唐代，这部书的版本和内容经历了多次的变化，其中已掺入了不少伪造的篇章。诸多社会历史原因使之面目全非，越发难于整理。经过两千多年来不少学者的努力，虽然有了点头绪，但距离彻底弄清楚之日，似乎还很遥远。

内容精要

撇开伪古文不说，介绍一下全书最重要的部分——真古文三十三篇的内容精要。

《虞书》四篇记载的是我国上古唐、虞时代的历史传说，包括唐尧禅位给虞舜，虞舜和他的大臣禹、皋陶等人有关政治的谈话等情节，这四篇都以虞舜为中心，所以称为《虞书》。

《夏书》二篇中的《禹贡》记载了禹治水以后全国的地理面貌，另一篇《甘誓》记载禹的儿子启征讨诸侯有扈氏的誓师辞，都是夏朝初期的事情。据传说，夏朝延续了四百多年，这两篇所涉及的只是夏朝历史的点滴而已。

目前学术界大多数人认为，上述《虞书》和《夏书》六篇都不是虞代和夏朝当时的历史记录，而是战国时期，甚至晚至秦代的作品。其中只有《甘誓》一篇出现于战国前期学者墨子的著作中，文字和今本《尚书》中的大同小异。因此，这一篇的历史较早，至少在战国时期以前即已存在。《虞书》四篇中的个别词句也曾被春秋战国时期的人们引用过，但当时所见的篇文是否与今本相同，很有疑问。此外，从不同角度考察，这四篇似乎仍保存了不少有关尧舜时代的可靠传说，所以仍不失为研究我国上古历史的重要资料。《禹贡》一篇的内容，未见征引于前秦的任何著作，可能出现的时间最晚，但它是我国古代对地理面貌做出综述的第一部文献，学术价值极高，人们现在普遍把它作为战国晚期前后的地理文献来看待。

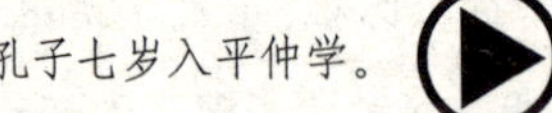

孔子七岁入平仲学。

《尚书》书影。

《商书》七篇，除第一篇《汤誓》记载商汤伐桀的事情以外，其余六篇都是商朝后半期的史料。其中《盘庚》三篇记载盘庚迁都于殷的时候告谕臣民的讲话；其余三篇都记载商朝末年的事，有两篇与商纣王有关，和《周书》中前一部分的内容是直接相关联的。这七篇中，只有《汤誓》被人们认为是后来追叙的历史传说，其余六篇都是比较直接的档案。

《周书》二十篇可以分为两部分。前一部分包括从《牧誓》到《立政》为止的十四篇，这十四篇内容最为丰富，是全部《尚书》的精华所在。它们集中地报道了周朝灭殷（即商朝）以及周人如何巩固对殷人的统治等情况，主要情节和内容以当时最重要的政治家周公旦为中心人物；后一部分包括《顾命》等六篇，其中《顾命》和《康王之诰》从性质和内容、文字来看，本是一篇，所以，也可以说是五篇。这五篇中，时代早的属于西周前期，时代晚的属于春秋中叶。前三篇是周朝中央王室的档案，后两篇则分属于鲁国和秦国。一般认为，《周书》二十篇大体上都是可靠的真实档案文献，其中只有《洪范》一篇记载箕子与武王的谈话，内容全系五行学说，似乎应是战国时期五行学说兴起以后的作品。但也有人认为五行学说起源很早，《洪范》即其渊源。总之，抛开这一篇不说，其余十九篇都是我们研究周代历史的重要原始资料。

全部内容综合起来，大致可分为三组：（一）关于尧、舜、禹、皋陶、启等人的远古历史传说；（二）关于周朝建国初年的重要文献，重点反映了周公旦的活动；（三）一些零

中国儒家创始人孔子像。

散孤立的档案，所属时代不同，各篇只涉及某一事件，和其他篇章没有直接的关联。

既然传说中《尚书》是孔子编订的，而孔子又是儒家学派的创始人，因此，《尚书》也充分体现了儒家思想的精髓。

儒家思想归纳起来，是以仁为核心，以礼为实行仁的手段，这就是“以仁为本，以礼为用”。它反对苛政滥刑，主张“为政以德”，在做人上，注重发扬“仁”的品德。

西汉董仲舒发出“独尊儒术，罢黜百家”的倡议，从此在中国开创了以儒家为正统学说的局面。因此，从西汉开始，已形成了学习儒家经典的热潮。以后的董仲舒、刘向、郑玄、韩愈、朱熹、王阳明等人，步孔子的后尘，更加发展了儒家学说，这个学说根深蒂固地植根于历代中国人民的思想中，成为我国人民的精神支柱。两千多年以来，儒家的思想始终影响着中国人民的思想。由于《尚书》在儒学上的重要地位，在当时的封建主流社会备受推崇，对中国历史产生了极其深远的影响。

此外，《尚书》中也反映出了儒家学派孕育中的民主思想。《尚书·五子之歌》里提出“民为邦本，本固邦宁”，也就是说，百姓是国家的根本，只有人民安定，国家才能安宁。

妙语佳句

· 民为邦本，本固邦宁。

· 我武唯扬，侵于之疆，则取于残，杀伐用张，于汤有光。

类型	成书时间	推荐理由
哲学论著	西周—战国时期	《周易》，是我国最古老、最有权威、最著名的一部经典，是中华民族智慧的结晶。

用密码破译自然
——《周易》

背景搜索

《周易》是以八卦构成的，每卦有卦辞，每爻有爻辞。卦辞与爻辞是经文，称为《易经》，后人对卦辞和爻辞进行说明、解释，甚至加以发挥的文字叫做传文，称为《易传》（又叫《十翼》，意思是《易传》十篇文字，是“经”的羽翼）。现存的《周易》10卷，由《易经》、《易传》两部分组成。

甲骨文是最早的成体系的中国字，但《周易》的卦象符号的出现远早于甲骨文，所以也可以将《周易》视为有据可考的“文化之源”。

易卦产生于何时？《易传》为何人所作？至今仍众说纷纭。据历代学者研究，大抵是战国、秦汉时期的儒家作品，并非出自一时一人之手。古今学者一般都认为八卦哲学为周人哲学是无可置疑的。但是，对于《周易》的写作时代，仍然有不同看法。有西周初年说，也有西周末年说，甚至有战国初年说。

关于《周易》的书名，“周”字有两种解释，一说“周”指的是代名，即周朝；另一种解释，“周”有周密、周遍、周流的涵义，也就是说它的理论的严密性和完整性。“易”

周文王姬昌像。

字有变易、简易、不易三层涵义，所谓变易，就是概括、穷尽了万物变化的规律；所谓简易，就是用最简明、最根本的道理来解释、驾驭变化万千的大千世界；所谓不易，就是揭示的规律具有最本质的特征，是永恒不变的真理。

内容精要

《周易》的内容十分丰富，上论天文，下讲地理，中谈人事，从自然科学到社会科学，从社会生产到社会生活，上自帝王将相的治国之道，下至平头百姓的处世做人等等，都有详细的论述，可以说是包罗万象，无所不有。

在原始社会，由于生产力的低下，人们对自然和社会现象的客观情况和规律性缺乏认识，因而产生宗教迷信。这正如恩格斯（1820—1895）所说的："宗教是在最原始的时代从人们关于自己本身的自然和周围的外部自然的错误的、最原始的观念中产生的。"（《费尔巴哈和德国古典哲学的终结》）当时人们是根据神灵的启示来判断吉凶的，而传达神灵启示的手段是占卜。

进入阶级社会之后，占卜逐渐成为一门专业，从事这门专业的人叫做"卜人"或"筮者"。这些装神弄鬼的卜人，把他们积累的经验编辑成书，以便翻检和传授。在夏朝时已有《连山》，在商朝时已有《归藏》，在周朝时已有《周易》。从这方面来说，《周易》是属于求神问卜的迷信书籍。

但是，《周易》这部书，它吸收了当时自然科学上的天文历算的成就以及在社会生活中经常接触的复杂现象，并对这些现象做出解释和说明。因此，《周易》不仅仅是一部宗教迷信书，而且包含着丰富的哲学思想，其内容涉及天文历算、地理、生物、伦理、道德、哲学、政治、历史等诸多方面。它还有许多有价值的方法论思想，如简单性原则、相似性原则、循环原则以及稳定与不稳定、无穷演化的思想等等。

在哲学上，《周易》把人们在自然中经常接触的天、地、雷、风、水、火、山、泽这八种物质，作为产生世界万物的根本。其中又以天、地为最根本，其他六种是天地产生的。所以说，《周易》是以八卦构成的。所谓八卦，即是象征构成物质世界的八种成分：天（乾）、地（坤）、雷（震）、风（巽）、水（坎）、火（离）、山（艮）、泽（兑）。其本源是所谓“一”，由“一”自身的变化而发展为“八”，天、地等八种东西相互矛盾、相互排斥而产生宇宙万物。这就是说，由“一变”生“二”，“二变”生“三”，“三变”成“八”，“八卦”发展为六十四卦，六十四卦又发展为三百八十四爻。

用物质性的东西来说明万物的生成，这是朴素的唯物主义观点。

《易传》和《系辞》认为，天地间一切事物都是变化的，“穷则变，变则通，通则久”。所谓“穷”，就是事物发展到顶点，“变”就是由顶点向反面变化，“通”就是变为反面之后又开始新的发展，“久”就是说明有这些变化过程之后才能长期存在下去。这是发展了《易经》里朴素的辩证法思想。

《周易》把“道”作为宇宙的本体，如履卦九二爻辞“履道坦坦，幽人贞吉”，随卦九四爻辞“有孚在，道以明，何咎”，这里所讲的“道”，就是作为宇宙本体的“道”。“十翼”对于《周易》所提出的作为宇宙本体的“道”，可以说是理解得很深刻，发挥得很透彻的，超越了《周易》作者的水平。《系辞》第五章：“一阴一阳之谓道。”第十一章：“易有太极，是生两仪。”

《周易》帛书，1973年出土于湖南长沙马王堆汉墓，现藏于湖南省博物馆。

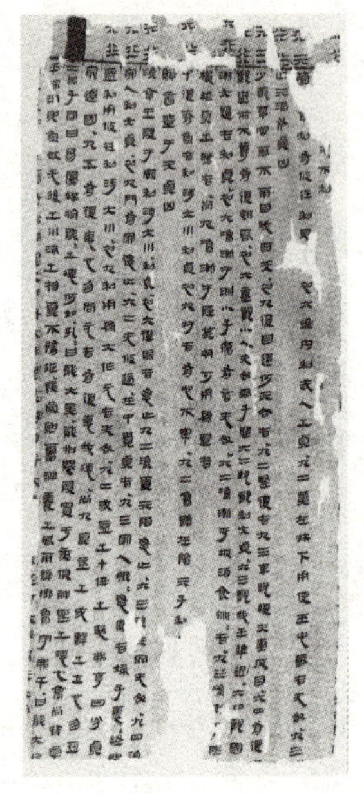

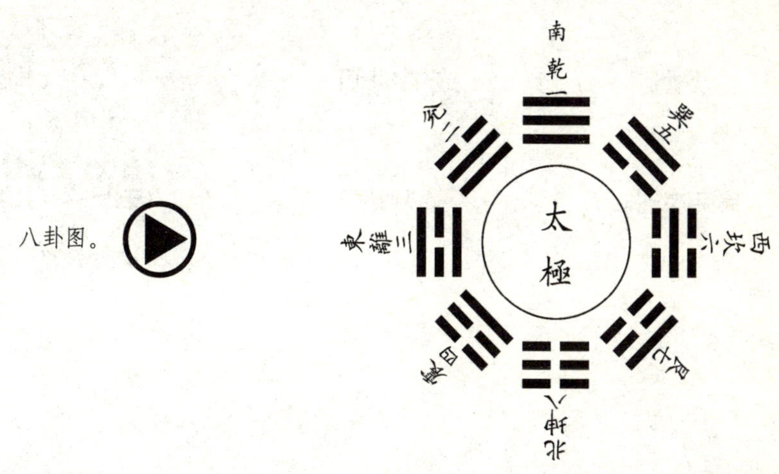

八卦图。

这是说，“道”可以产生出阴和阳来。第二章：“刚柔相推而生变化。”这是说，由阳和阴自己配合和相互配合，就进一步产生出以乾象征天，以坤象征地等八种物体来，从而人事的是非得失、吉凶祸福，也都相伴随而发生，相伴随而发展，以至于天地之间的一切无不具备。

《周易》提出了“道”，但没有展开对“道”的阐述，老子在《道德经》中加以阐明，并提出了自己的看法。什么是道？按《道德经》的说法，“道可道，非常道”，“道之为物，唯恍唯惚。惚兮恍兮，其中有象；恍兮惚兮，其中有物。窈兮冥兮，其中有精；其精甚真，其中有信。自古及今，其名不去”。用通俗的文字来表述“道”的含义，可以说，道是制约天地万物存在、发展、变化的，恒久稳定的，不可轻易改变的规定性。如果我们透过《周易》身上层层笼罩的“迷雾”，就可以发现，《周易》的确可以称为探索大道的著作。我们理解，凡是能称为“道”的东西，应具备如下特征：（一）不可改变的规定性；（二）恒久性；（三）广泛的适用性。在这三个特征中，“不可改变的规定性”与“恒久性”已被《周易》研究的历史所证明。

如果进行稍微深入一些的研究就会发现，《周易》与许多领域的联系并不是机械的、牵强的，而是圆通的、灵活的。不仅如此，《周易》还被奉为许多领域的指导思想，不但从哲学的高度，而且从实践的方法的基础层面，有力地指导了人们的各种实践。《周易》思想“广泛的适用性”是无法辩驳的。

妙语佳句

· 无平不陂，无往不复，观贞无咎。

· 立天之道曰阴与阳，立地之道曰柔与刚，立人之道曰仁与义。

类型	成书时间	推荐理由
编年体史书	春秋时期	《春秋》是我国最早的编年体史书。《左氏传》、《公羊传》和《谷梁传》，被称为“春秋三传”，我们读《春秋》时可对照参考。

宣扬王道的史书
——《春秋》

背景搜索

《春秋》是传统经典之一，是公元前722年至公元前481年间鲁国十二公统治年间的编年史。它用极精练的语言记载了鲁国的国内事件、外交会盟、封建战争、鲁国与邻国其他方面的联系，偶尔也记载日食、洪水、地震和自然奇观。《春秋》的语言风格极为精练，按年代顺序编排历史事实。它的书名通常被认为是一年四季的代喻，因此，是个编年史类史书的通用性术语。这一书名还是此书所涵盖的那一时代（前722—前481）得名的根源。

孟子第一个提出孔子为《春秋》的真正作者的观点。在这一点上他的意见在整个传统学术中被继承了下来，直到20世纪早期，没有人怀疑《春秋》的神圣地位，它是一部包含着有价值的历史信息的史书。

内容精要

现在，《春秋》通常通过归入三种主要的注的名下而为我们所知。这三种注是《公羊

汉刻《春秋》残卷。

传》、《谷梁传》、《左传》。

《公羊传》和《谷梁传》有一些相似之处，其中最重要的是它们的结构都采用教义问答形式；它们通过一问一答来阐释《春秋》的含义，说明孟子规范的史书的“褒贬”手法。根据这一理论，孔子编著《春秋》是为了对自己所处时代的暴力、法律徒具空文和腐败等现象做出评判。《公羊传》和《谷梁传》都从《春秋》中读出了政治、道德的教训，它们使得特定信息的省略或增加、特定词语的选择都被看成包含并表达着某种深刻的含义。如何休（129—182）所概括的那样（见《公羊传解诂》，隐公二年），传统观点是，《公羊传》源于孔子弟子子夏，此后一直口耳相传，至公羊氏才在汉景帝（公元前157—前141年在位）时笔录于竹简丝帛。然而，根据现代学术研究成果，早在战国末期，《公羊传》就已成书。这一文献在秦时被拆散，但在汉初又汇集成书。考虑到《谷梁传》大量转录《公羊传》或对《公羊传》进行增改，人们一般认为，《谷梁传》的成书时间较晚。在公元前51年石渠阁论经后，《谷梁传》也被官方认可。

《左传》与其他两种注多少有些不同，它涵盖的时间（前722—前463）比《春秋》长，它较注重所述及史事的历史背景，也因此提供了这一时代的有价值的附加信息，它显然还是三种注中篇幅最长的。

长期以来，一直相传《左传》是注《春秋》的，但刘逢禄（1776—1829）

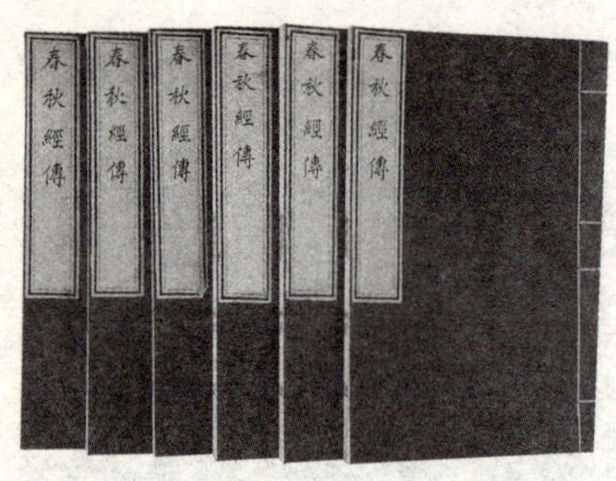

《春秋经传》书影，宋刻本。

强调《左传》与《春秋》的文本之间的区别，由此引发了一场长时间难有定论的争论。

依照马伯乐的观点，人们所知道的《左传》原本由两部不同的著作组成：(一) 一部是小型的《春秋》文字训诂，主要与礼仪和伦理问题有关，它与《公羊传》、《谷梁传》相似，但源于不同的学派；(二) 一部长篇纯编年史，它原与《春秋》甚至与鲁国无关。马伯乐认为，这部分主要和晋国有关，故而与《国语》联系很紧密。马伯乐将这两部书的年代上溯为公元前5世纪早期或4世纪晚期，它们随后就很快合并而构成通行的《左传》，而其历史编年部分则被分割开来，以适应《春秋》的条目。

马伯乐关于《左传》中纯历史内容的分析似乎多少得到了发现于1973年、毁损严重且不完整的马王堆帛书的支持。它记载有春秋时代的历史事件，其中有一些与《左传》相符，但解释的类型不同，也没有编年细节，还有一些史事则不见于《左传》。

《汉书》卷三十著录《公羊传》和《谷梁传》各有11卷（除在位时间很短的闵公在原本中附属于庄公外，每位鲁公一卷）。从陆德明（556—627）的《经典释文叙录》开始，《公羊传》据说有12卷；《隋书》著录《谷梁传》有12卷和13卷。

《公羊传》和《谷梁传》可能原来都未拆散而隶属于《春秋》各纪年，至于它们在什么时候被拆散后隶属于《春秋》各纪年，成为今天这种形式，这还是个疑问。公元175年，蔡邕所刻的《公羊传》石经残片中没有《春秋》经文。

孔子学琴于师襄。

人们一般都认为是范宁（339—401）在其《春秋谷梁传集解》中把《谷梁传》拆散开分配在《春秋》各纪年下的。伯希和在敦煌发现了属于隆朔年间（前66—前64年）的两件残本，它们可能是同一抄本的两个部分。

杜预（222—284）在其30卷《春秋经传集解》中将《左传》归属于《春秋》。敦煌发现了4件六朝的、2件初唐的钞本残本，它们和金泽文库收藏的更为完整的“古钞本卷子”是现存的最早的文献残片，并且代表了其年代可追溯至六朝的文献版本系统。那“古钞本卷子”被认为是后来的许多《左传》版本的祖本。

杨伯峻出版了四卷《春秋左传注》（中华书局，1981年）。这是个标准本，其底本是阮元本。

妙语佳句

· 夫有尤物，足以移人。

· 善败由己。

类型	成书时间	推荐理由
哲学论著	春秋末年	《老子》用"道"的根源性，从根本上否定了"天"、"帝"的神圣性，这本身就是一个了不起的贡献，具有非常重要的理论价值。

自然的咏叹
——《老子》

背景搜索

《老子》又名《道德经》，全书81章，分上、下篇，又称"道经"、"德经"。它是道家和道教的主要经典，在中国文化发展史上产生了深远影响。1973年长沙马王堆汉墓中出土的帛书《老子》甲、乙两种写本，与通行本不同，均是道经在后，德经在前，为人们提供了新的研究资料。今人陈鼓应有《老子注释及评介》，可备参考。

关于老子其人，《史记·老子韩非列传》中说："老子者，楚苦县厉乡曲仁里人也，姓李氏，名耳，字聃，周守藏室之史也。"并记述了孔子向他问礼之事。目前学术界一般认为，老子就是春秋末期出生于河南鹿邑并曾负责图书档案管理的老聃。

关于《老子》这部书，《史记》中说："老子……居周久之，见周之衰，乃遂去。至关，关令尹喜曰：'子将隐矣，强为我著书……'于是老子乃著书上下篇，言道德之意五千余言而去，莫知其所终。"对于这位著书的老子是谁，司马迁也没有确指，后世学者对于《老子》的作者及其成书年代问题的意见自然也不统一。有的认为，《老子》是春秋末期老聃的著作，有的则以战国以前无私人著述，《老子》中有反对儒、墨思想的言论等为理由，认

老子，又称老聃，楚国苦县历乡曲仁里人，是我国道家学派的创始人。

为《老子》当成书于战国时期。目前通行的观点是，《老子》可能成书较晚，但是它的基本思想还是属于老聃的。

《老子》的重要注本有：西汉河上公的《道德经注》、三国魏王弼的《老子注》、《老子指略》、明清之际王夫之的《老子衍》、清代魏源的《老子本义》。

内容精要

《老子》思想的核心是“道”。“道”的原意是道路，后经引申而具有规律、法则的意思。在《老子》中，“道”具有多种含义，既是宇宙万物的本原，又是天地万物运动变化的规律，同时还是人们在社会生活中应当遵循的准则。作为宇宙万物本原的“道”，是精神，也可能是物质。

在《老子》的思想体系中，包含着丰富的朴素辩证法思想。

《老子》认识到世界上的万事万物，都是与其对立面相互依存的。《老子》第42章中说：“万物负阴而抱阳。”《老子》第58章中说：“祸兮，福之所倚；福兮，祸之所伏。”既然事物之间以及事物内部都充满矛盾，那么矛盾双方的对立与斗争，也就必然促使事物不

老子见周王室日渐衰微，决定离开，于是就骑青牛出关远去。宋人晁补之所绘的这幅《老子骑牛图》，老子面带微笑、神态安详，十分传神。

断运动与变化。而各种事物的运动变化，归根到底则是向其对立面转化。

老子还认识到，事物的变化是要经历一个量的积聚过程的。在《老子》第64章中说："合抱之木，生于毫末；九层之台，起于累土；千里之行，始于足下。"老子要求人们做事一定要"慎终如始"，这样才"无败事"。

然而，正如不少学者所指出的那样，老子虽然认识到了事物的变化及其相互转化，但却忽略了至关重要的变化所应具备的条件。比如，老子强调了"柔弱胜刚强"，但并没有同时说明"柔弱"怎样才能胜"刚强"，在什么情况下、具备什么样的条件才能胜"刚强"。

《老子》对宇宙万物生成变化规律的探讨，旨在为人生问题的解决寻找理论根据。人生问题可以说是老子思想的出发点和最终归宿。《老子》第25章中说："道大，天大，地大，人亦大。域中有四大，而人处其一焉。"这就完全否定了天地的神圣权威，把人提到了与天地完全平等的地位，充分肯定了人的价值。《老子》第27章中说："圣人常善救人，故无弃人；常善救物，故无弃物。"这就是说，世界上的事物都是有用的，人也完全有利用世界上各种事物的能力。同时，也从一般意义上肯定了每个人的价值。

《老子》提出了一系列生活原则，并设计了完美的理想人格形象。

《老子》第8章中说："上善若水，水善利万物而不争。处众人之所恶，故几于道。居善地，心善渊，与善仁，言善信，政善治，事善能，动善时。夫唯不争，故无尤。"就是说，在生活中像水那样利人而不自利，谦恭卑下而不与人相争。《老子》第67章中说："我有三宝，持而保之。一曰慈，二曰俭，三曰不敢为天下先。"即要有慈爱之心，节俭而不奢侈，谦让而不逞强。还有"不自见"、"不自是"、"不自矜"、"不自伐"（《老子》第32章），"知足"、"知止"（《老子》第44章），"自知"、"自胜"、"强行"（《老子》第33章）等等。这些都是人们在实际生活中所应当遵循的原则。

《老子》提出的理想人格是为"圣人"。就个人品质的修养而言，老子认为，"圣人"必须加强自身的知识修养，了解和掌握自然及社会的基本运动变化规律，必须做到"无私"，必须"无常心"，要"以百姓心为心"，必须具有"为人"、"与人"的"利他"精神，必须"自知不自见，自重不自贵"（《老子》第72章），这样才能为他人所看重，为他人所喜爱。从治国的角度看，老子认为"圣人"应该做到四点。一要遵循"无为"的原则。"无为"即不妄为，对老百姓不做过多的干预与滋扰。二要遵循"不言"的原则。"不言"，即治理老百姓不能光靠行政命令，要注意潜移默化地引导；同时还要以身施教，为下层人员树立榜样。三是要"绝圣弃智"、"绝仁弃义"（《老子》第19章）。"绝"和"弃"的问题，是就智慧与仁义的反面来说的，目的在于要求"圣人"本身首先去掉巧诈心机，清除虚伪浮华，从而引导人们复归于忠厚纯朴。而对于正面意义的智慧和仁义，老子也还是提倡的。四是要"不尚贤"、"不贵难得之货"、"不见可欲"（《老子》第3章）。目的在于淡化人们的竞争意识，减弱人们的占有欲。

还应当指出，老子在观察事物、分析问题时，不仅注意其正面意义，而且特别注重其负面效应。正因为如此，所以有不少论述很容易引起人们的误解而遭到非议。《老子》又是一部哲理诗。用诗的语言来说明深奥的道理，往往缺少必要的论证，这也是造成人们理解不一乃至误解的重要原因。这就要求人们，在阅读和研究《老子》时，一定要把握其特点，一定要弄清《老子》所谈问题的针对性和角度。

妙语佳句

· 祸兮，福之所倚；福兮，祸之所伏。

· 飘风不终朝，聚雨不终归。孰为此者？天地。天地尚不能久，而况于人乎？

类型	成书时间	推荐理由
诗歌	春秋时期	《诗经》是我国文学的光辉起点，它的出现以及它的思想性和艺术成就，是我国文学发达很早的标志，在我国乃至世界文化史上都占有极高的地位。

“思无邪”的歌声
——《诗经》

背景搜索

《诗经》是我国最早的一部诗歌总集，收录了从西周到春秋中叶的305首诗。

《诗经》的作者不下数百人。他们中间有平民，也有士兵，有男子，也有妇女，有下级官吏，也有达官显宦。时至今日，他们的真实姓名大都无法考证了。然而这些无名诗人在文学史上的地位，并没有因为其姓名的消失而降低。

《诗经》产生的地域，是以黄河流域为主的中原地带，它覆盖了陕西、山西、河南、河北、山东和湖北的北部等地区。在古代交通不便、语言不同的情况下，要把如此广阔的地区的诗歌收集起来，的确不是件容易的事情。

《诗经》三百篇的韵部系统和用韵规律基本上是一致的，形式基本上都是整齐的四言诗。

此外，《诗经》作品的创作时间跨度也很大，从公元前11世纪一直到公元前6世纪，前后相去五百年。那么它们究竟是如何汇集起来的呢？总的来说，大致分为三种情况。

第一种是“采诗”，古代帝王为了了解人民的思想、政治的得失，派采诗的官员定期到各地采集诗歌，献给太师（乐官），太师配上乐曲，可能还经过了润色和整理，最后献给天子。

第二种是“献诗”，周代有公卿大夫向天子献诗的制度。这些诗的内容不外乎颂扬和讽谏。

还有一种是“作诗”。一些祭祀诗以及记述统治者游猎出兵或宫室落成的诗，可能就出自巫祝、史官之手。

《诗经》之所以在我国文学史上有着崇高的地位，而且至今仍不失它的光彩，是因为无论在思想内容还是语言表达上，《诗经》都有自己突出的优点。韩愈说：“《诗》正而葩。”“正”是就思想内容而言的，孔子说：“《诗》三百，一言以蔽之，曰：思无邪。”“葩”是就《诗经》的语言表达而言的，和谐的用韵，丰富的词汇，多样的句式，多种修辞的方式，整齐而多变的章法，使诗的语言生动活泼，美妙匀称，表达感情细致入微。

内容精要

《诗经》以音乐为标准将作品按《风》、《雅》、《颂》三部分来编排。其中《风》包括十五国“风”，有诗160篇；雅分“大雅”、“小雅”，有诗105篇；颂分“周颂”、“鲁颂”、“商颂”，有诗40篇。风、雅、颂都是乐调名。因此《诗经》各篇都是可以合乐歌唱的，《墨子·公孟篇》说“弦诗三百，歌诗三百”。由于古代《诗经》的整理编订者们按此标准将诗篇分类，于是这三种乐调便被称为《诗经》中三种不同的体裁。

《诗经》中的“风”相比另两部分“雅”和“颂”，就像现在所谓的“通俗歌曲”，“风”即两千多年前我们祖先的土地上流传的民歌。采风之作，众口相传，简单而真挚。

雅诗和颂诗都是统治阶级在特定场合所用的乐歌。由于它们或多或少地反映了社会生活的某些方面，在今天看来还有一定的社会意义和认识价值。

另外，《诗经》还有三种杰出的艺术表现手法，叫赋、比、兴。有人将风雅颂赋比兴放在一起，统称为诗之“六义”。赋、比、兴是《诗经》里常常可以看到的语言表达手法，比、兴的大量运用更是《诗经》语言艺术的特点。对赋、比、兴的概念，朱熹有比较简单明了的说法：“赋者，敷陈其事而直言之者也。”“比者，以彼物比此物也。”“兴者，先言他物以引起所咏之词也。”

古代时《诗经》是乐师为了适应统治阶级的需要，按乐调分类。现代的古典文学研究者一般将《诗经》按内容分为以下八类。

一、劳动生产的诗歌

《诗经》里反映劳动生产的诗歌有两种情况。一种是劳动人民在耕作渔猎中直接的歌唱，有的表现劳动的愉快，如《芣苢》；有的则表现被剥削的痛苦，如《七月》。另一种情况，是统治阶级利用、篡改民歌，作为自己的歌曲，如《载驰》、《良耜》等。

二、反剥削反压迫的诗歌

到了东周、春秋时代，诸侯混战，战火连年，再加上领主们对农民敲骨吸髓的剥削，弄得田园荒芜，民不聊生。在水深火热中的老百姓只有起来反抗这条路了。他们不像《七月》那样无可奈何地嗟叹，也不像《鸱鸮》那样委婉曲折地诉苦；而是用匕首投枪般的语言，向统治者做英勇的斗争。《诗经》民歌中的《伐檀》、《硕鼠》、《葛覃》、《行露》等，就是它的代表作。

三、反映战争徭役的诗歌

《诗经》中描写战争的诗篇是很多的。《豳风 · 东山》是《诗经》中有名的诗篇，它是一位跟随周公东征三年幸获生还的士兵在归途中唱的歌。虽然这次战争为历史学家所肯定，但它带给战士们的，却是妻离子散和田园荒芜的悲哀。

四、揭露统治阶级丑恶与残暴的诗歌

《诗经》里有一种民歌，用嬉笑怒骂的口吻，摆事实讲道理的手法，尖锐地揭发和暴露统治阶级的丑恶和残暴，斗争性和感染力较强。如《邶风 · 新台》，它揭露了春秋时代有名的荒淫无耻的昏君卫宣公劫夺儿媳的丑恶行径。如《秦风 · 黄鸟》，它是秦国人民反抗残酷的用人殉葬制度的声音。《左传》、《史记》对此都有记载。

五、恋爱、婚姻与家庭生活的诗歌

《风》里的情诗特别多，它真实地反映了《诗经》时代的男女关系，写出了他们在恋爱、婚姻过程中各种不同的感受，与礼法制度的矛盾和妇女家庭生活的各个方面。

《诗经》中的一部分恋歌，很明显地反映出当时人民的恋爱、婚姻是比较自由的。这是有其社会根源的：统治者为了蕃育人口，规定每年春天二月作为开放月，让青年男女自由选择对象，自由同居。

六、反映统治阶级内部矛盾的诗歌

西周在文、武、成、康时代，史称盛世。传至厉王，他暴虐无道，导致上下离心，社会矛盾尖锐化。阶级矛盾的尖锐化，也使统治阶级内部矛盾进一步发展。这时产生了一些政治讽刺诗。“二雅”里包括了大部分反映统治阶级内部矛盾的诗，作者多半是统治阶级内部受压抑的人物。有的反映贵族间争田夺民的事实，如《大雅 · 瞻昂》、《小雅 · 十月之交》等；有的反映统治阶级内部为争夺政权而发生的激烈争斗，如《大雅 · 桑柔》等。

七、周族史诗

《大雅》里有五篇祭歌，反映周族的起源、发展以至建国的情况，属于史诗性质。它们包括：《生民》、《公刘》、《绵》、《皇矣》、《大明》。

八、贵族的庙堂乐章及其他

庙堂乐章以“三颂”（《周颂》、《鲁颂》、《商颂》）为代表，是周王或诸侯祭祀、设宴时用于演奏歌曲的诗。

妙语佳句

· 蒹葭苍苍，白露为霜。所谓伊人，在水一方。

· 死生契阔，与子成说。执子之手，与子偕老。

· 一日不见，如三秋兮。

类型	成书时间	推荐理由
语录体散文	春秋时期	《论语》称得上是中国历史上最早的一部教育书，也是中华民族宝贵的文化遗产。

中华大地的圣人之声
——《论语》

背景搜索

《论语》是一部记述孔子及其弟子言行的书，是由孔子的弟子及再传弟子记录、收集、整理而成的。其中有孔子的言论，也有弟子们的自相问答。

《论语》的中心人物孔子，名丘，字仲尼。父亲叔梁纥曾做过陬邑（今山东曲阜东南）大夫，本身属于贵族阶级下层的“士”。孔子精通“六艺”（礼、乐、射、御、书、数）。孔子的政治主张是“礼”和“仁”。他反对苛政滥刑，主张“为政以德”。孔子所说的“礼”，指的是一种政治秩序，他所说的“仁”，是最高的道德规范，其核心是“正名”。孔子道德思想的范畴，主要就是“仁”。孔子所说的“仁”，在《论语》中的含义是多重的：一是“仁者爱人”；二是“克己复礼为仁”；三是“仁者人也”。这种“仁”和“礼”是有上下、尊卑、贵贱、等级之分的。但是孔子“仁”的政治主张在当时并没有被采纳，孔子本人也未能得到重用。这是因为当时的社会动荡不安，诸侯为了争霸，是讲究实力，着眼于眼前利益的。孔子师徒颠沛流离14年周游列国，于公元前484年（鲁哀公十一年）返回鲁国，这时孔子已是白发苍苍、年近古稀的老人了。汉朝以后，社会相对安定，国家处于建设时期，

孔子弟子图（局部）。

统治阶级需要缓和社会矛盾，稳定社会秩序，以《论语》为代表的儒家学说因此得到推崇，它对当时的社会发展起到了一定的积极作用。

内容精要

《论语》是一部语录体散文，全书包括《学而》、《为政》、《八佾》、《里仁》、《公冶长》、《雍也》、《述而》、《泰伯》、《子罕》、《乡党》、《先进》、《颜渊》、《子路》、《宪问》、《卫灵公》、《季氏》、《阳货》、《微子》、《子张》、《尧曰》20篇，共计492章，12700字。篇幅虽然不大，却集中了孔子学说的精华，其内容涉及当时社会生活的诸多方面，如：如何修身养性、立身处世，如何齐家，如何治国，如何处理人与人之间、人与社会之间的关系等。

孔子是一位出色的教育家。在学习和教育方面，他不但给学子们做出了表率，也提出了不少宝贵的见解。

孔子是主张好学的，而且也强调了学习态度和学习方法的重要性。

孔子一再强调学习知识的重要性，在他看来，一个整天吃饱了饭不思考问题，无所事事的人最让人头疼，也不会有什么前途。

在学习态度上，孔子的观点非常鲜明，他认为知道就说知道，不知道就说不知道，这才是明智的，“知之为知之，不知为不知，是知也”。

兴趣是学习的最好动力，如果把学习作为一种负担，势必收效甚微。孔子在几千年前

孔子的弟子颜渊。孔子赞赏颜渊品德高尚，说他在“一箪食，一瓢饮，在陋巷”的清苦生活中也没有改变好学的态度。

就意识到了这一点。他在《论语·雍也》中指出：“知之者不如好之者，好之者不如乐之者。”认为懂得学业的人不如喜爱学业的人，喜爱学业的人不如以从事学业为快乐的人。学习虽苦，但从苦中也可以体味出不少乐趣。

作为一个出色的教育家，孔子不但认为“有教无类”，即认为人人都有受教育的权利，而且还第一个提出“因材施教”的教育理念。他认为学生在学习上常犯的四种错误有：广泛而不精、知识面过窄、把学习看得太容易和有畏难情绪。每个学生的心理特点都是不同的，老师当然也要采用不同的方法来引导。这和中医中的“对症下药”实际上是一个道理。

孔子对个人品德修养有很高的要求。

孔子强调做人应该不断地、随时随地地反省、检查自己的言行。在《论语·学而》中，孔子的弟子曾参说：“吾日三省吾身：为人谋而不忠乎？与朋友交而不信乎？传不习乎？”省身即修身，修身为儒家教育的主要内容之一。

在《论语·学而》中，孔子指出的“温、良、恭、俭、让”，即温和、善良、恭敬、俭朴、谦让，可谓是古人修身的最高境界了。此外，孔子还提出了“仁人”应当具备的五种品德：“恭、宽、信、敏、惠。”（《论语·阳货》）即庄重、宽厚、诚信、勤敏、慈惠。

在交友方面，孔子认为“四海之内，皆兄弟也”（《论语·颜渊》），体现了他君子处世的坦荡胸怀。但是这并不代表他主张盲目地交友，在《论语·卫灵公》中，孔子就提出了“道不同，不相为谋”的择友原则。这里的“道”，指的是一定的人生观、世界观、政治观乃至思想体系。所谓志同道合，志趣不相投则没有必要交往。

在处世方面，孔子遵循的处世之道是“邦有道，危言危行；邦无道，危行言孙”，也就是说国家政治清明，说话正直，行为也要正直；国家政治黑暗，行为要正直，说话则要随和谨慎。

孔子因不被鲁国重用，就放弃了从政机会，退修诗书。

的确，在封建社会里如果强硬地和执政者对抗，无异于以卵击石。孔子这种明哲保身的自我保护意识，在宣扬忠君思想的当时，也是有可取之处的。

在治国方面，孔子从自己的政治、哲学和心理学观点出发，主张“为政以德”，这反映了当时人的价值的提高和奴隶要求解放的时代特征。

在孝敬长辈方面，孔子一贯主张孝敬父母、尊重兄长。他还认为尽“孝道”不仅仅是让父母吃饱穿暖，更重要的是让他们在人格上受到尊敬，要求做到“生，事之以理；死，葬之以礼”（《论语·为政》）。

妙语佳句

· 吾日三省吾身。

· 三人行，必有我师焉。

· 学而不厌，诲人不倦。

· 人无远虑，必有近忧。

· 工欲善其事，必先利其器。

· 学而不思则罔，思而不学则殆。

类型	成书时间	推荐理由
工具书	春秋时期	《尔雅》是我国古代重要经典“十三经”之一，也是我国古代以训释词语为主的重要文献。

第一部综合辞书
——《尔雅》

背景搜索

《尔雅》是我国古代为消除语言文字的时空限制，统一古代和当代各地的语言文字，使语言文字趋于规范化系统化，同时又能正确、规范地训释古书词语意义的一本工具书。

“尔雅”一词，最早见于文献的可能是《大戴礼记·小辨》篇所载孔子的话了。孔子说：“尔雅以观千古，足以辨言矣。”这话被魏代的张揖用在他的《上广雅表》中，认为孔子说的“尔雅”就是他所处时代所说的《尔雅》。我们没有必要去辨别这种说法的可靠性，然而可以说，孔子的话是被后来成书的《尔雅》拿去做了书名。

内容精要

作为书面语言，其规范准则应该是当时社会能普遍接受，《尔雅》成书的那个时代的规范书面语言是“雅言”，就是“五经”、“六艺”中的通语。对此，《论语·述而》中说：“子所雅言，诗、书执礼，皆雅言也。”孔安国作注说：“雅言，正言也。”郑玄进一步解释说：

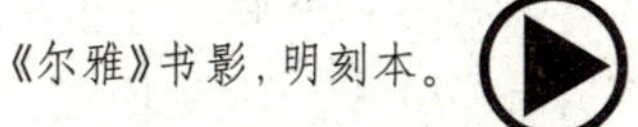

《尔雅》书影，明刻本。

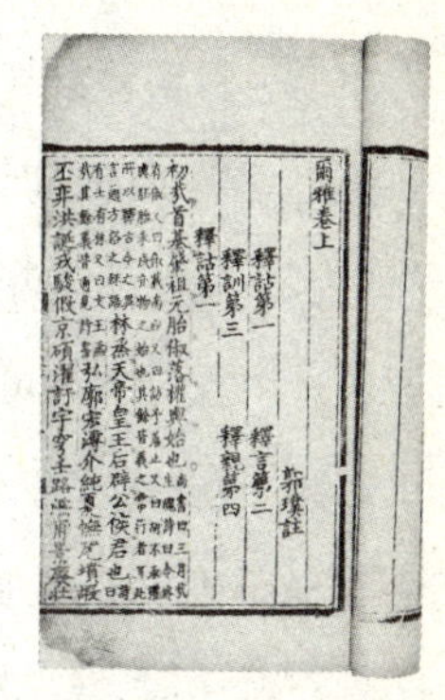

爾雅卷上 郭璞註

釋詁第一 釋言第二

釋訓第三 釋親第四

釋詁第一

初哉首基肇祖元胎俶落權輿始也

林烝天帝皇王后辟公侯君也

弘廓宏溥介純夏幠厖墳嘏

丕弈洪誕戎駿假京碩濯訏宇穹壬路淫甫景廢壯

“读先王典法，必正其音，然后义全，故不可有所讳，礼不诵，故言执。”由此可以看出，以“雅言”来“正言”的《尔雅》，正是以经典中的规范书面语作为规范社会语言文字的标准来编写的。这种作用，就是郭璞在其《尔雅 · 序》中所写的：“《尔雅》者，所以通训诂之指归，叙诗人之兴咏，总绝代之离词，辨词实而殊异者也。”

从《尔雅》全书的内容来看，有的是解释经传文字的，有的是解释先秦子书的，其中还间杂有称说战国秦汉间地理名称的。从这些方面来看，《尔雅》一书绝非一人、一时之作，它大约是在春秋至秦汉之间编纂汇集，后经汉魏时期增益而成的一部语言文字工具书。它在训释古代词语时，大致按词义系统和事物分类而编纂，但在训释某些词义时，出现了把某些同义词或类义词收在一起而产生的不必要的重复现象；有的内容又出现了前后矛盾，或者体例不一的现象；在引用古书时也有出自不同时代、不同学者之手的瑕疵。从这些方面可见，《尔雅》一书的作者并非一人，而是由几个时代的许多文人学士编纂增益，后又经东汉以后至东晋初郭璞注《尔雅》，才把它完成的。

我国古代的学者之所以要编纂《尔雅》，而《尔雅》又能得以流传，是因《尔雅》适应了当时社会、文化的发展。就以汉代来说，据《汉书 · 艺文志》和《说文解字 · 序》讲，当时的法令规定，学童17岁以上，要经过考试，能“讽籀书”9000字才可以担任官职；试以“八体”而成绩优良者便可以做尚书；吏民上书给皇帝写错了字，就要被揭发判刑。这里所说的“籀书”是指懂得字义，“讽书”是要求懂得字音，“试八体”是要求懂得字形。国家如此重视文字，儒生们当然要奋起研讨字形、字音、字义了。而研讨字形、字音、字义就成为当时读书人跨上仕途的主渠道。作为训释字义的语言文字工具书——《尔雅》，也就自然成为研习“官书”的一门专门学问了。

春秋战国时期到汉代，都崇尚经学。要通经就得识字，由识字而通经是读书人步入仕途的必由之路。通经首要的是能正确解释前人传下来的经义，但当时能正确解释经义的人并不多，且训释字义又多不规范。为了使通经达到规范正确的目的，这就要求读书人懂得训诂之学。所谓“训诂”，《说文解字》解释说：“诂，训古言也。”由此可知，“训诂”就是“训故”。汉代把《诗》、《书》、《礼》、《易》、《春秋》定为“五经”，政府专门成立学校讲授五经。讲授经书不可随便，必须“古文读应‘尔雅’，故解古今语而可知也”。(《汉书·艺文志》) 这里的“尔”是“近”的意思，“雅”是“正”的意思，“读应尔雅”就是要求讲解经义正确，要达到正确的要求，就必须依照故训“尔雅”了。正因为国家和政府如此器重，汉武帝时，《尔雅》被提到了很高的地位。黄侃在《尔雅杂说·论经儒备习尔雅》中说：“汉旧仪云：‘武帝初置博士，取学通有修，博识多艺，晓古文《尔雅》，能属文章者为之。’又《儒林传》：‘称武帝诏令，文章尔雅，训词深厚。’是武帝时，《尔雅》之学已大行之证。”《尔雅》之所以能长期流传，是因为封建统治者一直把儒家经典作为读书人通向仕途的必读教材。从汉代把《尔雅》列为“经”后，延续两千多年的封建社会一直把《尔雅》列为官书，作为儒生学习古代文献的基本教材。

从语言文字的角度来看，作为工具书，成书后的《尔雅》，向世人展示了我国古代汉语文学语言的形成和发展，已经达到了相当成熟的阶段：《尔雅》中收集的词语就有2091条，包括通用词和专用词两大部分，收词语四千三百多个。这为人们研究古代汉语词汇勾画出了一个大轮廓。《尔雅》一书的出现，表明了我国古代语言学已经从萌芽阶段进入了建立阶段。

再从社会生活方面来看，《尔雅》又似百科全书，它客观地为人们反映了我国秦汉以前古代社会的文物制度和那时人对客观事物的认识，保存了古代一些社会制度、天文、历法、地理诸方面的资料；封建家族宗法社会制度在《释亲》中得到反映；农、牧、渔业及家庭饲养业的情况在《释术》、《释草》、《释虫》、《释鱼》、《释鸟》、《释兽》、《释畜》中有着生动的反映。这些训释，不仅是对经典文献的训释，而且也是我国古代人民日常生活用语的总结。

正因为如此，《尔雅》自秦汉以来一直影响着我国的古代语言学。历代研究《尔雅》的学者众多，专著丰富，形成了我国语言学中的“尔雅之学”。

妙语佳句

· 明明，斤斤，察也。

· 木谓之华，草谓之荣，不荣而实者谓之秀，荣而不实者谓之英。

· 水注川曰溪，注溪曰谷，注谷曰沟，注沟曰浍，注浍曰渎。

类型	成书时间	推荐理由
汇编	战国时期	《孟子》一书以问对、答辩的记述形式，记载了孟子的思想、言论和事迹，还涉及了先秦文学、历史、经济和哲学等诸多方面的内容。

亚圣的箴言
——《孟子》

背景搜索

关于《孟子》一书的作者，历史上颇有争议，司马迁认为《孟子》一书应该是由孟子与其弟子万章、公孙丑共同编撰完成的，而主要作者是孟子本人。现在的学术界大都认同司马迁的这一观点。

孟子即孟轲，字子舆，战国时邹（今山东邹县东南）人，其先世是鲁国公族。孟子是战国时期著名的思想家、政治家和教育家。关于孟子的出生时间，流传着许多不同的说法。大致可以肯定孟子出生于周烈王四年（公元前372年）。

据说孟子曾师从子思，在儒学的分化演变中，被称为思孟学派，代表孔门的嫡系正传。

孟子到了中年时期，主要的活动是收徒讲学，宣扬儒家学说。当他44岁时，带领着学生周游列国，到齐、宋、滕、魏、鲁等国宣扬他的“仁政”、“王道”学说。然而当时的局势是诸侯争霸，战乱频繁，孟子的这种“仁”的思想和各国统治者所推崇的以暴力和杀戮方式来争夺地盘和利益的方略是相悖逆的，因此没有得到重视和采纳，年过花甲却屡遭挫败的孟子于是结束周游生活，隐退闲居，除了继续讲学外，便是同弟子一起著书立说，

编撰《孟子》，直至终老。

内容精要

《孟子》一书，共计三万余字，在这有限的篇幅中，却提炼了孟子儒家思想的精华，言简意赅，形象生动，语言精妙是该书突出的特点。

孟子的思想反映了由氏族奴隶主转化过来的封建地主的利益，在当时是一种进步的思想学说。

一、性善论。

孟子的主要哲学思想，是他的人类性善论。“性善论”是孟子谈人生和谈政治的理论根据，在他的思想体系中是一个中心环节。

他认为“仁、义、礼、智”是人们与生俱来的东西，不是从客观存在着的外部世界取得的。“性善论”是一套唯心主义的说法，不过，孟子以“性善论”为人们培养品德和行王道仁政的理论根据，还是具有一定程度的积极意义的。

二、道德论。

“仁义”是孟子道德论的核心思

《贤母图》，清代画家康涛绘。

孟母曾因孟子荒废学业而用刀砍断织的布来教育他，清代画家康涛的这幅《孟母断机教子图》正是描绘了这一场景。

想。孟子所说的“仁义”是有阶级性的，是建筑在封建等级社会的基础之上的。但是，他反对统治者对庶民的剥削，反对国与国和家与家的争斗。

三、政治及经济方面。

孟子着重发挥了孔子的“仁学”思想，提出了“仁政”的政治主张。

“仁”、“义”是孟子论理想的核心，又是他的政治经济学说的出发点。

“仁”，据孟子解释，就是“人心”。怎样才算是“仁”呢？根据《孟子》一书可以概括为以下几点。第一、亲亲。孟子主张统治者要“与百姓同之”，“与民同乐”。第二、用贤良。第三、尊人权。孟子公开宣扬“民为贵”、“君为轻”的观念，提倡在一定的范围内调和统治者和劳动人民的关系。第四、同情心。要求统治者拿“老吾老以及人之老，幼吾幼以及人之幼”的办法来治民。第五、杀无道者。这也是“仁”，而且是最大的“仁”。

关于“义”的概念，通俗而论，就是分别事理，各有所宜。“义”的概念的内涵如下。第一、尊君敬长。第二、尊贤。第三、反对祸害百姓的非正义的兼并战争，但不反对汤武式的吊民伐罪的正义战争。第四、尊重私有财产权和保护私有财产权，这种思想，正是新兴地主——商人的阶级利益的反映。

孟子以“仁政”为根本的出发点，创立了一套以“井田”为模式的理想经济方案，提倡“省刑罚、薄税敛”、“不违农时”等。孟子还提出重农而不抑商的理论，改变了传统的“重农抑商”的思想，这种经济观念在当时是进步的。孟子的“井田制”理想，对后世确立限制土地兼并、缓和阶级矛盾的治国理论有着深远的影响及指导意义。

四、在哲学思想及认识论等方面。

孟子的观点中包含了一定的唯心主义的成分。孟子认为天是地位最高的、有意志的,《孟子》中所反映出来的关于认识论的见解,包含着许多朴素的唯物主义思想。

孟子明确地看到,一切事物的发展和变化都有其一定的进程。他在书中讲了一个故事作为比喻。

宁人有闵其苗之不长而揠之者,芒芒然归,谓其人曰:“今日病矣!予助苗长矣!”其子趋而往视之,苗则槁矣。天下之不助苗长者寡矣!以为无益而舍之者不耘苗者也。助之长者揠苗者也,非徒无益,而又害之。(《公孙丑》上)

认识世界是为了改造世界,最重要的一环在于掌握客观规律。孟子拿夏禹治水时根据水势就下、可导而不可遏的规律,来说明人认识世界、改造世界都须如此。

他阐述与发挥了人的主观能动性的思想。他认为人的聪明才智要靠自己的主观努力,一个人只要不自暴自弃,又具备了一定的条件,靠自己的主观努力,成为圣贤也不是不可以达到的目标。他的这一思想,具有一定的破除迷信、解放思想的作用,在今天仍有现实意义。

五、教育思想和方法。

孟子在自己长期的教学实践中提出了不少教学方法,发展了孔子的“因材施教”理论。他认为教育学生必须要有一定的标准,使学生有一个明确的奋斗目标。孟子所倡导的学习方法和教育方法是我国古代教育学的智慧结晶,对我们今天的学习和教育仍然有着一定的参考价值。

此外,孟子还非常重视修养。孟子以子思的“思诚之道”为依据,提出了“尽心”、“知性”、“知天”等观点,从而形成了一套含有主观唯心主义成分的思想体系。

妙语佳句

· 民为贵,社稷次之,君为轻。

· 人性之善也,犹水之就下也。人无有不善,水无有不下。

· 尽信书,则不如无书。

类型	成书时间	推荐理由
哲学论著	战国时期	郭沫若认为：荀子的文章颇为宏富，他以思想家而兼长于文艺，在先秦诸子中与孟轲、庄周可以鼎足而三。

帝王之术
——《荀子》

背景搜索

《荀子》一书的主要编写者，是我国历史上杰出的思想家荀子。

荀子是战国后期著名的思想家，也是先秦诸子中的最后一位大师。荀子名况，字卿，又称荀卿，因为“荀”与西汉皇帝刘询的名讳谐音，为了避讳，又改称孙卿。

荀子是赵国人，生卒年大约为公元前313年至公元前238年。

荀子生活的战国时代，齐、楚、燕、赵、秦、韩、魏七雄争霸。在实力相对较强的齐国，统治者为了扩大政治上的影响，笼络知识分子，从而达到实现霸业的目的，在都城临淄专门创设了稷下学宫，聘请了诸多名士学者汇集在稷下学宫讲学，其中包括了当时负有盛名的孟子及慎到、邹衍等大师。稷下学宫相当于一个百家争鸣的论坛，因此成为当时的学术中心。

少年时期的荀子也曾慕名来到稷下学宫游学，在这里，荀子听了各家各派学者们的讲学和争辩，接受了来自不同学派的思想的熏陶和影响。

荀子一生从事教学工作，培养了很多的学生，其中包括韩非和李斯，二人后来分别成为了法家学派的代表人物和秦国的丞相。

内容精要

《荀子》一书32篇，所包含的内容十分丰富，包括教育、政治、经济、军事、伦理道德、文化艺术等诸多方面的论述。

第一篇《劝学》，倡导人们要博学好问，并阐述了学习的重要性。

第二、第三、第四篇分别为《修身》、《不苟》、《荣辱》，主要论述了伦理道德、个人修养方面的问题。关于伦理道德方面的“人性”问题，荀子则放在第二十三篇《性恶》中做集中论述，提出了“人之性恶，其善者伪也”的基本观点。荀子在第十九篇《礼论》中，对“礼”专门进行了论述，在“性恶论”的基础上指出了“礼”的起源及作用，强调了“礼”对于治理国家、稳定社会秩序的重要作用。在第二十七篇《大略》中，荀子对“礼”又做了重点的论述，在第二十九篇《子道》、第三十篇《法行》中，则分别从“孝”、“悌”和“礼法”、“义、利、智、勇”等方面，表达了自己的伦理道德观点。

第五篇《非相》，驳斥了相术中以貌取人的迷信观点。在第十七篇《天论》中，荀子阐述了自己重要的哲学观点，认为天是自然的，并没有什么超自然的力量可以左右人间的吉凶祸福、控制社会的兴衰治乱，而且人是可以通过努力战胜自然的。在第二十一篇《解蔽》中，荀子进一步阐明了人们之所以会主观武断和迷信鬼神的原因，并指出了克服这种思想认识缺陷的方法。

第六篇、第七篇、第八篇分别是《非十二子》、《仲尼》、《儒效》，荀子围绕一统天下的最高政治理想，分别从学术、政治及人才方面进行了阐述。

第九篇《王制》，比较分析了王、霸、安存、危殆、灭亡等不同政治状况，从而提出了王者之人、王者之制、王者之伦、王者之法等一系列政治观点。

第十篇《富国》，主要阐述了经济方面“强本”、“富国”的思想及相关的具体政策，同时也提出了配套的政治观点。

第十一篇、第十二篇、第十三篇分别为《王霸》、《君道》、《臣道》，荀子在这三篇中依次论述了国家的功用、君王在治理国家中的作用及大臣在辅佐君王治理国家中的作用。

第十五篇《议兵》，论述了有关军事方面的问题，指出民心所向是战争能否取得胜利的根本原因，揭示了用兵的意义在于“禁暴除害”而非恶性争夺。就具体的战略战术，荀子还展开了详细的论述。

第二十篇《乐论》，则是荀子的一篇关于音乐理论的论述，荀子肯定了音乐的必要性，认为音乐是人们生活中不可或缺的一个组成部分。同时又阐明了音乐的重要性，指出音乐

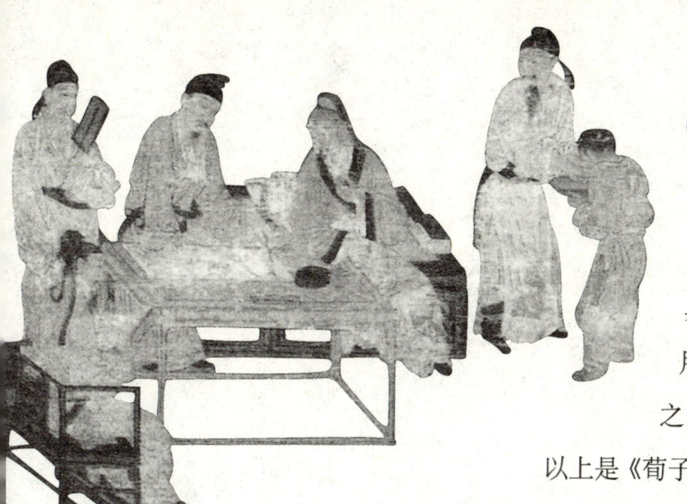

“学不可以已”是荀子《劝学》的中心论点，君子只有勤奋、广泛地学习，才能更加聪明机智，言行上才不会有过错。

具有潜移默化、移风易俗的重要作用，能够改善和调整君臣之间、至亲之间及乡亲之间的关系。

以上是《荀子》一书的内容梗概，至于《荀子》所反映的重要思想观点，我们将在下面做重点叙述。

一、在治国思想方面。

荀子指导治国的主要政治方略是“隆礼”、“重法”，在经济上则主张“富民”政策。他的经济思想和政治思想是统一的。

荀子认为“言无常信，行无常贞，唯利所在，无所不倾”，因而提出“信”的主张，荀子所说的“信”，意指人的言谈真实可信。

荀子认为：“礼者，养也。”阐述了“礼”的含义，即“礼”是用来调节人们的欲望、满足人们的需求的。伦理道德准则的顺利推行，并不能盲目乐观地寄希望于人民的自觉性，这就需要有一种强制力量，来促成“礼”的普及和实施。于是荀子意识到了“重法”的必要性，并且形成了“礼”、“法”相结合的独特观点。因此我们有理由认为：“法”是作为“隆礼”的重要制度及实现手段，伴随着“礼”的出现而产生的。

二、在经济思想方面。

在经济思想上，荀子批判了墨家简陋节约的经济策略，认为它扼杀了人们追求物质及精神享受的欲望及天性。荀子否定了儒家认为的“富民”与“富国”相冲突的观点，提出了“以农为本”、“工商”并重的经济主张。

三、在自然观方面。

荀子的思想里，具有朴素的唯物主义自然观因素。

《荀子》一书，挣脱了孔子、孟子、庄子等大师的天命论的束缚和影响，认识到了天的客观性。

荀子在承认自然界存在客观规律性的基础上，提出了“人定胜天”的观点。荀子将“人”摆在了重要的位置，首先肯定人是可以认识自然的，强调人可以通过发挥主观能动性，依

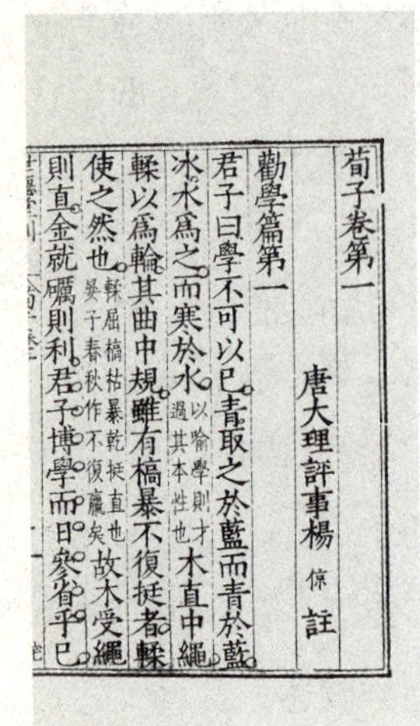

荀子卷第一　唐大理評事楊倞註

勸學篇第一

君子曰學不可以已。青取之於藍而青於藍。冰水爲之而寒於水。以喻學則才過其本性也木直中繩輮以爲輪其曲中規雖有槁暴不復挺者輮使之然也。輮屈槁枯暴乾挺直也晏子春秋作不復贏矣故木受繩則直金就礪則利君子博學而日參省乎已

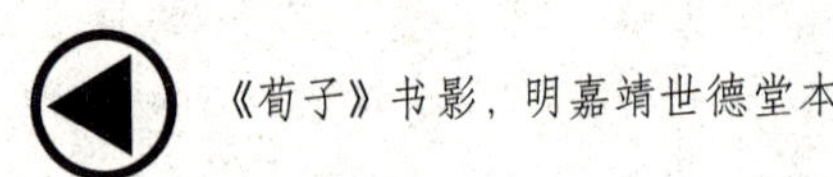

《荀子》书影，明嘉靖世德堂本。

据自然界特有的规律去征服自然，而且可以借助先进的工具来改造自然，从而从自然界中获取更丰厚的回报。

四、在认识论方面。

荀子认为，人在认识事物的过程中，对事物的感知首先表现在感官上，通过人体的视觉、听觉、味觉、嗅觉及触觉等，初步认识事物的特征。然后通过更高级的大脑的思维活动，对感觉器官提供的信息进行综合分析，从而得到理性的认识。

《荀子》一书教会了人们如何摆脱主观武断和迷信思想，即克服思想认识上的片面、肤浅及强调主观偏见的弊端，从大局出发，全面深入地认识和研究事物的内在规律。

五、在教育观念方面。

在学习上，荀子首先提出“学不可以已”，阐明了学无止境的道理，认为不断的学习可以提升人的思想水平。荀子认为教育的重要作用在于“化性起伪”，这个观点是建立在“性恶论”的理论基础之上的，意思是通过成功的教育，可以感化本来恶的天性，从而变为善的人性。教育的实施有赖于教育者，荀子强调了教育的重要性，同时也就意识到了教育者的重要性。

妙语佳句

· 礼者，贵贱有等，长幼有差，贫富轻重皆有称者也。

· 立君上之势以临之，明礼义以化之，起法正以治之，重刑罚以禁之。

类型	成书时间	推荐理由
哲学论著	战国时期	鲁迅认为，此书“其文则汪洋辟阖，仪态万方，晚周诸子之作，莫能先也”。

哲学思想的逍遥游
——《庄子》

背景搜索

《庄子》是我国先秦诸子百家争鸣时的一部重要作品，是我国庄周学派的著作总集，代表着庄周思想。

庄周又称庄子，他是我国战国时期著名的思想家，同时也是一位文学家。庄子的具体生卒年不详，和我国古代著名的思想家孟子处于同一时期。庄子是宋国蒙（今河南商丘县东北）人，他才学出众，但只做过一段时间的漆园吏。他生活非常贫苦，衣衫褴褛，身居陋巷，曾经依靠打草鞋来维持生计，还曾向监河侯借米度日。庄子素来“适己任性”，自在超脱，蔑视所谓的功名利禄。楚庄王仰慕他的才华，用重金聘请他做自己的卿相，但是庄周不为高官厚禄所动，不想被国事羁绊，宁愿终身不做官，逍遥于物外。

庄周的政治、哲学思想，在一定程度上承袭了老子的思想，与老子思想有不少相通之处。但在继承老子思想的同时，庄子又发扬了老子等人的思想学说，并形成了有别于其他思想的一个独立的思想门类。因此世人通常将老子与庄子并称为“老庄”。

内容精要

现存的《庄子》全书共33篇，分为内篇、外篇和杂篇三部分。其中内篇包括了从《逍遥游》至《齐物论》等7篇；外篇包括了从《骈拇》、《马蹄》至《知北游》等15篇；杂篇包括《庚桑楚》、《徐无鬼》在内的11篇。通常人们认为内篇7篇是庄子所做。

《庄子》一书，包含了政治、经济、文化、人生、处世等方方面面的精辟见解与思想。我们试着从以下几个方面来分析《庄子》的内容。

一、在自然观点方面。

《庄子》一书，继承和发展了老子关于“道”的学说。“道”是一种规律、一种趋势，庄子认为自然之道是天地万物的根源，有了“道”，才有了万物。人们在做事情的时候，如果违背“道”，就会导致失败，如果顺应“道”，就能成功。

“道”同时又区别于具体的万物，它是虚无抽象的，不受时间和空间的限制。“道”是绝对、永恒、普遍的。

二、社会观点方面。

《庄子》里包含着对封建等级制度及封建道德的极端蔑视和不满。在庄子看来，儒家的仁义礼智，属于带有欺骗性的封建说教，实际上严重束缚了人的天性，阻碍了个性的发展，儒家学说中对人的言行的规范，实际上是一种精神桎梏。

庄子认为，统治国家是一件非同一般的大事，只有忘却天下而无所作为的人，方能担起这样的重大责任。庄子所谓的忘却天下和无所作为，和老子的“无为”思想如出一辙，指的是统治者顺应民意，实行休养生息的政策。

三、在人生哲学方面。

《庄子》反映出了庄周思想的清静无为、返璞归真和虚无空明的特点。无论是对待学习、为人处世，还是修身养性的问题，庄子都是以这一点作为遵循的准则的。

庄子虽生活困顿，却鄙弃权势名利，追求精神上的逍遥自由。

《庄子》书影。

庄子认为看重生命本身，就会轻视利禄，倡导人们不要追名逐利，不要去充当谋士智囊，应该任由自己的精神在虚无缥缈的境界中遨游。庄子轻视富贵荣华，面对人生中的“得”与“失”也非常从容与坦然。在《庄子·大宗师》中这样写道：“夫得者，时也；失者，顺也。安时而处顺，哀乐不能入也。此古之所谓县解也。而不能自解者，物有结之。”意思是：所谓的得到，就是恰逢时机；所谓的失去，其实是顺应规律而消散了。这是一种超脱于物外的人生哲学，是庄子思想的虚无空明的又一表现。甚至在生与死的问题上，庄子同样有着独到和超脱的见解。他将其理解为“生也死之徒，死也生之始”（《庄子·知北游》），即生是死的变迁，死是生的开始。他阐述了生与死的辩证关系，同时也显示了为人的高洁和骨气。但《庄子》中所提倡的超然物外，也并非是逃避一切现实。《庄子·让五》中就提到：“遭治世人不避其任，遇乱世不为苟存。”明确地告诫大家，遇到太平盛世不要逃避自己应尽的责任，遇到世道大乱也不要苟且偷生。在交友的问题上，庄子推崇的是既淡泊又真诚，保持一定距离却又有亲切感的相处方式，与朋友亲近，但不可以与他混同，否则容易堕落；相处时要和气，但不能做得太刻意明显，不然会被人认为有所企图，想要得到声望和名誉。

《庄子》一书中包含的许多观点，或多或少地具有朴素唯物主义的色彩，所反映的思想内容，在某些方面也存在局限性。

首先，承认世界是客观存在的，否认了意志左右世界的唯心主义思想。庄子认为万物是其自身的主宰，万物的产生及变化是缘于自身的，并非是因为儒家所谓的天的意志在操纵，也不是墨家所谓的鬼神的控制。

庄子是用运动、变化的眼光看问题的。庄子认为万物不是停滞不动的，不是一成不变的，而是始终处在不断交替变更、循环往复的运动过程中。客观事物运动、变化的特点，决定了人们应该用变化的观点来看待问题。

其次，《庄子》一书所展示和描述的世界具有时间、空间及其他方面的无限性。在这

庄子的文章具有浓厚的浪漫色彩，“庄周梦蝶”的故事就为人所乐道，元代画家刘贯道的这幅《梦蝶图》就是取材于此典故。

里，庄子创造性地提出了时间和空间的概念。庄子认为：“吾生也有涯，而知也无涯。以有涯随无涯，殆已。”（《庄子 · 养生主》）即人的生命是有限的，而认识的事物是无穷的，以有限的人生去追求无穷的认识，必然会陷入困境。庄子能够认识到客观世界的无限性，这在科学水平有限的古代是难能可贵的。

庄子的观点中含有相对主义的因素，认为万物的大与小、对与错并不是由事物本身所决定的，而是取决于观察者的观点。他一方面肯定了事物具有相对性，但另一方面却忽略了事物在一般条件下的绝对性。可见庄子对世界的认识缺乏相对和绝对的辩证方法，从而导致了极端的相对。这也是庄周思想存在局限性的一个反映。

再次，在承认世界万物的独立性和运动性的同时，庄子又认识到人可以发挥自身的主观能动性去了解和认识事物，而且人的主观能动性在某些方面还会影响到客观事物的发展。在《庄子 · 则阳》一篇中，我们可以看到：庄子从前种田的时候，发现马马虎虎地耕作，收获的成果也会是马马虎虎、不尽人意的；简单草率地除草的话，从地里得到的回报也会同样简单草率。可见人的勤奋与懒惰，有时会直接影响到结果的好与坏。

妙语佳句

· 遭治世人不避其任，遇乱世不为苟存。

· 夫得者，时也；失者，顺也。安时而处顺，哀乐不能入也。此古之所谓自解也。而不能自解者，物有结之。

类型	成书时间	推荐理由
军事论著	战国时期	《孙子兵法》在中国军事学史上地位极高，对后世影响极大。它在整个封建社会时期备受推崇，是兵家的必读之书。

世界三大兵书之一
——《孙子兵法》

背景搜索

《孙子兵法》是从战国时期起就风靡流传的军事著作。1972年在山东临沂银雀山发掘的两座汉代墓葬中同时发现了用竹简写成的《孙子兵法》和《孙膑兵法》，《孙子兵法》的作者被确认为春秋时期吴国的将军孙武。

孙武，字长卿，后人尊称其为孙了、孙武子。他出生于公元前535年左右的齐国乐安（今山东惠民），具体的生卒年月日不可考。孙武的父亲孙凭，是齐国君主以下的最高一级官员。

由于贵族家庭给孙武提供了优越的学习环境，孙武得以阅读古代军事典籍《军政》，了解黄帝战胜四帝的作战经验以及伊尹、姜太公、管仲的用兵史实，加上当时战乱频繁，兼并活动激烈，他的祖父、父亲都是善于带兵作战的将领，他从小也耳闻目睹了一些战争，这对少年孙武的军事能力方面的培养是非常重要的。但齐国内部矛盾重重，危机四伏。而当时南方的吴国自寿梦称王以来，联晋伐楚，国势强盛，很有新兴气象。孙武认定吴国是他理想的施展才能和实现抱负的地方。大约在齐景公三十一年（公元前517年）左右，孙武正值18岁的青春年华，他毅然离开乐安，告别齐国，长途跋涉，投奔吴国而来。孙武一生的事业就在吴国展开了，死后亦葬在吴国，因此《吴越春秋·阖闾内传》就把孙武称为“吴人”。

内容精要

《孙子兵法》短短的13篇，5000字，体现了孙武完整的军事思想体系。这13篇兵法，讲的全部都是如何克敌制胜的战略战术，全书构成了一个严密的体系。

一、《始计篇》，讲的是国家长久大计，提出了“兵者，国之大事，生死之地，存亡之道”的思想。

二、《作战篇》，讲的是作战用兵的事。从战争对人力、物力和财力的依赖出发，论述速战速胜的重要性，阐述了“兵贵速，不贵久”的速胜思想。

三、《谋攻篇》，主要论述用计谋征服敌人的问题。孙武在此篇中提出了“知彼知己，百战不殆”的光辉思想，认为谋略必须建立在了解敌我双方情况的基础上。

四、《军形篇》，论述用兵作战要先为自己创造不被敌人战胜的条件，以等待敌人可以被我战胜的时机，使自己“立于不败之地”，然后寻求可乘之机，以压倒的优势打击敌人。

五、《兵势篇》，论述用兵作战要造成一种可以压倒敌人的迅猛之势，并要善于利用这种迅猛之势，出奇制胜地打击敌人。

怎样造成这种势呢？首先，要使自己本身具有战胜敌人的强大力量。其次，要“择人而任势”。

六、《虚实篇》，论述用兵作战须采用“避实而击虚”，“因敌而制胜”的方针。

孙武指出，运用避实击虚的作战方针，要从分析敌情出发，要随着形势的变化而变化，因为战争过程中的众寡、强弱、攻守、进退等等关系处在急剧变化之中，“故兵无常势，水无常形，能因敌变化而取胜者，谓之神”。

七、《军争篇》，主要讲主力军的正规战争。这是全卷13篇的中心篇，论述了如何争取制胜的有利条件，使自己掌握作战主动权的问题。孙武在该篇中提出了“避其锐气，击其惰归”的治军思想。

八、《九变篇》，论述将帅指挥作战应根据各种具体情况灵活机动地处置问题，不要机械死板而招致失败，强调要考虑变通之法。要求将帅处置问题时必须权衡利弊。在这里，他大胆地提出了“君命有所不受”的军事名言。

九、《行军篇》，论述行军的要领。论述行军作战中怎样安置军队和判断敌情的问题，还论述了军队遇到不同地形时的不同处置办法。孙武还提出了31种观察、判断敌情的方法，孙武在本篇中还提出了“令之以文，齐之以武”的文武兼用的治军原则，即要用道义来教育士兵，用法纪来统一步调，这样的军队打起仗来一定能取得胜利。

十、《地形篇》，主要论述用兵作战利用地形的原则。

十一、《九地篇》，孙武分析了九种战地的特点和士兵处在这些地区的心理状态，相应地提出了在这些地区用兵的不同措施。他着重论述深入敌国作战的好处，认为深入敌国，等于把士兵投置在危地，他们会迫不得已拼死作战，发挥更大的战斗力；而且，深入敌国，还可就地补充军粮，还可因离家太远而不会逃散，服从指挥，一心一意作战，夺得战争胜利。

十二、《火攻篇》，论述在战争中使用火攻的种类、条件和实施方法等问题。

孙武认为，火攻的着眼点在于摧毁敌人的人力、物力和运输线。各种火攻方法必须变化运用，我军可以掌握，敌军也可以掌握，应该注意防备。

十三、《用间篇》，是讲利用间谍侦察敌情，其目的是防止战争的发生或者尽可能地减少战祸带来的损失。篇中阐明了使用间谍侦察敌情在作战中的重要意义，并论述了间谍的种类和使用间谍的方法。孙武十分重视间谍的作用，认为它是作战取胜的一个关键，军队依靠间谍提供的情报而采取行动。

孙武的兵法十三篇，各有侧重，波澜起伏，分析透彻，见解精到，实用性强。孙武把这本宝贵的兵书进献给了吴王。吴王将兵法一篇一篇看罢后，啧啧称好，但给孙武出了个难题，要求用宫女来演练，借以证明孙武不是一个纸上谈兵的人。

宫中美女180名被召到宫后的练兵场，孙武把她们分为左右两队，指定吴王最为宠爱的两位美姬为左右队长。

分派已定，孙武站在指挥台上，认真宣讲操练要领。安排就绪，孙武便击鼓发令。然而尽管孙武三令五申，宫女们却不听号令，队形大乱。孙武便召集军吏，根据兵法，斩两位队长。吴王见孙武要杀掉自己的爱姬，大为惊骇，马上派人请孙武赦免她们。孙武毫不留情地说："臣既然受命为将，将在军中，君命有所不受。"执意杀掉了两位队长。当孙武再次击鼓发令时，阵形十分齐整。孙武说：令行禁止，赏罚分明，这是兵家的常法，为将治军的通则。对士卒一定要威严，只有这样，他们才会听从号令，打仗才能克敌制胜。听了孙武的一番解释，吴王阖闾怒气消散，拜孙武为将军。

在孙武的严格训练下，吴军的军事素质有了明显的提高。

公元前506年，孙武以三万军队攻击楚国的二十万大军，获得全胜，创造了以少胜多的光辉战例。

阖闾去世后，由太子夫差继承王位，孙武和伍子胥继续辅佐夫差。

随着吴国霸业的蒸蒸日上，夫差渐渐自以为是，不纳忠言。最后听了奸臣的挑拨，逼伍子胥自尽。孙武对此十分寒心，于是便归隐深山，根据自己训练军队、指挥作战的经验，修订其兵法十三篇，使其更臻完善。

妙语佳句

· 知彼知己，百战不殆。

· 味不过五，五味之变，不可胜尝也；战势不过奇正，奇正之变，不可胜穷也。

类型	成书时间	推荐理由
诗歌	战国时期	《楚辞》是我国古代的一部以屈原的作品为代表的诗歌总集，它在我国的诗歌史上占有极其重要的地位。

浪漫主义的发端
——《楚辞》

背景搜索

“楚辞”其实并不单指屈原等人的作品。“楚辞”的先驱者是春秋末年生活在长江流域的人民，他们以口头形式创作了一些体裁新颖的优秀诗歌。严格来讲，“楚辞”最早源于战国时期，当时我国南方楚地开始兴起并流行一种新的诗歌样式，到了西汉前期，西汉人将战国时期楚人所做的诗歌统称为“楚辞”。

对于“楚辞”，汉人有时简称它为“辞”，或连称为“辞赋”，又由于楚辞中最有代表性的作品是屈原的《离骚》，因此后人也有以“骚”来指称楚辞的。《楚辞》一书，集中体现了这种诗歌样式。因此人们研究“楚辞”，必定要以《楚辞》为范本，而研究《楚辞》，又要首推屈原的作品。

《楚辞》的编定者是西汉的刘向。西汉成帝河平三年（公元前26年），刘向整理了屈原、宋玉的作品，遂编定了《楚辞》一书。

屈原名为屈平，原是他的字（在《离骚》中，屈原自称为灵均）。公元前339年，屈原出生于战国时期的楚国，成为春秋战国时期著名的文学家，同时他也是楚国的大臣。屈原出身于王公贵族家庭，博学多才，记忆力过人。他曾任楚怀王的左徒。大约在楚怀王十六年（公元前313年），屈原因被谗言诋毁，离开了楚国都城，有感而发，创作了《离骚》。这部作品讲述了诗人的政治理想破灭的过程，具有很高的文学和思想价值。李白曾在诗中这样评论道："屈平词赋悬日月，楚王台榭空山丘。"的确，随着历史的推移，楚怀王和楚国最终会化为过眼云烟，唯有屈原伟大的艺术才能和崇高的思想才能不朽。在屈原的影响下，楚国又产生了一些楚辞作者，包括宋玉、唐勒、景差等人。

内容精要

《离骚》是楚辞的首篇，也是屈原最重要的代表作品，在我国三千多年的古典诗史上取得了不可取代的辉煌成就。以《离骚》为代表的《楚辞》和以《国风》为代表的《诗经》，分别代表着先秦文学的两个发展阶段，成为中国古代诗歌的典范。

《离骚》的本意，指的是忧愁或者牢骚，具体来讲，"离"指的是离别，"骚"指的是烦忧。屈原以"离骚"为题，就是为了抒发去国离家的忧愁烦闷之情。

这篇长诗一共有373句，2490个字，是一部气势恢宏、感情炽热的长篇巨构，堪称中国古典文学作品中最长的一篇抒情诗。全诗共分为三部分。第一部分从自己的出生、家世、学识、才能、修养、品质等方面写起，说到自己如何立志辅佐楚王推行政治改革，但却遭到恶人的谗言诋毁，自己的改革计划因此被楚王放弃的经历。在第二部分当中，诗人借女媭的劝告，阐明了自己符合古代圣贤遗训的政治主张，以"路漫漫其修远兮，吾将上下而求索"表明了自己追求理想的顽强意志和探求真理的执著精神；接着写了自己架起龙车去求索却碰壁的结果。进入第三部分，诗人在追求落空的情况下，请神灵为自己占卜、降神、指明出路，然后按照神灵的启示，决定离开楚国去遨游世界。然而上升到云端时，诗人忽然看见自己生活于斯的故土，终于不忍离开。但国中又无人能够理解自己，最后诗人只有选择以身殉国的方式来表达自己的一片赤诚的爱国之心。

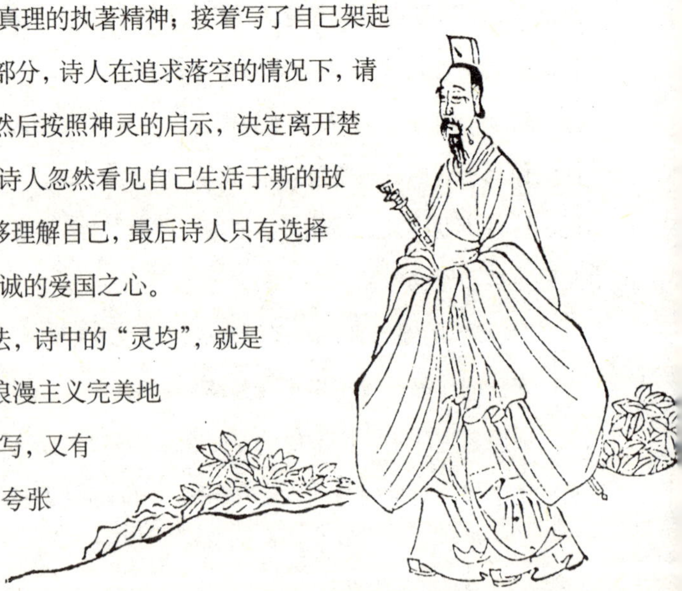

《离骚》采用的是第一人称的手法，诗中的"灵均"，就是艺术化了的屈原。作品将现实主义和浪漫主义完美地结合在了一起，既有对现实生活的描写，又有典型的神话传说的浪漫想象。象征、夸张

屈原故里——秭归。

的手法在诗中随处可见，例如屈原在诗中说自己曾经种植了很多的芝草、蕙草、芍药、杜衡和芳芷，这些都是香草，诗人借香草来比喻品行端正、性情善良的英才；借栽植香草来比喻培养人才；用芳草中途变质，来比喻志气高洁的人变坏。又如，诗人描写自己在四条白龙和五彩凤凰的牵引下，乘风直上，在天空中遨游。早晨还在苍梧，傍晚就到了昆仑的“悬圃”。月神做了他的车夫，风神做了他的随从，雷神陪伴在他的左右。这些显然都是出自于想象的夸张说法，但并不让人觉得荒谬。这些浪漫主义的手法，最大限度地烘托了诗歌的气氛，对于传达作者的思想和感情有很大的帮助。

《九歌》是屈原早期的作品，“九歌”这个名词，由来已久。在古代传说中，它是夏启从天上偷带到凡间的乐曲。在现实当中，“九歌”原本是楚国民间流传久远的一部祭祀鬼神的乐曲。而在《楚辞》中，屈原将其改编为一部有关祭祀的组诗。

《九歌》一诗，共分为11章，依次为：《东皇太乙》、《云中君》、《湘君》、《湘夫人》、《大司命》、《少司命》、《东君》、《河伯》、《山鬼》、《国殇》和《礼魂》。

《九歌》以祭祀神鬼为主要内容，包括了最尊贵的天神东皇太乙、云神、水神、山鬼、太阳神等。在《九歌》中关于这些神灵的生活的描述中，恋歌占了很大的比重。例如《湘君》中，以细腻的手法，描写了湘夫人对湘君的相思之情；《湘夫人》一诗，则表达了湘君思念和盼望湘夫人时，从迫切转为失落的心情，使得整章作品充满了浓郁的浪漫色彩。此外，《国殇》是一篇祭祀为国捐躯的将士们的挽歌，描写了古代战争，歌颂了英勇抗敌的爱国精神。

《天问》和《离骚》一样，也是《楚辞》中的一篇重要的长诗。这是一篇独特的作品，全篇采用的几乎都是问句的形式，以诗歌的语言，提出了自然科学、人类历史、神话传说、

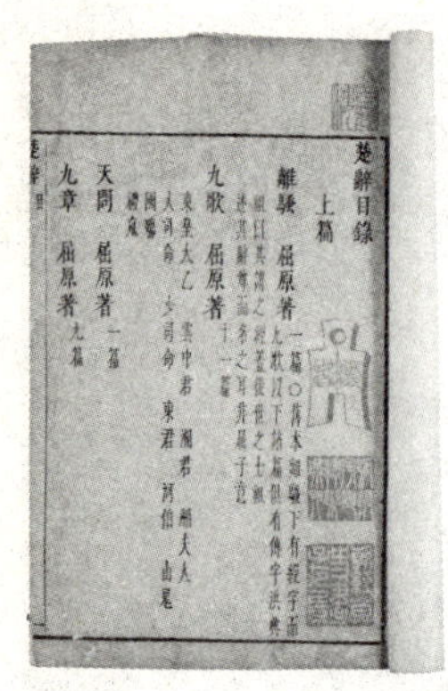
楚辭目錄

上篇

離騷 屈原著 一篇

九歌 屈原著 十一篇

天問 屈原著 一篇

九章 屈原著 九篇

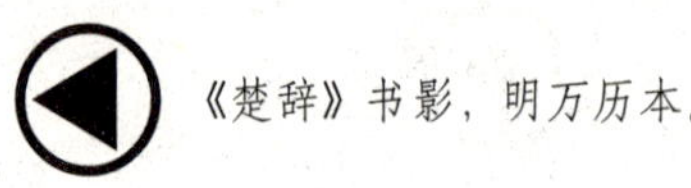
《楚辞》书影，明万历本。

政治伦理等方面的问题，表现了诗人屈原渊博的学识和深邃的思想，也体现了屈原对真理的科学求实的态度。这部作品的突出贡献体现在文体方面，它的文体有别于屈原的其他作品。《天问》的结构紧密，主要采用的是四言的句式，形式丰富多变、生动活泼，富于节奏感；韵律精妙、文字精到。《天问》的文字曾被郭沫若先生称为“空前第一等文字”，德国的孔好古称《天问》是“中国艺术史上最古的文献”。

《九章》一共包括了屈原所做的九篇诗歌，依次为：《惜诵》、《涉江》、《哀郢》、《抽思》、《怀沙》、《思美人》、《惜往日》、《橘颂》和《悲回风》。作品主要描写的是诗人在被疏远或流放过程中艰苦的生活经历和处境，反映了苦闷、激烈的思想活动，也体现了诗人桀骜不驯、不屈不挠的斗争精神和对祖国深厚的感情。《九章》中的诗歌篇幅较为短小，主要运用的是白描的写实手法，文笔质朴，浪漫主义色彩较为淡薄。以艺术价值而论，首推其中的《抽思》、《哀郢》、《涉江》和《怀沙》四篇。

对于《楚辞》一书，刘勰在他的《文心雕龙 · 辨骚篇》中评价道：“《骚经》《九章》，朗丽以哀志；《九歌》《九辨》，绮靡以伤情；《远游》《天问》，瑰诡而惠巧；《招魂》《大招》，耀艳而深华；《卜居》标放言之致，《渔父》寄独往之才。”除了前面介绍的几个重要的篇章之外，《楚辞》中的其他作品也都有一定的艺术价值和思想价值，留待读者慢慢品味。

妙语佳句

· 路漫漫其修远兮，吾将上下而求索。

· 唯草木之零落兮，恐美人之迟暮。

· 悲莫悲兮生别离，乐莫乐兮新相知。

类型	成书时间	推荐理由
政治论著	战国末期	《韩非子》是先秦法家集大成者韩非的著作，重点宣扬了韩非的法、术、势相结合的法治理论。

以法为教的治国方略
——《韩非子》

背景搜索

《韩非子》一书，是我国战国时期法家思想理论的代表作之一，它的著者是我国古代杰出的思想家韩非。

韩非，战国末期的著名思想家，是法家的代表人物，生活年代大约为公元前208年至公元前233年。韩非原本是韩国公族，与李斯同出于伟大的思想家——荀子的门下。韩非倡议变法，以实现振兴韩国、富国强兵的目的，为此他曾经多次上书给韩王，但他的建议都没有被韩王采用。韩非苦于没有施展才华和抱负的机会，失落之余，将精力转向了著书立说，借助这种方式，来表明自己的理想和志向。秦王看到了韩非的著述之后，非常仰慕韩非的才学，于是立即进攻韩国，并修书一封，强行邀请韩非出使秦国。韩非受韩王派遣到了秦国，后遭李斯、姚贾诬害入狱。公元前233年，韩非含冤死于狱中。

韩非子生活的时代，奴隶制度逐渐走向衰退，封建制度以其时代的先进性日益显露其势不可挡的发展势头。此时的儒家，已经逐步沦为没落的奴隶主阶级，为了捍卫自身利益，儒家极力宣扬其复古的倒退思想，主张复辟奴隶制度。而当时法家代表的是新兴的地主阶级，为了维护和巩固自身的政权，法家提倡君权神授，反对复古逆流，将攻击的矛头集中指向儒家思想。韩非批判了儒家和墨家显学中的不足之处，而且将重心放在了对儒家的批判上。由于自身身份和地位的限制，韩非的思想具有鲜明的阶级特征，他的思想和理论始终围绕着封建君王这一政治中心展开，维护君王地位和权势是韩非子法家理论的主旨。

内容精要

《韩非子》原名《韩子》，为了避免和唐代的大文豪韩愈及其作品混淆，后人将《韩子》改为《韩非子》。韩非在《韩非子》一书中，纵观天下形势，针对韩国变法不彻底的弊端，全面总结了战国时期变法改革的经验和教训，提出了"以法治国"，"法""术""势"三者结合的政治理论。

韩非思想的一个重要表现是：主张以"法治"代替"礼治"。韩非认为，治理国家并不一定需要非常有智慧的君王，如果依照"法"、"术"、"势"，即便是学识与能力居中的国君同样可以治理好国家。此外，韩非还阐述了"法"、"术"、"势"三者的相互关系及作用。它们是统一的整体，是一个系统而紧密的思想体系，三者缺一不可。"法"是根本，"势"是基本前提，"术"是执"法"的必要手段。

韩非所说的"法"，指的是法制。韩非强调了法对于国家兴衰的重要意义，认为治国要有法度，强调法度是治国之本。韩非主张"奉公法，废私术"，提倡奉行公共的法度，废除儒家所谓的廉、忠、仁、义等虚伪而不实在的观点和准则。

"法"的内容包括了定法和执法两方面。韩非认为定法要明，要让天下的百姓清楚法制的内容，而且制定法制不应该与通常的人情和公认的道理相悖逆。执法方面，韩非强调了贯彻和实施法制要严厉，要"必得"，不能容许逍遥法外的现象产生，如果做不到这一点，法制的威严将受到影响，那么即使定的法再严厉，也会有人产生铤而走险、以身试法的心理。

韩非所指的"术"，实际上是驭人之术。他将"术"又分为了"察奸术"、"除奸术"、"刑名术"等，讲述了如何考察官员中存在的徇私舞弊、谋权篡位等现象危及国家及中央政权的方法和标准，讲述了发现奸臣之后，如何运用正确的手段去化解其对自己造成的威胁，等等。

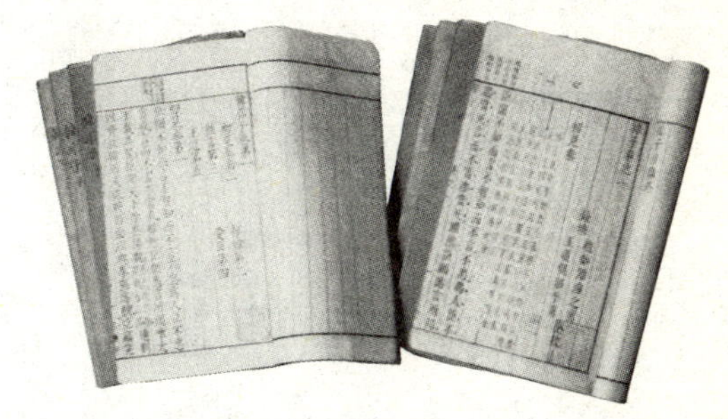

《韩非子》书影。

此外，韩非还指出正确施行“刑”与“德”对于管理官员的重要性。所谓“刑”，指的是杀戮，所谓“德”，指的是庆赏。韩非认为：“赏罚者，邦之利器也，在君则制臣，在臣则胜君。”

韩非认为，首先，“刑”与“德”必须掌握和操纵在国君的手中；其次，在实行赏罚时，必须从考察官员是否言行一致以及政绩等方面入手；最后，君王不可以用个人感情来影响对臣子的评判和赏罚，应该抛开个人的喜恶，这样奸人就不能有左右国君的机会。

“势”的内涵非常广泛，韩非子将“势”主要分为自然之势和人设之势。自然之势是指固定不变的王位传袭，人设之势则是指君王所拥有的权势和威严以及人臣所遵循和实行的法度。

封建统治者的政治目标和实际的统治手段之间，往往存在着相互冲突的现象。韩非指出了当时的社会症结所在，即“五蠹”和“六反”。“蠹”的原意指的是蛀虫，蛀虫会毁坏木头，正如五蠹会拖垮国家一样。“五蠹”具体包括了学者（指儒家）、言谈者（纵横家）、带剑者（游侠）、患御者（逃避兵役之人）以及商工之民。针对“五蠹”，韩非提出，以“法治”代替“礼治”，以官吏取代师儒，应该重视勤劳耕作的人民和奋勇作战的军士，对他们进行必要的奖赏，对于五蠹之流不要存顾惜之情，应该果断地铲除。在《六反》一文中，韩非列举了六种被世人称道或诋毁的人，认为在他们当中，被世人称道的人，实际上应该被处罚；被世人诋毁的人，恰恰应该受到嘉奖才对。针对“六反”，韩非指出赏罚分明是成就霸业的重要因素，治理国家应该用威严取代个人感情。要做到赏罚分明，而且强调重赏才能收服人心，严刑方能止住祸国殃民的行为。

妙语佳句

· 国无常强，无常弱。奉法者强则国强，奉法者弱则国弱。

· 夫势者，名一而变无数者也。

类型	成书时间	推荐理由
类书	秦嬴政六年（公元前241年）	《吕氏春秋》是我国古代第一部有组织有计划的集体编纂的大型学术著作，是先秦思想文化的总结。

“一字千金”的百科书
——《吕氏春秋》

背景搜索

吕不韦（约前290—前235），战国时卫国濮阳（今河南濮阳）人。秦庄襄王时，任丞相，封文信侯。庄襄王死，太子嬴政（即后来的秦始皇）即位，尊吕不韦为相国，称“仲父”。吕不韦先后主政十三年，在秦国奉行耕战拓地的政策，对秦国的强大做出了贡献。吕不韦执政后期，用重金招买人才，组织编纂《吕氏春秋》。当时诸侯的门客里有很多辩士，吕不韦也让他的门人人人都把自己的所见所闻所想写下来，集合起来编成书，这就是《吕氏春秋》，它的成书时间应为公元前241年。这部书写定之后，被放在咸阳的集市前，上面悬挂一千两金子，有能增损一字者，这千两黄金就归他。看来这是吕不韦自信无懈可击的一部著作。

《吕氏春秋》一书是先秦思想文化的总结。战国末期，天下已经出现趋于统一的形势，绵延二百年的九流十派的大辩论已经发展到综合总结的阶段。当时墨家提出“尚同”，法家提倡“一”，即统一；孟子主张天下“定于一”；儒家公羊派提倡“大一统”。《吕氏春秋》正是顺应当时政治上、思想上要求统一的趋势的产物。

内容精要

《吕氏春秋》体制庞大、新颖，创造了崭新的构架。它是我国第一部有严密体系的书，是后世类书的鼻祖。全书分为十二纪、八览、六论三大部分。所谓“十二纪”，就是按照春夏秋冬四季顺序来编排内容，每一季又分为孟、仲、季三纪，每月一纪；每纪有五篇文章，纪首为月令，共60篇（实际上是61篇，冬纪附有《序意》一文）。论文的思想内容以四季相配，各有侧重。春纪以论生为主，夏纪以谈乐为主，秋纪以言兵为主，冬纪以谈死为主。纪体以12月为纲，分类论理，在生、死、乐、兵的大范围内列举杂家多侧面的哲学意识和政治主张。尽管12月与事理原本没有必然联系，但这是一种“天人合一”的意识。如此组织材料、编排纲目，可以看出作者力图为复杂繁芜的思想内容设立合宜的新构架的匠心。“八览”是八组专题论文，每一“览”下有八篇文章，共64篇。“六论”是六组专题论文，每组又有六篇文章，共36篇。这样，全书共有文章160篇，是一部十七万三千多字的巨著。从总体结构上看，显得整齐划一，有纲有目，杂而不乱。从各篇体制看，也体现了新的特点。它的篇名有定数，全书160篇的题目一律为两个字，而且全部以意名篇。每一篇的篇幅也短小，一般都是几百字，最短的《不二》，只有一百六十多字，较长的如《本味》、《慎大》也不足千字。每编只论一个问题，集中而完整。几个单篇组合起来，就形成某种思想的系列。如《劝学》强调学习

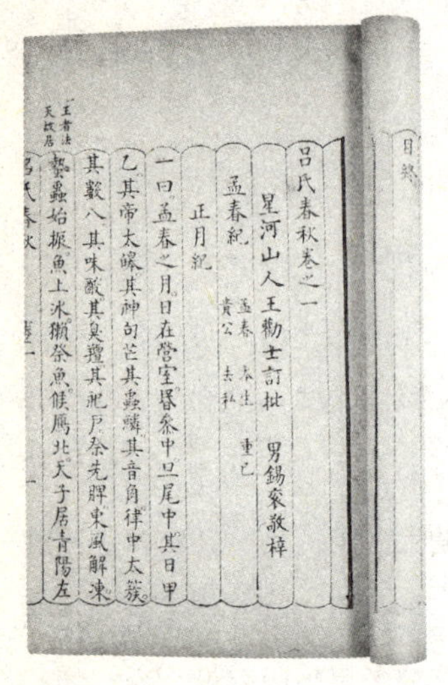

呂氏春秋卷之一

星河山人王勸士訂批　男錫袞敬梓

孟春紀　孟春　本生　重己　貴公　去私

正月紀

一曰孟春之月日在營室昏參中旦尾中其日甲乙其帝太皞其神句芒其蟲鱗其音角律中太蔟其數八其味酸其臭羶其祀戶祭先脾東風解凍蟄蟲始振魚上冰獺祭魚候鴈北天子居青陽左

王者法天故居

呂氏春秋　卷一　一

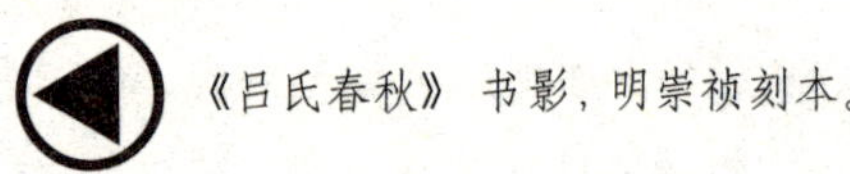

《吕氏春秋》书影，明崇祯刻本。

的重要性，《尊师》论求师的途径，《诬徒》讲授学习方法，《用众》谈取长补短的学习技巧。四篇细论四个问题，综合起来就是教育思想的系列。《吕氏春秋》每篇的内容也是有联系的。篇与篇之间，有的互为表里，有的后篇是前篇的续笔，有的数篇连贯，每一纪每一览都有一个大的内容系列。《吕氏春秋》的议论方法也是一致的。一篇当中大体分为议论和故事两个部分。有的篇章如《有始览》七篇全用互见法，各篇所引证的史实，只简单列举事名，而省略具体内容，以“解在乎××”的形式见于其他篇。这样可以避免书中重复征引史料。这种分见他篇的互见法后来为《史记》所继承。

《吕氏春秋》是吕不韦三千门客中的一些文士所做，这些人来源复杂，各家各派都有，这就决定了它是一部兼收并蓄的“杂学”之书。《汉书·艺文志》说的“杂家者流，盖出于议官。兼儒墨，合名法”，概括出杂家在思想方面博采诸家的特点。

妙语佳句

·人有亡斧者，意其邻人之子，视其行步，窃斧也；颜色，窃斧也，言语，窃斧也，动作态度，无为而不窃斧也。俄尔掘其谷而得其斧，他日复见其邻人之子，动作态度无似窃斧者。其邻之子非变也，已则变矣。变也者无他，有所尤也。

类型	成书时间	推荐理由
汇编	汉甘露四年（约公元前50年）	《战国策》是战国至秦汉间纵横家说辞和权变故事的汇编，语言生动，使人如临其境，如闻其声。

纵横家的宝典
——《战国策》

背景搜索

《战国策》也称《国策》，相传由战国时期各国史官或策士辑录。它的主要内容是记载战国时期策士游说诸侯、国君的活动和说辞以及他们相互辩论驳讦时所表现出来的政治军事见解、所提出的各种斗争策略。自战国后期到西汉时期，游说之风盛行，游士需要一定的资料做揣摩学习之用。约在战国和秦汉之间，一些资料被编写成为多种形式的书策，称为《国策》，或《短长》，或《修书》，或《事语》等。到西汉后期，刘向（前77—前6）整理战国史料七种，开始将这些性质相同而来源不同的著作编校成书，定名为《战国策》。刘向校书，是以国别为底本，把《国策》、《国事》、《短长》、《事语》、《长书》、《修书》这六种书的材料，分别编入12国中，这些材料大多是记述战国游士的策谋的。

刘向编定的《战国策》33篇，分为12国，是为古本。但因其中杂有纵横阴谋之术，为儒家所排斥，所以传诵较少，容易残缺。到了宋代，曾巩校补过，他编订的《战国策》是为今本，凑足了刘向古本的篇数。

内容精要

今本《战国策》的篇目共有33篇，486章。《西周策》一篇，分为17章；《东周策》一篇，分为22章；《秦策》五篇，分为64章；《齐策》六篇，分为57章；《楚策》四篇，分为52章；《赵策》四篇，分为66章；《魏策》四篇，分为81章；《韩策》三篇，分为69章；《燕策》三篇，分为34章；《宋卫策》一篇，分为14章；《中山策》一篇，分为十章。这是元朝泰定二年（1325年），由东阳人吴师道依据曾巩校补本而订定的。吴师道所著《战国策校注》通行至今，另有宋人鲍彪改变原书次序作新注，近人金正炜有《战国策补释》。东汉高诱曾为旧本《战国策》作注，今残缺。1973年，湖南长沙马王堆出土西汉帛书，记述战国时事，定名《战国纵横家书》，与《战国策》内容相似，可补今本《战国策》之不足。

《战国策》的绝大多数文章中，都体现了民本思想。作为两千多年以前的古籍，这一点是相当可贵的。《赵威后问齐使》（《齐策四》）中的赵威后，把“民”的地位提高到国君之上。《邹忌讽齐王纳谏》（《齐策一》）中说，由于齐威王听取人民群众的意见，齐国大治，“燕、赵、韩、魏闻之，皆朝于齐”。《冯谖客孟尝君》（《齐策四》）中的策士冯谖，为孟尝君“焚券”、“市义”，赢得“民称万岁”，孟尝君因此能以区区薛地作为避难免死的安乐之“窟”。《中山策》中有一篇《昭王既息民缮兵》，则从反面说明民心的重要性：长平之战，秦军白起大破赵军，可是后来当昭王再次命他攻赵时，他不肯去。他说：“今秦破赵军于长平，不遂以时乘其振惧而灭之，畏而释之，使得耕稼以益蓄积，养孤长幼以益其

《战国纵横家书》帛书。

《战国策》的校订者和编订者刘向像。

众，缮治兵甲以益其强，增城浚地以益其固。主折节以下其臣，臣推体以下死士。至于平原君之属，皆令妻妾补缝于行伍之间。臣人一心，上下同力，犹勾践困于会稽之时也。”因此，他断定“兵出无功”，“臣见其害，未睹其利”。

对倾慕正义、蔑视王侯、敢于反抗强暴的义侠、高士等英雄人物，《战国策》予以歌颂。例如面对齐宣王不愿进前“趋势”的颜斶，他不但敢于直斥“王前”，而且公然宣称“士贵耳，王者不贵”，“生王之头，曾不若死士之垄也”（《齐策四》）。又如身为一介布衣之士的鲁仲连，发誓宁愿“赴东海而死”，也不愿做暴秦的臣民（《赵策三》）。荆轲、聂政等人物，扶植正义，疾恶如仇，为被凌辱者复仇，勇于献身。还有一些“济弱扶困”、反对侵略的人物，如说服燕赵两国出兵救魏的孟尝君，谏止魏王与秦攻韩的信陵君，不惜“百舍重茧”折服楚王、免除战祸的墨子等。对于这些人物，《战国策》都给予充分的肯定和高度的赞扬。

《战国策》体现了器重贤能、珍惜人才、崇尚智谋的思想。齐宣王采纳王斗的意见，“举士五人任官，齐国大治”（《齐策四》）；秦孝公以商鞅为相，实行变法，一年时间，就“道不拾遗，民不妄取，兵革大强，诸侯畏惧”（《秦策一》）。《战国策》不仅对这些在历史上有重大影响的人才给予赞扬，而且对一些在某些事上能出“奇策异智”或在某一方面有一技之长的人，不论出身尊卑，不问职业贵贱，也同样予以肯定，体现了“不取其污，不听其非，察其为已用”的进步观点。如姚贾原本是梁国一个看门人的儿子，又有偷盗行为，但因为他很会搞外交，秦王就任命他为外交官。他为秦国解除了一场被四个国家攻伐的危机。又如《苏子谓楚王》（《楚策三》）、《汗明见春申君》（《楚策四》）等篇，也都从不同角度说明了识才、惜才、容才、任才的重要。

战国时代，群雄争霸，兵连祸结，广大人民的生活陷于水深火热之中。苏秦对齐闵

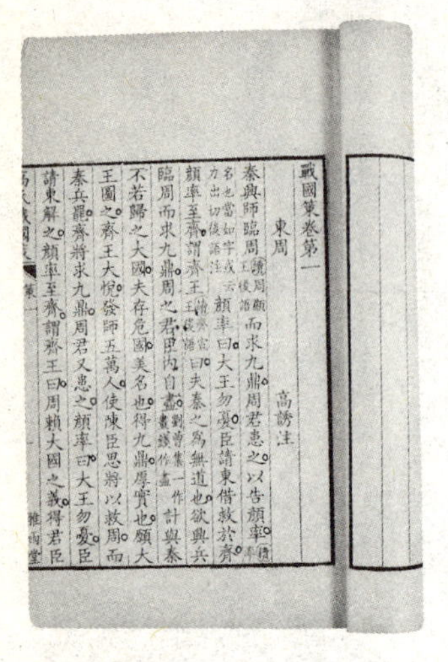

戰國策卷第一

東周　高誘注

秦興師臨周而求九鼎周君患之以告顏率
顏率曰大王勿憂臣請東借救於齊
顏率至齊謂齊王曰夫秦之為無道也欲興兵
臨周而求九鼎周之君臣內自盡計與秦
不若歸之大國夫存危國美名也得九鼎厚實也願大
王圖之齊王大悅發師五萬人使陳臣思將以救周而
秦兵罷齊將求九鼎周君又患之顏率曰大王勿憂臣
請東解之顏率至齊謂齊王曰周賴大國之義得君臣

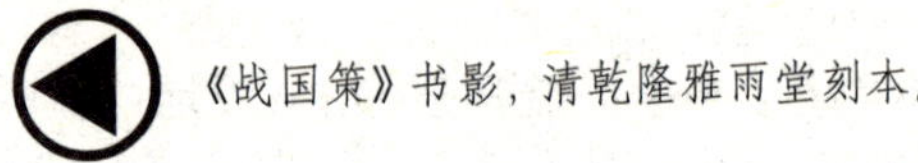

《战国策》书影，清乾隆雅雨堂刻本。

王说：“夫战之明日，尸死扶伤。虽若有功也，军出费，中哭泣，则伤主心矣。死者破家而葬，夷伤者空财而共药……故民之所费也，十年之田而不偿也。”（《齐策五》）战争的巨大开支，战争中的死伤破坏，终究都由人民来承受。秦国攻打赵国的长平，一次就坑杀降卒40万。知伯围赵襄子于晋阳（今山西太原市），决晋水而灌之，致使“城中巢居而处，悬釜而炊，财食将尽，士卒病羸”（《赵策一》）。统治者对外发动战争，对内则是昏庸无道。宋康王为了“威服天下”，辱骂敢于直谏的重臣，劈开驼背人的背脊，刀截渡河人的小腿，放辟邪侈，无所不为（《宋卫策》）；楚怀王削掉美人之鼻（《楚策四》）；秦宣太后与魏丑夫私通，临死还下令“必以魏子为殉”（《秦策二》）。这些记述，有力地揭露了统治者的凶狠和无耻，为取“卿相之尊”的苏秦，先持“连横之策”说秦惠王，以后又以与“连横”完全对立的“合纵”之策说赵王，他自己没有一定的政治主张，为了取得卿相的位置，不惜出尔反尔，变幻往复。张仪为秦使楚，答应献商于之地六百里，转脸就不认账，显然是一副流氓无赖的嘴脸。对苏厉的吹嘘撒谎、陈轸的世故圆滑、甘茂的狡黠等，书中也都有深刻的描绘。

妙语佳句

· 臣见其害，未睹其利。

· 夫战之明日，尸死扶伤，虽若有功也，军出费，中哭泣，则伤主心矣……故民之所费也，十年之田而不偿也。

类型	成书时间	推荐理由
哲学论著	汉景帝七年（公元前150年）	《淮南子》一书是刘安对汉初治政七十余年的理论和实践的科学总结，是百家争鸣数百年来的唯一不朽之作。

博大精深的哲学著作
——《淮南子》

背景搜索

在中华民族五千年的文明史上，西汉是个极其重要的朝代。它彻底结束了春秋战国及楚汉战争造成的天下分裂状态，完成了封建国家的大一统，因此研究和探索国家的长治久安问题，就成了政治家和思想家们孜孜以求的最为迫切的课题。正是在这种社会环境和文化氛围的影响之下，具有“博大精深”之称的《淮南子》，才得以应运而生。它对秦朝的暴政和汉初治政的得失，进行了深层的剖析，提出了以道家的自然天道观为主旨，集法家的进步历史观、儒家的仁政学说及阴阳家的阴阳变化理论为一体，兼收并蓄，扬长弃短，适应新的社会发展的治国理论。这种理论基本上符合汉初社会实际，而经过实践检验，证明是行之有效的。

《淮南子》是汉代淮南王刘安和他的门客一起编纂的。

淮南王刘安（前179—前122），是汉高祖刘邦之孙，父亲刘长为淮南厉王。文帝时，刘长骄纵不法，暗中结交匈奴，企图发动叛乱，事情败露后，被降爵发配四川，在途中绝食而死。文帝三分其国，封给刘长的三个儿子，刘安袭号淮南王。此时刘安16岁左右。刘

《神仙图》，明人绘。

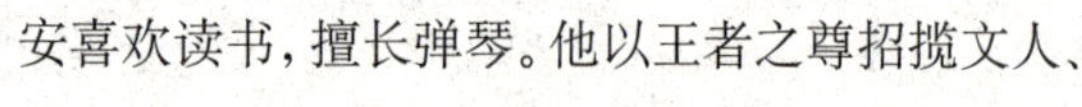

安喜欢读书，擅长弹琴。他以王者之尊招揽文人、方士达几千人，做了《内书》21篇和许多篇的《外书》。《中篇》八卷则专谈黄老神仙，篇幅竟有二十多万字。武帝喜好文学，刘安因为长于文辞，按辈分又是皇叔，所以深得武帝的尊重。元朔六年（公元前123年）十一月，刘安因为谋反与弟弟衡山王刘赐一起被诛，受牵连的有几万人。

刘安的著述多有散佚，传到今天的只有《淮南鸿烈》21篇。这是一部深刻的哲学著作，它融各派思想为一体，与先代的《吕氏春秋》一样，被列为“杂家”，而实际上，它以道家和阴阳家为主，兼容别家。

刘安给自己的书取名叫《鸿烈》。《要略》中说道：“此《鸿烈》之《泰族》也。”许慎的注里面说：“鸿，大也；烈，明也。凡二十篇，总谓之《鸿烈》。”《西京杂记》也说：“安著《鸿烈》二十一篇。”

《隋书·经籍志》有《淮南子》21卷，汉淮南王刘安撰，许慎注；《淮南子》21卷，高诱注。由此可知，隋代始称《淮南子》。

内容精要

《淮南子》的体系庞大，思想深邃，文笔瑰丽，构架严密。全书21卷，其中《原道》、《道应》专论道的精义；《俶真》、《精神》提出了宇宙生成论；《天文》、《地形》是古代天文学和地理学的珍贵史料；《览冥》谈事物的内在规律性；《本经》论述为圣之道；《主术》讲述君王统治之术；《兵略》论军事辩证法；《说山》、《说林》充溢着人生的哲理名言；《汜论》、《人间》探讨人生命运和祸福；《修务》劝人学习；《缪称》、《诠言》统论道家名言；《时则》是天子按照季节施行政事的纲要；《泰族》总论天人之际、古今之变；《要略》为全书之序言。这部著作集哲学、政治学、史学、伦理学、经济学、教育、军事、音律及自然科学于一体，不愧是一部“牢笼天地，博极古今”的划时代的文化巨著。

高诱《淮南子注·叙目》中说：“其旨近老子，淡泊无为，蹈虚守静，出入经道。其义也著，其文也富，物事之类，无所不载，然其大较，归之于道。”这里对《淮南子》全书的主旨做了最简明的概括。

《淮南子》中采撷《老子》的内容最多，全书引用《老子》的内容有七十六处，其中的《道应训》一篇就引用《老子》内容五十二处，可以看成是用历史事实为《老子》作注解。由此可知，《老子》一书对《淮南子》的影响是至关重要的。

“道”这个词作为哲学概括，是老子首先提出的。老子的自然天道观在《淮南子》中有集中的论述，《原道》、《道应》就是“道”的论篇，专门论述大道的精义。仅《老子》中“道可道，非常道”这一句，在《淮南子·汜论训》、《道应训》、《本经训》、《原道训》中就有四处引用。

“无为”一词也来源于《老子》。在《淮南子》中为“无为”做了具体的解释，赋予它明确的意义。《道应》中说：“所谓无为不先物为也；所谓无不为者，因物之所为也。”《修务训》说：“若吾所谓无为者，私志不得入公道，嗜欲不得枉正术，循理而举事，因资而立功，权自然之势，而曲故不得容者。事成而弗伐，功立而名弗有，非谓其感而不应，攻而不动者。”这里对“无为”的内涵给出了科学的阐释，指出“无为”就是按照自然法则和社会发展规律办事，指出违背自然规律的有意行为才叫“有为”。如果说《老子》中的“无为”尚且含有某些消极因素的话，《淮南子》中的“无为”观则继承了《老了》的自然天道观的精髓，又充实了合理又崭新的内容，适应了时代发展的需要，为汉初“无为而治”的治国原则提供了新的理论依据。

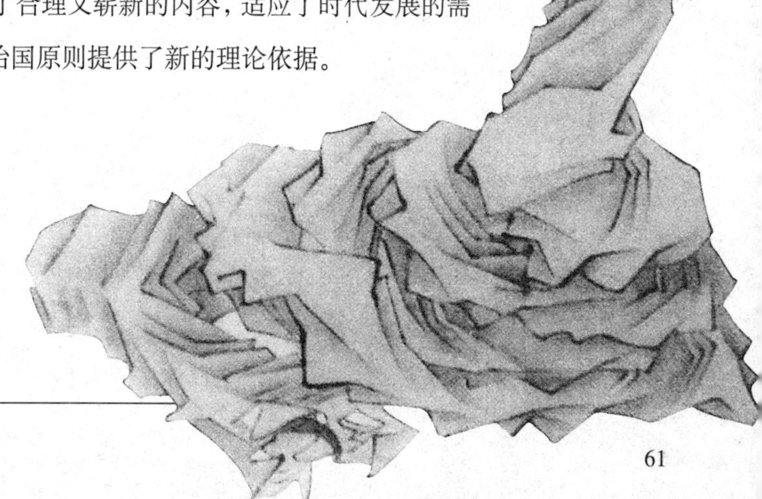

《淮南子》中保存了一些神话材料，“女娲补天”的神话主要就是靠此书才得以流传的。图为清代画家任颐笔下的女娲。

《淮南子》中还多次引用《庄子》，暗引《庄子》和阐明《庄子》之意，比比皆是。它对《庄子》的承继关系尤其集中在《养生论》上。《庄子·刻意》中说："吹呴呼吸，吐故纳新，熊经鸟伸，为寿而已矣。此导引之士，养形之人，彭祖寿考者之所好也。"可知《庄子》中对专门从事养形而不注重养神的做法是持批评态度的，这样是不能畅达生命之情的。《精神》中对吐纳和导引的记载更加详细，由战国时代的两种导引动作，发展到汉代的六种。它也强调，这是养形之人的所为，不是道家所主张的顺应天地之自然，全精保神的做法，不能够因此而扰乱人们的心志。因此《泰族》中说："治身，太上养神，其次养形。"精神上得道才是最高的理想。

《淮南子》博采众长，广泛吸取了儒家的"仁政"学说、兵家的军事辩证法、阴阳家的阴阳学说、名家的循名责实的观点、墨家的简朴薄葬主张等，各家思想都统一在大道的范围中，为汉初统一天下提出了一套完整的治国理论和方案。它以尊重自然状态、主体意识和自由精神为前提，主张调动社会全体成员的主动性来治理天下，既维护统一又维护地方自治权，这种治国理论不失为治理封建国家的明智选择，但注定不能为封建宗法制度所容忍。在儒家取得了独尊地位以后，《淮南子》便被打入冷宫了，但是它的思想精髓却被历代优秀的思想家如司马迁、王充、张衡等人所继承，影响了中国学术史两千余年。

妙语佳句

·夫夏商之衰也，不变法而亡；三代之起也，不相袭而亡。

·先王之制，不宜则废之。

·治国有常，而利民为本；政教有经，而令行为上。

类型	成书时间	推荐理由
纪传体通史	西汉汉武帝年间（约前140—前86）	《史记》是中国第一部纪传体通史和传记文学巨著，被鲁迅誉为“史家之绝唱，无韵之离骚”。

史家之绝唱，无韵之离骚
——《史记》

背景搜索

《史记》的作者是西汉的史学家、文学家司马迁。司马迁，字子长，左冯翊夏阳人（今陕西韩城县西南），大致出生时间为汉景帝中元五年（公元前145年）。他出身于一个世族家庭，父亲司马谈为汉武帝的太史令。司马谈精通天文、历数和黄老之学，崇尚道家，曾以黄老学说为主，写成《论六家要旨》，对儒、墨、名、法、阴阳、道等各家学说进行过批判和总结。这种家学传统，对司马迁影响很大。

司马迁在他父亲死后的第三年（汉武帝元封三年），正式继任为太史，时年38岁。这使他有机会阅读宫廷图书馆中大量的文献典籍。司马谈唯一的遗嘱是要司马迁完成他的著作。司马迁整整在皇家图书馆搜集了五年的资料，才写定他的著作纲领。太初元年（公元前104年），司马迁开始撰写他的不朽巨著——《史记》。

天汉二年（公元前99年），司马迁遭到李陵投降匈奴一案的牵连，被下狱受了腐（宫）刑。司马迁的肉体和精神都受到了极度的摧残。大约在征和二年（公元前91年），司马迁忍受宫刑这一奇耻大辱，以坚韧不拔的精神，最后完成了他所期望的“究天人之际，通古

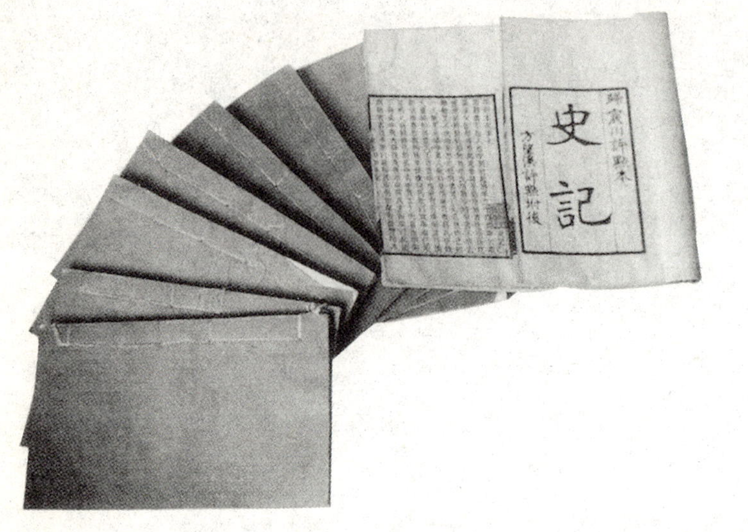

《史记》书影，清代版。

今之变，成一家之言”的《史记》。但当时并未刊行，直至汉宣帝时，司马迁的外孙杨恽才把它整理问世。

《史记》成书后，由于它“是非颇谬于圣人，论大道则先黄老而后六经”（《汉书·司马迁传》），被指责为对抗汉代正宗思想的异端代表。《史记》是司马迁唯一的著作。这部不朽的巨著，司马迁前后用了大约18年的时间，实际上凝聚了他毕生的心血。

内容精要

司马迁所谓的“穷天人之际，通古今之变，成一家之言”，意思是说：《史记》的写作目的是研究“天”和“人”之间的关系，把从古到今历史上的发展变化大势搞清楚，形成司马迁的一家之言。这句话既道明了司马迁撰写《史记》的目的，同时也指出了《史记》在史学上的贡献。

对于“天”和“人”之间的关系，司马迁认为天是天，人是人，天属于自然现象，和人事没有什么必然的联系。人们必须依照自然规律去活动，但不存在什么所谓的预兆吉凶祸福的说法。当然，司马迁对天的论述也有其局限性。《史记》并没有摆脱神秘思想的影响，它相信气数，相信祖先的善恶对后代的遭遇起作用。

司马迁对“古今之变”的分析概括，虽然在某些地方还摆脱不了循环论的消极影响，但是在当时的历史条件下已经达到了相当的高度。他认为表面上看似杂乱无章的史事，实际上是有其自身的发展规律的。他承认历史是变化发展的，历史的发展是有阶段的。

《史记》作为一部历史书，在“成一家之言”方面是个创举。“言”是指表达个人的思想主张，这要求司马迁既要继承前人的传统，又要在史学上有所创造。在《史记》中，司马迁从不笼统地肯定或否定任何一个人，他把历史事实、个人理想和评论三者紧密而成功地结合在了一起。

《史记》由本纪十二篇、表十篇、书八篇、世家三十篇、列传七十篇组成，全书共计130篇，526500字。它记载了上起黄帝轩辕氏、下至汉武帝天汉年间三千多年的历史，内容包括政治、经济、军事、文化、少数民族和外国历史，堪称是百科全书式的通史。

妙语佳句

· 且壮士不死则已，死即举大名耳，王侯将相宁有种乎？

· 力拔山兮气盖世，时不利兮骓不逝。

· 向者项庄舞剑，其意常在沛公也。

类型	成书时间	推荐理由
历史著作	西汉末年	《周礼》是中国最早和最完整的官制记录。

“以人法天”的理想国纲领
——《周礼》

背景搜索

《周礼》出现在公元前2世纪中叶，这是传统观点。直至某一姓李的人将《周礼》献于河间献王（前155—前129在位）时，该书才为人所知。河间献王即刘德，汉景帝之子，汉武帝之弟。

河间献王将它藏于秘府后，《周礼》好像除偶尔遭人蔑视外，一直躺在秘府，不为人所接触。这种情况一直持续到王莽时期。到王莽时，由于他有意仿周公确立的政府模式，以使自己的统治具有合法性，也由于《周礼》已被视作周公的著作，它自然被当做记载国家机构的权威著作来看待。在为王莽效力时，刘歆不仅提倡《周礼》，使它摆脱了湮没于秘府的噩运，而且，如前文所述，他还努力使其被确立为一种官学。

关于《周礼》的成书年代还有另一极端观点。自宋开始，有人主张，《周礼》是刘歆所伪造的，这是他给王莽统治披上合法性外衣而在文献方面所做的一种努力。早期倡议这种观点的是司马光（1019—1086）、洪迈（1123—1202）和苏辙（1039—1112），较近的拥护者则有康有为（1858—1927）。这一怀疑的总依据是下述一事：《周礼》在刘歆校书于秘

西周时期的夔龙纹玉佩。

府时发现它之前，它几乎不为人所知。实际上，在刘歆之前，全然没有关于它的资料。而《周礼》被刘歆所效力的王莽垂青也鼓励了关于刘歆伪造此书的怀疑。

许多有名望的学者都反对它是刘歆的伪作这一观点。陈振孙（约1190—1249）指出，《周礼》使用了许多汉代罕为人知的古字及事物名称，这清楚说明其起源早于汉代。毛奇龄（1623—1716）也反对刘歆伪造《周礼》的说法。他提出，《汉书·艺文志》记载，早在魏文侯时，魏国有一名叫窦公的乐师就有一篇称作《乐书》的古书，此书在汉文帝时献出，它被证明就是《周礼·大宗伯》中的音乐部分。

为反驳康有为对许多汉代之前的文献（包括《周礼》）真伪的严厉攻击，几位现代学者已论证刘歆并不像他们所攻击的那样是个大作伪家。就《周礼》而论，最重要的西方学者对这一问题的研究当推高本汉的论文《〈周礼〉和〈左传〉的早期历史》。通过证明大量《周礼》文字见于刘歆之前的其他文献（即《史记》、《毛诗注》和《尔雅》），高本汉得出结论说，如果不会更早，那么，在公元前2世纪中叶，《周礼》就已以与现代人所知的形式与内容相近似的本子存在了，它不是刘歆的伪作。这个年代与传统记载此经首次出现的时间相合。

顾颉刚和郭沫若同样认定《周礼》是战国晚期的真文献，他们甚至就其作者的具体身份和籍贯做了推测。郭沫若以高本汉所忽略的东周青铜器铭文为依据得出《周礼》可能是晚周荀卿的一位赵国弟子编著的结论。但与此相反的是，顾颉刚提出了它是齐国某人所做的看法，但没有与具体个人相联系。虽然此类假设仍属推测，但《周礼》是一部真正的前汉代文献的结论仍然有说服力。

内容精要

《周礼》原名《周官》，有时也称作《周官礼》，它精心构思并细致翔实地叙述了据称是周朝官制的结构和组织。经文分六大部分，每部分都对应着周朝等级制中的六种首要官职之一，它们又分别相应地负责一大类政务，具体内容如下。

（一）天官冢宰：首相（掌管全面政务）。

（二）地官司徒：公众事务官（掌管教化）。

（三）春官宗伯：负责祭祀事务的族长。

（四）夏官司马：军事官员。

（五）秋官司寇：掌管刑罚事务的官员。

（六）冬官考工记：主管手工业及其工匠。

除第六部分外，每部分的开始都依等级从高到低列举各种属官及其爵级，如第一部分最先列举冢宰，其职权跨越于各专司的最高官员，最后列举宫廷的日常小官，如缝人、染人和屦人。接下来，是对爵位不同的各级官员职责的系统而详尽的记述。这类叙述的措辞显得公式化：先记述官名，后接动词"掌"，然后是所讨论职官的明确职责。六部分分别有60个官职，整个《周礼》的官职总数便是360个。

原第六部分经文《冬官》本是关于司空（公共工程监工）官属的记载。《周礼》在西汉首次为人所知时，这部分经文就已经佚失，遂用《考工记》来替补。这一文献和前五部分的格式多少有点不同，它不列举属官及其爵级、职责，而列举并叙述隶属于宫廷的各种工匠及他们技艺的技术细节，例如，马车、武器和船只的制造等。它相当详细地描绘了所讨论器物的组成部件。它叙述不同类型器物的名称及尺寸大小，明确记载负责制造工程各部件的工匠。江永（1681—1762）认为，《考工记》是一本战国晚期齐国人编著的书。他立论的根据是书中发现了战国时代的地名和齐国的方言。

妙语佳句

· 日至之景尺有五寸，谓之地中；天地之所合也，四时之所交也，风雨之所会也，阴阳之所和也。然则百物阜安，乃建王国焉，制其畿方千里而封树之。

· 凡治野，夫间有遂，遂上有径；十夫有沟，沟上有畛；百夫有洫，洫上有涂；千夫有浍，浍上有道；万夫有川，川上有路，以达于畿。

类型	成书时间	推荐理由
数学论著	东汉时期 （约公元3世纪中叶）	《九章算术》是我国秦汉时期的一部杰出的数学著作，奠定了我国古代数学的基础，历来被尊为“算话之首”。

几代人的数学智慧
——《九章算术》

背景搜索

我们的祖先在征服自然的长期劳动与斗争中，积累了丰富的数学知识，发现和发明了许多领先于世界的运算方法和技巧。秦汉时期成就最大的就是《九章算术》。

《九章算术》的作者刘徽生平不详。据史书记载推测，他大约出生于公元3世纪20年代后期，著《九章算术》时年仅30岁左右。北宋大观三年（1109年），被封为淄乡男。

刘徽是中国古代一位伟大的数学家，他的著作《九章算术》与《海岛算经》在数学史上占有重要地位。刘徽治学态度严肃，为后世树立了楷模。在研究求圆面积公式时，在当时计算工具很简陋的情况下，他开方即达12位有效数字。他在注释“方程”章节18题时，

《御用数学用表》书影，康熙年间，内附刻本。

共用一千五百余字，反复消元运算达124次，无一差错，即使作为今天大学的代数课答卷亦不逊色。

内容精要

《九章算术》反映的是中国先民在生产劳动、丈量土地和测量容积等实践活动中所积累的数学知识。这是一本问题集形式的书，含有上百个计算公式和246个应用问题，共分为九章，包括方田、粟米、衰分、少广、商功、均输、盈不足、方程、勾股，是中国古代算法的基础。有完整的分数四则运算法则，比例和比例分配算法，若干面积、体积公式，开平方、开立方程序，方程术（一线性方程组解法），正负数加减法则，解勾股形公式等。其中许多成就处于世界领先地位。在西方，也或迟或早地出现了这些内容，而这些内容包括我们从小学一直到中学所学习的“算术”课程的全部内容。

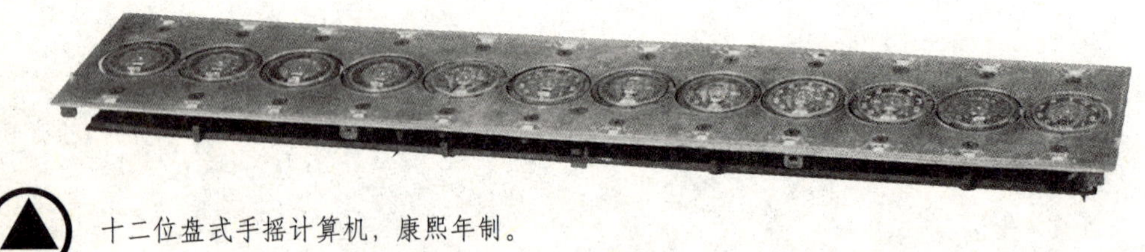

十二位盘式手摇计算机，康熙年制。

作为一本数学专著，《九章算术》并没有让人感到多么的乏味，相反，其中收集了许多有趣的数学题目。有这么一道题，意思是：“客人有匹快马，一天可跑三百里。客人走时忘记把衣服带走了。过了三分之一天，主人才发觉，就带着衣服骑马追赶，终于赶上了客人，交还了衣服，立即赶回。回到家里，一天已过去了四分之三。试问主人的马一天可以跑多少里路？”

关于解题方法，《九章算术》的原文只是简单地交代了下面几句话：

1．一天的四分之三减去一天的三分之一；

2．把差数的一半作为分母；

3．所得之数加一天的三分之一；

4．再乘以300作为分子；

5．根据2、4两条所得的分数值，就是主人的快马每天能跑的里数。

东汉晚期的牵马俑。

为了使解题方法更加明白易懂，我国古代的数学家刘徽对此逐条做了解释，这个题目就一清二楚了。

读者可以自己来分析一下，解法中的五句话到底是什么意思？为什么可以这样做？

刘徽注解的意思如下：

1．$\frac{3}{4}-\frac{1}{3}=\frac{5}{12}$（天）是主人追上客人又回到家里，来回所花的时间；

2．$\frac{5}{12}\div 2=\frac{5}{24}$（天）是主人追上客人所花的时间；

3．$\frac{1}{3}+\frac{5}{24}=\frac{13}{24}$（天）是客人在主人追到他时所经过的时间；

把第2条与第3条对比一下，就可以看出主人的快马与客人的坐骑的速度之比。

4．$\frac{13}{24}\times 300$是客人在主人追到他时所走的路程。

5．把客人的路程除以$\frac{5}{24}$，就得到主人的那匹千里马的速度。

所以主人的快马一天可以跑780里。

不仅在古代，人们运用《九章算术》来解决各种问题，在现代，它仍然具有借鉴价值。《九章算术》已被证明在当今的现实生活中仍然具有巨人的科学推动作用。它的计算方法，不仅能证实世界上许多新的科学成就，而且还是一些新的学科的促进力量。我国首届国家最高科技奖（不是数学奖）得主、数学家吴文俊正是吸收了我国古代《九章算术》的内容，才完成了当今电子计算机的定理证明。

妙语佳句

· 今有醇酒一斗，直钱五十；行酒一斗，直钱一十。今将钱三十，得酒二斗。问醇、行酒各得几何？

类型	成书时间	推荐理由
哲学论著	东汉时期	《论衡》是一部宣传无神论的书，是古代一部不朽的唯物主义的哲学文献，在我国哲学史上具有划时代的意义。

讥讽世俗的汉朝异书
——《论衡》

背景搜索

·“衡”字本义是天平，《论衡》就是评定当时言论价值的天平。它的目的是“冀悟迷惑之心，使知虚实之分”（《论衡·对作》篇）。《论衡》的作者是东汉时期著名的思想家王充。

王充，字仲任，生卒年大约为公元27年至公元97年，家住会稽郡上虞县（今浙江省上虞县），祖籍魏郡元城（今河北大名县）。王充出身于“细族孤门”，属于一个破落的封建地主阶级家庭。世祖王贺，曾是汉武帝的绣衣御史，因先世数代立有军功，到了王充的曾祖父王勇一辈，便受封会稽阳亭。一年之后，因为王莽篡位，王家失掉爵位，此后靠务农为生。王充的祖父王汪，为了避仇举家南迁，从魏郡搬到会稽郡，在钱塘靠经营小生意谋生。王充的父亲王诵，因为与豪家丁伯等结怨，又携全家迁居到上虞。王充自幼孤寒，以孝闻名乡里。

王充擅长论说，他的观点看似诡异，但本质上却很符合事实。王充所生活的东汉时期，封建统治阶级的最高代表汉章帝主持召开了白虎观会议，网罗众儒生编写了一部《白虎通义》，在这部封建法典中极力推崇孔子及儒家思想，目的是通过鼓吹“圣人”孔子的言论，

加强对人民的思想统治，从而达到维护封建等级制度，强化阶级专政的目的。王充发现当时尊崇和流行的儒学中，有许多观点都不切合实际，于是回到家乡以后便开始潜心研究，撰写自己的思想论著。在此期间，他拒绝参加任何重要社交活动，闭门专心著书，直至永元年间因病去世。王充死后，葬于上虞县西南的乌石山上。

王充一生的主要著作除了《论衡》，还包括《讥俗》、《节义》、《政务》和《养性》。但得以流传至今的仅有《论衡》一书。

内容精要

《论衡》一书，分为30卷，85篇（除《招致》一篇外，其余84篇都保存了下来）。全书有二十余万字。

王充哲学思想的核心是元气自然论，认为元气是天地万物的由来，元气和天地万物有密不可分的关系，犹如父母和子女的关系一样，有了元气，万物自然而然便产生，万物都是由“气”形成的。庄子也认为元气是构成世界的基本元素，宇宙万物都是由元气组成的实体。元气不同，因而各种事物的类别也千差万别。

王充还运用朴素唯物主义的自然观点，有力抨击了董仲舒及其著述中所鼓吹的唯心主义观点。王充和儒家所展开的辩论，首先是围绕天是有为还是无为这个基本问题展开的。

董仲舒宣扬天人感应，认为“天故生人”、“故生万物”，意思是天是有意识的天，天特意创造了人，并创造了万物作为人们生存的依赖条件。与之相对立的正是王充的元气自然论。王充否认天的意志，认为万物是自己生长出来的，天不是有意识地生出五谷丝麻来供人们吃和穿的，这和天出现灾害和异常情况，并不是想用来谴责和警告人们是一个道理。

元气的运动和变化是自发的，而非以什么天的意志为动力。王充肯定宇宙和自然界出现和存在的客观性和自然性，从而否定了董仲舒的荒谬而带有神秘主义的思想。

在人与万物的关系问题上，儒家认为人是高于万物的，万物是为了满足人的生活需要而由天制造出来的，服务和服从于人类。这种观点将人与万物的关系定为从属的关系。为了进一步强调封建等级观念，董仲舒特意将君王的形象神化，以示皇权是神圣而不可动摇的。他的天人感应论也是为宣扬君权神授而创造出来的。董仲舒在“天故生人”、“故生万物”的基础上，进而指出皇帝是为了替天行使最高权力而被安排到人间的。儒家也为君王的诞生蒙上了相应的神话色彩，使得他们区别于普通人，例如讲夏的祖先是其母吃了一种草生下的。被人们视为吸取天地之精华而生的露水、灵芝等物以及人们想象中的吉祥神圣之物龙、凤、麒麟等，都被他们用来作为神化帝王降生过程的道具。不难发现董仲舒等人的意图，即为皇帝的出现和存在披上一层神圣的外衣，制造“替天行道”的歪理谬论。然而王充却将人和万物摆在同等的地位，人属于万物，同是元气所产生和构成的。在肯定人是动物的基础上，王充又肯定了人与一般动物的区别，即人是动物中最高级的种类，是万物中具有智慧的群体。

在关于人的形体和精神两者关系的问题上，王充明确地指出了精神是必须依附于形体的。《论死》、《道虚》、《辩祟》等篇章，是王充批判鬼神迷信思想，宣传无神论的重要论文。王充在《论死》一篇中首先纠正了社会上所说的“人死为鬼，有知，能害人”的迷信观点，指出人死之后不能变鬼，没有知觉，不能害人。

王充这样说道：从天地开辟、有人类以来，人们有的因寿命终结而死去，有的中途夭亡，这些人多得可以用亿万来计算。比较起来，当前活着的人不如死了的人多，如果按照人死后就会变成鬼的观点来推论的话，那么在路上岂不是每走一步就有一个鬼，鬼肯定多得满屋满院，满街满巷。

王充依照人们的这种迷信说法，进行了假设推理，从而论证了这种观点是不符合实际的错误观点。用“以其人之道，还治其人之身”的形式，机巧而有力地驳斥了“灵魂不灭”的迷信鬼神之说。

东汉时期，社会科学水平低下，人们对自然的认识也非常有限，对于许多自然现象无法做出解释，于是就将这些理解为上天即鬼神的意志和安排。许多人认为人之所以遭遇生病、死亡、刑罚、破产、意志失常等灾祸，都是因为办事时没有挑选合适的时间（即所谓的吉利的时辰），触犯了主管灾祸的鬼神，鬼神便降罪于他们。

王充认为这些都是谎话，他认为人在世上，就不能不做事，所谓的好时辰、坏时辰之说，不过是那些从事迷信职业的人故弄玄虚，鼓吹自己的法术，借以骗取钱财的伎俩。王充的思想研究，是本着客观求实的原则进行的，他推翻了当时普遍承认的因果报应的观点，指出自然寿命到了尽头，即便品行再优良的人，也不会被延长生命；寿命应该很长的人，品行再恶劣，也不会因此而被折寿。

妙语佳句

· 天地合气，万物自主，犹如夫妻合气，子自生矣。

· 有始者，必有终。

· 圣人之言，不能尽解，说道陈义，不能辄形。

东汉时期帝王将相佩带的玉璧。

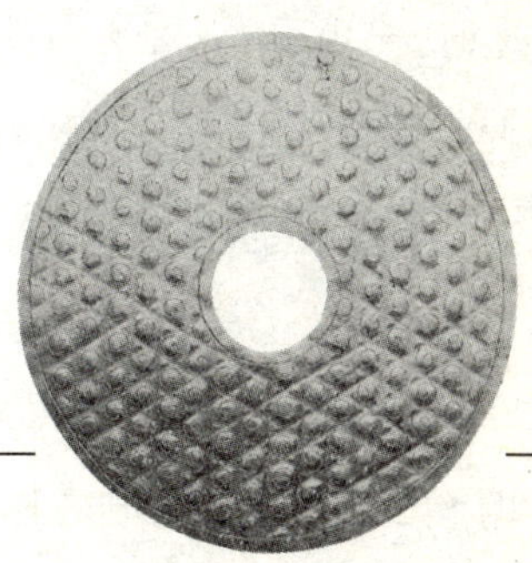

类型	成书时间	推荐理由
纪传体断代史	东汉时期	《汉书》是记载中国西汉历史的纪传体断代史书，它是中国历史上具有很高威望及影响力的一部著作。

纪传体断代史之体例典范
——《汉书》

背景搜索

《汉书》的作者，是我国东汉时期著名的史学家班固。

班固，字孟坚，生于建武八年（公元32年），是东汉扶风安陵（今陕西省咸阳市东）人。班固出身于世代书香的官宦门第，班氏家族在西京煊赫一时，班固的祖父曾经官至广平相。作为书香之家，班氏家族同时还拥有深厚的家学，班固的父亲班彪，学识渊博，是东汉初年著名的儒学大师。来自家庭和父亲的熏陶，使得班固受到了很深的儒家正统思想的影响。在良好的教育环境中成长起来的班固，聪颖好学，9岁便能写作文章，稍微长大一些，就很擅长辞赋。他博览群书，涉猎极其广泛，对九流百家之书都做过探究，在他13岁时，就得到了大学者王充的称赞。班固起先在洛阳太学学习儒学和诸子百家的学说，在此期间，班固在父亲的影响下，学习的兴趣逐渐转向史学。

班彪撰写《史记后传》六十余篇，但未能完成全书，便于建武三十年（公元54年）离开人世。

为了继承父亲的遗志，班固开始潜心研究汉史。永平元年（公元58年），班固在父亲留下的《史记后传》的基础之上，开始着手编撰《汉书》。

东汉著名史学家班固像。

到了永平五年（公元62年），由于有人上书明帝，诬告班固私改国史，班固因此被捕入狱，被迫中断了《汉书》的编撰工作。随后，班固的家弟班超在明帝面前为班固上书力辩，明帝了解实情后，不但免除了班固的牢狱之苦，还任命他为兰台令史。班固有幸接触了兰台丰富的皇家藏书，从中获取了有助于编撰《汉书》的大量珍贵的资料。

班固所处的建武、永平时期，社会秩序比较稳定，社会经济也不断向前发展，呈现鼎盛的局面。东汉统治者为了进一步巩固政权，迫切需要一本总结前代历史经验的史书，用以借鉴前人的经验，吸取过去的教训。于是在担任兰台令史的第二年，班固被转迁为郎，校典秘书，奉召完成父亲未竟的书稿。从这时直到章帝建初七年（公元82年），班固将全部的精力，投入到了对《汉书》的编撰之中。前后历时25年，他终于基本完成了我国著名的史书——《汉书》。

班固在建初三年（公元78年）时，曾被升为玄武司马，在此期间，班固又编撰了《白虎通义》一书，这部书总结了汉代经学，把儒家学说宗教化，把封建制度理论系统化，因此成为了当时封建统治阶级的一部法典。《白虎通义》是除《汉书》之外，班固的另一部具有影响力的著作。

班固曾和车骑将军窦宪关系密切，和帝永元元年（公元89年），窦宪出征北匈奴，班固任中护军。为了刻石记功，班固奉命写下了《燕然山铭》。后来窦宪因外戚专权而失败自杀，班固受其牵连，被罢职入狱。永元四年（公元92年），这位中国历史上伟大的史学家凄凉地死于狱中，享年61岁。

班固死后，班固的妹妹班昭奉和帝的诏命，继续撰写《汉书》。班昭与同郡的马融一起，补写了班固生前未能完成的“八表”及《天文志》，《汉书》一书由此得以完整。

内容精要

《汉书》作为一部断代史，记载了从汉高祖刘邦元年（公元前206年）到王莽地皇四年（公元23年）两百余年的汉代史事。

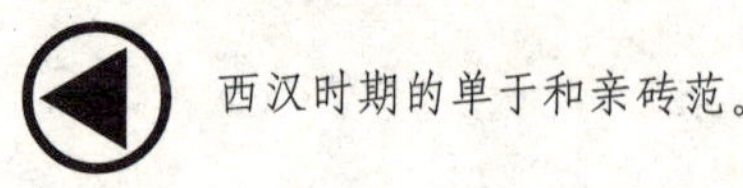

西汉时期的单于和亲砖范。

《汉书》是以班彪的《史记后传》为基础的，同时又和西汉司马迁的《史记》存在一定的联系。班固在撰写《汉书》的时候，是用一种批判的眼光对《史记》一书进行借鉴的，一方面他对《史记》的体制进行了承袭及改革，另一方面他对《史记》的内容进行了有选择性的取舍及后期的加工和补充，并且发现和订正了其中存在的一些疏漏。

《汉书》承袭了《史记》一书的体制，全书共100篇，分为本纪12篇，表8篇，志10篇，列传70篇。所不同的是，将《史记》中的“书”改为“志”，取消“世家”，并入“列传”；《汉书》在内容上吸收了《史记》中关于汉初的部分史事。汉武帝以前的记载，大都采纳了《史记》的原文，同时又续补了《史记》中所缺的昭帝以下直至西汉末年的内容，例如《汉书》将《史记》的《大宛传》扩充为《西域传》，增添了西域及邻国的历史资料，从而具有了研究中国民族历史和相关国家历史的宝贵的文献价值。《汉书》的“十志”，取法于《史记》的“八书”，但内容更为丰富翔实，较为全面地反映了当时的政治、经济状况及文化精神面貌。

但是《汉书》也存在不足之处。在思想上，班固批评司马迁“是非颇谬于圣人”，而他本人是“五经之法言，同圣人之是非”。这和班固所接受的儒家封建正统思想是分不开的，这种“唯圣人之道”的历史观具有一定的局限性和落后性；在叙述历史人物及事件上，《史记》和《汉书》相比，在刻画人物形象方面更胜一筹；此外，《汉书》的少数篇章还略带有一些封建迷信思想的糟粕。但瑕不掩瑜，总体来讲，《汉书》有很多值得世人肯定和称赞的地方。

妙语佳句

· 种谷必杂五种，以备灾害。田中不得有树，用妨五谷。

· 鸡、豚、狗、彘毋失其时，女修蚕织，则五十可以衣帛，七十可以食肉。

类型	成书时间	推荐理由
诗歌	东汉时期	《古诗十九首》标志着五言诗歌形式从叙事为主的乐府民歌发展到抒情为主的文人创作。

五言之冠冕
——《古诗十九首》

背景搜索

大约在魏末晋初，流传着一批五言抒情诗。它们大多写游子、思妇主题，具有独特的表现手法和艺术风格，深受当时文人的喜爱，被奉为五言诗的一种典范。但是，它们没有题目，也不知作者是谁，因此就被笼统地称为"古诗"，意思是指它们是魏、晋以前的古人所做的诗。在梁代，昭明太子萧统主持编修作品总集《文选》，从这批"古诗"中选取了十九首。按照《文选》的诗歌分类原则，凡没有题目的诗歌作品，统归"杂诗"一类。这些"古诗"便入了"杂诗"类。而它们又不知作者，所以就沿用"古诗"的名称，给这十九首诗拟了个总题目，即《古诗十九首》。这就是"古诗"的名称和《古诗十九首》的由来。

"古诗"作品在梁代尚存有 59 首（见钟嵘《诗品 · 古诗》），但现在只留存三十多首，包括《古诗十九首》在内。就在梁代，对"古诗"的作者和写作年代已有异议。现代学者大多摆脱了前人成见的纠缠，主要根据《古诗十九首》在思想内容和艺术形式上具有某些共同特点，指出它们"虽不是一个人所做，却是一个时代——先后不过数十年间所做"，并

敦煌莫高窟中北周时期的描绘军队出征场景的壁画。

论证它们应是东汉后期安、顺、桓、灵帝年间，约公元二世纪的作品（见梁启超《中国之美文及其历史》），得出了比较合乎实际的结论。

东汉桓帝、灵帝时，宦官外戚勾结擅权，官僚集团垄断仕路，上层士流结党标榜，“窃选举、盗荣宠者不可胜数。既获者贤已而遂往，羡慕者并驱而追之，悠悠皆是，孰能不然者乎”（徐干《中论 · 谴交》）。在这样的形势和风气下，中下层士子为了谋求前程，只得奔走交游。他们背井离乡，辞别父母，“亲戚隔绝，闺门分离，无罪无辜，而亡命是效”。然而往往一事无成，落得满腹牢骚和乡愁。《古诗十九首》主要就是抒写这样的游子失意和离别相思的情绪，突出地表现了当时中下层士子的不满不平以至玩世不恭、颓唐享乐的思想情绪，真实地从这一侧面反映出东汉后期政治混乱、败坏、没落的时代面貌。

内容精要

《古诗十九首》从思想内容上看，大致可分两类：游子诗和思妇诗。它的游子诗有着共同的主题思想，都是抒发在仕途上碰壁后产生的苦闷和厌世情绪。这类诗普遍写到人生寄世如同行客，寿命短促，而穷贱坎轲。但由于作者们的处世态度不尽相同，因此其中各首诗又有各自的具体主题。第三首“青青陵上柏”（按《文选》所列次序，以首句标题，下同），劝人安贫达观，知足行乐：“斗酒相娱乐，聊厚不为薄。驱车策驽马，游戏宛与洛。”不必羡慕王侯权贵穷奢极欲的生活。第四首“今日良宴会”，则反语嘲弄，劝人钻营要职，攫取高官：“何不策高足，先据要路津。无为守穷贱，轗轲常苦辛！”曲折发泄失意愤世的情绪。第五首“西北有高楼”感慨世无知音；第七首“明月皎夜光”怨恨不讲交情；第十一首“回车驾言迈”讽劝珍惜荣名；第十四首“去者日以疏”悲哀死不得归。而第十三首“驱车上东门”、第十五首“生年不满百”，都直截了当地宣扬及时享乐的思想：“服食求神仙，多为药所误。不如饮美酒，被服纨与素。”“为乐当及时，何能待来兹。”这些诗毫无壮志豪情，而更多地表露出诗中主人公们，实即作者们地位卑贱，生活贫穷，而热衷功名，羡慕富贵的内心世界。正由于他们追求功名富贵的热望破灭，因而变得心灰意冷，厌世弃仕。他们的达观、嬉笑、哀鸣、怨愤，甚至颓废放荡，实则都是在政治上失望至于绝望的种种病态心理，也是当时政治混乱、社会风气败坏的真实反映。

它的思妇诗以及个别游子思乡诗，都抒写离别相思之情。这类诗的共同主题是向往忠贞爱情，希望夫妻团聚，怨恨虚度青春。由于作者们的取材和侧重点不同，因此其中各诗也有各自的具体主题。第一首“行行重行行”，写一个思妇因丈夫久出不归而深情思念、担忧、疑虑：“相去日已远，衣带日已缓。浮云蔽白日，游子不顾返。思君令人老，岁月忽已晚。”第二首“青青河畔草”，写一个娼女出身的思妇：“昔为倡家女，今为荡子妇。荡子行不归，空床难独守。”第八首“冉冉孤生竹”，写一个新婚离别的思妇怨伤青春蹉跎：“伤彼蕙兰花，含英扬光辉。过时而不采，将随秋草萎。君亮执高节，贱妾亦何为！”第十六首“凛凛岁云暮”通过思妇深秋夜梦，渲染夫妻欢会的渴望。第十七首“孟冬寒气至”用思妇珍藏丈夫家信，突出她的忠贞。第十八首“客从远方来”抒写思妇接到丈夫来信，充满爱情的喜悦。第十九首“明月何皎皎”以思妇闺中望月的情景，表现她为丈夫忧愁不安的情态；第十首“迢迢牵牛星”借牛郎、织女星的故事，比喻思妇盼望丈夫的愁苦心情。而第六首“涉江采芙蓉”则以采芳草赠美人的习俗，写游子思念妻室。这些诗，实质上只是祈求社会安定，家室团聚，能过正常的恩爱夫妻生活。然而正是由于政治混乱，社会不安，这样的愿望往往难以实现，因而这些诗都流露着浓厚的感伤情调，蕴含着对当时的社会政治的深刻不满。

妙语佳句

· 青青陵上柏，磊磊涧中石。
  人生天地间，忽如远行客。

· 浮云蔽白日，游子不顾返。
  思君令人老，岁月忽已晚。

类型	成书时间	推荐理由
医学论著	东汉时期 （约 240 — 282）	《针灸甲乙经》是中国现存最早的一部针灸学专著，也是我们现在知道的最早将针灸学理论与腧穴学相结合的一部著作。

洞明医术，遂成其妙
——《针灸甲乙经》

背景搜索

无论是在世界医学史上，还是在中国科技史上，中国传统医学都是独树一帜，别具特色的。在外国人看来，中国传统医学充满神秘感，穴道针灸更甚，特别是武侠小说的流行，使它们被渲染得神奇非常。

经脉穴道至今还不能得到科学的准确阐释，以致人们有很多的怀疑。但几千年来的治疗实践和至今令人惊奇的神奇疗效却是不容置疑的。《针灸甲乙经》的作者皇甫谧的写作经历也可以证明此书的科学性。

作者皇甫谧开始并不是一个医生，他是一个历史学者。中年时的一场大病使他开始研究医学，久病成良医。对针灸的钻研不仅使他恢复了健康，也为我们留下了《针灸甲乙经》这样一部珍贵的医学典籍。可以说是作者自己的治疗实践成全了这样一部科学巨著。

皇甫谧，字士安，幼名静，自号玄晏先生，安定朝那（今甘肃平凉）人。后过继给叔父，徙居河南新安（今河南渑池），生于东汉建安二十年（公元215年），卒于西晋太康三年（公元282年），享年67岁。《晋书》有传。

东汉时期的扁鹊针刺画像石。

皇甫家族世代官宦，累世富贵。其曾祖皇甫嵩，因破黄巾有功，为征西将军、车骑将军，官拜太尉，位列三公。正是这种煊赫的家世，使其能够博览天下各家典籍，专心著书。当时的朝廷一再征召他去做官，都被他拒绝。即使著作郎之类的官他也坚决不做。史书上说他“有高尚之志，以著述为务”。皇帝也无可奈何，只好送他一车书。

但他也很是不幸，从小就身体羸弱，一生多病。而且他读起书来，废寝忘食（时人谓之“书淫”），也很是损耗精神。中年患风痹疾，半身不遂，乃悉心研究医学，很快精通了针灸术。其个人的不幸成了中国医学的大幸，有了这部《针灸甲乙经》。这部书体现了皇甫谧在医学方面的主要成就，同时也是他对中国医学的最主要的贡献。

《针灸甲乙经》的全名是《黄帝三部针灸甲乙经》，也有简称《黄帝甲乙经》、《甲乙经》的。它主要取材于今本《黄帝内经》，即《素问》、《灵枢》以及《明堂孔穴针灸治要》，所以有“黄帝三部”之称。他在本书序言里说：“撰集三部，使事类相从。”

此书的编写研究方法是以《素问》、《灵枢》（即《针经》）、《明堂孔穴针灸治要》的有关内容为基础，结合历代医学名家的有关论述和自己的经验，进行认真细致的整理汇集。在编撰过程中遵循的原则是“删浮词、除重复、论精要”。经过他的努力，针灸学的水平得到了明显提高。而且这种归类汇集的整理方法也为后人编撰类书提供了良好的典范。

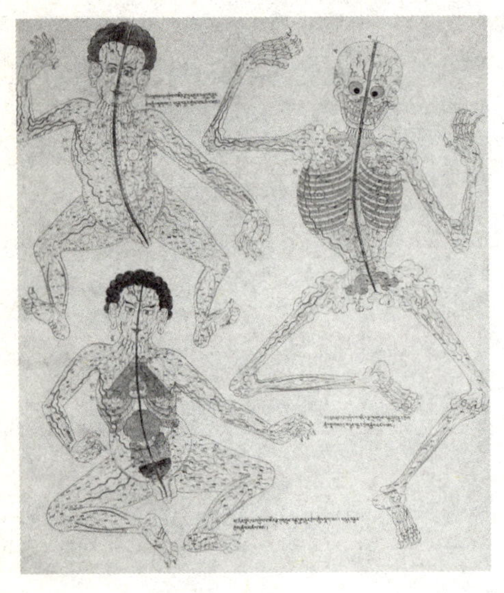

藏医《脉络图》。中医中的针灸与经脉穴道紧密结合，学习针灸必须先弄清人体的各经脉与穴位。

内容精要

今本《针灸甲乙经》12卷，128篇。对人体生理、病理，经脉循行，腧穴总数、部位、取穴，针法、适应症、禁忌症等，都进行了系统的论述。书中论及人体生理、病理，基本是按照《黄帝内经》，但对针灸治疗学的特点重新进行了编排。把与“用针”有密切关系的经文放在卷首，起开宗明义之效。

全书大致可分为两大部分。第一部分是基本理论、针灸基础知识；第二部分是针灸的临床运用。

理论部分包括前六卷，依次叙述人体的生理功能，包括五脏六腑、营卫气血、精神魂魄、精气津液及肢体五官与脏腑功能的关系等；其次是人体经脉、经筋等经络系统的循环路线；再次是人体腧穴，依身体部位分部叙述其位置、主治，书中共叙述腧穴350个（其中单穴51个，双穴299个），而不是如其所说的365穴，这些穴位是按头、面、项、胸、腹、臂、股等部位排列的，方便寻检，每一穴均有针刺的深度、灸灼的壮数；再次叙述诊法，重点介绍脉诊的内容，尤其是三部九候；其后介绍针道，针灸禁忌，包括禁穴；最后介绍了病理及生理方面的一些问题，并以阴阳五行学说为纲进行了一些阐释。

对于这些内容，皇甫谧都做了详细的考订。仅在孔穴的位置考证上就纠正了不少前人的失误。如位于腹部正中线上的中脘穴（古时又称太仓穴），三国时东吴太医令吕广的《募腧经》说是在脐上三寸，而经皇甫谧考证是在脐上四寸处。因为中脘下一寸为建里，建里下一寸为下脘，下脘下一寸为水分，水分下一寸为脐，正好四寸。我们今天中医临床所采用的中脘穴定位，就是根据皇甫谧的说法来确定位置的。

他对于禁穴也有很深入慎重的研究。如“刺中心，一日死”、“刺中肺，三日死”、“刺中肝，五日死”、“刺中脾，十五日死”、“刺中肾，三日死”、“刺中胆，一日半死”、“刺坏大血脉，血出不止死”。

临床部分也是六卷，依次介绍内科（包括伤寒热病、中风、杂病）、五官科、妇科、儿科等病症的针灸治疗方法，其中内科共43篇，有外感六淫、内伤七情、五脏病、六腑病、经脉病及五官病等，外科有3篇，主要论述痈疽，至于妇科及儿科，各有一篇论述20种及10种该科病症。

其中叙述病例八百八十余症。这些病症除了根据《黄帝内经》外，还有进一步的充实和扩充。皇甫谧对这些病症的治疗方法、配穴规律、针灸操作方法等均有详细的记载。

皇甫谧对针灸的具体操作方法是很重视的，做了非常详尽的解说。这种对临床的重视，与其研究的初衷是一致的。

《针灸甲乙经》的内容大体取材于《黄帝内经》和《明堂孔穴针灸治要》，有着非常重要的文献价值，如《明堂孔穴针灸治要》，原书早已失传，但却借助《针灸甲乙经》而得以保存其大部分精华内容。同时，《皇帝内经》由于历代传抄，难免出现错误，后人也是主要靠《针灸甲乙经》来进行校勘的。

然而，与文献价值相比，更重要的是它的医学价值——把以经脉学说为主体的针灸学理论与腧穴理论紧密结合起来了，这大大推进了针灸治疗理论和技术的发展。它还综合各家学说，在许多方面都有进步。

《素问》和《灵枢》中对腧穴的研究尚处于十分有限的境地，两书实际所举的穴位不过160个左右，而且不少还只有部位而无命名，而《针灸甲乙经》使中国针灸穴位总数达到654穴。

《针灸甲乙经》成书后，为历代医学家、针灸学家所重视，传抄者颇多，自北宋校正医书局校正后始成今之传本，至今还被广泛地运用于临床。

妙语佳句

· 凡此诸救，皆吾所亲，更也试之，不借问他人也。

类型	成书时间	推荐理由
小说	东晋时期（约 317—339）	《搜神记》是古代志怪小说的代表作，是尚处在雏形阶段的小说。它有着丰富的想象和幻想色彩，有比较鲜明的形象和完整的情节。

神怪小说的里程碑
——《搜神记》

背景搜索

志怪小说是中国古代文言短篇小说的一种，主要记载神鬼怪异之事。“志怪”一词源于《庄子·逍遥游》中的“《齐谐》者，志怪者也”一语。魏晋南北朝是志怪小说的黄金时代，《搜神记》是六朝志怪小说的代表作。它的作者是东晋文学家干宝。干宝兼善文史，曾做《晋纪》。据《晋书·干宝传》记载，他做《搜神记》的直接原因是他亲自经历的两件事：他父亲的宠婢被埋十几年后不死；他哥哥干庆死而复生。由此干宝深信人死有灵，于是搜集古今神异奇特的故事，编写成为《搜神记》30卷。这只是传闻，而干宝编写这本书的真正原因一是时代风气的影响，即佛道思想的盛行；二是同他本人对神仙志怪的喜爱有关。书中记载他“性好阴阳术数，留思京房、夏侯胜等传”。另外作为史学家，他也有博览群书的便利条件。志怪不能入正史，而佛道二教的兴盛，又使鬼怪之事被视为同人事一样实有。因此史家干宝也要为鬼怪之事做传，干宝也就因此被称为“鬼之董狐”。

干宝，字令升，新蔡（今河南新蔡）人。约生于晋武帝太康年间（280—289），卒于晋穆帝永和年间（345—356）。他的祖父干统做过三国时期吴国的奋武将军，被封为都亭侯。父亲干莹，做过丹阳县丞。

干宝年幼丧父，年少的干宝聪明好学，刻苦勤奋，博览群书，这为他以后的仕途发展和《搜神记》的写作，奠定了坚实的基础。因为他才华出众，在晋愍帝建兴初年（公元313年）见召为佐著作郎，建兴三年（公元315年）又因平定杜韬之乱有功，被封为关内侯。

晋初，朝廷因为忙于稳定政局，无暇顾及史书的编纂，也无专门的史官。中书监王导上书认为，古代帝王都要编史书以使自己的功名留传后世。元帝司马睿采纳王导的建议，拜干宝为著作郎，编修《晋记》。

编修史书的经历，使干宝有更多的机会饱览丰富的文化典籍，开拓了视野，收集了资料，为他的《搜神记》的写作积累了宝贵的经验。

王祥卧冰画像砖。王祥卧冰求鲤这个故事就是出自于《搜神记》。

《搜神记》的创作从建武元年（公元317年）开始，成书于咸康五年（公元339年）后，历时二十余年。全书30卷，《隋书·经籍志》有著录，宋代以后散佚。今天流传的20卷共464条，是明朝胡应麟从《法苑》、《太平御览》、《初学记》、《北堂书钞》等书中辑佚编定的。鲁迅把它称为一部“半真半假的书籍”。明朝的胡震亨刻入《秘册汇函》，毛晋又收入《津逮秘书》，于是得以行世。

内容精要

干宝自称撰写本书的目的是“足以发明神道之不诬也”。故事大致来自于“考先志于载典”、“收遗

《女仙图》，明代画家张路绘。

逸于当时”和自己的耳闻目睹三方面。在此基础上，“博采异同，遂混虚实”，“会聚散逸，使同一贯”。可以说，《搜神记》是志怪小说的集大成之作。其中有总结和整理，又有加工和创作。书中内容博杂，总的看来有以下几方面。

记载神仙术士的法术异能之事。书中仙家术士的画符念咒、隐身变形、驱鬼逐妖、呼风唤雨、撒豆成兵等法术既宣扬宗教思想，也反映了道教兴盛的历史现实。如“左慈使神通”条载左慈参加曹操的宴会时，在盘中钓得松江鲈鱼，购得蜀中生姜，都是须臾间的事。一坛酒一块肉干可使百官醉饱。后来曹操要杀他，到集市上去搜捕他，然而集市上的人突然都和左慈长得一模一样。后来左慈干脆逃到羊群里，化为羊了。于此可见神仙方术异能之一斑。书中记录的其他神仙术士还有赤松子、宁封子、葛玄、管轳、郭璞等。另有一则“天竺胡人”，写印度人来江南表演“断舌、复续、吐火”的魔术，大受欢迎。它反映了一千六百多年前中印文化交流的情形。

记载神灵和物怪变化的故事。书中所记神灵与仙家不同，多与百姓日常生活密切相关，如海、河、湖均有神，蚕神、灶神等也在民间流传甚广。这类故事在宣扬封建消极落后观念的同时也寄托了广大人民群众的愿望，有许多进步因素。如“丁姑”条，讲述江苏丹阳丁氏女嫁到夫家，婆婆对她特别苛刻，丁氏女受不了，于是自缢。随即，这位丁氏女便常常在村子里显灵。民间于是称呼她为“丁姑”，到处祭祀她。

记载鬼魅精怪的故事很多，佳作也多。记载人鬼之恋故事的“谈生”、“钟繇”、“紫玉”等篇目生动地表现出封建社会男女青年对自由幸福爱情的追求和对旧势力的抗争。记载死而复生故事的篇目如“王道平妻”、“河间郡男女”、“方相脑”等，既有优美的

魏晋时期，十分流行宗教迷信，人们喜欢用一些信物来避邪。辟邪是古代传说中的一种神兽，可以祈福祛邪，如图中的玉辟邪。

爱情，又反映了不合理的社会制度给人们带来的不幸和苦难，人们只能在虚幻的世界里寄托美好的理想。

精怪故事丰富多样。有的精怪并不害人，如“苍獭鬼物”写女怪对男子的追求，“老狸诣董仲舒”和“张华擒狐魅”等故事中，狐精只是来访，并无恶意等。有的妖怪害人，如冒名顶替、淫人之女的“虞定国”，害人杀父的“吴兴老狸”，蛇精为害吞食童女的“李寄斩蛇”等。在精怪故事中，人大多可制服怪物，这是志怪形式下人们善恶观念的反映。

神话传说集中在卷十四中。“盘瓠子孙”载：高辛氏的时候，有一位老妇人得了耳疾，从她的耳朵里挑出了金虫，化为犬，名叫盘瓠。当时戎吴强盛，征讨不能胜。大王征募能够拿到戎吴将军首级的人，把幼公主嫁给他做奖赏。盘瓠做到了，大王就让他和幼公主成婚，在南山上居住，经过三年，产下了六男六女，让他们自相配对，繁衍生息。盘瓠死后，公主回到大王身边，大王又赐给她名山大川，号曰南蛮。这个故事记载了古代南蛮族民族起源的传说，反映了这一民族对狗图腾的崇拜和兄弟姐妹间互相婚配的制度。

书中还有一类历史传说，写得优美动人，有许多篇目对后世影响很深。如反抗强暴的“三王墓”，歌颂生死不渝爱情的“韩凭妻”，感天动地的冤案故事“东海孝妇”，还有记载深挚友情的“范式张劭”等。

妙语佳句

· 又有鸳鸯，雌雄各一，恒栖树上，晨夕不去，交颈悲鸣，音声感人。宋人哀之，遂号其木曰相思树。相思之名，起于此也。

类型	成书时间	推荐理由
学术论著	晋成帝咸和年间（公元4世纪上叶）	《抱朴子》一书不但提出儒道双修、互相融合的主张，还提出了许多关于美学与艺术的新见解，对南北朝以及后世文学的发展影响颇深。

儒道兼修的典籍
——《抱朴子》

背景搜索

“秋来相顾尚飘蓬，未就丹砂愧葛洪。”这是杜甫《赠李白》诗中的两句。诗中提到的葛洪，就是晋代著名炼丹家，金丹道教始祖。葛洪，字稚川，出生于晋武帝太康四年（283年），卒于晋哀帝兴宁元年（363年），丹阳郡句容（今江苏句容县）人。少年时，勤奋好学，因家中贫穷，买不起书籍和纸笔，只好上山砍柴卖钱买纸墨。当时，书很贵，他只能借别人的书，连夜抄下来，供以后阅读。经过长期的刻苦攻读，青年时代的葛洪就已博览群书，以博学闻名乡里。他非常爱好“神仙导引之法”，其渊源来自于他的从祖父。

葛洪的从祖父名葛玄，孙吴时从学于方士左慈，传说后来得道成仙，号曰“葛仙公”。他耗尽毕生心血研制了炼丹秘术，将此术传给了弟子郑隐。葛洪少年时拜郑隐为师，继承了从祖父的炼丹之法。晋成帝咸和（326—335）初年，司徒王导征召他为州主簿，不久他又升迁为咨议参军。这时葛洪已经年老，听说交趾出丹砂，于是向朝廷提议，希望出任广州句漏县令。晋成帝认为他声望高，任一个县令未免太委屈。他却说：“非欲为荣，以有丹尔。”晋成帝也希望有人能炼出仙丹妙药，以求长生不死，于是答应了他。葛洪途经广州时，被刺史邓岳强留，便在罗浮山修道炼丹，著书立说。他在总结前人炼丹理论的基础上，结合自己的实践经验，写成《抱朴子》一书。此书分为《内篇》和《外篇》。《外篇》50卷，主要讲述儒家的处世之道。《内篇》20卷，主要论述道教理论，并对丹方药术有所论述。

葛洪一生的著述除了《抱朴子》外，还有医书《肘后备急方》以及托名刘歆的《西京杂记》、《神仙传》两部小说集。《西京杂记》文笔简洁，篇幅短小；《神仙传》情节复杂曲折，描写细腻。两部小说集都对后世小说的发展产生了深刻影响。

内容精要

据《抱朴子 · 自叙》称，葛洪自己从弱冠之时就"草创子书，会遇兵乱，流离播越，有所亡失，连在道路，不复投笔十余年，至建武（317—318）年中乃定。凡著内篇20卷，外篇50卷"，"其内篇有言神仙方药、鬼怪变化、养生延年、禳邪去祸之事，属道家；外篇言人间得失，世事臧否，属儒家"。实际上，这只是他自己的说法。他本人既不是真正的道家，也不是真正的儒家。他的道学是金丹道教，他的儒学是道教化的儒学。

《内篇》20卷主要宣扬了以炼丹成仙、符箓消灾为核心的道教思想。葛洪的这一思想承接了老庄和先秦道家的哲学，并给以宗教化的解释，从而建立起一套彻底宗教化的神秘的道教神学。道家认为："道生一，一生二，二生三，三生万物。"（《老子》）而葛洪则认为："道起于一，其贵无隅，各居一处，以象天地人，故曰三一也。"而且将"一"人格化，提倡"守一"之法。《地真》说："一有姓字，服色，男长九分，女长六分。""一"藏于人的丹田之中，神通广大，法力无边。"子欲长生，守一当明；思一至饥，一与之粮；思一至渴，一与之浆！"应该说，葛洪在《抱朴子》中吸收了传统道家理论，却又融入了

《招仙图》，明代画家张灵绘。

炼丹修仙的因素。或者说，道家理论在葛洪的笔下已成为得道成仙的附属品。因此葛洪的道教被人们定格为“金丹道教”。

《抱朴子·外篇》共50篇，“言人间得失，世事臧否”是其主要目的。西晋王朝自司马炎建国以来，呈现过短暂的繁荣局面，“太康盛世”后不久，便陷入了外忧内乱的动荡泥潭。“八王之乱”、“五胡乱华”使黎民百姓流离失所，承受着无尽的灾难。生活于其中的葛洪并未苟且偷生、得过且过，而是用他的笔在《抱朴子·外篇》中以“不忍违情曲笔、错滥真伪”的精神，真实而大胆地展示了社会的真实面貌，或直接论及晋末社会状况，或托古刺今、借题发挥。透过这些文字，西晋社会的动荡、政治的黑暗、风俗的败坏、官吏的腐朽、百姓的疾苦，一览无余，历历在目。其观察之深刻、笔锋之犀利、情感之激烈，在“虚美隐恶”的当时确是难能可贵的。

除了揭示社会现实外，《抱朴子·外篇》所涉及的问题也相当广泛。如《尚博》篇中指出：“俗士多云今山不及古山之高，今海不及古海之广，今日不及古日之热，今月不及古月之朗，何肯许今之才士，不减古之枯骨？重所闻，轻所见，非一世之所患矣。”尖锐地批驳是古非今的保守风气和重闻轻见的陋习。《省烦》篇中亦主张治理国家不必拘于古制：“夫三王不相沿乐，五帝不相袭礼，而其移风易俗安上治民一也，或革或因。”

妙语佳句

·玄之所在，其乐不穷。玄之所去，器弊神逝。

·子敌长生，守一当明；思一至饥，一与之粮，思一至渴，一与之浆。

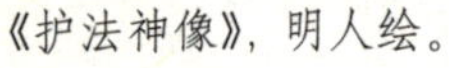

《护法神像》，明人绘。

类型	成书时间	推荐理由
诗歌、散文	梁代 （约公元4—5世纪）	梁昭明太子萧统如此评价："其文章不群，词采精拔，跌宕昭彰，独超众类，抑扬爽朗，莫之与京。"

隐士的清唱
——《陶渊明集》

背景搜索

历代诗人谈起"自然之诗"、"隐逸之诗"、"恬淡之诗"，都会想起陶渊明。

陶渊明（365—427），字元亮，一说名潜，字渊明，浔阳柴桑（今江西九江）人。他去世后，友人私谥为靖节，故后世称"陶靖节"。又因曾任彭泽县令，后人称为"陶彭泽"。他可以说是魏晋南北朝时期对后世影响最大的作家，在中国文学史上占有重要的地位。

陶渊明的一生大致可以分为三个时期：29岁以前为家居读书时期，29岁至41岁为时官时隐时期，41岁至63岁为隐居不仕时期。

陶渊明的一生是非常坎坷的。他54岁时所做的《怨诗楚调示庞主簿邓治中》中说："弱冠逢世阻，始室丧其偏。炎火屡焚如，螟蜮恣中田。风雨纵横至，收敛不盈廛。夏日长抱饥，寒夜无被眠。造夕思鸡鸣，及晨愿乌迁。"各种天灾人祸，他可以说都遭遇到了。完全隐居之后，他的处境更为艰难。在艰难困踬之中，他从古代的贫士和隐士那里寻找过精神支柱，更从酒、琴、田园与友谊中寻找过精神寄托，但对他最有意义的是他亲自参加了劳动。在他晚年构思的桃花源的理想境界中，他既要求"春蚕收长丝，秋熟靡王税"，也

明代画家李在根据陶渊明的《归去来兮》绘制了多幅图，下图为《归去来兮图卷——云无心以出岫》。

要求“相命肆农耕，日入从所憩”。他希望人人都参加劳动，自食其力，人与人之间和谐相处，没有尔虞我诈、巧取豪夺，更没有阶级和等级制度。这种理想，显然与小生产者的利益相一致。

陶渊明对儒、道两家思想都有所继承。从儒家方面说，他接受过儒家积极入世的思想，曾一度希望建功立业，有所成就。《读史述九章 · 厩贾》：“进德修业，将以及时；如彼稷契，孰不愿之！”但他也接受过儒家独善其身的思想。《有会而作》：“斯滥岂攸志，固穷夙所归。”隐居之后，独善其身的思想是他始终坚持理想、坚持独立人格的重要精神支柱。相对而言，他受道家的影响，特别是受庄子的影响更多一些。他追求真朴的人生理想和审美理想，他的鄙弃官场、傲视世俗的行事作风，他的高逸飘洒、简静闲淡的人品格调，他的无君理想，甚至他思想中始终充溢着的强烈的生命悲剧意识，都与庄子有关。

陶渊明今存诗歌凡一百二十多篇，辞赋、散文凡11篇。最早为陶渊明编集并作序的是萧统，集子为8卷本；后北齐阳休之增补为10卷本，但混入了他人之作。北宋宋庠重新刊定刻行10卷本，为陶集的最早刊本。以上各本均未能流传下来。今天能看到的最早版本是南宋至元初的刊本。

在那个“真风告逝，大伪斯兴”的时代，陶渊明毅然归隐，做一个山中农人。

内容精要

陶渊明虽写过一些脍炙人口、传诵不衰的辞赋和散文，但其主要成就是在诗歌方面。他历来都是以一个诗人的身份被载入文学史的。陶渊明的诗歌题材包括：哲理诗，如《形影神》；赠别诗，如《与殷敬安别》、《赠羊长史》等；家训诗，如《命子》、《责子》等；其中最重要的是田园诗和咏怀、咏史诗。

陶渊明田园诗的内容主要包括对田园优美的自然风光的描绘、自己参加劳动生产的体验和闲居交游、读书饮酒等三个方面。

陶渊明以描写田园自然风光为主的作品有一个基本的特点，就是他把田园看成是一种人生的安身立命之所，看成一种与黑暗现实、混浊官场完全对立的另一理想境界，因而他竭力把自己的社会政治理想、人生人格理想对象化，使田园与自我精神融汇为一体。如《饮酒》其五：结庐在人境，而无车马喧。问君何能尔？心远地自偏。采菊东篱下，悠然见南山。山气日夕佳，飞鸟相与还。此中有真意，欲辩已忘言。“心远地自偏”正是诗人能从苦难的现实中找到诗意的原因。“采菊”两句历来为诗歌评论家所激赏。苏东坡想象陶渊明的情境是：“本自采菊，无意望山，适举首而见之，故悠然忘情，趣闲而累远。”陶渊明是带着一种哲学与美学的眼光来看待田园风光、田园生活的。在田园中他领悟到一种最佳的审美境界，却无法以语词或概念表达出来。

《桃源问津图》，清代画家钱慧安绘。

陶渊明表现自己投身劳动生产的那一部分田园诗也有一个基本特点，那就是他特别强调劳动对人生、对自己坚持隐居的重大意义。作为一个不再追慕荣华、依赖官府供给的士大夫，他的最可贵之处莫过于自食其力。为了坚持他独善其身的理想，他对孔子“忧道不忧贫”的态度是接受的。《癸卯岁始春怀古田舍》说：“先师有遗训：‘忧道不忧贫。’瞻望邈难逮，转欲志常勤。”他决心老老实实去种地了。《归园田居》其三写他去为豆苗除草：种豆南山下，草盛豆苗稀。晨兴理荒秽，带月荷锄归。道狭草木长，夕露沾我衣。衣沾不足惜，但使愿无违。

诗人始终是把劳动与坚持隐居的理想联系在一起的。劳动是艰辛的，而且劳动所得未必就真能丰衣足食。陶渊明的可贵就在于他不仅亲自参加了劳动，而且还在于他能承受劳动的痛苦。陶渊明的这一部分田园诗正如《诗经》、汉乐府一样，“饥者歌其食，劳者歌其事”，具有歌食歌事两方面的内容。

陶渊明还有相当一部分田园诗是写闲居交游、饮酒赋诗等生活的。例如《诸人共游周家墓柏下》、《连雨独饮》等。

读书和弹琴是他的主要文化生活。从他的诗来看，他是相当善于捕捉生活的韵律节奏的。酒也是他诗中常写的。萧统《陶渊明集序》称：“有疑陶渊明之诗，篇篇有酒；吾观其意不在酒，亦寄酒为迹也。”家庭生活方面，他写到了小孩在他身边嬉戏，牙牙学语。这些文化生活和家庭生活都是他的精神寄托，从这里我们可以看到他内心感情的丰富，看到他对生活的热爱，同时也可以体味到他内心的矛盾和苦闷。

陶渊明的《桃花源诗并记》可以说是在上述各类田园诗的基础上的一个升华。桃花源已经不仅仅是隐士躬耕的小天地，而且多少体现了农民小生产者要求自食其力、不受剥削的理想和对劳动者不得食的现实社会的否定。

陶渊明的咏怀、咏史诗有《杂诗》、《咏贫士》、《咏二疏》、《咏三良》、《咏荆轲》、《读山海经》等。咏怀诗中的一些作品表现了他内心的矛盾苦闷。如《杂诗》其二：白日沦西阿，素月出东岭。遥遥万里辉，荡荡空中景。风来入房户，夜中枕席冷。气变悟时易，不眠知夕永。欲言无予和，挥杯劝孤影。日月掷人去，有志不获骋。念此怀悲凄，终晓不能静。

这里所表现的孤独、悲愤心境，显然与阮籍的《咏怀》诗相接近。封建时代，士大夫都以出仕为建功立业的唯一途径。隐居，除了一些人把它当做做官的捷径外，多数人显然是出于不得已。隐居以后，他们常常会产生一种人生价值的失落感，同时会激起一种强烈的生命悲剧意识，陶渊明正是这样。

陶渊明的咏史诗中颇有金刚怒目式的作品。《咏荆轲》写荆轲刺秦王之事，极其慷慨悲壮。朱熹曾评："渊明诗，人皆说是平淡，据某看他自豪放，但豪放得来不觉耳。其露出本相者，是《咏荆轲》一篇。平淡的人如何说得这样言语出来。"（《朱子语类》卷，一三六）其实，陶渊明的性格本来就有刚烈的一面，他并不是一个缺少斗争精神的人。《读山海经》："精卫衔微木，将以填沧海。刑天舞干戚，猛志固常在。"这种诗在晋、宋文人中是很难看到的。

陶渊明一生爱菊，在清代画家张风所绘的这幅《嗅菊图》中，陶渊明手拿一朵菊花，边走边嗅，简练几笔便勾勒出田园诗人的恬淡气质。

妙语佳句

· 采菊东篱下，悠然见南山。
· 晨兴理荒秽，带月荷锄归。
· 精卫衔微木，将以填沧海。

类型	成书时间	推荐理由
文学理论	南齐末年（约公元6世纪初）	《文心雕龙》是中国古代文学理论批评史上杰出的著作，是可供全世界各国研究文学、美学理论时参考的年代最早的一部宝贵文献。

“体大思精”的文学理论
——《文心雕龙》

背景搜索

《文心雕龙》的作者刘勰（约465—530），字彦和，祖籍东莞莒县（今山东莒县），世居京口，是我国南朝著名的文学理论家和批评家。刘勰的祖父刘灵真，是南朝时司空刘秀之的弟弟。父亲刘尚，是个级别较低的武官，曾担任越骑校尉。

刘勰很小的时候便失去了父亲，自幼家境贫寒，不曾娶妻，但是他从小便“笃志好学”，年龄稍大一点，他就投奔了南京附近的定林寺。

定林寺在南朝属于佛教中心之一，寺中藏书甚富，刘勰在这种良好的学习环境中研读佛经以及大量的儒家经典、历史书籍、名人传记及文学著作。在这十几年的学习生活中，他逐渐积累了丰富的知识，学识日益广博。

常年在定林寺接受知识熏陶，使得刘勰深受佛教和儒家思想的双重影响。刘勰刚过30岁的时候，在定林寺做了这样一个梦：他梦见自己手捧涂有红漆的礼器，跟随圣人孔子向南走去。醒来以后，刘勰欣喜万分，兴奋得不知所措，于是决心著书立说，专门研究如何写好文章，让人们学会使用出色的写作方法，使得儒家思想和儒家学说得到精确的阐述及宣扬。

虽然刘勰耗费了数年心血才完成的《文心雕龙》显示出了他的卓越才华，但是由于刘勰当时的社会地位低微，因此这部书也一直没有受到关注。当时的大臣沈约在政治上和文坛上都享有很高的威望，年轻的刘勰为了得到这位名人的指教和帮助，曾屡次乔装打扮成一个卖书郎，佯装卖书，想乘机吸引大文学家沈约的注意力。终于有一天，刘勰在沈家门口遇见了乘车回家的沈约，连忙高声叫卖。沈约是个书迷，一听说有好书，便立即吩咐家人停车，想看个究竟。刘勰乘机呈上自己的作品，对自己的行为做了诚恳的解释。沈约听后，非但没有生气，还把刘勰请到家中。沈约读完刘勰的作品后，大为欣赏，评价它“深得文理”，是一部很有价值的书。他给予刘勰赞扬和鼓励，并提出了不少宝贵的意见，还把书卷放在书案上，以便随时翻阅。刘勰按沈约的意见，将文稿认真地做了修改。这次经历使得刘勰和他的《文心雕龙》开始逐渐为世人所知。

由于得到了沈约的充分肯定，刘勰开始走上仕途。公元503年（梁天监二年），年近40的刘勰做了“奉朝请”，这是一个官阶低微、形同虚设的官号，实际上没有具体的官职。天监十年，刘勰回到南京，担任南康王萧绩的记室，兼任昭明太子萧统的“东宫通事舍人”，掌管奏章。这是刘勰一生当中最为荣耀的时期，虽然官职不高，但因为他在文学上的造诣，

南北朝时期正是佛教在我国隆兴之时。图为敦煌莫高窟中西魏时期的壁画，描绘聆听佛法的场景。

昭明太子萧统像。

而深得昭明太子萧统的赏识和器重。

公元519年（天监十八年），刘勰大约54岁，除了继续担任通事舍人之外，又被升为步兵校尉，管理东宫上林苑的警卫军。从这一年开始，刘勰的人生道路发生了很大的转折：梁武帝因为信佛而受戒出家，并令刘勰等回到定林寺整理佛经。一年以后，刘勰等人完成了佛经的整理工作，此时的刘勰，因为进一步受到了佛教思想的浸染，深陷其中，决意出家为僧。梁武帝批准了刘勰的请求，于是刘勰在定林寺内脱去了象征权力和荣耀的官袍，摘掉了皇家赐予的官帽，换上一袭朴素的僧衣，改名慧地，从此远离尘世，一心向佛。

刘勰在定林寺出家后，不到一年时间，便告别了人世。

《文心雕龙》成书时间约为公元六世纪初，即一千五百多年前的南北朝时代当中的南齐末年。就其本来意义来说，这是一本写作指南，而不是文学概论。所谓“文心”，指的是“为文之用心”，即写文章的用心，“雕龙”一词则是取自战国时驺奭长于辩论、被称为“雕龙奭”的典故，意思是进行研讨精细得如同雕龙纹一般，在这部书中引申为把作品写得如同雕绘的龙纹一样华美。合起来，“文心雕龙”等于是“文章写作精义”。

内容精要

《文心雕龙》是我国第一部文学理论专著，它研究的是如何创造富有艺术性的作品。书中讨论的对象是广义的文章，但偏重于文学。它对前人创作的文学作品进行分析，条列出文

南朝时期的女陶俑，现藏于南京博物院。这件女陶俑头梳高髻，身穿束腰长裙，是研究当时发式和服式的参考。

艺创作的各种原理。全书共50篇，分上、下编，各25编。上编以文体论为主，下编以创作论和修辞学为主，阐述了写作规律和写作方法。全书内容包括总论、文体论、创作论、批评论4个主要部分。

第一部分总论包括了《原道》、《征圣》、《宗经》、《正纬》、《辨骚》五篇，为“文之枢纽”，是全书的总纲及理论的基础，它使得全书各方面理论观点首尾一贯，各部分之间互相照应。

这部分以《原道》、《征圣》、《宗经》三篇为主。

第二部分文体论包括了从《明诗》到《书记》的20篇，其中又有“文”、“笔”之分。自《明诗》至《谐隐》10篇为有韵之文（《杂文》、《谐隐》两篇文笔相杂），自《史传》至《书记》10篇为无韵之笔。每篇分论一种或两三种文体，对主要文体都做到“原始以表末，释名以章义，选文以定篇，敷理以举统”，即叙述

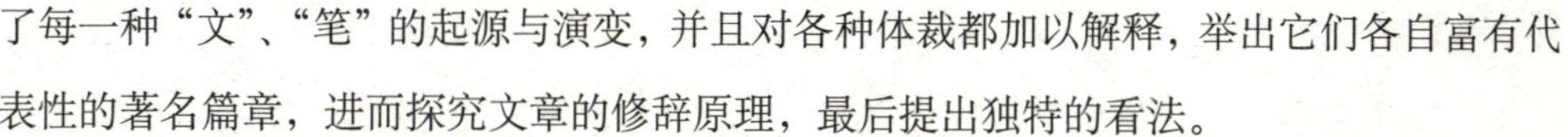

了每一种“文”、“笔”的起源与演变，并且对各种体裁都加以解释，举出它们各自富有代表性的著名篇章，进而探究文章的修辞原理，最后提出独特的看法。

第三部分创作论包括了从《神思》到《总术》的19篇，分论创作过程、作家个性风格、文质关系、写作技巧、文辞声律等文章写作方面的问题。

第四部分批评论包括了《时序》、《物色》、《才略》、《知音》、《程器》五篇，这五篇之间没有什么特别紧密的联系，但它们都没有停留在探讨具体的写作问题的阶段，而是各自从不同角度对过去时代的文风、作家的成就提出批评，并对批评方法做了专门探讨。

全书最后是一篇《序志》，阐述了作者的创作目的、宗旨和对全书的总体部署。

妙语佳句

· 文变染乎世情，兴废系乎时序。

· 物以貌求，心以理应。

类型	成书时间	推荐理由
文学理论	北魏延昌三年（约公元514年）	《诗品》，中国最早的一部诗评专著。它有严密的体系，无论从理论角度，还是从分析角度来说，都要远远超过后来的诗话。

中国最早的诗评专著
——《诗品》

背景搜索

在中国文学批评史上，南朝梁钟嵘的诗歌批评著作《诗品》，奠定了钟嵘在中国文学批评史上的崇高地位。

钟嵘，字仲伟，颍川长社（今河南长葛）人，约生于南朝宋泰始四年（公元468年）。晋侍中钟雅七世孙，从祖钟宪任南齐正员郎，父钟蹈为齐中军参军。钟嵘兄弟三人均勤于学习。齐武帝永明三年（公元485年），钟嵘与其兄同选国子生，深得卫将军兼国子监祭酒王俭的赏识。钟嵘才学出众，尤精《周易》，被本州举为秀才。齐明帝建武（494—498）初为南康王萧子琳侍郎。建武五年（公元498年），萧子琳被杀，钟嵘改任抚军行参军，出为安国令。齐东昏侯萧宝卷永元三年（公元501年），钟嵘又为司徒行参军。

梁武帝萧衍代齐后，天监（502—519）初钟嵘又上《上言军官书》，在其中揭示了齐东昏侯萧宝卷永元时政治混乱的情况。他的上书被采纳，并升任中军临川王行参军。

天监三年（公元504年），衡阳王萧元简出任会稽太守，引钟嵘为宁朔记室，专掌文翰。当时的著名隐士“何氏三高”（何点、何求、何胤）之一的何胤在若山筑室，山洪暴发，漂

诗之妙处在于意境，这与我国的水墨画是相通的。《孤松高士图》简练的笔画勾勒出清旷悠远的意境。

石拔树，而他们的房子独存。萧元简认为这是高士的祥瑞之兆，便命钟嵘做《瑞室颂》以旌表之，文辞甚为典丽。

钟嵘的官位和名气在当时并不高，为了显名，曾求当时的文坛领袖沈约推荐自己，被拒绝。沈约卒于天监十二年（公元513年）。《南史·钟嵘传》云："及约卒，嵘品古今诗为评，言其优劣。"由此可见钟嵘的《诗品》约成书于天监十三年（公元514年）。这一年萧元简回京任给事黄门侍郎，钟嵘大约随其人京师，在京师写成的《诗品》。

天监十七年（公元518年），晋安王萧纲（即后来的梁简文帝）为西中郎将，钟嵘被引为记室。不久死于任上。

南朝齐梁间，由于文学创作的繁荣与演进，文苑论坛上怒放着奇葩双树。刘勰的《文心雕龙》问世后，梁代又出现了钟嵘的《诗品》，共同组成一个划时代的文学理论批评的高潮。

内容精要

《诗品》共品评两汉至梁代诗人122人，分为上、中、下三品。

《诗品》倡导"建安风力"，反对形式主义诗歌，抨击玄言诗"理过其辞，淡乎寡味"，"评点似《道德论》"；反对堆砌典故，主张诗由"直寻"，出于自然；反对"四声八病"之说，主张自然和谐的音律。他善于概括诗人独特的艺术风格，注意探索诗人风格的渊源派别，在一定程度上启示了划分诗歌流派的线索，但过于强调历史继

南朝时期的薰炉，薰炉体成圆盘，承托重瓣莲，犹如一朵盛开的莲花，造型十分别致。

承关系，忽视现实对诗人的影响，不免有些牵强。

关于《诗品》在文学批评领域的价值和贡献，大致可以概括为以下几方面。

一、品评的意义和方法。

钟嵘针对当时诗坛“庸音杂体，人各为容”的不良风气，以批评家的胆识，用辛辣的笔调描述了诗界的种种令人难以容忍的丑态，力图扭转颓风。他继承了刘士章（南齐人刘绘）没有完成的批评事业，对每位诗人及其作品进行了严格的考核，力求做出客观、中肯的评价。这不能不说是诗界及理论界的一次革故扬新之举，其意义是深远的，不同程度地影响着后世诗歌理论的发展。

就五言诗的品评方法而言，钟嵘仍采取评选和品第两种方法。就评选的态度看，《诗品》所举警策之例，仍受挚虞、李充诸人选集的影响。但是，钟嵘的评选虽着重于五言诗的内容与形式，但并不忽略作品的风格同作家经历的结合。在他看来，每位作家的作品都是有渊源的，所以必须注重作品产生的原因。就品评的态度看，《诗品》是受《汉书》九品论文以及魏时九品官人法的影响的。它同以前批评风气不同的地方就在于显优劣、分等级，破除了文学批评中只读长处、不论缺点的陋习。面对当时的门第之风，文阀割据文坛的传统，钟嵘的这一举动，实在难能可贵。

二、品评的对象和范围。

《诗品》的品评对象是五言诗及其作品。他为什么仅以五言诗做品评的对象呢？至少有两个理由：一是五言诗具有适度的言辞组合功能；二是五言诗起于汉，盛行于魏晋南北朝。作为梁代的文士钟嵘，跻身于文学殿堂，若能倡兴汉、魏以来的五言诗体，必须区分好青红皂白，创造一种人人尊重五言诗的良好氛围，这也是文学的发展使然。

关于品评的范围，钟嵘在序文中说得很清楚。在同一品第中，人名的排列大致上以时代先后为次序，不以成绩高低为编次。另外，只有人死了之后，作品方能盖棺定论，因而，入品的作家都是已故的。在入品的122位诗人中，上品11人，中品39人，下品72人。钟嵘之所以确立这样一个范围，是因为这种分品论人的方式有其传统性。一般说来，离世之人的艺术思想、作品价值都铭刻在固有的论人、分品的尺寸上，除去评论者的主观因素外，不会有什么变化，容易做得客观、公允些。古往今来，人们沿袭这一法则行事，钟嵘亦然。

三、品评标准。

从审美的角度可以概括为四点。

文质美，即五言诗的内容与形式的统一。钟嵘称赞曹植的诗“骨气奇高，词采华茂；情兼雅怨，体被文质。粲溢今古，卓而不辞”，达到了文与质兼备的境界。

自然美。其实质就是强调诗歌应体现一种朴实而自然的美。钟嵘提出“自然英旨”的评诗标准，这是建立在诗歌产生的客观条件及表现的特殊规律上的。他认为客观景物与主观情感结合起来，才是诗歌的原动力。

滋味美。就局部而言，钟嵘的“滋味说”是判别诗歌艺术特征的根据。但从《诗品》的总体着眼，主张诗具有“滋味美”，仍属于品评诗歌艺术标准的理论范畴。因此说，“滋味美”应该是用华美的语言形式所表现的情与景相结合的诗的艺术境界，即“使味之者无极，闻之者动心，其诗之至也”。

直寻美。所谓“直寻”，既属于诗歌的取材问题，又属于诗歌的风格问题。钟嵘认为诗人处在特定的生活环境中，用心里滚烫的激情熔铸成铮铮的语言，表现出特定的思想感情，这就是诗。可见，一首好诗，就是直抒胸臆，任其流淌，吟咏性情，不贵用事。

《诗品》的意义在于：它是文学批评从经学、史学的附庸转变为独立的科学的标志，其自觉的文学批评意识还表现在以明确的文学理论作为诗歌品评的指导。《诗品》所具备的宏大而严密的专著规模是钟嵘自觉的文学批评意识的又一表现。中国文学批评在其长期的历史发展过程中，形成了迥然不同于西方的独特语体，钟嵘的《诗品》正是一部具有鲜明民族特色的文学批评语体的代表作。

一部《诗品》使钟嵘留名千古。钟嵘作为齐梁时期杰出的文学理论批评家，为我们留下了一笔宝贵的文论财富，中国的诗歌批评从此得到发扬光大。《诗品》是一部泽被后世、影响深远的作品，它不愧为文学理论园地中的一畦盛开的香花。

妙语佳句

· 骨气奇高，词采华茂；情兼雅怨，体被文质。粲溢今古，卓而不辞。

类型	成书时间	推荐理由
地理专著	北魏时期（约公元6世纪）	《水经注》，是我国第一部以记载河道水系为主的综合性地理著作，在我国的历史发展进程中有着深远影响。

科学与艺术并重的水文书
——《水经注》

背景搜索

《水经注》是公元6世纪北魏时郦道元所著。

我国古代记载河流的专著就叫《水经》，郦道元认为："昔《大禹记》著山海，周而不备；《地理志》其所录，简而不周；《尚书》、《本纪》与《职方》俱略；都赋所述，裁不宣意；《水经》虽粗缀津绪，又阙旁通。所谓各言其志，而罕能备其宣导者矣。"（《水经注》）为了把这些丰富的地理知识传于后人，所以他选定《水经》一书作为描述全国地理情况的底本，广征博引，详加注释，写成了《水经注》，它是6世纪时我国第一部全面、系统的综合性的地理学著作。

郦道元（约470—527），字善长，北魏涿州郦亭（今河北涿州）人。郦道元出身于官宦之家，少年时随父居山东，喜好游历，酷爱祖国锦绣河山，培养了"访渎搜渠"的兴趣。史书记载他于太和十八年（公元494年）踏入仕途，出任尚书郎，当时的郦道元只有二十多岁。郦道元成年后承袭其父封爵，封为永宁伯，先后出任太尉掾、书侍御史、冀州镇东府长史、颍川太守、鲁阳太守、东荆州刺史、河南尹、黄门侍郎、侍中兼摄行台尚书、御史中尉等职。职务的频繁变更，为他游历和考察水道及名胜创造了绝好的机会。郦道元周游了北方黄淮流域的广大地区，足迹遍布今河北、河南、山西、陕西、内蒙古、山东、江苏、安徽等省区。他每到一地都留心勘察水道形势，溯本穷源，游览名胜古迹，在实地考察中广泛搜集各种资料，以弥补文献不足，从而完成了举世无双的地理名著《水经注》。

孝昌三年（公元527年），郦道元被害于阴盘驿亭（今陕西临潼县东），当时郦道元及随从被叛军所包围，水源在包围圈以外，“水尽力屈，贼遂逾墙而入。”

郦道元注《水经》的目的在于“因水以证地，即地以存右”（《王先谦合校本序》）。他认识到地理现象是在经常变化的，上古情况已很模糊，其后部族迁徙、城市兴衰、河道变迁、名称交互更替等等情况都十分复杂，所以他决定以水道为纲，进而描述经常变化的地理情况。

内容精要

郦道元为了写作《水经注》，不辞辛劳地收集材料，这不仅极大地丰富了这部书的内容，而且为后世保留了许多古代资料。在他所记录的2万个左右的地名中，做了解释的地名就有两千四百多个。所记寺院26处，中外古塔三十多处，宫殿一百二十多处，各种陵墓二百六十余处以及不少园林等。在地域上，除了西汉王朝的疆域外，还包括今印度、中南半岛和朝鲜半岛在内的若干地区；在时间上，贯穿了自先秦到南北朝的两千多年。在内容上，更是浩如烟海，包含了自然地理、人文地理、山川胜景、历史沿革、风俗习惯、人物掌故、神话故事等等。

他没有单纯地罗列这些丰富的材料，而是仔细地对它们进行分析、批判和挑选，然后谨慎引用。仅就《水经》一书，他就指出了三十多处的错误。对于自己和前人之间的某些分歧，郦道元只是客观地写出，并不轻率地否定前人的意见。

他亲自实地考察，寻访古迹，追本溯源，采取实事求是的科学态度。这种野外地理考察工作，是与地图对照、文献查阅、向父老访问等方法结合起来的。《水经注》也因此成为我国有史以来第一部集中了大量野外工作成果的地理著作。

遗憾的是郦道元生在了一个南北分裂的时期，他能够到达的地域，被局限在北魏势力所能到达的范围内，这以外的许多地方，他只有借助有关的文献资料了。《水经注》这部鸿篇巨制，由于历史条件和社会条件的限制，出现错误与不足是很难避免的。

《水经注》以记载河道水系为主，内容涉及面非常广泛，称得上是我国6世纪的一部地理百科全书。书中收录了许多学科门类的材料，对历史学、考古学、金石学、地名学、水利史学以至民族宗教、艺术语言等方面都有一定参考价值。

在历史地理方面，这本书至今仍具有不可估量的借鉴价值。侯仁之教授曾利用它复原了北京周围的古代水利工程，研究了毛乌素沙漠的历史变迁情况。我们可以运用它来研究古代水道变迁、湖泊湮废、地下水开发、海岸变迁、城市规划、历史时期气候变化等诸多课题。

在考古学上，《水经注》提供的资料帮助我国的考古事业取得了不少成果。北魏熙平元年（公元516年）建筑的洛阳永宁寺九层浮图，存在不到二十年，就于永熙三年（公元534年）被大火烧毁。关于它的记载很少，而且大多是二手材料，只有郦道元的目击记载翔实可靠。中国科学院考古研究所洛阳工作队就是根据该书记载的资料，对洛阳城进行的考古发掘。

《水经注》书影，清乾隆聚珍本。

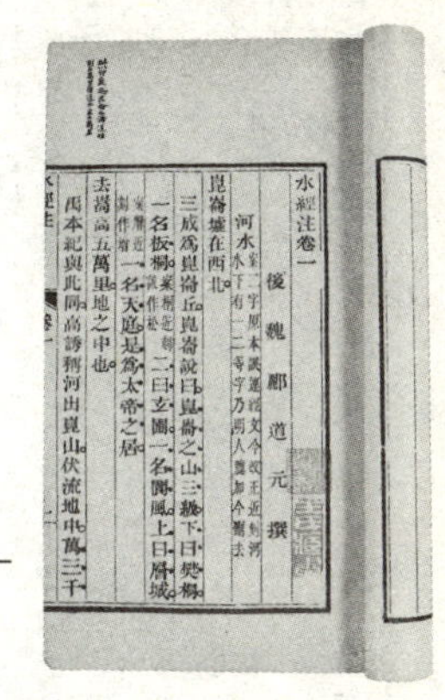

水經注卷一

後魏酈道元撰

河水

崑崙墟在西北。

三成爲崑崙丘。崑崙說曰：崑崙之山三級：下曰樊桐，一名板桐；二曰玄圃，一名閬風；上曰層城，一名天庭，是爲太帝之居。

去嵩高五萬里，地之中也。

禹本紀與此同。高誘稱河出崑山，伏流地中萬三千

《水经注》还为金石学研究提供了从上古到北魏的丰富而宝贵的资料，它所记载的金石碑刻，有350种左右，涵盖了河流、水利、山岳、城邑、交通、地名、建筑、经籍、历史、人物、祠庙、陵墓等等。作为地理学著作，《水经注》也是我国第一部较为系统和完整的著录我国古代金石碑刻的著作。

《水经注》在文学和语言上也有很高的价值。作者采用了文学艺术手法，对山川景物、人文史迹、风土人情等内容进行了绘声绘色的描述。郦道元对于风景的描写历来享有很高声誉，文字清丽，富有节奏感，如“绿水平潭，清洁澄深，俯视游鱼，类若乘空”、“水色清澈，漏石分沙”，借用游鱼、砂石等物来凸显水的清澈。

作者对写作技法的运用也相当熟稔，达到了收放自如、浓淡相宜的境界。写水着眼于动态，写山则致力于静态，他的语言新颖独特，追求变化，仅就描写的瀑布来说，它所用的词汇就有：泷、洪、悬流、悬水、悬涛、悬泉、悬涧、悬波、颓波、飞清等。郦道元善于吸取群众语言，而且不回避各地方言、外来语言，故而《水经注》的语言特别丰富生动。历代的许多文人都很推崇该书中生动的文字，唐代诗人陆龟蒙就曾说过：“《水经》《山疏》不离身。”（《和袭美寄怀南阳润卿》）宋朝苏轼也把诵读《水经注》作为一种享受，在他的《寄周安孺茶诗》中说：“嗟我乐何深，《水经》亦屡读。”它是“魏晋南北朝时期山水散文的集锦，神话传说的荟萃，名胜古迹的导游图，风土民情的采访录”。

所以，《水经注》不仅是科学名著，也是文学艺术的珍品。

妙语佳句

· 因水以证地，即地以存石。

· 绿水平潭，清洁澄深，俯视游鱼，类若乘空。

类型	成书时间	推荐理由
诗文汇编	北魏时期（526—531）	《文选》是中国最早的也是影响最大的一部文学总集。

先秦至梁代的文学轨迹
——《文选》

背景搜索

《文选》的主编者就是萧统（501—531），字德施，是南朝梁武帝萧衍的长子，天监元年（公元502年）被立为太子，但没等到登基他就去世了，死后谥号昭明，所以后世常称呼他为昭明太子，而他所主编的《文选》也就常常被人们习惯性地称作《昭明文选》。

萧统天赋很高，3岁学《孝经》、《论语》，5岁即已遍读“五经”。萧统9岁时，母亲得了重病，他回去朝夕伺候，衣不解带。从母亲死后到出殡，他一点东西都没吃，还经常因为过分悲痛哭得昏迷过去。梁武帝下诏教训他说：“毁不灭性，圣人之制，不胜丧比于不孝。有我在，哪得自毁如此？”并强制他饮食。即便如此，他也只吃一点点，弄得萧衍也跟着上火生病。

萧衍自从给太子加了成人礼后，便有意识地锻炼他的理政才能，把里里外外的政事交给他办。萧统对百姓承担沉重赋役十分同情，并尽自己所能来减轻他们的负担。中大通二年（公元530年）春天，梁武帝准备征发民工开凿一条水道，萧统上书陈明利弊，使武帝放弃了这个计划。

昭明太子萧统像。萧统十分爱好文学，每遇宴会或饯行需要赋诗，他都能立刻赋就，并且无需改动。

中大通三年（公元531年）三月，萧统因在湖中摘芙蓉落水受伤，不幸逝世，时年31岁，谥号“昭明”。萧统的逝世在朝野上下产生了很大震动：“朝野惋愕，京师男女，奔走宫门，号泣满路。四方氓庶及疆徼之人，闻丧皆恸哭。”可见他在人民心目中的位置。

南北朝时期的文学集团很多，梁朝的萧氏家族在聚集文人，繁荣文艺方面取得了很大的成就。以萧统为首，形成了一个在当时文坛上颇有影响的文学集团。

他和他的文人集团一同编定了《文选》。《文选》编成的确切年代，因为史书没有明文记载，所以至今尚无定论。不过，根据已经为学术界认同的该书选文不收生人作品的原则和主编萧统辞世的具体年月，将此书的编定时间粗断在梁普通七年（公元526年）以后至梁中大通三年（公元531年）以前数年间，应该说是大致不差的。

内容精要

我国六朝以前的文学作品主要有诗、文两大类。因此，《文选》作为当时的文学总集，实际上也就是一部诗文总集。书中所收作品的范围，大体以“词人才子”的名篇为限。后世习惯上称作经、史、子几个部类的著作都是所谓“集”这一部类中的一些著名的单篇诗文。这在当时实际上是为文学划定了范畴，是文学发展到一定阶段的产物，反过来又对文学的独立发展起到了积极的促进作用。

统计全书，共收作家一百三十多家，上起子夏、屈原，下至萧统当世的作家，前后跨越近千年。共选作品514题，计七百六十多篇。它的编排体例，根据作者自序时说的，“凡

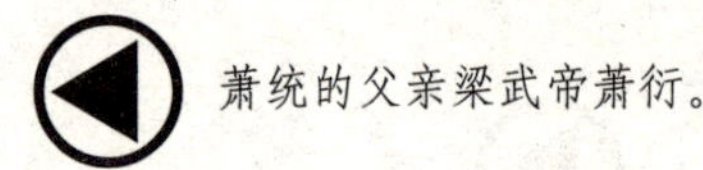

萧统的父亲梁武帝萧衍。

次文之体，各以汇聚。诗赋体既不一，又以类分。类分之中，各以时代相次”。我们打开这部书，就可以看到，书中所选作品，是先按照赋、诗、杂文三大门类，划分出赋、诗、骚、七、诏、册、令、教、文、表、上书、启、弹事、笺、奏记、书、檄、移、对问、设论、辞、序、颂、赞、符命、史论、史述赞、论、连珠、箴、铭、诔、哀、碑文、墓志、行状、吊文、祭文等38种体裁。然后再按照题材、内容的不同，在赋体下细分为京都、郊祀、耕籍、畋猎、纪行、游览、宫殿、江海、物色、鸟兽、志、哀伤、论文、音乐、情等15个小类。在诗体下细分为补亡、述德、劝励、献诗、公宴、祖饯、咏史、郊庙、乐府、挽歌、杂歌、杂诗、杂拟等23个小类。这样的分类，固然显得琐碎，因而受到后世一些学者如章学诚、俞樾等人的尖锐批评，但不可否认，它毕竟体现了当时我国诗、文发展的大体状貌，同时证明文体辨析在当时已经进入非常细致的阶段，应该肯定它的历史价值。

关于这部书的编纂宗旨，萧统在他的《文选序》中做了具体说明：自姬汉以来，眇焉悠邈，时更七代，数逾千祀。词人才子，则名溢乎缥囊；飞文染翰，则卷盈乎缃帙。自非略其芜秽，集其清英，盖欲兼功，太半难矣。

这段话的意思是说，自从周代、汉代以来，历史已经很久远了，朝代更换了七次，时间跨越了千年，其间出现的诗人不计其数，产生的作品如汗牛充栋。如果不删除粗劣，汲取精华，即使加倍努力，也难以全部读完。

那么，萧统为自己所规定的编选宗旨实际上贯彻得怎么样呢？如今我们具体检验一下书中所选作品，确实可以说自《诗经》以后到萧统当世，我国古代文学的精华，基本上都聚集于其中了。从赋体看，汉、晋时代的著名大赋，从司马相如的《子虚赋》、《上林赋》，枚乘的《七发》，班固的《两都赋》到左思的《三都赋》等，可以说已网罗无遗。对于这些大赋，人们自可有不同评价，但它们毕竟代表了赋体特别是汉赋创作的一个重要方面，是“一代文学”的主要标志，在我国古代文学发展史上占有不可替代的地位。同时，书中还选收了很多抒情咏物的小赋，从宋玉的《风赋》到贾谊的《鵩鸟赋》，从司马相如的《长门赋》到王粲的《登楼赋》，再到曹植的《洛神赋》，直到南朝鲍照的《芜城赋》，江淹的《别赋》、《恨赋》等，名篇佳作，比比皆是。从诗体方面看，由于该书所覆盖的时代是五言诗形成和发展的时代，所以书中所选包括了从汉代无名氏的《古诗》到各时期名家如曹植、王粲、刘祯、阮籍、陶渊明等人的五言体主要作品。此外还选了一些有代表性的四言诗，如曹操的《短歌行》以及少量七言诗，如曹丕的《燕歌行》，这些也都是后世传颂不衰的名篇。而且，书中还列有骚体一体，收录了屈原的《离骚》、《九歌》等楚辞中的精品。再从所选各体文章来看，这本书骈散兼顾，以骈文为主，入选作品如贾谊的《过秦论》、司马迁的《报任安书》、诸葛亮的《出师表》、嵇康的《与山巨源绝交书》、陶渊明的《归去来辞》等，均为各个时期的重要文学成果。当然，限于萧统的个人之见，有一部分先秦汉魏六朝时期的优秀的诗文作品未能入选，这主要是一些汉乐

我国自古以来便注重孝道，图中描绘的是汉文帝亲侍母亲的场景，这对于萧统来说，显然是一个守孝道的榜样。

府中的民歌，如《陌上桑》、《焦仲卿妻》(《孔雀东南飞》)等以及南北朝民歌“吴声”、“西曲”中的一些作品，还有受到民歌显著影响的一些文人诗，如陈琳的《饮马长城窟行》等。在萧统看来，这些作品俚俗不雅，缺少骈体文学的语言美，故而摒弃不用。这当然是该书的一个缺失。

妙语佳句

· 自姬汉以来，眇焉悠邈，时更七代，数逾千祀。词人才子，则名溢乎缥囊；飞文染翰，则卷盈乎缃帙。自非略其芜秽，集其清英，盖欲兼功，太半难矣。

类型	成书时间	推荐理由
家训、散文集	隋朝（公元6世纪下半叶）	《颜氏家训》是中国古代家训走向成熟、走向辉煌的里程碑。自《颜氏家训》之后，上自帝王将相，下至黎民百姓，严谨治家、勤课子弟蔚然成风。

成熟家训的发端
——《颜氏家训》

背景搜索

上智不教而成，下愚虽教无益，中庸之人，不教不知也。古者，圣王有胎教之法：怀子三月，出居别宫……父母威严而有慈，则子女畏慎而生孝矣。

这段训诫子孙的名言，出自《颜氏家训》一书。在隋朝以后的封建社会里，这本书的影响极为广泛和深远。所以《颜氏家训》堪称“古今家训之祖”。它的作者，就是北齐的文学家颜之推。

颜之推（531—约595），字介，琅玡临沂（今山东省临沂市）人。梁湘东王萧绎镇西府咨议参军颜勰之子。年轻时，他以词情典丽著称于江陵一带，被湘东王萧绎赏识，任其为左常侍，加镇西墨曹参军。颜之推聪颖而敏锐，广闻善辩，无论对上级还是平辈，都非常的有涵养，因此他的人缘和仕途都很好，并且常为皇帝所青睐。萧绎做了梁元帝之后，他就任散骑侍郎。梁朝灭亡后，他接着仕宦于北齐，先后任中书舍人、赵州功曹参军、待诏文林馆、司徒录事参军等职。北周的时候，他又被任命为御史上士。隋文帝开皇（581

—600）年间，被太子召为学士。

颜之推一生虽然仕途畅达，历仕四朝，但他的内心却是很矛盾的，这从他后来的作品中可以看出。一方面他的理想是“不屈二姓，夷（伯夷）、齐（叔齐）之节也”，想效仿商代末年的伯夷、叔齐为前代守节；另一方面，面对现实，他因为考虑家庭的利益，想“立身扬名”而又不得不宣称“何事非君，伊（伊尹）、箕（箕子）之义，自春秋以来，家有奔亡，国有吞灭，君臣固无常分矣”。在《颜氏家训》中，他自己“三为亡国之人”，却教育后人要“泯躯而救国，君子不咎”。自身矛盾至此。颜之推的作品，有文集30卷（已佚）、志怪小说《冤魂志》（一名《还魂记》）、《集灵记》20卷（已佚）等，但其成就最大、最为人知晓和称道的还属《颜氏家训》20篇。

内容精要

《颜氏家训》是一部杂著类的散文作品集，内容涉及面极广，对于当时佛教的流行、玄风的炽烈、鲜卑语的传播、俗文字的盛行等都做了较为翔实的记录。它对研究古代丰富的文化现象做出了巨大贡献。

首先，这本书有着重要的史学价值和学术价值。其中记录的许多历史人物的言行，可与南北朝诸史中的记载相参证或补正。其中的一些学术见解，对于《汉书》、《经典释文》、《文心雕龙》等著作的研究都有重要参考意义，《颜氏家训》有许多内容与上述文献相通或互补。另外，《书证》、《音辞》两篇为考辨文字、词义和音韵

隋朝开国皇帝隋文帝杨坚像。

提供了宝贵的资料。

另外，在重道轻器的封建历史时期，书中对于算术、医学都给予了应有的重视。

从文学角度上说，这本书多为质朴的散文，行文如同闲话家常，但又不失委婉高雅。

《颜氏家训》最大的意义，还在于它在家庭教育上面的影响。

颜之推提出了一些卓有见地的家庭教育主张，具体内容如下。

（一）及时早教，勿失时机。颜之推认为，一个人的发展，幼年时期是奠定基础的重要阶段，所以他特别提倡教育要从幼年时期开始。他说："人生小幼，精神专利，长成以后，思虑散逸，固须早教。"这种观点符合儿童的身心发展规律，与当今强调的早期教育思想是统一的。

教育要严宽结合，家庭教育需要如此，学堂教育亦需如此，敦煌莫高窟中的这幅中唐时期的壁画，展现的正是助教体罚一名学生的场景。

（二）严而有慈，严宽结合。颜之推认为，家庭教育的关键是处理好教育子女和爱护子女的关系。他认为，善于教育子女的父母能把教育和爱护巧妙地结合起来，收到良好的教育效果；不善于教育子女的父母往往只爱无教，或只教无爱，最终造成失之毫厘谬以千里的不良后果。他说："父母威严而有慈，则子女畏慎而生孝矣。"为了树立父母的威信，甚至可以不惜用鞭笞的方法，让儿童犯了错误之后尝到皮肉之苦，得到刻骨铭心的教训。我们当然不提倡体罚，但爱教都要适度却是最难把握的分寸。必要时来点小惩罚，如果可以收到好的效果也未尝不可一试。关键在于爱教结合，严慈相济。

（三）语言标准，概念明确。颜之推认为儿童时期是学好语言的关键时期，他强调儿童学习语言要标准化，儿童应该学习通用语言而不是方言。他强调教育子女学习正确的语言是父母必须认真完成的重要任务。颜之推在中国家教史上首次提出语言教育问题，而且进行了

颜之推认为"学不可以已",这样才能修身利行。图为明代画家陈洪绶的《高贤读书图》。

详细的阐释，至今对我们都很有帮助。

（四）孝悌为本，风化在先。颜之推在《颜氏家训》中强调进行以孝悌为中心的伦理道德教育。他教育子弟为遵守以孝悌为中心的道德规范，可以不惜代价。颜之推所说的风化指的是成人道德榜样对孩子的影响，他说："夫风化者，自上而行下者也，自先而行后者也。"

（五）志趣高雅，承袭家业。颜之推在家训中教育子弟要树立高尚的生活理想，志趣要高雅，心胸要开阔，继承世传之家学，而决不把依附权贵、屈节求官作为生活乐趣和人生目标。

（六）虚心务实，博学多师。颜之推的家庭有儒学世承的传统，他早年受到良好的教育，成年之后又好学不倦，晚年成为学问渊博的名士。他对治学有丰富的经验，在《勉学》中对治学态度和治学方法进行了系统的指导。他认为学习的目的是修身利行，学习的态度应该虚心务实，而终生的学习理想应该是永不废业。他还教导子女采用正确的学习方法，提倡多看多学，反对只凭道听途说就对人炫耀；提倡勤学，要抓紧每一点时间努力；提倡求师问友，切磋琢磨。

妙语佳句

· 上智不教而成，下愚虽教无益，中庸之人，不教不知也。古者，圣王有胎教之法；怀子三月，出居别宫……子生咳提，师保固明孝仁礼义，导习之矣。凡庶纵不能尔，当及婴稚，识人颜色，知人喜怒，便加教诲，使为则为，使止则止。比及数岁，可省笞罚。父母威严而有慈，则子女畏慎而生孝矣。

类型	成书时间	推荐理由
农业专著	北魏时期 （约640—650）	《齐民要术》是我国一部著名的农业科学著作，也是我国第一部农业百科全书，被列为我国古代“四大农书”之一。

古代农业百科书
——《齐民要术》

背景搜索

《齐民要术》的作者是我国古代著名的农业科学家——贾思勰。

贾思勰出生在一千四百多年前的益都（今属山东），大致生活在5世纪末到6世纪初，即从北魏孝文帝到东魏这段历史时期。贾思勰出身中小地主家庭，虽世代务农，却拥有大量藏书，这使他从小就有机会博览群书，从中汲取各方面的知识，为他以后编撰《齐民要术》打下了基础。

《齐民要术》成书的时间为公元6世纪三四十年代，它的问世并不是偶然的，而是有一定的时代背景和客观条件的。北魏孝文帝在社会经济方面实施的一系列改革，刺激了农业生产的发展，促进了社会经济的进步。尽管如此，当时的农业生产也没有达到很高的水平，有待于进一步的发展。贾思勰认为农业科技水平的高低关系到国家是否富强，于是他便萌生了撰写农书的想法。

统治者的励精图治，农业生产的蒸蒸日上，也为贾思勰撰写农书提供了便利的条件。贾思勰为官期间，到过山东、河北、河南等许多地方。每到一处，他都非常重视农业生产，他曾经亲自从事农业生产实践，进行各种实验，饲养过牲畜，栽种过粮食。贾思勰不但注重亲身实践，而且善于向经验丰富的老农学习，吸收劳动人民在长期的生产生活中总结出来的宝贵经验。

《齐民要术》是贾思勰在总结前人经验的基础上，结合自己从富有经验的老农当中获得的生产知识以及对农业生产的亲身实践与体验，认真分析、系统整理、概括总结，最后完成了《齐民要术》这部伟大的著作。

内容精要

《齐民要术》是我国现存的一部时间最早，内容最系统、最完整的农业著作，这部介绍农业技术和农业科学的著作，规模宏大，全书共分10卷，92篇，十一万多字，其中正文约7万字，注释约4万字。此外还附有《序》和《杂说》各1卷。参考及引用的有关书籍156种，采集民间谚语及歌谣三十多条，科学地总结了这一时期农业生产的经验。

《齐民要术》一书，内容非常丰富全面，因此有农业百科全书之称。它总结了6世纪

古时，人们汲水或灌溉时通常使用桔槔。在这幅莫高窟壁画中，一口方形的井边，一个人正拉着桔槔横杆上的绳汲水。

这幅敦煌莫高窟北周时期的壁画描绘了当时养殖动物的场景：画面左侧有一人正在喂马喝水，右侧则有两个人正在给生病的骆驼灌药。

以前我国北方劳动人民长期积累的生产经验，详细介绍了有关粮食作物、蔬菜瓜果、果树林木的种植法，家畜、家禽、鱼类的饲养法以及食品的酿制与食品的贮藏法。对于当时及后世农业和生物科学的发展，均有重大影响。

一、耕作技术。

人类从刀耕火种的远古发展到今天，创造出如此辉煌灿烂的文明，很显然和发明及使用工具是分不开的。“工欲善其事，必先利其器”，故而《齐民要术》一书在谈到耕作技术的时候，并没有开篇就直接介绍耕作技术，而是首先提到了耕、耙、耱等重要的农具，可见工具对于农业发展的重要意义。

《齐民要术》中列举了形式多样的耕作方式，有深耕、浅耕、初耕、转耕、纵耕、横耕、顺耕、逆耕、春耕、夏耕、秋耕、冬耕等，并详细说明了每一种耕作方式适用于哪些情况，如何具体操作等。在农作物的田间管理过程中，他强调农作物要多锄深锄，锄小，锄早，逐次调整中耕深度。此外，对于已经耕坏了的土地，作者也记述了补救和改良的措施。

书中还专门提到了怎样保持和提高地力。我国魏晋以前的农民们，主要依靠轮换休闲的办法来恢复和提高土壤肥力。那么，有没有一种方法，既能恢复土地的肥力，又能提高土地的利用率？贾思勰在《齐民要术》中给我们提出了一套完整而又复杂的大田作物的轮作（作物轮栽）法。

《齐民要术》中记载了使用绿肥的方法：“凡美田之法，绿豆为上，小豆、胡麻次之；悉皆5、6月中稹种，7、8月犁掩杀之。为春谷田则亩收十石，其美与蚕矢熟粪同。”贾思勰很重视绿肥作物的栽培和轮作套种，提到了为土壤提供适当肥力的前茬作物。

二、在作物栽培和种植方面。

《齐民要术》在栽培植物方面，叙述的重点放在了农田的主要禾谷类作物上。

播种是种植中的一个重要环节，包括了从选种、育苗、播种直至后期预防等步骤。如果没有好的种子，再肥沃的土地也孕育不出丰美的果实。所以选种是首要的、关键的任务。在选留作物良种方面，《齐民要术》记载了97个谷物的品种，贾思勰很注重对这些种子的品种及特性的研究，在《齐民要术》中对它们的成熟期、植株高度、产量、质量、抗逆性等特性进行了细致的分析比较。

选种之后接着要播种。播种的密度不合理，只能浪费土地资源和肥力，或是导致作物争肥，良莠不齐，从整体上降低生产质量。《齐民要术》中介绍了主要粮食及经济作物在具体情况下的播种比例。

选择好了优良的种子，确定了科学的播种比例，还应该有一个适宜的播种时机。《齐民要术》中把播种的时机分成了三类：上时、中时及下时。作者指出，如果能够顺应和遵循自然界的时令、节气的变化，预测到土质的肥沃程度，就可以节省人力，还能得到更大的收成。

《齐民要术》还提出了“区种法”，通过在区内集中投入、加强管理、合理密植等途径，保证作物生长所必需的肥水条件，发挥作物最大的潜能，最大限度地提高单位面积产量，同时把耕地向山丘坡地扩展。

三、在蔬菜瓜果、果树林木的栽培方面。

《齐民要术》还广泛地涉及蔬菜、果树和林木（包括用于养蚕的桑树）的栽培，其中还有一节论及养蚕。

书中详细地介绍了蔬菜种植，果树和林木扦插、压条和嫁接等育苗方法以及幼树抚育方面的技术。

在防治和保护植株方面，《齐民要术》中还提到了很多方法。例如熏烟防霜害；又如将楮子与麻混种，在秋冬时节保留麻，对楮树幼苗有防寒保暖的功用，这种保护植株的方法既简便又有效。

四、在动物养殖方面。

《齐民要术》有6篇分别叙述养牛马驴骡、养羊、养猪、养鸡、养鹅

北朝时期的彩绘陶牛车，现藏于河南洛阳博物馆。

鸭、养鱼。详细记述了家畜饲养的经验，特别是吸收了少数民族的畜牧经验，对家畜的品种鉴别、饲养管理、仔畜繁殖到家畜疾病防治，均有记录。

五、在农产品贮藏、加工及酿造方面。

《齐民要术》提到了许多鲜菜冬季贮藏的方法，详细说明了鲜菜冬季贮藏的具体时间、地点的选择，贮藏步骤及来年的实际效果。

《齐民要术》详细介绍了制作神麴（酒曲）、酿酒、做药米、做酱、做醋、做豆豉、做脯腊、做羹臛、做饼、做醴酪、做素食、做糖、煮胶等的过程，运用到的制作手法包括了蒸、煎、炙、烤、煮、熬、过滤、日晒、风干等许多方法。

《齐民要术》在介绍食品的加工及酿造工序时，着重叙述了酱、醋及酒等产品的酿制过程。

六、商业意识。

《齐民要术》作为一部百科全书式的著作，所讲述的范围并不囿于农业，还涉及了和农业联系紧密的经济范畴。如在介绍如何种植蔬菜时，著者建议农民如果离城近，就一定要多种瓜、菜等，既可以满足自己的需求，多余的还可以拿到城里销售，获取利润。可见，作者编写此书的目的在于使农民生活富足，国家增加财政和赋税收入。

妙语佳句

·蓬生麻中，不扶自直。

·九月、十月中，于墙南日阳中掘作坑，深四五尺。取杂菜种别布之……得经冬，须即取，粲然与夏菜不殊。

类型	成书时间	推荐理由
军事论著	南宋时期（420—479）	《三十六计》是我国古代的一本著名的兵书，它博采兵家之长，汇集了我国古代卓越的军事思想和丰富的谋略范例。

金玉檀公策
——《三十六计》

背景搜索

《三十六计》的成书年代和作者已经很难考证和确定，一般认为，《三十六计》是集体创作和编撰的成果。

“三十六计”的说法，最早可以追溯到南宋时期，即公元420年至479年。当时南朝宋武帝有一位得力武将名叫檀道济。檀道济擅长兵法，立下了赫赫战功，是宋武帝的开国元勋。他曾率兵攻打北魏三十余次，每一次都取得了胜利。到了最后一次与北魏对抗时，因为军中粮草出现了供应不足的现象，檀道济便明智地选择了撤兵，避免了失败的惨剧。这就是所谓的“三十六计，走为上计”的典故。

《三十六计》是根据我国古代丰富的斗争经验总结而成的兵书，是中华民族的宝贵文化遗产之一。三十六计的说法脱胎于《易经》中的阴阳燮理，《三十六计》按计名排列，共分为六套，每套六计，因此共包括了六六三十六计。

内容精要

《三十六计》一书包括总说、三十六计和跋三大部分。所分的六套计谋依次为：胜战计、敌战计、攻战计、混战计、并战计、败战计。前三套是处于优势时所用之计谋，后三套则是处于劣势时所用之计谋。每一计的名称后都有解语，解语包括了很多阴阳燮理。解语之后设有按语，按语大都引用前代的战争实例和兵家经典术语。

第一套，胜战计。依次包括了瞒天过海、围魏救赵、借刀杀人、以逸待劳、趁火打劫、声东击西。

“瞒天过海”一计是利用人的惯性心理而设的计谋，认为如果准备工作做得相当周全，那么就容易产生松懈的情绪；如果是经常看到的情况和事情，则不会怀疑。阐述了隐蔽与公开的辩证关系，在兵法上是说秘计往往隐藏于公开的事物里，公开的事物往往蕴藏着非常隐蔽的计谋。

“围魏救赵”阐述的兵家思想是，攻打集中的强敌，不如分而治之，对其各个击破，在强敌面前要注意隐蔽，蓄势待发。

第二套，敌战计。依次包括了无中生有、暗渡陈仓、隔岸观火、笑里藏刀、李代桃僵、顺手牵羊。

“无中生有”一计，告诉人们可以虚构若干假象，让敌人信以为真，从而达到掩护真相的目的。

“暗渡陈仓”实际采用的是一种迂回战术，具体做法是有意使敌人察觉自己的行动，即以“明修栈道”为前提，当敌人集中力量固守时，进行偷袭。

第三套，攻战计。依次包括了打草惊蛇、借尸还魂、调虎离山、欲擒故纵、抛砖引玉、擒贼擒王。

“调虎离山”之计，是指我方等待和利用天然的条件或情况对敌方不利的时机，此时我方可以再乘机利用假象诱使敌人上当。

“欲擒故纵”一计是认识到如果对敌人逼得过急，就会遭到敌人的拼死反攻，这个时候故意让其逃走，可以自然消磨敌人的力量和士气，等到敌人溃散之时再对其加以进攻，就可以避免流血牺牲。

第四套，混战计。依次包括了釜底抽薪、浑水摸鱼、金蝉脱壳、关门捉贼、远交近攻、假道伐虢。混战计是针对混战局面提出的对应计谋。

“浑水摸鱼”一计，指出要趁着敌人内部混乱的时候，利用其力量弱小而没有主见的机会，使其顺从我方，就像人随着时间的推移而进餐、就寝一样。

“金蝉脱壳”一计，针对的是联合作战的形式，具体是指我方保持阵地的原型，形成准备应战的态势，这样做既可以使同盟军不怀疑自己，而且敌人也不敢轻易进攻，而我军却在不知不觉中转移了精锐力量去袭击别的阵地。

第五套，并战计。依次包括了偷梁换柱、指桑骂槐、假痴不癫、上屋抽梯、树上开花、反客为主。

“偷梁换柱”告诉兵家在战争中可以频繁变动敌人的阵容，调动其主力，待其自行败阵，就可以从整体上控制敌人。

“指桑骂槐”指强者要慑服弱者，应该用警告暗示的方法对其进行诱导，适当的强硬可以得到拥戴，施行果敢的手段，可以得到部下的顺服。

第六套，败战计。依次包括了美人计、空城计、反间计、苦肉计、连环计、走为上计。

“美人计”，《三十六计》兵法要求兵家利用一切可以利用的条件，对敌方进行渗透瓦解。“美人计”是针对兵力强大或将帅有才的情况提出的，目的是找到这一类强敌的突破口，用美女来消磨敌人的斗志，待其溃散后再发起进攻。

“空城计”是一项应急应变的措施，是一种虚实结合的迷惑战术。当我方没有设防时，可以故意显示自己的空虚，让敌军揣测不透。在敌众我寡之时，如果能运用此计，将更容易达到出奇制胜的效果。

“反间计”可谓是计中之计，因为敌方利用间谍离间和破坏我方，而我方则利用此间谍反过来去离间敌人。

“苦肉计”，人具有同情的天性，在兵家看来，也可以作为人的一个弱点。利用这一弱点，故意让自己受到伤害，从而使敌方将我方视为朋友，我方的间谍便可以对其乘机展开离间活动。

关于这三十六计，有人曾经将其概括为一首诗，内容为：金玉檀公策，借以擒劫贼，鱼蛇海间笑，羊虎桃桑隔，树暗走痴故，釜空苦远客，屋梁有美尸，击魏连伐虢。

书中认为，关于作战要考虑到方方面面的问题，内容非常的广泛。加强国防、选拔将帅、选择进攻的对象、战前的准备工作以及战争的善后工作，都属于战争的学问。书中认识到，虽然在战争中要从不同角度考虑许多不同的问题，但是这一切大都有规律可循，也有历史经验可供借鉴和参考，然而“其中变化万端、诙诡奇谲、光怪陆离、不可捉摸”的，便是对战的计策。在所举的三十六计中，可以推演出更多的秘技。

妙语佳句

· 打草惊蛇，抛砖引玉。

· 三十六计，走为上计。

中国四大美女之一貂蝉为了报答义父司徒王允的养育之恩，利用自己的美色来离间董卓和吕布，以实施义父的连环计。图为貂蝉像。

类型	成书时间	推荐理由
诗歌	唐天宝年间（约公元7世纪中叶）	《李太白集》所集诗篇其辞明朗，其韵优美，其情深挚，其境含蓄，其味深长，历来被认为是“冠绝古今”的佳作。

谪仙斗酒诗百篇
——《李太白集》

背景搜索

李白，字太白，号青莲居士，祖籍陇西成纪，唐武后长安元年（公元701年）生于碎叶（在今中亚细亚），5岁时随父亲迁居到绵州昌隆县（今四川省江油市），成年后“仗剑去国，辞亲远游”，顺长江而下，离开四川，漫游各地。唐肃宗宝应元年（公元762年）十一月病逝于安徽当涂县其族叔李阳冰处。

李白少年时才华出众，博览群书，“五岁诵六甲，十岁观百家”，“十五好剑术，遍干诸侯”。据史书记载，他“喜纵横术，击剑为狂侠，轻财重施”。

大约十七八岁时，李白曾与一位隐士东严子（即赵蕤）隐居在岷山（今成都青城山），养鸟侍禽，读书击剑。

李白20岁后开始漫游。他先是到四川各地，足迹遍布巴山蜀水之间。

公元725年，李白24岁，为了增广见闻，寻找机会，施展自己的才能和抱负，他离开了四川。

出四川后的几年间，李白到过许多地方，“南穷苍梧，东涉溟海”，足迹踏遍大江南北。

《李白赏月图》，明代画家郑文林绘。

公元727年至735年，李白基本上定居安陆，他自谓："酒稳安陆，蹉跎十年。"李白由于到处漫游，饮酒赋诗，名播海内。他写的诗歌传遍京城，唐玄宗也早有所闻，曾三次下诏召他入京。据说唐玄宗召见李白时，对他优礼有加，亲自降辇步迎，并"以七宝床赐食，御手调羹"，委任他做翰林供奉。

李白在长安住了不到3年，终于遭受权贵谗毁，被"赐金放还"，排挤出长安。李白于天宝三年（公元744年）从长安到洛阳，又开始了他"浪迹天下，以诗酒自适"的生活。在洛阳，李白与杜甫结识了。当时李白44岁，杜甫33岁。中国文学史上的两颗巨星终于相遇在一起，建立友谊，传为千古佳话。

天宝三年到天宝十四年（744—755），李白仍然过着到处漫游、饮酒赋诗的生活，写出了很多传世的诗篇，如《梦游天姥吟留别》、《月下独酌》、《古风》、《梁园吟》、《行路难》……

天宝十四年（公元755年）冬，平卢、范阳、河东三镇节度使安禄山在范阳附近起兵叛乱，李白本来想参加永王军队，消灭叛军，使国家复归统一，但没想到卷入了唐王朝统治集团的内部矛盾之中，成了无谓的牺牲品。

唐肃宗乾元元年（公元758年）春，58岁的李白，从浔阳出发，踏上了流放之路，行至巫山，就遇赦了。

遇赦后直至逝世前的三四年中，李白漫游在金陵、宣城（今安徽宣州）一带。

李白的暮年光景十分凄凉。唐代宗宝应元年（公元762年），他投靠族叔当涂县令李阳冰，于同年十一月病死于李阳冰家中。他大半生漫游祖国各地，生活经验丰富，有机会接触到社会各个阶层，从帝王将相到平民百姓，见多识广，观察深刻。这为他的创作提供了大量素材，他得以从中吸取无尽营养。李白由此为祖国和人民留下了众多的优秀诗篇，完成了作为诗人的终生使命，得到人民永久的爱戴。

内容精要

李白的一生是走遍人间不平路的一生，最后以悲剧告终。李白的性格，高傲爽朗，蔑视礼法，落拓不羁。他的诗歌和他的为人一样，富有积极浪漫主义精神，以豪迈、狂放、飘逸著称于世，所以人们尊称他为“诗仙”。李白的诗歌，才气横溢，纯任自然，不拘束于格律和规则，但是凭借他的天才和创作热情，即使是信手拈来的诗句，也能合乎规范，语言清晰流畅，音韵和谐自然。李白长于歌行和乐府，擅做绝句，律诗较少。

李白的诗歌中，富有积极的进取精神和建功立业的愿望，表现了爱国主义激情。例如在《梁父吟》一诗中，他通过对姜子牙的赞颂表达了自己的积极参政态度：“君不见朝歌屠叟辞棘津，八十西来钓渭滨。宁羞白发照渌水，逢时吐气思经纶。广张三千六百钓，风期暗与文王亲。”《上李邕》诗中，则表现了他的远大抱负：“大鹏一日同风起，扶摇直上九万里。假令风歇时下来，犹能簸却沧溟水。”《古风》第三首诗中他热烈赞扬了秦始皇统一中国的功业：“秦王扫六合，虎视何雄哉！挥剑决浮云，诸侯尽西来。明断自天启，大略驾群才。”李白诗集中这一类表现政治抱负的诗篇是很多的，如写管仲、张良、诸葛亮、谢安的诗篇，无不

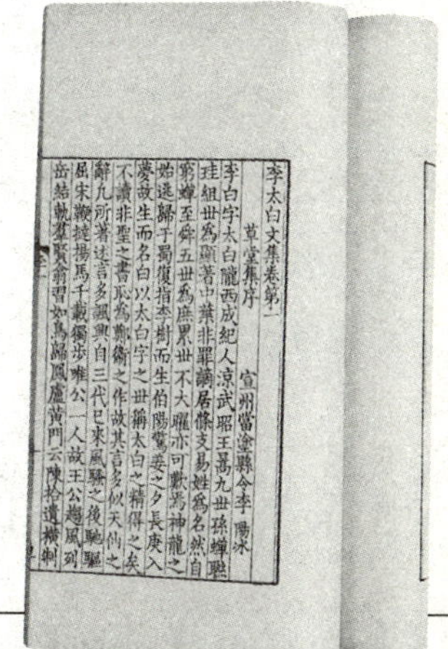
李太白文集卷第一
草堂集序　宣州當塗縣令李陽冰
李白字太白隴西成紀人涼武昭王暠九世孫蟬聯
珪組世爲顯著中葉非罪謫居條支易姓爲名然自
窮蟬至舜五世爲庶累世不大曜亦可歎焉神龍之
始逃歸于蜀復指李樹而生伯陽驚姜之夕長庚入
夢故生而名白以太白字之世稱太白之精得之矣
不讀非聖之書恥爲鄭衛之作故其言多似天仙之
辭凡所著述言多諷興自三代已來風騷之後馳驅
屈宋鞭撻揚馬千載獨步唯公一人故王公趨風列
岳結軌羣賢翕習如鳥歸鳳盧黃門云陳拾遺橫制

《李太白集》书影，清康熙五十年仿宋刻本。

气势磅礴、热情奔放。

李白热爱祖国的河山，他用如椽的彩笔描绘了中国各地的美丽风光。如写黄河的雄伟气势：“君不见黄河之水天上来，奔流到海不复回”（《将进酒》）；“黄河西来决昆仑，咆哮万里触龙门”（《公无渡河》）；“黄河万里触山动，盘涡毂转秦地雷”（《西岳云台歌送丹丘子》）。李白一生漫游南北各地，他留下的写景诗歌是很多的，打开他的诗集，这一类诗歌几乎篇篇似锦，字字如珠，使人眼花缭乱，目不暇接，但无一不是热情歌颂的，没有消极悲观情绪，例如《早发白帝城》：

朝辞白帝彩云间，千里江陵一日还。
两岸猿声啼不住，轻舟已过万重山。

这首小诗是李白晚年的作品，是他在流放遇赦返回途中于船上写的。诗中描绘了三峡两岸的秀丽迷人风光，抒发了诗人对生活、对未来充满信心的无限喜悦之情。全诗景真情切，豪爽奔放，表现出寓景于情、情景交融的优美意境。

李白还有不少诗揭露上层统治集团的腐朽昏庸，蔑视权贵的骄横跋扈，如《古风》第五十一首：“殷后乱天纪，楚怀亦已昏。夷羊满中野，菉葹盈高门。比干谏而死，屈平窜湘源。虎口何婉娈，女媭空婵媛。彭咸久沦没，此意与谁论？”作者借古讽今，有力地抨击了统治集团腐朽，奸佞当道，贤才遭弃的社会现实。李白对当时官场的黑暗龌龊十分清楚，敢于在诗歌中加以无情揭露：“日惨惨兮云冥冥，猩猩啼烟兮鬼啸雨。我纵言之将何补？皇穹窃恐不照余之忠诚，雷凭凭兮欲吼怒。尧舜当之亦禅禹。君失臣兮龙为鱼，权归臣兮鼠变虎。”（《远别离》）这种政治状况，使

伟大的浪漫主义诗人李白。

民间传说李白醉酒后跳入江中捉月，最后骑鲸升天，因此便有了明代画家徐良的这幅《太白骑鲸图》。

得诗人壮志难酬，他曾慨叹过："问我心中事，为君前致辞，君看我才能，何似鲁仲尼。大圣犹不遇，小儒安足悲！"（《书怀赠南陵常赞府》）但是，尽管失意的处境使他难以施展抱负，他对政治前途却没有失去信心，仍然期望改变现实。

反映劳动人民的思想和生活，关心民间疾苦，也是李白诗歌的重要思想内容。他一生在政治上很不顺心，长期到处漫游，有机会接触普通百姓，并且结交了一些朋友，对他们的思想和生活了解很深，常常在诗中反映出来，如《丁都护歌》中描写了采石搬运工人的劳苦："云阳上征去，两岸饶商贾。吴牛喘月时，拖船一何苦！水浊不可饮，壶浆半成土。一唱都护歌，心摧泪如雨。万人凿磐石，无由达江浒。君看石芒砀，掩泪悲千古。"这些诗篇，如果不是对劳动人民的工作、生活有深刻体会，如果不是对劳动人民有深厚感情，是写不出来的。

李白从20岁起离家出游，先在四川境内，后到全国各地，他的诗歌创作和他的游踪一样从未中断，直到逝世前夕还写了最后一首诗《临终歌》。他一生创作的诗歌作品难以计数，但大部分已经遗失，现在见到的只是一小部分，其诗集最早是由李阳冰编辑整理的《草堂集》十卷。从现有的李白的近千首诗歌作品中已可看到一座高耸入云的艺术丰碑，其成就是难以估量的。可以预见，随着对李白研究的不断深入，对他的诗歌艺术成就将会有新的发现。

妙语佳句

· 安能摧眉折腰事权贵，使我不得开心颜。

· 长风破浪会有时，直挂云帆济沧海。

· 一夫当关，万夫莫开。

类型	成书时间	推荐理由
诗文集	唐开元至天宝年间（约公元7世纪末）	《杜工部集》是我国古代最伟大的现实主义诗人杜甫的诗文集，在世界文学史上也占有重要地位。

语不惊人死不休
——《杜工部集》

背景搜索

杜甫（712—770），字子美，自称少陵野老，故世亦称杜少陵，他曾任检校工部员外郎，故又称杜工部。杜甫的祖籍是襄阳（今属湖北），生于河南巩县瑶湾（今属河南）。由于家学渊源，杜甫在少年时代就对诗歌有浓厚的兴趣，经常吟诗作赋，交游于文人雅士之间。

杜甫在20岁时，走向社会，开始到各地漫游。唐玄宗开元二十三年（公元735年），杜甫24岁时，曾赴洛阳参加进士考试，此次考试落第，他又到名山大川间漫游。

唐玄宗天宝五年（公元746年），杜甫35岁，他怀着“致君尧舜上，再使风俗淳”的政治理想来到长安。次年，又一次参加进士考试，但又失败了。

天宝十四年，杜甫44岁时，被初次任命为河西县尉，但是他没有赴任。同年11月又任命他为右卫率府胄曹参军，这是一个看守兵器、管理门禁的微末官职。杜甫迫于生计，接受了。这期间，他抽空回奉先县（今山西蒲城）探望家属。当他进入家门，遇见的是：“入门闻号啕，幼子饿已卒。吾宁舍一哀，里巷亦呜咽。所愧为人父，无食致夭折。”这次生活上遭受的打击，对杜甫来说是非常惨痛的。

安史之乱发生后，安禄山的叛军先后攻占了洛阳、潼关、长安。唐玄宗逃回四川，皇太子李亨在灵武即位，是为唐肃宗。此时杜甫把家眷安顿在羌村，只身奔赴灵武，不幸途中为叛军所俘虏，被押回长安。

唐肃宗至德二年（公元757年）四月，杜甫逃出长安，奔往凤翔，得以谒见肃宗，被授左拾遗。唐肃宗乾元元年（公元758年），杜甫因为受到房琯事件牵连，被贬为司功参军，这是一个管理地方文教工作的官职。这一次遭受贬谪，无疑对杜甫是政治上的一大打击，但这也促使他接近人民，与人民一起体验生活的苦难。

杜甫在华州时正逢关内大旱，人民离家逃荒，杜甫也不得不弃官远走。他于唐肃宗乾元二年西去秦州，到同谷，最后到了成都。

杜甫从48岁到成都，中间几度迁移，到57岁离开夔州，期间的十年是杜甫创作精力最旺盛的时期，他现存的一千四百多首诗中的大部分写于此时，其中有很多是流传千古的名篇。这些诗，有的反映了现实生活，有的抒发感怀，有的咏叹古迹，有的怀念故人……唐代宗大历五年（公元770年），杜甫在湘江的客舟中贫病而死，终年59岁。

内容精要

杜甫的一生，是饱经忧患的一生。他从小就受到良好的教育，接受儒家思想的影响，热爱祖国和人民，关心政治，从青年时代起就抱着“致君尧舜上，再使风俗淳”的匡时济世之心走进社会。但是，杜甫一生坎坷，屡次科场失意。他长期过着流离转徙的生活，这使他有机会接触社会的各个阶层，了解政治情况，洞察社会动态，体验民间疾苦。他站得高，看得远，具有民胞物与的高尚情怀。因此，他的诗歌立足忠厚，可群可怨，其风格雄浑高古，自成一家，被尊称为“诗圣”。又因为他有浓厚的民本思想，站在人民的立场，敢于面对社会黑暗，痛陈时弊，把社会上错综复杂的各种矛盾、国家的政治动态，都概括在诗歌作品里，所以又被尊称为“诗史”。

伟大的现实主义诗人杜甫。

杜甫的诗歌作品中贯穿着一条爱国思想的红线，正因为爱国，他才关心政治，关心社会动态。杜甫有一首赞美诸葛亮的诗《蜀相》，在一定意义上正是他的自我写照：

丞相祠堂何处寻？锦官城外柏森森。映阶碧草自春色，隔叶黄鹂空好音。三顾频烦天下计，两朝开济老臣心。出师未捷身先死，长使英雄泪满襟。

杜甫的这首诗写于弃官入蜀之后。当时，他在政治上失意，国家正处在动乱之中，安史之乱尚未平息，人民挣扎在苦难的深渊里，而他满怀报国之心，不得重用；空有济世之才，壮志难酬。他对诸葛亮的高风亮节无限崇敬，对诸葛亮的雄才大略万分钦佩。他有感而发写下的这首咏史怀古诗篇，具有深刻寓意。

杜甫的爱国思想并不表现在对皇帝个人或一姓王朝的愚忠上，而是以民为贵。他尊重人民，热爱人民，处处为人民着想。诗人在一生中写了很多反映人民思想愿望和生活疾苦的诗篇，著名的如《自京赴奉先县咏怀五百字》、“三吏”、“三别”、《蚕谷行》、《岁晏行》、《负薪行》、《佳人》等等，无不对人民的痛苦生活和不幸命运寄寓深切的同情。

杜甫还写过许多与友人赠答的诗篇。最著名的《江南逢李龟年》可以说是这一类诗歌的代表作：

清代画家王时敏根据杜甫的诗绘制了《杜甫诗意图册》，此图为其中的一幅。

岐王宅里寻常见，崔九堂前几度闻。

正是江南好风景，落花时节又逢君。

这首小诗写于唐代宗大历五年（公元770年），叙写了故友重逢时的不胜今昔之感。诗人面对眼前落花纷飞的情景，追忆往昔的游乐情景，百感交集，对离乱岁月的无边惆怅，对故人相遇的眷恋情怀，都以委婉含蓄的手法表达出来，感情真挚，言简意深。

杜甫诗歌创作的题材十分广泛，在他的笔下，几乎任何事物、任何思想感情都可以用诗歌来表现。他留下的一千四百多首诗歌有记录社会政治的、怀古咏事的、反映亲情友情的、描绘自然风光的、叙写边塞军旅生活的、写田园生活的、鉴赏文学艺术的。从诗歌题材的广泛性上看，杜甫的创作成就在唐代是首屈一指的。

杜甫诗歌的体裁灵活多样，他善于通过个别反映一般，善于捕捉典型事物抒发情怀，且古体、近体、乐府、歌行都能得心应手，运用自如。

杜甫的近体诗创作成就较大，五律、七律、排律、五绝、七绝，他都能熟练运用并加以发展。如“两个黄鹂鸣翠柳，一行白鹭上青天。窗含西岭千秋雪，门泊东吴万里船”（《绝句》）。

杜甫诗歌语言的最大特色是精确凝练，概括力强，如“朱门酒肉臭，路有冻死骨”，仅用十个字就把封建社会里的贫富做了鲜明的对比，爱憎分明。又如“烽火连三月，家书抵万金”，仅用两句就把战乱年月漂泊异乡之人的思家之情表露无遗。杜诗语言的又一特色是丰富多彩，形象鲜明，如“映阶碧草自春色，隔叶黄鹂空好音”，色彩明快，妙语传神；又如“细雨鱼儿出，微风燕子斜”，则如一幅细腻逼真的田园风景画。杜甫诗歌语言的另一特色是质朴自然，明快通俗，如“挽弓当挽强，用箭当用长。射人先射马，擒贼先擒王”，四句诗完全是民间流传的谚语，经作者引入诗中，既通俗易懂又恰切自然。杜甫诗歌的音调美也是一大特色，如“无边落木萧萧下，不尽长江滚滚来”；“流连细蝶时时舞，自在娇莺恰恰啼”，铿锵悦耳，富有节奏感，读来朗朗上口。

妙语佳句

· 朱门酒肉臭，路有冻死骨。

· 感时花溅泪，恨别鸟惊心。

· 随风潜入夜，润物细无声。

类型	成书时间	推荐理由
典制通史	唐大历至贞元年间（8世纪至9世纪初）	《通典》是中国第一部记述典章制度的通史，确立了中国史籍中与纪传体、编年体并列的典制体，开辟了史学著述的新途径。

典章制度专史的巅峰
——《通典》

背景搜索

《通典》，唐杜佑撰。上起传说中的唐虞，下讫唐肃宗、唐代宗时，记述了历代经济、政治、礼法、兵刑等典章制度以及地志、民族等。

杜佑（735—812），字君卿，京兆万年（今陕西西安）人，是著名的政治家、理财家、史学家。

杜佑从唐玄宗到唐宪宗，历仕六朝，长期做官，出将入相，显赫非凡。从地方小吏做到封疆大吏，从流转中央各部做到当朝宰相，可以说对从中央到地方的各种制度都有亲身的体会。

71岁时，他请求退休，皇帝不许。他仍为宰相，皇帝准他三五日一入朝。为表示尊崇，皇帝不叫他的名字，只称司徒。他77岁去世（按照传统计算方法是78岁），朝廷停朝三日，册赠太傅，谥曰安简。

杜佑家本来就是长安望族，自己又历任显职，家财千万，富贵非常。他在京城安仁里有府邸，在城南樊川又有别墅，亭馆林池，常与宾客置酒为乐。杜家子弟都在朝廷做官，

唐朝时期的花色点心。

一时鼎盛无比。

杜佑不仅长于政事，而且特别好学，虽位极将相，但仍手不释卷，白天处理政事，接待宾客，晚上则灯下读书，孜孜不倦。性嗜学，通涉古今，以富国安民为己任。

虽然一生仕途平坦，但他所处的时代并不平静。他20岁时，安史之乱爆发，唐帝国迅速衰落。他亲眼看到整个社会制度转瞬间天翻地覆，集权统一的政治局面为藩镇割据所取代；维系集权统治的均田制和府兵制完全破产。他在思考如何进行现实的改良的同时，也把思考引向历史深处，探索制度改良的途径。

内容精要

杜佑从唐代宗大历初年（公元766年）开始写作《通典》，到唐德宗贞元十七年（公元801年）写成，首尾历时36年。

《通典》共200卷，分为食货、选举、职官、礼、乐、兵、刑、州郡、边防九典（也有兵刑合为一典，称八典的），每典又分若干子目，一千五百余条，约190万字。综论历代政治制度、经济措施、州郡设置以及边防政令等，略古详今，时间至天宝年间，部分内容至中晚唐。

杜佑编撰《通典》的目的，是要揭举先代“致治之大方”，为唐朝统治者提供“龟鉴”。按照“经邦济世，治国安民”的原则，他认为治理国家，经济条件最重要，所以列食货典为九典之首。这和以前的志书是不同的。《史记》八书，把《平准书》列为第八。汉书十志，《食货志》在第四。一般都是把礼乐、天文之类置于志首。杜佑在书序中说："夫理道之先，在乎行教化；教化之本，在乎足衣食。"杜佑长时间主管国家财赋工作，能够体验到社会经济对政治、文化的重大作用。在社会经济中，他又认为农业生产是整个国民经济中的主导。因此《食货典》中，先述田制，次谈社会组织、赋役制度、户口盛衰、货币流通和各种杂税，《食货典》的内容，涉及了生产和流通的整个过程，说是"征诸人事，将施有政"，又将原地理志的内容改编为《州郡典》，把原属地理志的人口内容收入《食货典》，单开"历代盛衰户口"之目，另增《边防典》。并在《食货典》中增加"轻重"子目。这些安排都体现了作者"经邦济世"的写作原则。

下面依次为《选举典》(6卷)、《职官典》(22卷)、《礼典》(100卷)、《乐典》(7卷)、《兵典》(15卷)、《刑典》(8卷)、《州郡典》(14卷)、《边防典》(16卷)。

其中《礼典》100卷，占了《通典》的一半。在100卷中，前65卷阐述了历代有关吉、嘉、宾、军、凶五礼的情况；后35卷，乃是摘抄《大唐开元礼》而成。从唐代以礼设科取士，可以知道当时对礼的重视。陈寅恪写《隋唐制度渊源略论稿》，首先就用了很大篇幅写礼仪。通读《礼典》，对于了解六朝、隋唐时的风俗，还是有一定帮助的。出身于关中大族的杜佑，受六朝、隋唐时重礼的社会风气熏陶很重，对礼就特别看重。

《通典》分门别类地叙述历代典章制度，记载唐代情况最为详尽，当然作者身处其中，在这方面理解也最深刻。唐代以前，虽较简略，但也有资料价值。《通典》所记唐代仓储情况以及臣僚们的奏疏，都是有关唐史的重要资料。

杜佑意识到"古今既异，形势亦殊"，不像一些儒家思想家那样"非今是古"，对隋唐的科举制度、唐代两税法都做了适当肯定。

《兵典》15卷中，作者曾亲自带兵，特别注意到兵法、计谋和战例等。它记录并保存了唐初李靖的兵法以及包括不少农民战争在内的许多战例，但却忽视了论述汉、唐间有关军事组织、训练和指挥等有关兵制的基本内容。

《边防典》偏重介绍边疆民族和域外王国的情况，忽略防务制度措施。

和通常志书不同的是，他没有将天文、律历、五行、释老等带有一定迷信色彩的内容列入。

《通典》收集资料广泛，叙述严谨。《通典》大量引用古代文献资料，其中许多文献今已亡佚，全靠《通典》得以部分保存。如清代严可均辑《全上古三代秦汉三国六朝文》，就

唐代画家阎立本的《步辇图》，描绘了唐太宗接见前来迎接文成公主入藏的使臣禄东赞的情景。

有近900条材料是从《通典》中辑出的，所以该书对中国古代史的研究具有较高的史料价值。书中有关唐代的内容约占1/4以上，绝大部分是直接取自当时的官方文书、大事记以及私人著述，诸如诏诰文书、臣僚奏议、行政法规等，均属第一手材料，是研究唐史的基本史料。

《通典》以历代制度为经，以对制度的讨论为纬，把制度的演变、发展同各个时期人们对这些制度在贯彻中的得失、利弊的评论和分析视为社会历史的重要方面，从而开拓了历史撰述的新领域，从理论和撰述实践上奠定了典制体史学独立发展的基础，改变了此前只有编年体、纪传体的格局，推动了中国古代史学的发展。这也决定了《通典》的基本价值。作者要通过对历史上政治、经济制度等方面的考察，来为当时的政治、经济活动提供直接有益的指导。

杜佑除了详尽、系统地论述典章制度的发展线索外，还表述了自己对政治、经济的一系列看法。他认为，粮食、土地和人是治理国家的关键，认为家足是国足的基础，家足才能使社会安定、国家富强，提倡“薄敛”和“节用”，以减轻百姓负担。

《通典》问世后，当时的人就认为其所载“语备而理尽，例明而事中，举而措之，如指诸掌”，说它“诞章闳议，错综古今，经代立言之旨备焉”。

妙语佳句

· 夫理道之先，在乎行教化，教化之本，在乎足衣食。

· 制礼以端其俗，立乐以和其心，此先哲王致治之大方也。

· 古今既异，形势亦殊。

类型	成书时间	推荐理由
绘画通史	唐大中元年（公元847年）	该书长期以来被认为是中国第一部系统完整的绘画通史，在中国绘画史学的发展中，是无可比拟的承先启后的里程碑。

绘画史的典范
——《历代名画记》

背景搜索

古人治学，有两种情况，一是虽然出身贫寒，但依靠个人的发奋用功，终于有成；二是凭借着家庭的深厚积累和有利条件，加上自己的勤勉用心，由此获得了新的业绩。《历代名画记》的作者张彦远就属于后一种情况。

张彦远（815—907），字爱宾，唐代河东（今山西永济县）人，曾官至大理寺卿。他出身于一个世代官宦且以翰墨丹青为风雅的家庭。高祖张嘉贞、曾祖张延赏和祖父张弘靖，都官至宰相，他们与当时的许多文人士大夫一样，都爱好书法。对张彦远产生直接影响的，则主要是他的祖父张弘靖和父亲张文规。

张弘靖学魏晋人书法，不拘泥于门派流别，多有心得。他初从钟繇入手，后改学王羲之，再改学王献之，“书体三变，为时所称”。他继承了张氏祖上收藏历代书法名画的家风，将所得俸禄，除了养家、施舍之外，其余均用于购求书画。经过多年的搜集整理，一度使家中的收藏得以与皇家内府相提并论，以致连皇帝也不免眼红。元和十三年（公元818年），唐宪宗居然下诏索要张家收藏的名画法书。张弘靖慑于皇威，哪里敢违抗？

唐太宗时修建了文学馆，以收揽贤才，当时杜如晦、房玄龄等十八人都为学士。清代宫廷绘画《十八学士图》，展示了唐代文人学士的学习场景。

只得将家藏书画中的珍品名迹一一进献。到了张彦远懂事的时候，家藏书画已经在各种名义的“进奉”和历次战乱中散失，“传家所有”，已是“十无一二”了。张彦远的父亲张文规，官至桂州、管州观察使，张彦远从小受到家庭影响，在书法方面很有长进，擅长隶书，尤其喜做八分书。尽管他自己说“自幼及长，习熟知见，竟不能学一字”，但后人对他书法的评价是“落笔不愧作者”，可见是具有相当功力的。

优越的家庭环境给张彦远创造了常人无法企及的学习条件，张彦远从小耳濡目染，学到了不少知识，日积月累，练就了一双“法眼”。他自称对于“收藏鉴识，有一日之长”。此时朝廷倒也不再要张家进献什么了，张彦远得以根据硕果仅存的传家之宝，悉心研讨书画。他深刻地认识到，自古以来，名画书法流传虽多，但许多人并没有真正认识到它们的价值，因此也没有真正发挥它们的作用。战争、动乱的破坏，足以使大量珍贵书画毁于兵火之中；公家和私人尽管藏而宝之，却往往因不得其法而产生不辨好坏、不明真假的流弊；至于有些人假收藏之名，行“藩身”之实，以名家之画作为加官晋爵的手段，乃至成为一时风气，这就更需要后人引以为戒了。所有这些，张彦远认为都会给绘画艺术的发展带来极大的阻碍。为此，他萌发了编写一本记述历代画家、作品的著作的想法。

在《历代名画记》成书之前，已有不少画史、画评著作，但几乎没有一种使张彦远满意。他对这些著作的意见，归纳起来，大致有以下三种：一、浅薄粗陋，过于简单；二、疏漏遗脱，资料不全；三、片面偏颇，失之真实。尽管这其中可能存在着他对这些著作的某些偏见，不过，就流传至今或在《历代名画记》中保存了部分片段的那些内容来看，张彦远的意见并非没有道理。不管怎么说，以往的画史、画评水平并不很高，内容过于简略，这是可以肯定的，这样，显然难以反映前代绘画艺术的实际发展面貌。尤为张彦远所关注的是，对于二三百年之间的唐代绘画，无论描述发展历史，还是品评画家特色，竟没有一本著作能够做到详细而准确。因此，不要说这与唐代绘画的发展趋势大相径庭，就以收藏、鉴赏的需要来说，也是非常不利的。

正是在这样的前提下，张彦远出于“明乎所业”、“探于史传”的目的，根据所见所闻，搜集了先秦至隋唐的三百余位画家的小传，旁求错综，编次诠量，遂以“心目所鉴”，“撮诸评品”，终于在唐穆宗大中元年（公元847年），撰成《历代名画记》10卷。这一年，距盛极而衰的唐王朝灭亡，正好还有50年。如果按照目前所推断的张彦远的生卒年代来看，那时他仅仅三十余岁。此前，他又根据自己对书法艺术发展状况的研究所得，“采掇自古论书凡百篇”，编成汉魏至隋唐的书论汇编及著录历代法书流传情况的《法书要录》10卷，集中了不少他在日常生活中与书画鉴赏有关的诗的《彩笺诗集》也已问世。这两种书，前者至今尚存，后者早已失传。

内容精要

张彦远对于《历代名画记》的价值是相当自许的。他将此书与《法书要录》一起提供给当时人鉴赏书画，说：“有好事者得余二书，则书画之事毕矣。”但是，两书的体例不同，写法有别，表达个人见解的方式也不同。《法书要录》一书，完全是搜集前人书论和作品著录，他自己除了有一篇一百五十余字的序言以外，没有丝毫的议论、评述。这大概是他认为前人在书法鉴识方面的经验已经足够提供参考，所以无需再多做阐发。《历代名画记》一书则不然，虽然也引述了许多前人或时人的言论，但不过是“引述”而已，主要观点均出自于张彦远个人的看法，在史料完备的前提下，“引述”往往只是作为引发议论的话题。

唐太宗酷爱书法，曾花重金在民间收购书法作品。图为清代画家任颐的作品《唐太宗评字图》。

全书共10卷，可分为3部分。一、对绘画历史发展的评述与绘画理论的阐述，即原书卷一全部与卷二前2节。二、有关鉴识收藏方面的叙述，即原书卷二后3节与卷三。三、原书卷四至卷十，系三百七十余名画家的传记，始自传说时代，终于唐代会昌元年（公元841年），大体按时代先后排列。或一人一传，或父子师徒合传，内容有详有略，包括画家姓名、籍贯、事迹、享年、著述、前人评论及作品著录等，并有张彦远所列的品级及所做的评论。

纵观全书，其内容几乎涵盖了绘画艺术在当时所能体现的全部方面。叙源流，论技法，谈师承传授的历史和流派，讲收藏装裱的常识，记各地寺观壁画，著录历代流传的珍图秘籍，最后又以多至7卷的篇幅，介绍各时期画家的经历、风格以及作品，并采用了夹叙夹议的方式，针对前人已有的评论，发表自己的看法。可以这样说，张彦远在这两本关于书画艺术的姊妹著作中，显然是针对当时在绘画创作和鉴识方面的实际需要，而将重点放在《历代名画记》上面的。

妙语佳句

· 图画者，所以鉴戒贤愚，一悦性情，若非穷玄妙于意表，安能合神变乎天机？

· 书则为逡巡而成，画非岁月可就。

类型	成书时间	推荐理由
编年体通史	宋元丰七年末（1084年12月）	清代史学家钱大昕认为："读十七史，不可不兼读《通鉴》。《通鉴》之取材，多有出正史之外者，又能考诸史之异同而裁正之。"

帝王家的历史书
——《资治通鉴》

背景搜索

《资治通鉴》是我国的第一部编年体通史，它的主要编撰者，是我国北宋的著名史学家司马光。

司马光，字君实，人称涑水先生，生于宋真宗天禧三年（1019年）。司马光的家乡是北宋陕州夏县（今山西夏县）涑水乡，具体位置在龙门至潼关的黄河右岸。在司马光家乡的对岸韩城，曾经诞生过我国另一位伟大的史学家——司马迁。在我国历史上，司马光和司马迁都是史学界著名的学者，在各自的研究领域里都取得了卓著的成就，又因为二人恰巧都姓司马，因此被世人称为"史界两司马"。

司马光的父亲司马池，曾在朝中为官，官至天章阁待制，在皇家藏书阁担任皇帝的顾问。父亲的学识与修养，无疑对司马光的成长产生了深远的影响。司马光自幼聪明好学，7岁时便能粗通《左传》，他和同伴游戏时破缸救儿的机智故事至今仍为人们所熟知。英宗治平三年（1066年），司马光奉诏编写《历代君臣事迹》。英宗颁诏设书局于秘阁，令其续修《通志》，并授权司马光自己挑选英才，辅助编修《通志》。因此，严格来讲，《资治通

鉴》是集体智慧和劳动的结晶。宋神宗即位后不久，司马光任翰林兼侍读学士。当年，司马光向神宗进献《通志》8卷，《通志》即《历代君臣事迹》第八卷，该书记载了从周威烈王二十三年起，至秦二世三年的史事。神宗将《通志》赐名为《资治通鉴》，意思是“鉴于往事，有资于治道”，命司马光等人续编。

熙宁二年（1067年），王安石开始推行新法，司马光认为“祖宗之法不可变”，竭力反对王安石一派的政治主张，并与王安石、吕惠卿等人展开激烈的辩论。宋神宗命司马光为枢密副使，被其推辞。于是神宗应允了司马光潜心修书的要求，将《资治通鉴》的书局由汴梁迁往洛阳。司马光来到洛阳后，在那里度过了十五年的光阴。《资治通鉴》从治平三年开始编写，经过全体编修者的通力合作，到元丰七年（1084年）12月成书，前后花费了众人19年的心血。

司马光在洛阳写书期间，虽然离朝在野，但仍然操纵着朝中的保守派，成为保守派的领导人物，因此被人称为“真宰相”、“司马相公”。对王安石新法耿耿于怀的司马光，曾经指出“四患未除，吾死不瞑目”。司马光说的“四患”，指的是青苗法、免役法、将官法

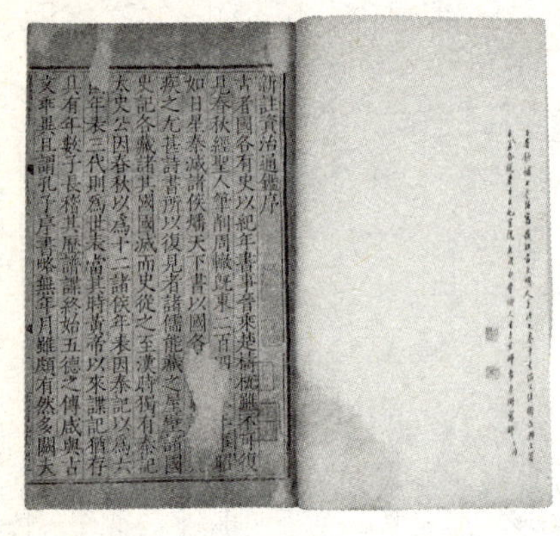
新註資治通鑑序
古者國各有史以紀年書事晉乘楚檮杌雖不可復
見春秋經聖人筆削周轍既東二百四[illegible]昭
如日星秦滅諸侯燔天下書以國各
疾之尤甚詩書所以復見者諸儒能藏之屋壁諸國
史記各藏諸其國國滅而史從之至漢時獨有秦記
太史公因春秋以為十二諸侯年表因秦記以為六
國年表三代則為世表當其時黃帝以來諜記猶存
具有年數子長稽其歷譜諜終始五德之傳咸與古
文乖異且謂孔子序書略無年月雖頗有然多闕夫

《资治通鉴》内文书影，元兴文署刻明递修本。

等新法措施及西夏边关的隐患。不久，司马光被任命为尚书左仆射兼门下侍郎。元丰八年(1086年)，司马光在高太后的支持下，起用了刘挚、范纯仁、范祖禹、吕大防等人，合力排斥以前任宰相王安石为代表的变法派，废除了青苗法等新法，恢复旧有的制度，这就是历史上有名的“元祐更化”。这是司马光在政治上所犯的一个重大过失。“元祐更化”发生后不久，司马光去世，终年68岁，死后被皇家赐予“文正”谥号。

《资治通鉴》一书的出现，并非是偶然，而是有其必然的客观条件和主观原因的。司马光生活的北宋时期，社会政治从五代十国的封建割据状态，转为了北宋中央集权的统一格局。

在安定的政治环境下，社会经济也逐步得到了恢复和发展，科学技术领域也呈现出欣欣向荣的新气象，科技继而带动了史学的普及与发展。在当时的社会上，掀起了一股讲史、研史的风潮。但由于当时流传的与史学相关的书籍在时间上断断续续，内容上真伪掺杂，所持的史学观点也不一致，司马光便萌生了编修史书的想法，希望编写一本简明完备的通史，来消除人们研读史书时的疑惑和困难。这是原因之一。

司马光编撰《资治通鉴》的原因之二在于，他希望“鉴前世之兴衰，考当今之得失，嘉善矜恶，取是舍非”(《进资治通鉴表》)，这也正是司马光编写《资治通鉴》的宗旨。为了缓解各种矛盾所引发的统治危机，朝廷内的革新派大力提倡变法革新，而保守派代表司马光，则主张通过对照前代封建统治者的经验，找到政治上的不足，从而进行改进。

内容精要

《资治通鉴》，记载了上起战国时期周威烈王二十三年（公元前403年），下迄后周士宗

北宋著名史学家司马光。

显德六年（公元959年）五代灭亡，前后长达1362年的历史。选取的资料除了十七史外，还包括了两百多种野史和文集。全书分为294卷，共计三百余万字；如果从完整性的角度来看的话，还应该包括《通鉴目录》和《通鉴考异》。《通鉴目录》共30卷，仿《史记》年表的体例，纪年于上，列《资治通鉴》卷数于下；《通鉴考异》也是30卷，说明材料取舍的理由。《通鉴目录》的作用是编制检索性的纲目，将重要事件按照时间顺序列举出来，以方便人们阅读。《通鉴考异》的作用是专门保存史料考证过程中未选入《资治通鉴》的其他史料，说明取舍材料的理由，将其作为正文的补充内容。《通鉴目录》和《通鉴考异》虽然相对独立于《资治通鉴》，但仍属于该书的一个不可分割的部分。

在这部卷帙浩繁的编年体通史中，司马光为后人讲述了1362年的中华史话。像中国历史上以少胜多，以弱胜强的经典战役赤壁之战、淝水之战，就被记述得精彩纷呈。在记载赤壁之战时，司马光并没有正面去描写战争的具体情况，而是从人物着手，把鲁肃与孙权合谋定计、吴蜀构筑同盟及诸葛亮智激孙权等故事分别道来，从独特的视角诠释了这场决定魏、蜀、吴三国鼎立局面的战争，既有战争的完整过程，又有人物的深刻描写，给人留下了鲜明印象。而文中的一些语言，也成了后人惯用的成语故事，像“草木皆兵”等人们均已耳熟能详。

妙语佳句

· 水所以载舟，亦所以覆舟，民犹水也，君犹舟也。

· 是故人君兼听广纳，则贵臣不得拥蔽，而下情得以上通也。

类型	成书时间	推荐理由
诗词、散文	宋哲宗年间（公元11世纪末）	苏轼是有多方面创作才能的大家，在诗、词、散文等方面取得了独到的成就。

横看成岭侧成峰
——《东坡集》

背景搜索

宋代的文人里，给后人留下最深刻记忆的恐怕是苏东坡了。

东坡是他的号，那是他谪居黄州时在郡城旧营地的东边垦种荒地时起的。他的名叫轼，字子瞻，眉州眉山（今四川省眉山县）人，生于宋仁宗景祐三年十二月十九日（1037年1月8日），卒于宋徽宗建中靖国元年（1101年），享年64岁。

苏轼21岁考取进士，26岁被任命为大理评事，签书凤翔府判官，揭开了从政的序幕。后因父亡，回蜀居丧。当他服丧期满重到汴京时，王安石已在宋神宗支持下开始变法革新了。从此，他随着变法与反变法的斗争，遭到数次被贬的厄运，走过了坎坷不平的一生。

（一）宋神宗熙宁四年（1071年），苏轼因明显地倾向于反变法派而成了变法派重点打击的对象。为避免在朝久留带来大麻烦，便要求放外任，做了杭州通判。

（二）宋神宗元丰二年（1079年），苏轼因在杭州、密州、徐州、湖州诸州任上写诗批评新法，以讪谤新政之罪被押解到京城，在御史台监狱关了一百多天，这就是著名的乌台诗案。后被贬黄州（今湖北黄冈市），当了个挂名的团练副使。

（三）元丰八年（1085年）三月，神宗病逝。因哲宗年幼，由高太后（英宗妻）听政，司马光为执政大臣。在如何对待熙宁变法的问题上，苏轼主张“较量利害，参用所长”（《东坡奏议集》卷三《辨司馆职策问札子》），触怒了司马光，于元祐四年（1089年）再次到杭州当太守。

（四）宋哲宗元祐八年（1093年）九月，高太后去世，哲宗亲政，新党再度执政。苏轼受到冷落，预感到“国是将变”，请求补外，出任定州知府（今河北定县），这是他一生中最后一次任职。次年，哲宗改年号为绍圣，明确打起继承神宗新法的旗号。苏轼又被当做旧党，贬到英州，罪名是在他以前起草的制诰、诏令中“讥斥先朝”。未到英州，又改贬惠州（今广东惠阳市）。三年后再贬儋州（今海南省儋县），这是重新掌权的新党对旧党人士加重惩处的表现。又过三年，苏轼被赦北归，路上病逝于江苏常州。

内容精要

苏轼是我国文艺史上罕见的全才。他著作甚丰，其诗文以明成化刻本《东坡集》较全，词集今存者以元延祐七年的《东坡乐府》（二卷）为最早。

在“唐宋八大家”中，他和父亲苏洵、弟弟苏辙并称为“三苏”。他谈史和议政的论文是和他的政治生涯密切相关的，其风格颇似孟子，层层剖析，滔滔雄辩。书简、序跋等随笔也占有重要地位，虽是信手拈来，但内容极其广泛，于无所藻饰中袒露其真情实感。记事文和记游文是苏轼散文中的精华，其特点是融情于景，寓理于事，达到情、景（事）、理的统一。

无论何种题材，在苏轼写来都如行云流水，挥洒自如，流畅自然。苏轼散文的这一特点，是在反对晚唐五代浮巧轻媚之“余风”及宋初求深务奇之“新弊”的基础上形成的。

在诗歌方面，苏轼也是大家。他一生共写了两千七百多首诗，广泛地描写了11世纪后期中国的社会生活，展示了

北宋文学大家苏轼。

绚丽多彩的艺术境界。其中最突出的是下面三类诗。

(一) 社会政治诗。这一类诗数量不多，但敢于揭露社会矛盾，反映民生疾苦，具有很强的思想性。晚年在惠州做的《荔枝叹》，把他的社会政治诗的成就推到了顶点。在诗中，他不仅把关心人民的疾苦与批判统治者的骄奢相结合，而且从历史的批判延伸到现实的揭露，矛头直指当今皇帝哲宗。

(二) 写景诗。苏轼的写景诗有两个重要特点，一是善于描摹景物的独特形貌，二是善于抓住景物的瞬间变化。“水光潋滟晴方好，山色空濛雨亦奇。欲把西湖比西子，淡妆浓抹总相宜。”

(三) 理趣诗。理趣诗的特点是寓深刻的道理于趣味之中，而不是直接说破。苏轼很多著名的理趣诗就是通过描写人物形态、自然景色乃至生活小事来说明事理、表现思想的。

北宋词坛在苏轼之前，传统的婉约派占统治地位。苏轼在写婉约词的同时，另辟蹊径，把以欧阳修为首的诗文革新运动的洪流扩展到词的领域，首创豪放词。豪放词与婉约词的不同，表现在内容、题材乃至演唱人、伴奏乐器等多方面，而其风格上的主要差异，就是“婉约者，欲其辞情蕴藉；豪放者，欲其气象恢宏”(徐师曾《文体明辨序说·诗余》)。

苏轼写词始于任杭州通判时，其豪放风格的形成则在密州时期。《水调歌头·丙辰中秋》以“把酒问青天”来表达对弟弟子由的兄弟情谊，并进而探讨人生的道理。结句“但愿人长久，千里共婵娟”表达了作者乐观旷达的性格，已成为人们对分处两地的有情人的美好祝愿。《江城子·密州出猎》洋溢着词人渴望驰骋疆场、立功边疆的壮志豪情，令人振奋昂扬。苏轼豪放词的创作高潮期是在黄州，被誉为千古绝唱的名篇《念奴娇·赤壁怀古》就创作于此时。

除了文、诗、词，苏轼的绘画也负有盛名，特别是画竹，深得其表兄文与可的真传，是“湖州竹派”的重要人物。可惜存世作品不多，只有“枯木竹石图”较为可信。苏轼还是著名的书法家，与黄庭坚、米芾、蔡襄并称“北宋四大家”。

妙语佳句

· 乱石穿空，惊涛拍岸，卷起千堆雪。

· 不识庐山真面目，只缘身在此山中。

类型	成书时间	推荐理由
纪传体通史	南宋绍兴十七年（1147年）	《通志》是自《史记》之后，现存的又一部纪传体通史。

“极古今之变”的史书
——《通志》

背景搜索

郑樵（1104—1162），字渔仲，宋兴化军莆田（今属福建）人。自号溪西遗民，因其家乡莆田有夹漈山，郑樵常年在此读书，于是世称夹漈先生。父亲郑国器是太学生。宋徽宗宣和元年（1119年），郑樵才16岁，父亲在姑苏去世。郑樵扶灵还乡后，就在夹漈山修筑房屋，专心读书。在“学而优则仕”的年代，郑樵不参加科举考试，无心做官，后来学业有成，旁人几次引荐，他都委婉拒绝，深居夹漈山中，闭门谢客，一心一意读书、讲学三十多年。

他在治学上兴趣非常广泛，对经史、礼乐、文字、音韵、天文、地理、虫鱼、草木以及方术、校雠、目录等各门学科都有深人探究。

在研究中，郑樵很有求实的科学精神，注重调查研究，提倡把书本知识和实际观察结合起来。他生活的时代，正是“靖康耻，犹未雪；臣子恨，何时灭”的宋金对峙时期。绍兴二十八年（1158年），因侍讲王纶、贺允中举荐，郑樵被宋高宗召见，他述说自班固以来历代史家做史的不足之处，提出自己的主张。高宗非常赞赏，说：“闻卿名久矣，敷陈

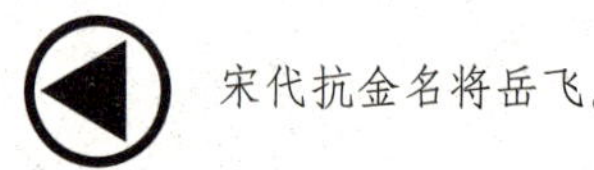
宋代抗金名将岳飞。

古学，自成一家，何相见之晚耶？”皇帝资助郑樵撰著抄写《通志》，绍兴三十二年（1161年）抄成之后进献。他被任命为枢密院编修官，后又兼摄检详诸房文字。可惜不久便病逝，终年59岁。

他的“六书”说在文字学史上是一家之言。他的《韵图》是今天可考的最早韵图。他在目录学上的十五分类法和相关撰述在目录学史上有重要地位。

多方面的探索，也为他的《通志》这样一部前无古人的鸿篇巨著奠定了基础。《通志》是他的代表作，也是他毕生心血的结晶。

内容精要

《通志》全书200卷，有帝纪18卷、世家3卷、后妃传2卷、年谱4卷、略52卷、列传106卷、载记8卷、四夷传7卷，五百多万字。

《通志》为纪传体，和以前的史书相比，在体例上也做了一些修正。把“年表”改称“年谱”，把“志”改称“略”，保存了《晋书》的“载记”部分。

《通志》卷帙浩繁，规模宏大。其记事断限，大抵本纪从三皇到隋，列传从周到隋，二十略从远古到唐。他刻意模仿《史记》，其基本方法是尽可能全面地汇总各种史料，按照年代先后予以整理、编排，探其源流，理出各种事物从古到今的发展过程，最后把这些综合整理的研究成果，归纳入纪、传、谱、略、载记之中。

“总序”和“二十略”是全书的精华。特别是其中氏族、六书、七音、都邑、昆虫草木五略，是郑樵独创，前史所无，实属珍贵。

《通志·总序》是一篇非同一般的史学论文，是对其史学思想的系统阐发。

“二十略”是《通志》一书的精华，为世人所公认，也是郑樵用心之所在。在《通志·总序》中他在“二十略”部分写得最为详尽。他说：“臣今总天下之大学术而条其纲目，名之曰‘略’，凡二十略，百代之宪章，学者之能事，尽于此矣。其五略，汉唐诸儒所得而闻；其十五略，汉唐诸儒所不得而闻也。”“夫学术超诣，本乎心识，如人入海，一入一深。臣之二十略，皆臣自有所得，不用旧史之文。”

“二十略”分别是：《氏族略》5卷、《六书略》5卷、《七音略》2卷、《天文略》2卷、《地理略》1卷、《都邑略》1卷、《礼略》4卷、《谥略》1卷、《器服略》2卷、《乐略》2卷、《职官略》7卷、《选举略》2卷、《刑法略》1卷、《食货略》2卷、《艺文略》8卷、《校雠略》1卷、《图谱略》1卷、《金石略》1卷、《灾祥略》1卷、《昆虫草木略》2卷。

《氏族略》、《都邑略》、《昆虫草木略》是对刘知几增三志主张的发展。《六书略》、《七音略》是创造。《艺文略》、《校雠略》、《图谱略》、《金石略》对正史《艺文志》有所创新。除礼、器服、选举、刑等略外，其余各略也有新意。

金石之学创建于宋，郑樵对此也非常关注，专门设了《金石略》，收集整理宋以来在这方面取得的成绩，具有很高的价值。

中国自古以来就有“图经书纬”的说法，认为书和图是相辅相成的，但后人往往专注于书而忽略了图。郑樵在《图谱略》中，用《索象》、《原学》、《明用》三个标题，说明了图与书的关系。用《记有》著录了当时尚存的图谱。用《记无》著录了当时已经亡佚的图谱。清儒胡煦认为“古河图”、“古洛书”，以“龙马旋毛”、“龟甲坼文”为做图元素，都是郑樵《通典》所定。

《校雠略》，是他一生访书、求书、著录书的经验总结，是把文献学引向理论探索的开山之作。

在排列次序上，《通典》以“食货”为第一，以行政实践为其内在逻辑线索的。这种见识都是郑樵所不及的。郑樵并不重视经济，把《食货略》排在第14位。而且在经济上墨守儒家传统观点，认为井田制是最好的，其次是类似井田制的北魏至唐所实行的均田制。他认为废井田，开阡陌是秦的暴政，导致田、赋分离。他说只要现在还有没有田的农民，就没有资格去议论北魏至唐的均田制度。其实均田制的产生有其特殊的历史背景。两税法的

宋代水稻种植过程中的汲水灌溉场景。

产生也是历史的必然。两税法是中国赋税制度的一次重大改革，它简化了税制和征收办法，影响深远，实行了长达1000年。这也是郑樵一直没有真正进入社会了解社会造成的。

郑樵编书的目的也受到时代的局限，是为了维持名教，维护专制统治。在《谥略》中他直言不讳地说："使百代之下为人臣为人子者，知尊君严父，奉亡如存，不敢以轻重之意行乎其间，以伤名教者也。"对于孔子，他认为："唯仲尼以天纵之圣，故总诗、书、礼、乐而会于一手，然后能同天下之文，贯二帝三王而通为一家，然后能极古今之变。是以其道光明百世之上，百世之下不能及。"但是他反对用天命观曲解历史，认为天人感应的灾异说是"欺天之学"、"妖学"。

妙语佳句

· 夫学术超诣，本乎心识，如人入海，一入一深。

· 时素秋无月，清天如水，长诵一句，凝目一星，不三数夜，一天星斗，尽在胸中。

类型	成书时间	推荐理由
集注	南宋绍熙元年（1190年）	由于它的刊行，《大学》、《中庸》、《论语》、《孟子》始被称为“四书”，与“五经”一起成为封建社会最重要的经典著作。

儒家学说之大成
——《四书章句集注》

背景搜索

“四书”指的是《大学》、《中庸》、《论语》、《孟子》这四部书。

将这四部书合为一书，始于朱熹的《四书章句集注》。在编排次序上，首列《大学》，次列《论语》和《孟子》，最后列《中庸》。他的意图是要人先读《大学》，以定其规模；次读《论语》，以立其根本；次读《孟子》，观其发越；次读《中庸》，以求古人微妙之处。朱熹把《大学》视为理学的纲领，而把《中庸》视为理学的精髓。此外，朱熹认为《论语》和《孟子》也是一定要读的，“以探其本”。对于孔孟形象及其精神的重塑与发挥、对中国传统文化的汇聚和提炼，朱熹的功劳不可磨灭。《四书章句集注》就是他重塑孔孟形象、发挥儒家精神、宣传理学道义的最简要、最普及、最权威的一部教科书。因此，有人说它的地位几乎和欧美的《圣经》、阿拉伯国家的《古兰经》相等。

朱熹几乎用了毕生精力研究“四书”。“四书”经过他的反复研究，颇为完整，条理贯通，无所不备。“四书”在南宋以后之所以能代替“五经”的权威，与朱熹的努力是分不开的。

在注释方式上，朱熹不同于汉唐学者的作风。汉唐学者注释，注重经书的原本，文字的训诂和名物的考证分量很重，做法繁琐。朱熹注释则注重阐发“四书”中的义理，并往往加以引申和发挥，其意已超出“四书”之外。总之，朱熹注释“四书”，目的不仅仅是整理和规范儒家思想，宣扬和贯彻儒家精神，其更主要的目的是把“四书”纳入到自己的理学轨道，用“四书”中的哲理作为构造自己整个思想体系的间架。从这个意义上说，《四书章句集注》不仅是儒家学说的集大成，而且是朱熹儒学体系的基础。

内容精要

《四书章句集注》19卷，朱熹于公元1190年在漳州刊出。其中《大学章句》1卷、《中庸章句》1卷、《论语集注》10卷、《孟子集注》7卷。其后学关于“四书”的讲义或精义之类的书很多。据清人陈衍《福建通志》统计，仅福建朱子学者的这方面著作就有150种之多。其学风基本上都是重义理而轻训诂，形成了不空谈的传统。因此，《四库全书总目提要》经部总序上说：“洛、闽继起，道学大昌；摆落汉唐，独研义理；凡经师旧说，俱排斥以为不足信。”可以说，《四书章句集注》一书，上承经典，下启群学，金科玉律，代代传授，对中国传统文化构成的意义不可低估。

朱熹注释“四书”具有明确的目的性。他对道传不能承继、道德沦丧、教化不行的社会文化现象十分不满。为了改变这种状况，使得“圣经贤传之旨，灿然复明于世”，就必须行其“政教”。而《四书章句集注》正是这种“政教”的范本。它在文化上所取得的成果最主要的有三个方面。

一、思维模式的整体性

《四书章句集注》以“理”为中心，展现了“理”与儒家经典中的范畴体系的联系，并以此界定了这个范畴体系中的重要范畴，如天、人、性、道、心等，从而实现了“天人合一”、“心理合一”、“心性合一”。朱熹指出：“自古圣贤相传，只是理会一个心，心只是一个性，性只是有个仁义礼智。”此三种合一说，为朱熹贯通“四书”奠定了十分重要的理论基础，也反映了朱熹思维模式的整体性。可以说，他在更为宽广的范围内重新建构了儒学体系。《四书章句集注》之所以能成为“政教”的范本，与朱熹使之进一步体系化是分不开的。

二、道德理性与道德实践的高度结合

在《四书章句集注》中，宇宙本体和道德本体，纯粹理性和实践理性是完全统一的。其道德理性的至高性与道德实践的自觉性实现了有机的结合。朱熹借助“理一分殊”这个

朱熹手迹。

思辨之网，完成了道德理性的绝对化、本体化。他说：“天即理也。”天理流行，大化不息，生人生物，各有其理。而“性即理也”。如此，人便可以通过继善成性，摆脱“人心”，实现“道心”。人如果实现了“道心”，那么就自然完成了道德的本体，原来这就是天理。“道心”是道德理性，是自觉追求的道德精神。这种追求道德精神的自觉程度，决定着以写实为内容的实践理性。二者的有机结合，才能实现“尊德性而问道学，致广大而尽精微，极高明而道中庸”。从现实性而言，如此才能实现人与自然、社会的完全和谐，如此才能找到人生的最高真理和人生的真正价值。总之，道德理性与道德实践的高度结合，提高了古典式的人文理想在中国传统文化中的地位，进一步增强了儒学经典的教化作用。

三、道德教育的整治化

《四书章句集注》自始至终贯穿了“明人伦”的宗旨。所谓“明人伦”，就是维护统治秩序，以实现政治上的安定。他多次劝告封建统治者应当注意“正心术以立纲纪”的治国大计，以“正心诚意”为定国安邦的根本。由此可见，其道德教育的政治目的是非常明确的。实际上，也正是因为《四书章句集注》具有非常明确的政治目的，所以长期以来一直受到封建统治者的重视，使之成为中国古代政治文化中的重要部分。

综上所述，《四书章句集注》集中反映了朱熹对儒家经典的高度重视，充分表现了他的文化观。一代又一代的传统士人受其深深影响，他们的理想、信念、志趣和心态，都与这部书联系在一起。

妙语佳句

· 自古圣贤相传，只是理会一个心，心只是一个性，性只是有个仁义礼智。

· 圣经贤传之旨，灿然复明于世。

类型	成书时间	推荐理由
教育论著	宋朝末年	《三字经》自编纂以来，即公元13世纪后期，一直到20世纪初期，600多年来成为儿童启蒙的必读书，产生了深远而广泛的影响。

微型中国通史
——《三字经》

背景搜索

即使从未读过《三字经》的中国人也知道这样朗朗上口的韵句“人之初，性本善；性相近，习相远……”

在中国古代，国人初学伦理必读《三字经》。

《三字经》的作者，据公元1884年三义堂刻本《三字经注解备要》，是南宋学者王应麟。但是查阅《宋史》中的王应麟传，里面列举了王应麟所著书的所有目录，其中并没有《三字经》。有一本书叫《订讹类编》，指出王应麟在所著《困学纪闻》中，对三国时代是尊蜀抑魏的，而《三字经》的写法却是“魏蜀吴，争汉鼎”，魏蜀平列，因此认为《三字经》非王应麟所著。看来因为王应麟名气大，著有《蒙训》、《小学绀珠》、《小学讽咏》等书，所以把《三字经》这本著作也附会在他身上。

《三字经》真正的作者其实是宋朝末年的区适，依据屈大均《广东新语》所提到的：“宋末区适子撰《三字经》。适子广东顺德人，字正叔，入元抗节不仕。”区适擅长文辞，以博学多闻著称，家乡人跟他受教育的有几百人。

"教不严，师之惰"，在明代画家陈洪绶的这幅《授徒图》中，学士正观看两位女弟子学艺。

对《三字经》做续补的是明初的黎贞，清人邵晋涵有诗"读得黎贞三字训"，自注："三字经，南海黎贞撰。"黎贞，字彦晦，明初新会人，洪武初举本邑训导，以事被诬，戍辽阳18年，从游者甚众。《三字经》在清朝又经过几次补订，这便是书中元朝以后一段历史的来历。

内容精要

《三字经》是本旧时代普及知识的读物，内容涉及面非常广泛，三字一句，文字浅明，句子短，容易懂；其次每两句押韵，容易念也容易背，可以巩固记忆。

全书一千多字，就旧时代所有的书来说，是一部最短的书，但是内容却非常丰富。有人说是"袖里通鉴纲目"，意思是极小型的中国通史。有人说这书："天开地辟，星斗日月，山川河海，小物草木，鸟兽昆虫，古帝昔都，贤奸邪正，无不备载。"也有人说这书："天人性命之微，地理山水之奇，历代帝王之统绪，诸子百家著作之原由，以及古圣昔贤，由困而亨，由贱而贵，缕晰详明，了如指掌。”评价都是很高的。

说它是小型中国通史，是因为作者用极简练的手法，把历史上王朝的兴衰更迭都说清楚了，书中写道：

夏有禹，商有汤，周文武，称三王。

夏传子，家天下，四百载，迁夏社。

……

从夏朝一直讲到清太祖，短短几百字，就把整个历史，而且不只是把主要历史变化、朝代名号、开国帝王、统治年数等等交代了，连何时分裂，何时统一也讲清楚了。

说它是小型的百科全书，是因为它囊括了从认识数目到三才、三光、四时、四方、五行、六谷、六畜、七情、八音、九族、四书、六经、三易、春秋三传、五子等诸多知识范畴。作为儒家文化的启蒙读物，首先要具备知识性。有位年近花甲的老师，教过中学也教过大学，教过生物也教过化学；不止教过书，还搞过科研，自问敢讲三字经吗？说不敢，好多知识点要查文献。生活在信息时代的先锋们，化学、电脑、多媒体、网络……充满创新意识，但大多不敢夸口敢读三字经，碰到有些字还需要借助于字典。原因很简单：《三字经》太有文化了！虽然它才一千多字！

这本书有它的立场，即封建统治阶级的立场。有它的教育目的，即巩固封建统治的目的。如教忠教孝，讲三纲、五常、十义等等，是打上了它自己的阶级烙印的。但同时也宣扬了中国的传统美德，如书中的一个例子：“融四岁，能让梨。”，说的就是“孔融让梨”的典故。孔融四岁时就懂得友爱，有人送他家一筐梨，那些兄长争先取大的，唯独孔融最后选择一个小的。他的父母见状

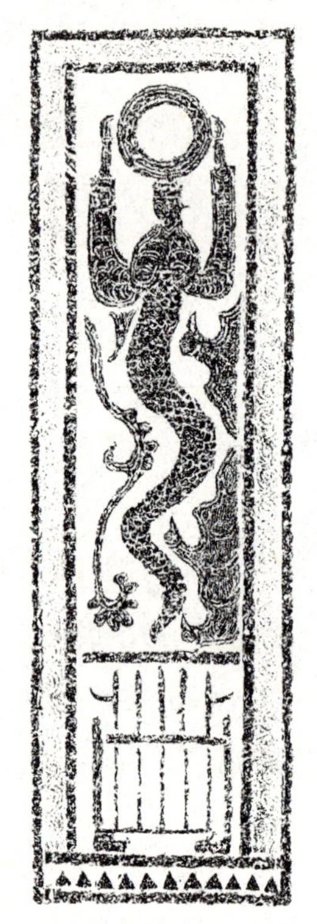

伏羲举日，汉代画像石拓片。

"香九龄，能温席。孝于亲，所当执"，孝子黄香扇枕温衾的故事家喻户晓。图中展现的正是黄香扇席子的情形。

心喜，问孔融为何这样做？孔融说："我年纪最小，应该吃最小的；兄长年长，应该吃大的。"此言此行由四岁幼儿说出做出，一鸣惊人，传为千古佳话。

就教育的方法说，这本书主张人性本善："苟不教，性乃迁。教之道，贵以专。"而且提出家庭教育和学校教育的关系："养不教，父之过。教不严，师之惰。"又说："子不学，非所宜。幼不学，老何为？玉不琢，不成器。人不学，不知义。"这都是有道理的。列举各个门类的知识和许多勤奋学习的故事，最后结论是："蚕吐丝，蜂酿蜜。人不学，不如物！"又说："勤有功，戏无益。戒之哉，宜勉力！"这都是符合封建社会的教育目的的。

妙语佳句

· 苟不教，性乃迁。教之道，贵以专。

· 养不教，父之过。教不严，师之惰。

· 玉不琢，不成器。人不学，不知义。

类型	成书时间	推荐理由
纪传体史书	元顺帝至正三年至至正五年（1343—1345）	《宋史》是二十五史中卷帙最为浩繁的一部官修纪传体史书。

卷帙浩繁的官修史
——《宋史》

背景搜索

宋朝立国320年，共历18任帝王。《宋史》共496卷，约800万字，记载了这段漫长历史的重要事件和人物，是二十五史中卷帙最为浩繁的一部官修纪传体史书。

元朝建立之初，已经有编纂宋、辽、金史的动议。元代后期，社会矛盾激化，元顺帝急于从前代统治者身上寻求治国方略，以维护其统治。此时，脱脱任中书左丞相，主张宋、辽、金各为一史，独自成书，并亲自制定修史义例。由于当时元朝自身的统治也处于风雨飘摇中，不允许各史的编写工作拖得太久，加上宋朝的历史资料本来就很完备，因此《宋史》的编纂工作，从元顺帝至正三年（1343年）二月开始，到至正五年（1345年）九月完成，只用了两年多时间。

《宋史》署名是"脱脱等撰"，其实脱脱仅仅是因为当时官居宰相而挂名都总裁，其间右丞相阿鲁图、左丞相别耳怯不花还先后任都总裁之职。全书的编纂总裁为铁木儿塔识、贺惟一、张起岩、欧阳玄、吕思诚等，实际上是由汉、蒙古、回鹘、西夏等民族的数十位学者集体完成的，参与撰写的史官就有23人，其中以总裁官欧阳玄出力最多。

欧阳玄（1273—1357），元朝文学家和史学家。祖籍庐陵（今江西永丰县），系今湖南浏阳人，宋名臣欧阳修的后代。开始曾任地方官，后被召为国子博士、国子监丞。致和元年（1328年）任翰林待制兼国史院编修官。

内容精要

《宋史》是元代官修的纪传体史书，共496卷，包括本纪47卷、志162卷、表32卷、列传255卷。《宋史》的志分量很重，其中《食货志》14卷，是《旧唐书·食货志》的7倍，《兵志》12卷，是《新唐书·兵志》的12倍，《礼志》28卷，占所有正史礼志的一半左右。特别是《宋史》列传255卷，叙述了两千多人的生平事迹。

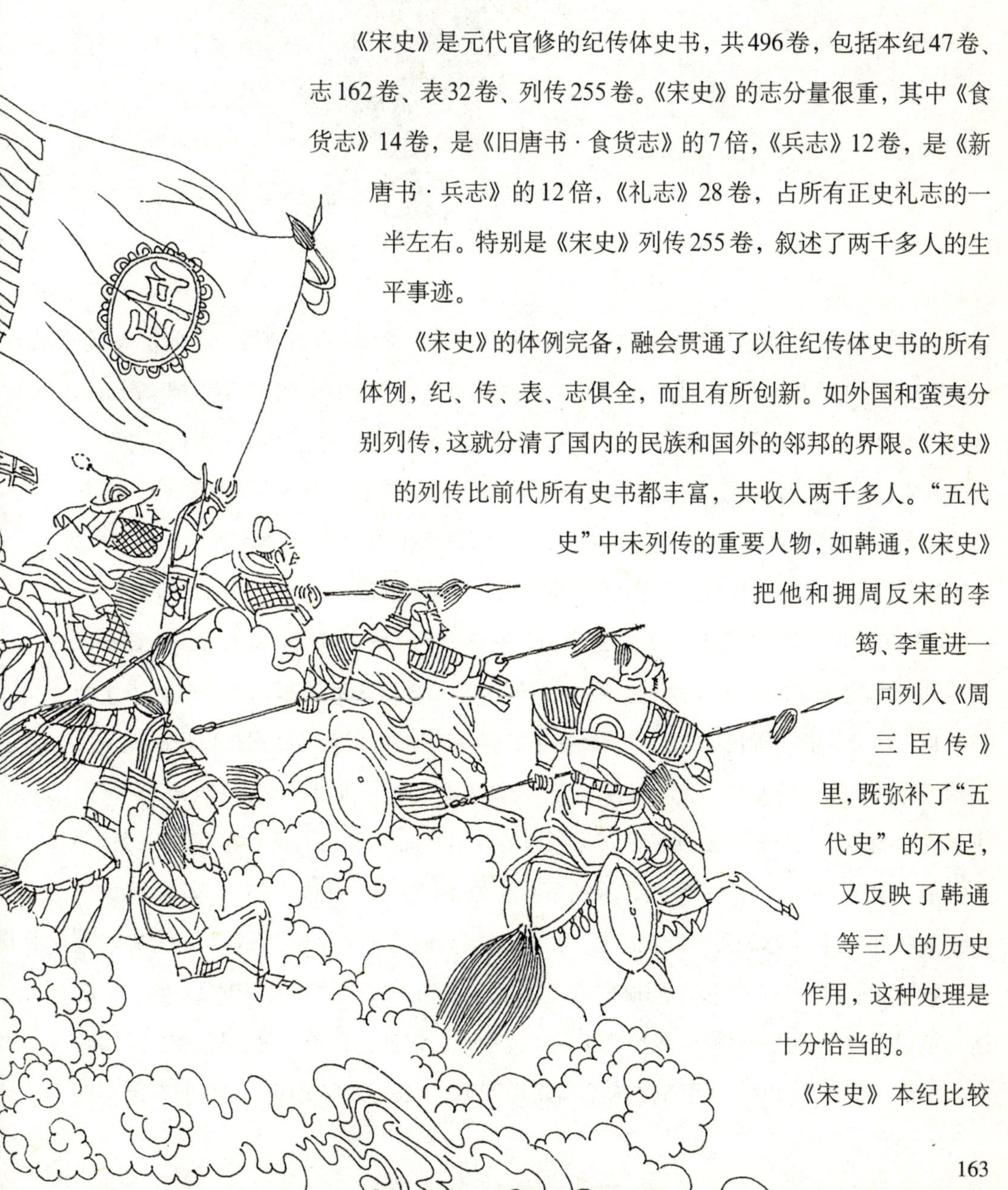

《宋史》的体例完备，融会贯通了以往纪传体史书的所有体例，纪、传、表、志俱全，而且有所创新。如外国和蛮夷分别列传，这就分清了国内的民族和国外的邻邦的界限。《宋史》的列传比前代所有史书都丰富，共收入两千多人。“五代史”中未列传的重要人物，如韩通，《宋史》把他和拥周反宋的李筠、李重进一同列入《周三臣传》里，既弥补了“五代史”的不足，又反映了韩通等三人的历史作用，这种处理是十分恰当的。

《宋史》本纪比较

杭州岳王庙中的秦桧夫妇跪像。

注意总结朝代兴亡的原因，能从比较大的历史视野来观照北宋末年的衰败。本纪之《高宗纪》共九卷，几乎占了本纪总数的五分之一，较好地评述了南宋的中兴，其后论把宋高宗同夏朝的少康、周朝的宣王、汉代的光武帝、晋元帝、唐肃宗并提，也在历史的大视野中评价了宋高宗，很是难得。当然，编纂者把北宋之弱归于“以仁传家”，而把南宋的存在归于“礼义”和“恩惠”以及对元灭南宋之“历数所归”、“天命所在”的分析，则是唯心主义宿命论和粉饰之词。它把南宋末年最后两个小皇帝端宗、末帝削去帝号，不入本纪，不妥。

《宋史》中，志的分量庞大，约占全书的三分之一。《礼志》有28卷之多，详细记载了两宋制定王礼的过程以及对有关内容的议论。《地理志》记载了宋神宗元丰年间（1078—1085）的建置情况以及户口多少。《河渠志》详细记载了江河决口情况以及历朝治河方略，同时兼及江、淮以南各江河“舟楫灌溉之利”。《选举志》、《职官志》写出了宋朝官制包括选拔科考制度以及官僚机构的详细情况，反映了“宋承唐制，抑又甚焉”的继承、发展关系。《兵志》分述了宋朝军队的种类和招募、拣选、廪给、训练、屯戍、器甲等制度。《食货志》根据“宋旧史志食货之法”，但“去其泰甚，而存其可为鉴者”，遵照杜佑《通典》“首食货而先田制”的思想，以农田、方田、赋税、布帛、和籴、漕运、屯田、常平义仓、课役、赈恤为上篇，以会计、铜铁、会子、盐、茶、酒、坑冶、矾、商税、市易、均输、互市舶法为下篇，共22目14卷，大体反映了宋代的经济面貌

南宋时发行于杭州的纸币，面值1000文。 

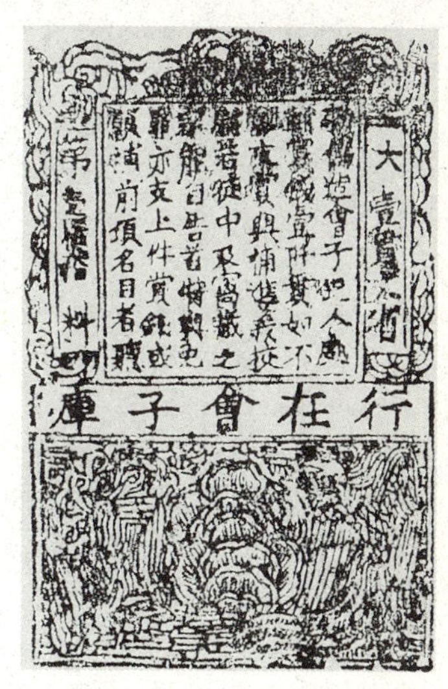

和货币、赋役等有关制度。《艺文志》八卷，是继《汉书·艺文志》、《隋书·经籍志》和《旧唐书·经籍志》、《新唐书·艺文志》之后，又一部历史文献学的重要著作。宋宁宗以前所著录文献大都采自宋之旧史，宋宁宗以后七十余年者为元代史臣所补，分经、史、子、集四大类，共著录文献8810部，119972卷，其中虽有重复、遗漏，但仍然是反映唐宋以来历史文献存佚、增损变化情况的重要目录，其中子部儒家类，宋人著作占了五分之四，可见宋代儒学是十分繁荣的。

《宋史·宰辅表》五卷，记载了北宋居相位者72人，执政者238人；载南宋居相位者61人，执政者244人。之所以这样做，其意在于“岁月昭于上，姓名著于下”，“政治之得失，皆可得而见矣”。《宋史·列传》记有两千多人。类传中新增《道学传》，大量选录道学家的学说，宣扬唯心史观。《宋史》的最大缺点是比较粗糙。由于成书时间短，只用了两年零七个月，而且时值元朝濒临崩溃的前夕，因此编纂得比较草率。

妙语佳句

·道学盛于宋，宋弗究于用，甚至有厉禁焉。后之时君世主，欲复天德王道之治，必来此取法矣。

类型	成书时间	推荐理由
典制	元成宗大德末年（1307年）	《文献通考》是从上古到宋朝宁宗时期的典章制度通史，是继《通典》、《通志》之后，规模最大的一部记述历代典章制度的著作。

内容详赡的典章制度史

——《文献通考》

背景搜索

《文献通考》，简称《通考》，马端临编撰。马端临是古代进步的史学家之一，他发展了杜佑所创立的新史书体裁，即以事类为中心叙述历史发展的典志体，又推进了郑樵所倡导的会通之义。

马端临，字贵舆，号竹洲，饶州乐平（今江西乐平）人，生于南宋理宗宝祐二年（1254年）。其卒年史志无记载。

马端临23岁时南宋就灭亡了，从此他以宋代遗民自居，念念不忘故国热土。

马端临家学渊源深厚。他的父亲是马廷鸾，字翔仲，是南宋末年的丞相。在父亲的指导下，马端临对各种体例的史书都进行了深入的研究，做出了自己的判断，而且广泛涉猎，以“通儒”自许。

在《文献通考》的编撰过程中，马端临得到了马廷鸾的悉心指导。从全书的指导思想到编写体例以及一些具体问题的处理，都贯穿着马廷鸾的辛勤劳动。可以说，《文献通考》凝结了父子两代的心血。

另一位对马端临著书产生影响的是他的老师曹泾。曹泾是朱熹的血脉传人，宗奉朱熹。这使马端临的《文献通考》里的很多见解都接近朱熹。但马端临对“心学”也有所涉及，《通考》里不少地方就显现着“心学”的痕迹。这正是南宋后期理学变化过程中朱陆门人相互影响的反映。

马端临在咸淳九年（1273年）漕试第一，但他决心不做官，随父亲归隐。在父亲死后，他做过慈湖书院、柯山书院的山长，台州路儒学教授。在《文献通考》外，马端临还有《多识录》153卷、《义根墨守》3卷、《大学集注》等，可惜都已失传。《文献通考》是他一生最大的成就。

推磨图，宋元画像砖拓片。

内容精要

《文献通考》，共348卷，分为24门（考）：田赋、钱币、户口、职役、征榷、市籴、土贡、国用、选举、学校、职官、郊社、宗庙、王礼、乐、兵、刑、经籍、帝系、封建、象纬、物异、舆地、四裔。各门下再分子门，制度史的体例更加细密完备。

《通考》是以《通典》为蓝本，兼采经史、会要、传记、奏疏、议论等多种资料，扩大和补充了内容。在内容上比《通典》更加广泛，在分类上比《通典》更加精密。对于《通典》的体例和内容，马端临都有深入的研究。马端临认为《通典》的条目设置未为明备，史料取舍颇欠精审，留下了许多缺陷、失误和遗憾。在《文献通考·自序》里他对《通典》做了详尽的分析，取其得，补其失，终于青出于蓝而胜于蓝。

首先在思路上，《通考》的体例设计就不同于《通

《龙池竞渡图》，元代画家王振鹏绘。

典》，《通典》是为了对行政事务有所助益，始终围绕这个中心展开。作为亡国遗民，马端临考虑更多的是宋朝为什么会灭亡。他潜心探索历代典章制度产生发展的来龙去脉，渴求找出规律，掌握历史的经验教训。

在有些条目的设计上也显示了时代的进步。如《通典》“礼”的部分多达100卷，占了全书篇幅的一半。马端临在《通考》中把“礼”进行了大规模的压缩，仅为其书的六分之一。他还将“边防”改为“四裔”，从“边防”的名字看多少带有敌意，包含战争的气氛，“四裔”表达了各民族的友好共存，其内容也比《通典》相关部分增加了36倍。

对于经济内容他也很重视。在他之前，郑樵编《通志》时把“食货”部分放到了第14位。马端临把它放到了首位。在他的24门中，“食货”占了8门；在348卷中，也占到了27卷。在“职官”部分也着重记述了一大批财政官，如户部尚书、太仆卿、司农卿、将作监、度支营田使、租庸使、两税使、户口使、转运使等等，还有禄秩、职田以及兵门中的马政等。

在字数上，总共四百七十余万字，比《通典》多了283万字。总字数虽不及《通志》，但《通志》中纪传占了很大比重，《通考》专考制度，在这方面其成绩远远大于《通志》。

《通考》的具体体例是：每门有小序，合载于卷首。每门之下又分为若干子目（类），每一目的内容按时间先后排列。《通考》除了列举材料，还有叙述以及考证和论断。《通考》的每一条目，凡是顶格排行的，就是“叙事”部分，这也就是《文献通考》中的所谓“文”。马端临说：“本之经史，而参之以历代会要以及百家传记之书。”《通考》中凡是低一格排行的，就是“论事”的部分，就是《文献通考》中的所谓“献”。对于这一部分，马端临的设计是“先取当时臣僚之奏疏，次及近代诸儒之评论，以至名流之燕谈、稗官之记录”。《通考》中凡是低两格排行的，是马端临自己的议论，“其数之史传之记录而可疑，稽诸先儒之论辞而未当者，研精覃思，悠然有得，则窃著己意附其后焉”。一般认为这一部分就是《文献通考》中的所谓“考”。

对于历史研究者来说，可能《通考》的“叙事”部分的史料价值最高。因为它主要根据的是现已失传的宋代国史和现已残缺的会要。

其实其“论事”部分也很有意思，汇集百家思想，不仅收集前人议论，对当时的同辈学者的观点也积极收集。当然作为史料来说也非常重要，其引用的前贤议论及著作，有些现在已经不传了；即使是现存的，也可作为校勘资料。但是这种就某一专门问题汇集百家看法的编撰方式是很有意义也很有意思的，等于各门各派穿越时间和空间，一起跑到你面前讨论争吵辩论，让你有机会兼听各门各派的各种思想各种想法，也让你有机会在思想的碰撞中得出自己的结论。如沙随程氏（程迥）、石林叶氏（叶梦得）、致堂胡氏（胡寅）、山斋易氏（易祓）、止斋陈氏（陈傅良）、水心叶氏（叶适）、东莱吕氏（吕祖谦）、巽岩李氏（李焘），还有马端临的“先公”马廷鸾都一起来和你讨论。他还引用了不少宋人的笔记，如吴曾的《能改斋漫录》、洪迈的《容斋随笔》、沈括的《梦溪笔谈》等。

最后是“考”，是马端临自己的看法。由于其综合百家看法，眼界开阔，往往能有独到的见解。这一部分也非常值得一读。这些见解并没有因为时间的流逝而消逝，反而随着时代的进步和发展而更显其价值。

妙语佳句

· 自念业绍箕裘，家藏坟索，插架之收储，趋庭之问答，其于文献盖庶几焉。

类型	成书时间	推荐理由
戏剧	元代 （约13世纪末—14世纪初）	《西厢记》是我国古代杂剧中的一部著名的代表作，它的光彩，使人目眩神摇，也照亮了封建时代昏沉的夜空。

传奇之祖
——《西厢记》

背景搜索

《西厢记》的作者王实甫是元代著名的戏剧家。王实甫和中国历史上的另一位著名的剧作家关汉卿，是元代剧坛上并驾齐驱的两位大师。

王实甫，名德信，大都（今北京市）人，生卒年不详，大致生活在17世纪30年代至14世纪初这段时期。王实甫生活的元代，由于统治者的偏见，科举制度被长期废止，很大一部分文人雅士苦于入仕无门，便自发组成了“书会”，其中也包括了一些当时在宦途上郁郁不得志的落魄官员。“书会”中的成员，从事的是创作，大概是因为在当时“举儒子业”已不再风行一时，因而写作的题材和内容宽泛且不拘一格。他们往往同勾栏里的妓女合作，为她们编写杂剧。从记载王实甫生平的有关史料，特别是王实甫本人创作的作品来看，王实甫非常熟悉官妓们的生活，了解她们的思想及内心情感，因而也应是加入了“书会”的。

王实甫热爱生活，善于捕捉生活中丰富多彩的事物。他的创作并非是闭门造车式的枯燥撰写，而是在写作的同时长期深入到生活当中。真实的生活激发了王实甫无穷的创作灵感，同时赋予了他取之不尽的创作素材。王实甫所著的十四种杂剧中，完整地流传至今的

清代画家任薰根据元杂剧《西厢记》绘制的作品。

只有《西厢记》、《丽春堂》和《破窑记》三种，残存《贩茶船》、《芙蓉亭》两种。

内容精要

杂剧《西厢记》，是王实甫以董解元的《西厢记诸宫调》为蓝本，继承并综合了历代文人及民间艺人的创作成果和经验，并进一步融入自身的观点、思想及情感，通过高超纯熟的创作技巧改编而成的。这部著作无疑在许多方面都超出了前代的相关作品。它塑造的人物性格鲜明，形象更为丰满，描写的故事情节更加曲折、扣人心弦，在思想上，也达到了前人作品未能企及的高度。

王实甫笔下的崔莺莺是一位美丽而又多情的小姐。莺莺的青春与美丽令张生为之倾倒；当她还未曾遇见张生时，心底萌动着深闺少女饱满的青春情感，朦胧之中向往和憧憬美妙的爱情。莺莺的母亲老夫人，却把女儿许配给了外貌丑陋、德行恶劣的表兄刘恒。无奈而又惆怅之余，莺莺发出了“花落水流红，闲愁万种，无语怨东风”的感叹。这种烦恼中带着甜蜜的“闲愁”，正是莺莺的情感和精神渴望找到真正的归宿时所吐露的肺腑之言。崔莺莺同时又是一个有理想、有主见的女性。作为出自名门的大家闺秀，莺莺接受的是比民间女子更为严厉的封建礼教的监督。社会和家族要求她不但要具备普通女子的内敛和文静，还必须在举手投足间显示身份的尊贵，表现得持重而端庄。不过这一切并没能扼杀莺莺天性中的许多可贵之处。莺莺并不像传统女性那样恪守封建礼教，在这个人身上，最吸引读者的地方并非她的美丽和多情，而是她的叛逆和斗争精神。她性格深沉，但内心热情如火，在人生的道路中并不肯坐等爱情的降临，一旦遇见意中人便暗送秋波，于眉目之间传达自己的心曲。正是这种来自社会和家庭的压力，来自封建礼教的约束，导致了莺莺成长过程中叛逆思想的萌生和发展。对于老夫人订下的不合理婚约，莺莺始终没有将它视为自己追求幸福的铁槛。她邂逅了漂泊落魄的张生，倾慕他的才华和品质，抛却门第悬殊、贫富不等的世俗偏见，情不自禁，又毅然决然地爱上了张生。莺莺对张生的这种感情，是凌驾于封建传统婚姻的感情，它既真诚，又纯粹。

崔莺莺这个人物的性格特点是既鲜明又丰富的，除了外在的美貌之外，她深沉稳重的性格中还透着胆气和智慧。莺莺与老夫人的斗争，充满着斗智的色彩，富有喜剧效果。莺莺从根本上抵触老夫人那一套陈腐乏味的说教，这种思想上的反叛，通过她日常的言谈及行动得以体现。值得注意的是，在整个反叛的过程中，莺莺运用的大都是迂回婉转的战术，始终避免和老夫人正面冲突。这并不代表这个人物的性格非常懦弱。在莺莺和张生的爱情刚刚起步的阶段，莺莺借助谨慎隐蔽的言行，瞒过了老夫人的耳目，避免了爱情被扼杀的危险，保住了爱情的幼苗。到了莺莺和张生热恋的阶段，此时莺莺的反叛精神有了较大的飞跃。在她和张生频频幽会，爱情进一步发展和巩固之后，老夫人终于发现了女儿的秘密，连声直叹“都是我的冤孽啊，才养下了这个倒霉的女儿”。但是为时已晚，莺莺此时对爱情的意志已是坚不可摧。老夫人的封建礼教思想是根深蒂固的，实际上她本身已经是封建礼教的帮凶。私情败露后，崔莺莺与老夫人的矛盾终于明显暴露出来。这也是《西厢记》充分体现莺莺勇敢和机智的章节。

红娘也是《西厢记》浓墨重彩渲染的一位女子，作者安排这样一个婢女在崔莺莺身旁是有很深的动机的。《西厢记》中如果没有红娘，故事情节将无法顺理成章地朝着作者设定的结局发展，而且整个故事的具体细节在艺术感染力上也会大打折扣。红娘的形象非常鲜明，她泼辣爽直，爱憎分明。她的身份虽然低微，只是崔府的一名婢女，却有非凡的见识和从容老练、临危不惧的巾帼风范。在崔、张二人的感情交流过程中，红娘既是他们书信传情的纽带，也是通风报信的“哨兵”，更是披荆斩棘的开路先锋。崔、张二人最终能够结合，红娘可谓是劳苦功高。王实甫如此突出一名婢女的才情胆识，初看似乎有些不合情理，但是细想，又确实符合逻辑。红娘是中国文学史上第一个成功的奴婢形象。

富有叛逆和斗争精神的崔莺莺。

老夫人在《西厢记》中，是始终站在崔莺莺、张生、红娘对立面的人物，也是《西厢记》中必不可少的一个重要人物，因为有了老夫人的出现，崔、张二人的恋情从一开始便注定了要历经曲折。她的存在，使得作者所要突出的主要矛盾有所寄托，并在情节发展中层层展开。老夫人代表的是封建家长制，她捍卫的是封建社会传统中门当户对、重财轻人的婚姻观念。她不但轻视张生，而且也利用了张生的忠厚与善良。孙飞虎带领叛军围困普救寺，向老夫人索要莺莺，亏得张生及时请来好友白马将军解围，才解了老夫人的燃眉之急。老夫人在危难之际急于脱身，曾当众表示将莺莺许给张生，但是在兵退之后，脱离困境的老夫人又出尔反尔地“赖婚”，只肯让张生与莺莺结为兄妹。可见张生在她眼中，只不过是可以一时利用的小人物而已。张生出身于没落的官宦之家，寄居普救寺的时候不过是一介书生，孤寒贫困，身无长物，无论是门第、财产、身份，都是老夫人不屑一顾的。至于张生那满腹的才学，在她看来，如果不用以登科入仕、博取功名的话，也同样是无用之物。因此在无奈同意张生和崔莺莺的恋情之后，仍念念不忘逼迫和催促张生进京赶考，求得一个锦绣前程，从此荣华富贵，并认为只有这样才有资格和崔家谈婚论嫁。

王实甫在刻画张生这个人物形象时，强调了他的重情的特点。张生对爱情始终抱着执著和坚定的信念，他把爱情看得重于功名，高于一切。他和莺莺一样炽热专一到了“不恋豪杰，不慕骄者，自愿地生则同衾，死则同穴”的境界。

妙语佳句

· 碧云天，黄叶地，西风紧，北雁南飞，晓来谁染霜林醉？总是离人泪。

· 但得一个并头莲，煞强如状元及第。

类型	成书时间	推荐理由
小说	元朝末年（约14世纪中叶）	《三国演义》构思之雄伟、活动场面之广阔、人物形象之鲜明、艺术水准之高，在世界古典小说中无与伦比。

艺术浓缩的历史
——《三国演义》

背景搜索

《三国演义》全称《三国志通俗演义》，又有《三国志》、《三国英雄志传》、《三国全传》等多种名称。作者是元末明初的小说家、戏曲家罗贯中。

关于作者罗贯中的身世，历史上历来众说纷纭。可以确定的是罗贯中名本，字贯中，号湖海散人。罗贯中长期居住在杭州，生活年代在14世纪30年代到14世纪末之间。罗贯中生活的元朝末年，统治者争权夺利，压榨百姓，使得民不聊生、怨声载道，元朝的统治开始摇摇欲坠。终于在至正十一年（1351年）爆发了红巾军起义，随后全国许多地方的农民纷纷揭竿而起，农民起义的浪潮铺天盖地。“遭时多故”的罗贯中有自己的政治理想，他东奔西走，投身到了反元的起义斗争当中。明朝建立以后，罗贯中便结束了政治生涯，转而从事文学创作。罗贯中一生的小说、戏曲创作非常丰富，除了《三国演义》之外，还有《隋唐两朝志传》、《残唐五代史演义》、《三遂平妖传》，但都经过了后人的改编。他创作的杂剧有《宋太祖龙虎风云会》、《三平章死哭蜚虎子》、《忠正孝子连环谏》三部，后两部都已经失传，流传下来的只有《宋太祖龙虎风云会》。在众多的作品当中，《三国演义》代表了罗贯中创作的最高成就。

内容精要

《三国演义》的故事从东汉灵帝建宁二年（公元169年）开始，到晋武帝太康元年（公元280年）结束，横跨了近百年的时空。故事开始于黄巾起义，随后统治者内部发生军阀混战，形成了魏、蜀、吴三分天下的割据局面，结局是西晋统一了天下。《三国演义》着重描写了魏、蜀、吴三国之间政治、军事、外交方面的种种斗争和它们的兴衰过程。作者侧重描写了曹刘二人的冲突和斗争，而且把刘备这个人物放在了中心位置。

《三国演义》小说中所描写的曹操逼宫年画。

《三国演义》中的曹操，是一个集阴险毒辣、诡诈多疑、伪善多变等丑恶特征于一身的反面人物。他从小便善于玩弄权术，假装中风来诬告叔父，挑拨叔父和父亲的关系。长大后，这种恶劣心术有增无减。他刺杀董卓未遂，避难到吕伯奢庄中。吕伯奢便在庄后磨刀，准备杀猪款待，却被惊魂未定的曹操误以为暗藏杀机，结果杀死吕家八口，发现自己错杀好人之后，竟然连吕伯奢也一并杀死。多疑竟到了如此田地，心性之残忍让人不寒而栗。曹操杀死吕家九口之后，又狂傲地说："宁教我负天下人，休叫天下人负我"，这句话也正是曹操的人生信条，它充分暴露了这个人物极端自私利己的思想。但值得注意的是，作者笔下的曹操也并非毫无可取之处。罗贯中在书中也用肯定的甚至是赞美的笔调描写了他不凡的气度与卓越的才华。他是一支号称八十万大军的统帅，久经沙场，叱咤风云。"破黄巾，擒吕布，灭袁术，收袁绍，深入塞北，直抵辽东，纵横天下"，没有非同凡响的谋

《三国演义》书影，顺治内府满文译本。

略，又怎能实现他的“大丈夫之志”？他不但是一个优秀的军事家、政治家，同时也是一个风雅的诗人，留下了许多著名的诗篇。

站在曹操对立面的刘备，与之有天壤之别。罗贯中把他美化成了一个万民爱戴的“仁君”、“明主”。他心忧天下，思贤如渴，期盼早日完成统一大业。为了天下苍生，他不惜放下身段，三顾茅庐，礼贤下士，只为求得诸葛亮这样可以托付军国大事的能人贤士。他爱民如子，即便在曹操追兵紧逼的危难之际，也不忍抛下樊城十多万跟随他的百姓，宁愿冒着被俘的危险，也要带领着他们缓缓前行。

刘备与曹操同是争夺中原霸权的军事政治集团的头领，却被作者分别摆在正派与邪恶两个反差极大的道德天平的两端。一个是一呼百应的“英雄”，另一个却是十恶不赦的“奸雄”。原因何在呢？一方面南宋时期连年混战，饿殍遍野，人们生活在水深火热之中，自然而然地寄希望于能有一位仁厚贤德的君王出现，来结束这种分裂战乱的状况，实现统一。另一方面，从千百年的封建思想角度来看，刘备是“汉室宗亲”，血管里流动着皇家的血液，理所当然地应该由他来“续大统”。

《三国演义》的诸多谋士中，诸葛亮是一位不能不提到的人物。他原本布衣，“躬耕于南阳”，是一位隐居乡野的世外高人。诸葛亮这个人物在书中是光彩照人的艺术形象，他是一个忠贞与智慧的典型，“鞠躬尽瘁，死而后已”。诸葛亮身上最大的闪光点在于他的智慧。毛宗岗说三国有“三绝”（也称“三奇”），曹操奸绝，关羽义绝，而诸葛亮就是智绝。他运筹帷幄之中，而决胜千里之外，能够很早就预见形势发展的趋势及方向。诸葛亮草船借箭、七擒孟获等智谋故事，无不为人们所津津乐道。

作者采用了烘云托月的手法，另外安排了周瑜和司马懿两个重要的谋士出场，对周瑜、司马懿及其他有识之士，既表现了他们自身的智慧和胆识，同时又通过这些人物，从

《关羽擒将图》，明代画家商喜绘。

正面或侧面的不同角度，衬托出了诸葛亮卓越不凡的高妙智谋和胜人一筹的胸襟胆略。

关羽是刘备集团中的另一个重要人物，他是刘备军中一员勇猛威武的将才，作者心目中一名理想化的“英雄”。他一面让华佗刮骨疗毒，一面却神态安然地下棋，“帐上帐下见者皆掩面失色”，关羽却大笑告诉旁人“并无痛矣”。他“单刀赴会，世服其神威”；他赤胆忠心，“独行千里，报主之志坚”。这个人物的特点突出表现在一个“义”字上。他“义贯古今”，在华容道“想起当日曹操许多恩义”，故而“义释”曹操。

对众多人物的精彩刻画，是《三国演义》的成就之一。《三国演义》中刻画了数量庞大的人物形象，除了农民起义的头领以及渔夫、农民、樵夫、牧民等诸多下层人物，仅魏蜀吴三国的帝王妃子、文武将相就有四百多个人。这些人物千姿百态，决不雷同，“一人有一个性格，一人有一个身份”。罗贯中描写人物，遵循的是略貌取神的原则，不耗费大量的笔墨刻意追求细节上的逼真，重在传神。这些正是《三国演义》在塑造人物方面非常成功的地方。

妙语佳句

· 良禽择木而栖，贤臣择主而侍。

· 玉可碎而不可改其白，竹可焚而不可毁其节。

类型	成书时间	推荐理由
戏剧	元顺帝至正年间（约14世纪中叶）	《琵琶记》是我国古典戏曲的杰作，它推动了南戏艺术的繁荣，同时也奠定了作者高则诚在中国戏曲史上的地位。

南曲之祖
——《琵琶记》

背景搜索

杂剧是起源于北方的戏曲形式，它的音乐曲调、精神气质等都适合爽直刚毅的北方人表演。到了元末，随着元朝统治的摇摇欲坠，杂剧主导全国剧坛的势头渐渐衰微，这时，发端于两宋之际、一直盛行于南方且有着浓厚地域色彩的南戏便渐渐流行开来。以后，它演变为传奇，在明清两代大放异彩。

《琵琶记》的作者高明（1305—1371），字则诚，号菜根道人，瑞安（今浙江瑞安）人。他出身于书香门第，自幼聪明，曾拜名儒黄晋为师，攻读经书，学习诗文。元顺帝至正五年（1345年）赴京参加科举考试，中进士，此时他已经四十多岁了。进入仕途后，他曾在处州、杭州等地做官，先后又当了几年江南行台掾和福建行省都事。后来，天下大乱，群雄并起，他便以避乱为名，悄悄退隐到明州（今浙江宁波）城东十里的栎社，以词曲自娱。正是在这里，他写下了不朽名著《琵琶记》。

不久，朱元璋扫平群雄，建立了大明帝国。明太祖朱元璋仰慕他的大名，遣使征召，让他入京主持编修《元史》。但他以年迈为由，坚决推辞，佯狂不出，终于没有去。过了几年，他去世后不久，朱元璋读到《琵琶记》，大为赞赏，说：“‘四书五经’就像平常的布帛菜蔬一样，家家都有；高明的《琵琶记》却像山珍海味一样，是富贵人家不可没有的。”

内容精要

《琵琶记》写的是东汉大文豪蔡邕的故事。它是在民间长期流传的戏文《赵贞女蔡二郎》的基础上进行再创作而成的。在民间流传的戏文里，蔡伯喈（蔡邕字“伯喈”）被描写成一个受谴责的反面人物。他上京应举，贪图富贵，背亲弃妇，反映了封建文人一旦飞黄腾达，就背亲弃妻的忘本现象，这是不符合道德观念的。故事中的蔡伯喈历来遭到百姓的谴责。

高则诚对这个故事在内容上进行了很大的改动，把“马踏赵五娘”和蔡伯喈被五雷轰顶的悲剧式结尾改为大团圆收场，改编后的剧情大致如下。

蔡伯喈和赵五娘结婚才两个月，父亲就硬逼他上京赶考。他本不贪恋功名，愿意在家孝顺父母，但父母之命难违，只得上京应试。谁料一考就考中了状元。牛丞相见他英俊有才，便强把女儿许配给他。他辞婚、辞官均不成，终于被牛丞相招为女婿。时值荒年，公婆在家染病，五娘侍奉汤药，历尽艰辛。她求得赈米，供养二老，自己却吃糠。年迈的双亲盼子不归，连气带饿，双双去世。五娘剪发出卖，才有钱埋葬公婆。蔡伯喈与牛小姐成婚后，虽然相敬如宾，彼此恩爱，但总是苦思双亲和五娘，终日闷闷不乐。牛小姐多次追问原因，才得知实情。五娘葬了公婆后，以琵琶卖唱，一路行乞，寻夫至京城。经过无数曲折，五娘终得进入相府，在画馆与伯喈相会。最后牛小姐同意成全，夫妻破镜重圆，并一同回乡扫墓。

除了结局的改动外，高则诚对民间故事改动最大的地方就在于对蔡伯喈的角色定位上。他把忘恩负义的蔡伯喈改成了“全忠全孝”的封建文人，增设了“三不从”这样一个重要的情节内容。所谓“三不从”，是指蔡伯喈的“辞试不从”、“辞官不从”、“辞婚不从”。

把罪在文人负心改为求功名利禄的社会原因亦是高则诚在内容情节上对民间故事的另一个重要改动。从现存的宋元南戏剧目来看，描写“婚变”，批判男子负心的故事占了很大的比重，如被称为“戏文之首”的《赵贞女蔡二郎》、《王魁》等，都是这样的作品。高则诚完全摆脱了“男子负心戏”的模式，把蔡伯喈描写成“全忠全孝”的人物，而同时把双亲饿死、五娘受难归结为追求功名利禄带来的结果。这是他对民间传说的最具批判色彩和进步意义的一个改动。

赵五娘是剧中塑造得最成功、最动人的艺术形象。她的不幸遭难，反映了封建社会里许多妇女所受的深重苦难，体现了中国劳动妇女坚忍、善良、吃苦耐劳、深明大义的传统美德

《琵琶美人图》，明代画家吴伟绘。

和克己待人的自我牺牲精神。蔡伯喈被迫屈从权势，弃家不顾，生活于富贵之中，内心却充满痛苦，他希望忠孝两全，结果却忠孝两不全。作为封建社会的一个普通的读书人，剧本对他那种软弱动摇的文人特性刻画得十分细腻，相当感人。此外，古道热肠、扶危济困的张大公，知书达理、贤惠美丽的牛小姐以及蔡公、蔡婆等，也都写得有血有肉，各具性格，情态逼真，栩栩如生。

《琵琶记》在艺术结构上的成就也十分突出。它的剧情主要沿着两条线索发展：一条是蔡伯喈求取功名的经历，一条是赵五娘在灾荒中的遭遇。这两条线索互相对比映照，彼此交错发展，把社会上层的豪华生活和下层百姓的深重苦难，尖锐对立地展现出来，收到了极强的艺术效果。

据说高则诚在写《琵琶记》的时候，态度非常严肃，呕心沥血，字斟句酌。他当时在官场和文坛都有不少朋友，每日来访的人很多。为了安心写作，避免打扰，他特意养了一条恶狗，拒绝一切访客。他独自躲在小楼里写作，写了三年才完稿。因为思索时常常用脚拍打地板，以致把木板都拍穿了。

《琵琶记》共42出，有303段唱词。为了使每段唱词不仅意蕴动人，而且声律优美，高则诚每写完一出，就要请一个弹琵琶的艺人来家中花园的石亭里反复试唱，反复修改。艺人弹唱时，高则诚总是一边聚精会神地听，一边用手指在石桌上打拍子。不知有多少次，他听得入神了，手指都敲得流出血来，也毫无知觉。每一首曲子都这样唱了又唱，改了又改，久而久之，那石桌面竟被拍打得麻麻点点，以致朋友们都戏称它"麻子桌"。《琵琶记》能取得那样高的成就，与高则诚这种认真刻苦的创作态度紧密相关。

妙语佳句

· 影透空帷，光窥罗帐，露冷蛩声切。关山今夜，照人几处离别。

类型	成书时间	推荐理由
小说	元朝（约 14 世纪中叶）	《水浒传》是我国已有数百年历史的白话文进入成熟阶段的标志，是我国第一部成功的长篇白话小说。

绿林与朝廷的对峙
——《水浒传》

背景搜索

众所周知，《水浒传》是我国一部著名的长篇小说，它与罗贯中的《三国演义》同时出现于元朝和明朝之间。

关于这部小说的作者，从明清两朝开始就争议颇多，根据文献资料的记载，大体上有三种说法：一种观点认为《水浒传》是由施耐庵编写的；一种观点认为是由罗贯中编撰的；还有一种观点认为《水浒传》一书是由施耐庵和罗贯中二人合作而成的。现在学术界的研究人员大多赞成第一种说法，即《水浒传》是由施耐庵所作。

对于作者施耐庵的生平，历史上也存在着许多的争议。关于他的生卒年份、祖籍、作品及门人等都说法不一。如果根据明朝王道生的《施耐庵墓志》的说法，我们大致可以肯定施耐庵是元末明初的小说家，生卒年大约是1299年至1370年。施耐庵原名彦端，名子安，祖籍江苏苏州，迁居江苏兴化。他自幼聪敏，擅长写文章，是元朝至顺年间的进士。施耐庵曾经在浙江杭州做官，但因为看不惯权贵们的所作所为，不愿意同流合污，最终辞去官职，回到家乡，开始闭门写书。

内容精要

《水浒传》的内容，取材于北宋末年宋江起义的故事。宋江起义发生在宣和元年（1119年）到宣和三年（1121年），历时三年有余。历朝历代，农民起义英雄的故事都往往被夸张渲染，为人民群众所传颂。宋江等水浒人物的故事，早在宋代就已经开始流传。这些故事被说书人加工以后编成话本。施耐庵就是在前人书籍记载的基础上，广泛吸收民间关于水浒人物及故事的传说，经过修改、补充及加工，最终完成了这部伟大的著作，不过具体的完成时间已经无法考证。

《水浒传》全书按照情节内容的发展变化分为前后两大部分。前半部分写的是各路英雄好汉纷纷投奔梁山大聚义、打军官、受招安，这一部分集中反映的是统治阶级压迫剥削人民，人民反压迫反剥削的矛盾。后半部分讲的是招安之后征辽、平田虎、平王庆、平方腊直至结局，这一部分着重反映了统治阶级内部忠臣与奸臣两派的矛盾和斗争。

《水浒传》中的人物大致分为两类：一类是以端王宋徽宗、高俅、蔡京等人为首的昏庸无道的上层统治阶级。这是一个庞大的统治网络，在被这样一个无所不在的网络笼罩起来的社会底层，民不堪命，如同生活在地狱里一般，因而也就有了另一类以宋江为首的梁山好汉，他们代表的是被压榨受逼迫的下层人民。这两派之间，是压迫与反抗的关系，他们之间的斗争，恰恰突出反映了封建统治阶级与劳苦大众的尖锐矛盾。施耐庵在原有的现实人物的基础之上，又对这些人物进行了夸大和拔高，使得人物形象更加鲜明突出。对于这种在人物刻画方面的特点，金圣叹就曾说道："无美不归绿林，无恶不归朝廷。"

《水浒传》中塑造了形形色色的奸恶之徒，其中蔡京、童贯、高俅、杨戬是宋朝天子身边的四大奸臣，他们"变乱天下，坏国、坏家、坏民"，属于十恶不赦的贼子佞臣。

水泊梁山有36天罡和72地煞，共有108位好汉。他们来自社会的各个不同阶层，从事过不同的职业。既有军官、地主，也有渔民、猎户；既有商贩、医生，也有庄户、农夫。虽然来自五湖四海，却团结友爱、没有隔阂，称得上是"八方共域，异姓一家"。水泊梁山是他们独立平等的世界，在这里，他们"都一般哥儿称呼，不分贵贱"。他们蔑视权贵、重义轻利，是"不怕天，不怕地，不怕官司"的豪杰。这些英雄好汉都是在"官逼民反"的社会背景下遭受极度剥削和迫害而"不得不反"，被逼上梁山的。《法国大百科全书》记载："《水浒传》对多种人物的英雄或怯懦行为的描写都贯穿着对黑暗社会所进行的愤怒批判。"

《水浒传》中的灵魂人物宋江，是一个有着双重思想和性格的人物。宋江身上的两种矛盾冲突的特点可以概括为"忠"与"义"，"忠"是忠于朝廷，"义"是心向百姓。他原本出生在一个小地主家里，而且在衙门做押司。他想在官府安然地任职，一路建功立业、尽忠报国而终其一生的，但实际上当时的社会现状却容不得他这么想、这么做。他在愁闷醉酒之时，真情流露，题下"反诗"，结果被江州知府拿住，定为死罪。就是在这种被逼无奈的情况下，宋江才弃"忠"而取"义"，跟随搭救他的梁山好汉上了山。即便是上了梁山，做了一名落草英雄，宋江也始终没能摆脱"忠"的牵绊。这种根深蒂固的忠孝思想最终牵引着他为梁山选择了接受招安、平定方腊的道路。

鲁迅曾说："一部《水浒》，说得很分明，因为不反对，所以大军一到，便受招安，替国家打别的强盗。"然而宋江的"忠"最后是害了自己，更害了梁山泊的一帮英雄们。这样的结局，是意料之中、合乎情理的结局；这样的结局，也在一定程度上从反面警示了后来的反抗斗争。

妙语佳句

· 恩仇不辨非豪杰，黑白分明是英雄。

· 大厦将倾，非一木可支。

· 有力使力，无力斗智。

类型	成书时间	推荐理由
类书	明永乐六年（1408年）	《永乐大典》是一部容量巨大的百科全书，它在促使字典和类书的编纂形式过渡到具有完整性的百科全书的发展过程中，具有很重要的意义。

典籍丰富的藏书库
——《永乐大典》

背景搜索

明成祖在永乐元年（1403年）七月令解缙等147人采集资料，按照韵目，编为一书。次年11月编成，赐名为《文献大成》。但明成祖认为内容不完备，于是又派姚广孝、刘季篪与解缙共同监修，重新采集资料，先后参加工作者达2169人，开馆于文渊阁，至永乐五年十一月书成，共计22877卷，目录60卷，改名为《永乐大典》。书首列明成祖的御制序文，正文以明太祖颁布的《洪武正韵》为序，以同韵之字合为一编，每字先从字形字义做详尽的解释，对有关的人物、事迹、名物、地理、诗文、词典等，无不详细开列，征引古书记载的原文于下。金和南宋的藏书都为元统治者掠去，明初曾夺回其藏书的大部分，多为失传已久者，尤以宋、元两代的著作为多。故《永乐大典》的主要价值，在于保存了不少重要的古籍。

内容精要

中国是字典类书、百科全书等工具书发展较早也相当发达的国家。《永乐大典》是一部容量巨大的百科全书,它在促使字典和类书的编纂形式过渡到具有完整性的百科全书的发展过程中，具有很重要的意义。

公元100年，东汉的许慎第一次创造了按部首排列的字典《说文解字》，经过了500年，在公元601年，隋代的陆法言确定了韵书的韵目，编成按韵排列的字典——《切韵》。在检索上，检韵比部首方便，所以自7世纪以后，虽说检韵与部首的方法并行，检韵字典却比按部首编排的字典更通行，而且逐渐取得了优势。到了10世纪，宋代的李焘把按部首排列的《说文解字》，改编成为检韵的《说文解字五音韵谱》。

所谓类书，顾名思义就是按类编排的书，它的好处是把材料按类集中，缺点是类的范畴即所包括的材料没有什么客观标准，而且材料越丰富，越造成检索上的困难。因此为一般读书人所通用的典故和人名、地名、事物名等，便逐渐附入最通行的检韵字典之内。所以从7世纪以后，屡次增修检韵字典系统，主要是在每字之下，逐渐增入有关人名、地名、事物名的解释。这样的做法使字典的内容逐渐向着百科全书的方向发展下去。一百多年以后，到8世纪中叶，就由颜真卿完成了一部“分韵隶事”的带有初步百科全书性质的《韵海镜源》。宋代有袁毂的《韵类》100卷，《直斋书录解题》也说它是“以韵类事”。南宋的四川书坊把它改编为《书林韵事》100卷。但直到13世纪末，始终没有脱离对字典的依附，过渡成为独立的百科全书。

14世纪初年，有阴应梦、阴时夫、阴中夫父子兄弟三人，是生长于农村的宿儒，他们吸取了颜真卿以来的新发展，针对一般读书人的需要，扩大了每字下的隶事内容，编成《韵府群玉》一书，使它的内容和检查方法基本上成为初级的百科全书。这时候，已经是元末农民大起义的前夕。此书刊行以后，得到了读书人的欢迎。宋濂在洪武八年（1375年）给改编本《韵府群玉》题词，二阴兄弟“因宋儒王百禄所增《书

明成祖朱棣像。

林事类韵会》、钱讽《史韵》等书，荟萃而附益之，诚有便于检阅”，就是头号的学者，对于“便于检阅”这一方面也是不能不给予好的评价的。《韵府群玉》搜罗的资料虽说丰富，可是其中最要紧的地方往往漏掉，这是由于仅仅限于家人父子的力量，没有广泛占有资料所造成的缺憾。此书还有一个缺憾就是只把散事聚在一起，而没有给一条一条的散事做标题。这两个缺憾，在《永乐大典》中都给弥补了。

《文献大成》的新成就，是在每一个重要事项下面，都有一个隶事的概括的总论，每一个事目都有一个标题。这就完全具备了百科全书所应有的要素。《永乐大典》更在这两种新增的因素之外，把经、史、子、集中的重要典籍，整部整编地以书名或者篇名为标题载入字目之下，又把集部中的诗词和散文，按照事目分编，也载入字目之下，这就使得《永乐大典》的内容更为丰富。

妙语佳句

·木芙蓉。《柳宗元集·湘岸移木芙蓉植龙兴精舍》：有美不自蔽，安能守孤根。盈盈湘西岸，秋至风露繁。丽影别寒水，秾芳委前轩。芰荷谅难杂，反此生高原。《霍总诗》：本自江湖远，常闻霜露余。争春候浓李，得水忆红蕖。孤秀曾无偶，当门幸不钮。唯能政摇落，繁彩照阶除。

类型	成书时间	推荐理由
医学论著	明万历二十四年（1596年）	《本草纲目》是一部论述药物学的专著，总结了16世纪以前中国人民的用药经验，是非常重要的文献资料。

登峰造极的医药书
——《本草纲目》

背景搜索

“本草”，其实就是中药，中药的种类很多，包括玉石草木鸟兽虫鱼，而中草类药材在实际使用中所占的比重最大。又因为这部书在每种药物之下，标正名为纲，附释名为目，所以得名《本草纲目》。

《本草纲目》的作者李时珍，是明代杰出的药物学家，也是世界上最伟大的科学家之一。他字东璧，号濒湖，正德十三年（1518年）诞生于现在的湖北蕲春县蕲州镇东门外。因祖父和父亲都是医生，李时珍自幼便受到了家庭环境的影响和熏陶，很早就对医药学产生了浓厚的兴趣。李时珍在长期的行医过程中，越来越深切地体会到，前人所著的本草书中，不仅内容残缺不全，而且还存在或大或小的谬误。于是他决心对古代的本草书认真地进行一番整理，纠正其中的谬误和封建邪说，补充新的经验和知识，编写成一部新的本草书。

在他开始编写《本草纲目》之后不久，就被当时的楚王请到了府上，做了楚王府“奉祠正”（八品官），掌管祭祀礼节方面的事宜，兼管王府的“良医所”。

大约在1556年，楚王又把李时珍推荐到了北京的太医院，让他担任“太医院判”。

李时珍在楚王府和太医院供职期间，充分利用有利条件，增长见识，广泛研读了王府和太医院丰富的医学典籍。

李时珍意识到，博览群书很重要，开阔视野同样必不可少。他探求的足迹遍及湖南、湖北、江西、江苏、安徽等许多地区。

李时珍对于科学研究有着难得的献身精神，为了研究大豆的解毒作用，他曾用自己做实验。为了取得直接的资料，他冒险吞服过曼陀罗，亲身体验这种药的麻醉效果，直到精神恍惚、失去痛觉。

李时珍采用这种博览群书加实践考察的方法，为写作《本草纲目》搜集了广泛而丰富的材料，获取了大量来自民间和靠自身实践得到的经验。他撰写这本书一共花费了27年，后来又花了12年左右的时间断断续续地对它进行修改和补充，直到1590年，《本草纲目》才正式定稿。1593年，这个时候的李时珍已经病入膏肓，还念念不忘《本草纲目》，他嘱咐儿子要尽力传播这部书，使之造福百姓。

李时珍逝世后的第三年，《本草纲目》正式刊行。

内容精要

《本草纲目》是李时珍智慧和心血的结晶，它的内容丰富翔实，结构严谨而独特。全书共52卷，有一百多万字，分为水、火、土、金石、草、谷、菜、果、木、器服、虫、鳞、介、禽、兽、人等16纲，其中矿物药两纲，动物药六纲，植物药五纲，其他药三纲。纲下又分成若干目，共62目。

《本草纲目》的体例和主要的内容包括了药物名称，药物产地、形态及获得方法，药的炮炙过程及方法，药物的性能和功用等。全书共收录了1892种药物，其中前人的“本草”中已有记载的药物有1518种，经李时珍本人补充收入的药物374种。这些药物有植物、动物、矿物等。此外收录了11096个验方，它们使得这部书增加了临床参考价值。为了达到形象直观的效果，全书还配有1109幅药物插图。

对于《本草纲目》，有评价说它是登峰造极的著作，是明代最伟大的科学成就，可见这部书是有很高价值的。这主要表现在以下几个方面。

第一，《本草纲目》采用的分类方法水平很高，既继承了前人的经验，又有独特的创

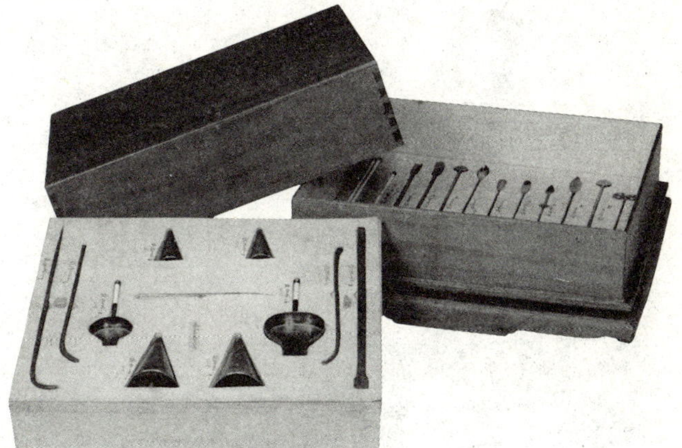

制药器具，康熙年制。

新。这种分类的方法“举一纲而万目张”，一目了然，它实际上已具备了现代生物进化思想的科学性。

《本草纲目》的分类是先无机后有机，先植物后动物。在矿物药分类方面，具备了一定水准。以19种单体元素为纲，对各化合物做了较为全面而系统的论述和分类；在生物药的分类方面，采用的分类方法在当时的世界上是最先进的，具有划时代的意义。在植物类药物中，则先草、谷、菜而后果、木；最后则叙述人类药，这是一种比较科学的分类方法，瑞士著名的植物分类学家林奈直到1741年才提出了与之类似的分类方法，比李时珍晚了一百多年；对于动物类药物的分类，李时珍有意识地遵循着从单细胞生物到多细胞生物，从单一到繁杂，从低等生物到高等生物的自然发展规律。例如它先虫、鳞、介而后禽、兽，这种分类方法是具有革新意义的一项创举，它既科学又先进，显露出了进化论思想的萌芽。

第二，《本草纲目》对药物学以外的生物学、化学、金石学、地质学、天文学、气象学等学科也有突出的贡献及影响。

在生物学方面，《本草纲目》中共收录了1094种植物性药物，李时珍详细记载了它们的品种、形态、气味、功用等。书中还精细地绘制了植物的形态图片，这些图片为人们对植物标本的采集、辨认及分析等生物研究工作提供了珍贵而形象的资料。《本草纲目》中共收录了445种动物性药物，指出了自然环境对生物形态、习性等方面的影响。李时珍还解剖了鲮鲤、蛇等多种低等动物，以证实其解剖结构上的异同，并进行了比较研究。此外，书中还记述了金鱼、乌骨鸡等多种动物的变种现象，为有关动物的遗传和变异研究提供了

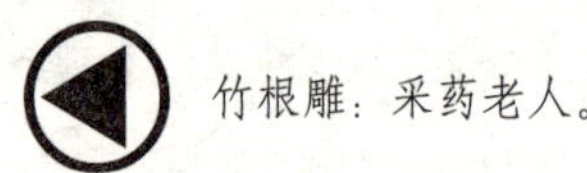

竹根雕：采药老人。

宝贵的资料。达尔文在《变异》中谈到鸡的变种、金鱼家化史时，就吸取和引用了《本草纲目》的相关内容。

在化学方面，书中记载了无机药物的化学性质及制取方法，介绍了包括蒸馏、蒸发、升华、重结晶、风化、沉淀、干燥、烧灼在内的许多化学反应的方法。《本草纲目》一书对金属和合金的区别进行了深入的分析，在区别和鉴定方法上也有所突破，其内容的详细程度大大超过了前人的记载。

在金石学方面，李时珍举起有力的科学武器，沉重打击了服用水银制成的“仙丹”可保长生不老的荒谬言行；但同时也客观地肯定了水银具有一定的药用价值，并从古代的炼丹术中学习了不少有益的知识。李时珍在《本草纲目》这部书中，教会了人们应该一分为二地看待药物的性能，做到扬长避短，物尽其用。这种观点体现了李时珍作为科研工作者的辩证思想。

在地质学方面，《本草纲目》记载了276种矿物性药物，并详细记述了许多矿物的形成，产地，形色，鉴别要领，勘察、采掘方法等，并记载了关于植物指示矿藏的重要信息。这部书不仅搜集了前人关于矿物零散的记录，并进行了进一步的整理、总结。

妙语佳句

·事实上巴豆是一药两性的，关键在于用量多少。用的量重，就会导致腹泻，但是用量少而适当时，却能治疗腹泻。

类型	成书时间	推荐理由
小说	明隆庆四年（约 1570 年）	《西游记》是明代著名的神魔小说，在中国的文学史上占据着重要地位，对世界文化也产生了广泛的影响。

现实与神话的完美结合
——《西游记》

背景搜索

《西游记》的作者吴承恩是明代的小说家，大约生于1500年，死于1582年。吴承恩字汝忠，号射阳山人，家住江苏淮安。吴承恩自幼便以文章出色而闻名江淮，成年后“英敏博洽，为世所推”，然而却在科举的考场上屡考不中，郁郁不得志，因而一度“迂疏漫浪”。直到中年时，吴承恩才被补为岁贡生。后来因为生活贫苦，加之母亲年事已高，不得已才去做了长兴县丞及荆府纪善。晚年时回归故里，放浪诗酒，贫老而终。

吴承恩幼年时便喜好野言稗史、奇闻异事，从青年时就已开始留意收集这方面的资料，到了壮年时期，吴承恩已经积累了大量丰富的资料。《西游记》中唐僧取经的故事，在历史上确有其事。宋代的时候，取经故事被说书人取为素材用来创作话本。通过“说话”这种活泼生动的艺术形式，取经故事被逐渐融入了许多新的元素，内容更加多彩。广大群众，尤其是艺人对取经故事的不断加工、润色，使得取经故事越来越脱离故事的真实细节，却越来越具备浓郁的浪漫主义及幻想的色彩。这一切，都为吴承恩创作《西游记》创造了良好的前提条件，打下了坚实的基础。

内容精要

《西游记》全书的内容可以分为两大部分。第一部分包括第一回至第十三回，主要交代了主要角色孙悟空、唐僧等人的出身来历和取经的缘由；第二部分包括了第十四回至第一百回，主要叙述了孙悟空和猪八戒、沙僧陆续加入到取经队伍中，在路途中战胜重重险阻，保护唐僧度过了九九八十一难，取到真经、修成“正果”的经历。

《西游记》中的孙悟空，是个家喻户晓、妇孺皆知的神话英雄。孙悟空的来由和古代传说中的猴精无支祁有一定的渊源。无支祁本领高强，后来被治水的大禹所收服，镇锁在淮阴龟山脚下，而淮阴正是作者吴承恩的故乡。《西游记》中孙悟空被如来佛降服后，囚禁在两界山下的情节，应该就是从这里演变过来的。

《西游记》一书的思想精髓主要是通过孙悟空这个形象传达出来的。

在作者吴承恩的笔下，孙悟空是真善美的化身。他聪敏、神通广大，性格坚毅乐观，言语诙谐幽默。孙悟空是只“灵猴”，他孕育在一块神秘的仙石之中，出生在灵秀优美、宛如世外桃源的花果山。灵猴有慧根，孙悟空在道观很快便学会了七十二般变化，一个筋斗便能翻出十万八千里。孙悟空神通广大，就连高高在上的玉皇大帝也不放在眼里，反而大闹天宫，只身一人杀退了玉皇大帝手下十万神威的天兵天将。大有一夫当关，万夫莫开之勇。虽然是只“天产石猴”，身上却汇聚了人性和猴性两种特点。他活泼好动，像自然界的猴子一样，喜欢攀枝爬树，上蹿下跳；同时又有人的情感。在三打白骨精之后，却被肉眼凡胎的师傅唐僧误以为是滥杀无辜，坚持要和他断绝师徒关系，逐出取经队伍。孙悟空只好“噙泪叩头辞长老”，无奈又委屈之余，不禁流下伤心的泪水。

孙悟空的优秀品质和性格特征，在其他人物的衬托下尤为明显。比如孙悟空的二师弟猪八戒，在取经的问题上始终动摇不定，一旦遇到困难，便嚷嚷着散伙回家。有一回讲到唐僧一行被青狮、白象、大鹏三怪拦住去路，孙悟空不慎被妖怪捉住，猪八戒便吵着要分家散伙，孙悟空却想尽办法脱身，回到队伍中保护师傅唐僧。孙悟空在取经的道路上，翻越千山万水，历尽坎坷艰辛，却始终坚定不移。

《西游记》中对比映衬孙悟空的是猪八戒。猪八戒的身上有着许多明显的缺点，首先是外表丑陋，他是“蒲扇耳、耙子嘴、腆着长有黑毛的大肚子”。他虽然吓坏了高老庄的百姓，在取经路上也常常被人叫作“猪妖”，却有着人的本性。猪八戒原本是天宫中的天蓬元帅，因为向往人间的天伦之乐，动了凡心，才被贬为猪身。他懒惰、贪吃、胆小、自

唐玄奘与孙悟空，敦煌莫高窟中五代时期的壁画。

私，好打小算盘。一旦见到食物，便垂涎三尺，食指大动。吃喝起来，风卷残云一般，吃相和食量都让旁人瞠目结舌。作者描写他的这种贪馋时，尺度把握得非常恰当，既有夸张的成分，又让人信服。而猪八戒这个形象也没有因此而遭到读者的反感。他喜欢卖弄小聪明，却屡屡被孙悟空识破，弄不好还会被捉弄一番；他好逸恶劳，结果偏偏被派去干脏活累活；他总是耍赖，把责任推卸到别人身上，挑唆孙悟空偷摘“人参果”，被师傅问起来却翻脸不认账，说：“我老实，不晓得，不曾见。”

这只“老猪”虽然缺点很多，陋习不少，但本质却是憨厚善良的，笨拙滑稽的言行中透着憨直可爱，深得读者的喜爱。他虽然喜欢搬弄是非，但立场鲜明，不至于敌我不分，在取经路上，也算得上是一大功臣。

妙语佳句

· 皇帝轮流做，明年到我家。

· 有风方起浪，无潮水自平。

· 会家不忙，忙家不会。

类型	成书时间	推荐理由
哲学论著	明隆庆末年（1572年）	王阳明上承孟子，中继陆象山，形成风靡明代中后期的阳明心学。其学说思想主要收录在《阳明全书》中。

心为万物之主宰

——《阳明全书》

背景搜索

王守仁（1472—1529），明代著名哲学家，同时又集教育家、军事家、文学家和书法家于一身。

他原名王云，五岁时更名王守仁，字伯安，号阳明，世称阳明先生，祖籍山东琅琊。

王阳明明成化八年（1472年）9月30日生于浙江余姚瑞云楼（今武胜门内寿山堂），很小就受到父亲严格的儒家教育。弘治五年（1492年）中举人，在北京父亲的官署里，遍读朱熹书。为了体会朱熹的“格物致知”，他在衙门里“格”了七天竹子，没有领悟什么，反倒得了一场大病。弘治十八年，在北京与谌若水结为好友，同倡“圣人之学”。

正德元年（1506年），他触犯刘瑾，被贬为龙场（今贵州修文县治）驿丞。他在龙场自己搭了个草棚栖身，因为这穷荒之地没有书读，于是埋头温习旧学，“悟格物致知，当自求诸心，不当求诸事物”（后人称“龙场大悟”）。又创龙岗书院。次年应聘任贵阳书院主讲，开始宣讲“知行合一”，转学陆九渊，后自成体系。

正德十四年（1519年），宁王宸濠谋反，当时王阳明正率军去福建处理福州三卫军人谋叛事件，听到消息，在还没有接到朝廷命令时即返安吉，水陆并进，直捣南昌，接连拿下九江、南康，费时35天，擒宸濠。正德十六年（1521年），开始在南昌研究“致良知”学说，终完成“心学”体系。嘉靖六年（1527年）5月，受命镇压思恩、田州、八寨、仙台、花相等地的瑶族、僮族民变。这时他已经患病，但还是带兵出征，加上当地气候炎热，以致病情加重，全身脓肿。第二年秋平定叛乱时肺病又加剧，1529年1月9日在江西南安青龙浦去世，年仅57岁。

内容精要

明穆宗隆庆六年（1572年），侍御谢廷杰汇集王阳明的各类著作以及钱德洪编的阳明先生年谱，王正亿编辑的世德纪，王阳明友人所写的阳明先生墓志铭、行状、祭文等，编为《王文成公全书》38卷，予以刻印。主要包括《传习录》、《文录》、《文录续编》等。

《传习录》是王阳明的语录和论学书信，分成上、中、下三卷。上卷是同徐爱讲《大学》宗旨，阐述了他的“格物致知新说”和“心与理一”、“知行合一”的思想。为门人徐爱、陆澄、薛侃所辑，正德十三年（1518年）初刻于江西赣州。中卷是与友人论学的书信，这些书信反映了他的“致良知”、“知行合一”、“心物合一”、“天人合一”、“天地万物为一体”等思想。由门人南大吉所辑，后经钱德洪改编。嘉靖三年（1524年），由门人南大吉将其和上卷合在一起初刻于绍兴。下卷是与门人的谈话，由门人陈九川等采集，初名《遗言录》，后钱德洪加上自己及王畿所录，整理编辑成《传习续录》，其主要部分于嘉靖三十三年（1554年）刊刻于宁国。嘉靖三十七年（1558年），胡宗宪将三卷合一进行刊刻，统称《传习录》。

《传习录》的“传习”出自《论语》的“传不习乎”。全书基本包括了王阳明主要的哲学思想。上卷是得到过他本人亲自审阅的。中卷的论学书信都是出自他的亲笔。下卷虽未经其本人审阅，但也比较具体地解说了他晚年的各种思想，并记载了他提出的“无善无恶是心之体，有善有恶是意之动，知善知恶是良知，为善去恶是格物”的“四句教”。

王阳明的语录主要采用问答式。一是回答门人的提问。如其中有这样一段：“先生游南镇，一友指岩中花树问曰：‘天外无心外之物，如此花树，在深山中，自开自落，于我心亦何相关？’先生云：‘尔未看此花时，此花与尔心同归于寂。尔来看此花时，则此花

青花人物纹套盒，明正德年间制，现藏于故宫博物院。此瓷器青花色泽淡雅，釉质莹润，为正德青花瓷器中的上乘之作。

颜色，一时明白起来，便知此花，不在尔的心外。'”一是先生步步设问，引导学生思考。如：“先生曰：‘尔看这个天地中间，什么是天地的心？’对曰：‘尝闻人是天地的心。’曰：‘人又什么叫作心？’对曰……”

《文录》包括了《正录》、《外集》、《别录》三个部分，为文人钱德洪编订。正录都是讲学明道的文章，共5卷；《外集》收集王阳明的诗赋等，共9卷。《别录》收集王阳明的奏折和公文等，共10卷。嘉靖十四年（1535年）刻于苏州。此后，钱德洪又收集了一些，编入《文录续编》，刻于嘉靖四十五年（1566年）。

其中最重要的是《传习录》和收在《文录续编》里的《大学问》。《大学问》是王阳明出征广西之前，录下的全面阐述他学术思想的著作。

王阳明认为“心即理”，提出“心外无物，心外无理”的命题，认为身的主宰就是心，心的本体就是理，心外无理，心之所发就是意，意之所在就是物，心外无物。心的“灵明”便是天地万物的“主宰”。阳明心学的特点是“致良知”说，这个良知是存在于人心中的天理，即主观的道德意识，它是真理和道德的标准，但人欲会掩盖人的良知，只有在“致”上下功夫，才能恢复“良知”的本性。于是，他又提出了“致知格物”和“知行合一”，要求正人心，去恶存善，言行一致。

妙语佳句

· 不必求之于圣人，亦不必求之于典籍。

· 无善无恶是心之体，有善有恶是意之动，知善知恶是良知，为善去恶是格物。

类型	成书时间	推荐理由
学术论著	明神宗万历年间（约16世纪末叶）	书中的反传统、反权威、反教条精神，启迪与鼓舞了当时及后来的进步学者，对人们解放思想，摆脱封建传统思想的束缚，产生了极大的影响。

颠倒万古之是非
——《焚书》

背景搜索

《焚书》是明代著名思想家和文学批评家李贽的重要著作，共有6卷，其中搜集了作者历年来的书答（卷一、卷二）、杂述（卷三、卷四）、读史短文（卷五）和诗（卷六）等。

关于书名，李贽深知这部著作会遭到当权者和道学家的仇视，于是在书的《自序》中说："所言颇切近世学者膏肓，既中其痼疾，则必欲杀我矣，故欲焚之，言当焚而弃之，不可留也。"这就是书名《焚书》的由来。

李贽（1527—1602），号卓吾、宏父、温陵居士等，福建泉州人。李贽自己说："余自幼倔强难化，不信学，不信道，不信仙释，故见道人则恶，见僧则恶，见道学先生则尤恶。"从中可以看出他执拗不屈的个性。

从万历九年（1581年）至万历三十年（1602年）的这二十余年中，李贽一直在各地奔波。这期间是李贽思想逐渐成熟的时期，也是他狂狷叛逆的个性形成的时期，他的著作也大多写于这一时期。他自认异端，常常秃头长髯，带领着一批追随者出入市井街头。他还收了一些女弟子，与她们书信来往，讲学论道。

◀《黄鹤楼图轴》，明人绘。

李贽的这些行为引来了社会上众多人的反对，道学家骂他是“宣淫败俗”，朋友们劝他停止与女性的来往。在万历二十八年（1600年）冬天，封建卫道者们趁李贽不在，勾结官府，雇佣了一批流氓打手，以逐游僧、毁淫寺、维持风化为名，放火焚烧了芝佛院与李贽的葬身塔，逼得李贽以七十多的高龄流浪他方。

万历二十九年（1601年）春天，应卸任御史马经纶的邀请，李贽北上通州，来到马经纶家中居住。马经纶把李贽安顿在迎福寺，让他潜心著书。统治者担心李贽的北上会扰乱京师秩序，于是，万历三十年（1602年），一队如狼似虎的锦衣卫特务很快赶到通州，从病床上拖起了形容憔悴的75岁老人李贽，把李贽押解到北京，关进了监狱。3月15日，李贽趁狱吏为自己剃发之时，夺过剃刀，割断了自己的咽喉，血流满地。狱吏问他：“和尚痛否？”李贽用手指在手上写道：“不痛！”狱吏又问：“和尚何以自割？”李贽又写道：“七十老翁何所求？”两天之后，李贽气绝身亡。

内容精要

《焚书》集中表现了李贽的社会政治思想。首先，他对腐朽的程朱道学和儒教传统做了有力的批判。程朱理学认为天地万物以至封建的纲常名教都是由“理”派生出来的。李贽在《焚书》卷三《夫妇论》中针锋相对地把天地万物比喻为夫妇生孩子，指出万物是由天地所生，不是凭空出现的，由此便否定了程朱理学认为“理”、“太极”是万物本原的说法。针对程朱理学“存天理、灭人欲”的说法，《焚书》肯定了人生最基本的自然欲望，指出吃饭穿衣就是人伦天理的根本。他反对程朱空谈天理，指出人伦天理应当从现实生活中去考察，从这一点出发，《焚书》揭穿了儒家所谓“君子喻于义，小人喻于利”的虚伪，指出人们无不追求物质利益，所以“圣人”必须顺应人们对功利的需求，社会才能安定。从承认人的私欲出发，《焚书》指出人性不止一种，要尊重人的个性。在《焚书》卷四《八物》篇中，李贽用各种具体的物来比拟不同的人，强调物各有性，各有其用，进而又提出了天下人人有生知，人即是佛、佛即是人的平等思想：“天下无一人不生知，无一物不生知，亦无一刻不生知者……天下宁有人外之佛、佛外之人乎？”

《焚书》还主张个性解放，反对封建束缚。卷三《四勿说》一文指出道学先生们提倡的"礼"是专门用来治人的，从来不用于律己。他们用严刑峻法只是强制百姓守礼。在《论政篇》中，李贽进而反对"本诸身"的"君子之治"，主张施行"因乎人"的"至人之治"，认为法律条框的束缚只能使"民日以多事"，统治者应该"顺其性不拂其能"。

《焚书》强烈地怀疑儒家宗师孔子，认为孔子也是平常人，反对把孔子当做神来崇拜，反对以孔子判定的是非为是非标准。针对朱熹"天不生仲尼，万古长如夜"的迷信孔子的言论，《焚书》尖锐地嘲讽说：怪不得孔丘以前的人整天点着蜡烛走路呢！

《焚书》还以大无畏的精神，对在封建社会中长期被奉为经典的儒家著作做了彻底否定："夫《六经》、《语》、《孟》，非其史官过为褒崇之词，则其臣子极为赞美之语。又不然，则其迂阔门徒，懵懂弟子，记忆师说，有头无尾，得后遗前，随其所见，笔之于书。后学不察，便谓出自圣人之口也，决定目之为经矣，孰知其大半非圣人之言乎！纵出自圣人，要亦有为而发，不过因病发药，随时处方，以救此一等懵懂弟子、迂阔门徒云耳。药医假病，方难定执，是岂可遽以为万世之至论乎？"（《焚书》卷三《童心说》）

这段议论，痛快淋漓地揭露了孔门"后学"将孔子的学说奉为"万世之至论"的无知和愚蠢。

妙语佳句

· 若为追欢悦世人，空劳皮骨损精神。年来寂寞从人谩，只有疏狂一老身。

· 天下无一人不生知，无一物不生知，亦无一刻不生知者……天下宁有人外之佛，佛外之人乎？

类型	成书时间	推荐理由
杂剧	明神宗万历年间（约公元 17 世纪初）	元剧主要作家和作品，都被收罗在《元曲选》内，经过编者的整理校订，科白俱全，便于阅读。

中国古代戏曲文学宝库
——《元曲选》

背景搜索

元代的杂剧最发达，但是元朝并没有文献留存下来，现在我们看到的元曲，都是明代人加工过的本子。明代人对于元曲，做了许多集佚和改正的工作。在众多明人的元曲选本中，《元曲选》是最流行、最为读者接受的。

《元曲选》的编者是臧懋循。

臧懋循（1550—1620），字晋叔，浙江长兴县人。他幼时便聪颖异常，五岁就能与大人联对，31 岁时以第三甲第八十八名赐同进士出身，开始了仕宦生活。他自从担任国子监博士后，更加风流任诞，流连花酒，被国子监祭酒黄凤翔抓住机会，将其弹劾。从此，臧懋循就告别了似乎和他的禀性格格不入的官场，时年 36 岁。

臧氏退居故里，主要活动就是以诗文自娱，并与许多文人交往，如明代著名戏曲家汤显祖、梅鼎祚，散文家袁中道等，与之来往密切，并互有诗歌赠答。

臧氏在 50 岁以后，在出版事业上呈现出比较活跃的状态。他出版的书，主要是文学类的，而且多为卷帙浩繁之作。这些书包括《左逸词》24 卷，《左诗所》56 卷，《唐诗所》

47卷，《元曲选》100卷，《校正古本荆钗记》，《玉茗堂四梦》，《改定昙花记》，《六博碎金》，弹词《仙游录》、《梦游录》、《侠游录》3种。

内容精要

中国戏剧是汇集文学、音乐、舞蹈、美术为一体的综合艺术，近代学术大师王国维极其简练地用“以歌舞演故事”概括了它的特质。

臧懋循本人精通戏曲，尤其称赏元杂剧。他论曲推崇“当行”，即“情词稳称”，曲文“雅俗兼收，串合无痕”，“关目紧凑”，即要求“人习其语言，事肖其本色境无旁溢，语无外假”。他还要求戏曲的音律谐美。正因为他对戏曲有独到的鉴赏能力，才能从几百种元人杂剧中慧眼独具，将精品毕集，使之得以传世。

提及元剧名家，首称关汉卿、马致远、郑光祖、白朴四人，号称“元曲四大家”。

关汉卿是“初为杂剧之始”的大剧作家，在当时享有极高的声望，被《录鬼簿续编》赠以“梨园领袖”、“编修师首”、“杂剧班头”三顶桂冠。他的《窦娥冤》、《救风尘》、《望江亭》、《鲁斋郎》、《蝴蝶梦》等，都以非凡的胆识、充沛的激情揭露社会的黑暗，怒斥

贵妃醉酒版画。

王昭君像。元杂剧《汉宫秋》歌颂了王昭君与汉元帝的伟大爱情。

邪恶势力的猖獗，将戏剧反映现实、惩恶扬善的社会教育功能发挥得淋漓尽致。此外，他的历史剧《单刀会》，慷慨豪放；爱情剧《拜月亭》，情真意切，都是中国戏剧史上的不朽名作。

在艺术风格方面，关汉卿追求的是质朴、本色，语言平易自然。

白朴和马致远是与关汉卿同期稍晚的大家。白朴出身官僚世家，在金末大诗人元好问的抚养教育下成长起来。他既填词又写剧，《梧桐雨》和《墙头马上》是他的代表作。

马致远被称为“曲状元”，在杂剧和散曲创作方面皆有很高的成就。名剧《汉宫秋》就是他的代表作。

白朴和马致远在艺术上均属于文采派，他们的许多唱词都写得极富抒情意味，但两人又有明显的区别，白朴绮丽而有沉雄之气，马致远清丽中有洒脱之风。

郑光祖是后期杂剧作家中的佼佼者。他最负盛名的作品是《倩女幽魂》。这个剧本与《西厢记》、《拜月亭》、《墙头马上》合称元杂剧中的四大爱情悲剧。

王实甫未被列入“元曲四大家”之中，但他的名气却不在四大家之下。这当然是由于《西厢记》的巨大成就所产生的轰动效应。

元杂剧的成就不止表现在上述几位大作家身上，此外还有不少水平极高的作品，例如描写梁山英雄的“水浒剧”，就在元代剧坛独树一帜。康进之的《李逵负荆》也是元代水浒剧中的翘楚。

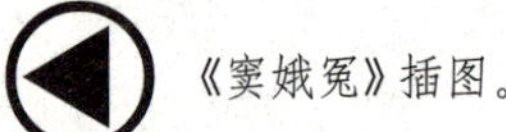

《窦娥冤》插图。

元杂剧题材广泛，大致可以分为以下几种。

历史题材的剧本，在元杂剧中占有很大比重。除了上面提到过的《单刀会》、《汉宫秋》、《梧桐雨》之外，纪君祥的《赵氏孤儿》也是这类作品中的杰作。

写“公案”题材，是宋元以来出现的文学艺术现象。现存元代杂剧里，有二十多种公案剧，专门写包公等“清官”推勘折狱、除暴安良的故事。

尚仲贤的《柳毅传书》和李好古的《张生煮海》，是元代杂剧中神话题材的典范。

元杂剧中还有许多描写家庭生活的剧本，如杨显之的《潇湘夜雨》，揭露了无行文人忘恩负义，混入官场之后就抛弃妻子的卑劣行径。

妙语佳句

·（剑子云）你还有甚的说话，此时不对监斩大人说，几时说那？（正旦再跪科，云）大人，如今是三伏天道，若窦娥委实冤枉，身死之后，天降三尺瑞雪，遮掩了窦娥尸首。（临斩官云）这等三伏天道，你便有冲天的怨气，也召不得一片雪来，可不胡说！

类型	成书时间	推荐理由
小说	明朝 （约公元 16 世纪）	《金瓶梅》是一部纯粹写实主义的小说，它开创了“人情小说”之先河。

伟大的写实小说
——《金瓶梅》

背景搜索

明代万历年间，长篇小说创作一度形成兴盛的局面，《金瓶梅》是最出色的一部，它也是中国最有争议，评价最为不一的一部作品。有的将其视为“淫书”，大加贬责；有的将其称为“杰作”，竭力褒扬。

《金瓶梅》有许多谜，其中最大的一个谜，就是它的作者究竟是谁？此人为什么要写这样一部被历代视为色情文学的书？

早在《金瓶梅》面世之时，人们就不知道它的作者的名字，最早谈到《金瓶梅》的袁宏道等人也不知道作者是谁。现存最早的《金瓶梅》刊本万历年刊本《金瓶梅词话》没有作者的署名，前面有一篇署名“欣欣子”的序，序中称《金瓶梅》是他的朋友兰陵笑笑生所做，但很显然“欣欣子”和“笑笑生”都是化名，人们据此仍然难以知道作者的真名。在明清易代之际，王世贞写《金瓶梅》的说法很是流行。而自清代以降，这种说法更成为300年间占主导地位的说法。

据说王世贞（1526—1590）的父亲因进赝画《清明上河图》被严嵩陷害致死，王为了报父仇，进《金瓶梅》，并在书页中浸濡毒药，以毒死杀父仇人。这便是流传的“苦孝说”。

除王世贞之说外，影响较大的还有贾三近说、李开先说和屠隆说。它们分别是今人张远芬、徐朔方、黄霖提出的。

《金瓶梅》作者之谜可称为中国文学史上的斯芬克斯之谜，它是这么难解，以至于至今没有定论谁是这部奇书真正的作者。

内容精要

《金瓶梅》这个书名，指的是主人公西门庆的三个姬妾，即潘金莲、李瓶儿、庞春梅，摘取她们每人名字中的一个字拼合而成。小说描绘了一个上自朝廷弄权专政的太师，下至地方官僚恶霸，乃至市井地痞流氓、帮闲蔑片所构成的阴暗世界。它写的故事虽然发生在宋代，但反映的却是明代中叶的社会现实。书中第三十回有这样一段话：

那时徽宗，天下失政，奸臣当道，谗佞盈朝，高、杨、童、蔡四个奸党，在朝中卖官鬻狱，贿赂公行，悬秤升官，指方补价。夤缘钻刺者，骤升美任；贤能廉直者，经岁不除。以致风俗颓败，赃官污吏遍满天下，役烦赋兴，民穷盗起，天下骚然。不因奸臣居台辅，合是中原血染人。

这里，作者用的是借古喻今，指宋骂明的方法，意在暴露明代社会的种种腐败现象。当时，明王朝的皇帝昏庸暴虐，穷奢极欲，宦官窃权专政，胡作非为，特务奸细四处横行。作品刻画了西门庆这个兼有官僚、恶霸、富商三种身份的代表人物，通过他个人不择手段的罪恶活动以及其家庭的污秽生活，暴露了明代中叶以来社会现实的黑暗和腐朽。

《金瓶梅》是借《水浒传》中武松杀嫂为引子展开情节的。

西门庆原来是个破落财主、生药铺的老板。他勾结朝中权贵和地方官府，在清河县称霸一方，为所欲为。他由于“发迹有钱，专在县里管些公事，与人把揽讼事寻钱，交通官吏，因此满县人都怕他”。他又与不守本分的帮闲地痞们结为十兄弟，掠劫别人财产，放高利贷，巧取豪夺，无恶不作。他原有一妻二妾，却诱骗弟兄妻子，霸占民间少女，谋杀姘妇丈夫，先后又谋取孟玉楼、潘金莲、李瓶儿为妾，并和婢女庞春梅等人发生淫乱关系。

然而，西门庆虽然做尽伤天害理的坏事，却从来没有受到应有的惩罚；相反，他左右逢源，步步高升，从“一个乡民”，直升到山东理刑副千户，进而升为正千户。这其中的奥秘何在？关键在于有官府做他的靠山。他极尽阿谀奉承之能事，贿赂地方权贵，攀结当朝宰相蔡京并拜其为义父。作者塑造这个典型形象，有力地揭露了当时朝廷权贵和地方上的豪绅富商相互勾结、压榨人民、聚敛钱财的种种黑幕。

明代小说《金瓶梅》中所描写的故事图。

小说还成功地描绘了一大批市井人物。其中有泼皮无赖如张胜和刘二，帮闲蔑片如应伯爵和谢希大，娼妓优伶如李桂姐和王经，男奴女婢如来旺和秋菊以及和尚道士、太监门官、三姑六婆之类。这些人物在过去的作品里很少有人提及，更不用说给予充分的描写，但作者对他们的精神生活和物质生活都写得色彩斑斓，让他们一个个都活泼泼地走进文学作品里，丰富了文学形象的画廊，这是作者的一个重要贡献。

书中的几个主要人物，如贪婪狠毒的西门庆、泼辣淫荡的潘金莲、趋炎附势的应伯爵、纨绔子弟陈经济等，都写得形象生动，富有典型意义。小说还十分注意细节刻画，不少具体场景的描绘，都相当真实，精彩动人，同时语言酣畅明快，绘声绘色，十分传神。这表明作

《清明上河图》，北宋画家张择端绘。从这幅画中，我们可以一览北宋汴京城中的市井生活风貌。

者有着较强的透视生活的能力、高超的写作技巧，更说明他熟悉当时的社会生活，对那时的世态人情有深刻的了解。鲁迅在《中国小说史略》里，对《金瓶梅》曾说了这样一段话："作者之于世情，盖诚极洞达，凡所形容，或条畅，或曲折，或刻露而尽相，或幽伏而含讥，或一时并写两面，使之相形，变幻之情，随之显现，同时说部，无以上之。"

不过，《金瓶梅》也是一部存在着一些严重缺点的作品。作者对现实黑暗的暴露，缺乏鲜明爱憎。在描写西门庆种种卑劣行径的过程中，有时流露出感叹甚至玩赏的口气。小说对作品中人物腐朽糜烂的生活，津津乐道，肆意渲染，尤其是大量露骨的色情描写，历来为世人所诟病。此外，由于精心剪裁不够，作品对生活中的各种现象，细大不捐，都加以具体入微的描写，因而有些地方过于琐屑，使全书显得臃肿拖沓。

妙语佳句

· 饱暖生闲事，饥寒发盗心。

· 祸福无门人自招，须知乐极有悲来。

类型	成书时间	推荐理由
小说	明末清初	真正能代表明代对宋元旧篇的整理和拟作新篇的水平，反映出我国古代白话短篇小说最高成就的是“三言二拍”。

耳目之内日用起居之事
——“三言二拍”

背景搜索

“三言”是明代冯梦龙编辑、加工的三部短篇小说集：《喻世明言》、《警世通言》、《醒世恒言》。每部40篇，共120篇。因为书名中都有一个“言”字，就统称“三言”。“二拍”是明代凌濛初在“三言”的直接影响下写成的两部短篇小说集：《初刻拍案惊奇》、《二刻拍案惊奇》。每部40篇，共80篇。“二拍”也是取两部书的书名中的“拍”字而得名。

冯梦龙（1574—1646），字犹龙，又字子犹，别号墨憨斋主人、龙子犹，长洲人（今江苏吴县）。他少有才气，曾游戏烟花里，是个放荡不羁的人物。他和兄冯梦桂、弟冯梦熊被称为“吴下三冯”，但科举不得志，57岁才补了一名贡生。冯梦龙是爱国志士，在崇祯年间任寿宁县知县时，曾上疏陈述国家衰败原因；清兵入关时，进行抗清宣传，最后忧愤而死。在我国文学史上，冯梦龙是在通俗文学的各个方面都做出了重大贡献的作家，被称为“全能通俗文学家”。

凌濛初（1580—1644），字玄房，别号即空观主人，浙江乌程（今吴兴）人。18岁补廪膳生，和冯梦龙一样科场不顺，不得已而转向著述，55岁方任上海县丞，后因功擢徐州

《卖油郎独占花魁》插图。

判官。除“二拍”外，还有戏曲《虬髯翁》、《北红拂》以及其他类型的著作多种。

在“三言二拍”中有许多的优秀篇章。

《杜十娘怒沉百宝箱》是《警世通言》中最为优秀的一篇，也是明代拟话本中成就较高的作品。故事发生在明朝的万历二十年间，杜十娘是京城名妓，久有从良之志，自从遇见李甲之后，就要求跳出火坑，从李甲为妻。她以智慧和自己的钱财赎身出来，随李甲南归。可是李甲薄幸，出于个人利害的考虑，竟将杜十娘卖给了孙富。杜十娘看透李甲，看透世情，于是怀抱自己积蓄的万金愤然投江，以自己的生命谴责了纨绔子弟和市侩势力，向那个社会、那个时代提出了最强烈的抗议。

《醒世恒言·卖油郎独占花魁》说的是花魁娘子莘瑶琴，她作为一个名妓，周旋于公子王孙之间，在奢华的生活中感受到的却是人格的屈辱；而在卖油小商人秦重那里，她才得到近于痴情的爱和无微不至的体贴，这使得她终于摆脱了对秦重的身份地位的偏见，而宁愿跟随他去过一种相濡以沫的朴实生活。小说在描述感情如何成为美好婚姻之基础的同时，还突出了妇女维护人格尊严的要求。

《喻世明言·蒋兴哥重会珍珠衫》：枣阳人蒋兴外出经商，妻王三巧与商人陈商偷欢，并将蒋家祖传珍珠衫赠之。归途中陈商与蒋兴同楼饮酒，一时兴起，竟拿出珍珠衫炫耀风流艳遇。归家后，蒋兴休妻。后来，蒋卷入人命官司，已改嫁的三巧不顾一切相救，二人破镜重圆。

内容精要

“三言”内容广泛，从各个角度不同程度地反映了当时市民阶层的生活面貌和思想感情。作者编辑“三言”的目的，在于劝谕、警诫、唤醒世人，有明确的社会功用目的。“三言”的出现，代表着古代白话短篇小说整理和创作高潮的到来。冯梦龙的“三言”堪称中国中世纪封建社会的百科全书。“二拍”也广泛地反映了当时的社会现实，一些优秀篇章还写出了当时社会生活的一些新变化，揭露和批判了封建统治阶级的罪恶及封建婚姻制度等。“二拍”的出现，开创了文人拟作话本专集的先例，在古代小说史上有着重要影响。

“三言”的书名带有浓厚的道教训诫色彩。这一方面可以理解为通俗小说的惯例，即通过标榜道德训诫来提高小说在人们心目中的地位，另一方面，则需要注意到这里所表现的道德观往往具有新的时代特点，而与旧道德传统相悖。在“三言”中，写恋爱与婚姻的题材占据了很大比重，成就也最高。这类小说常把“情”和“欲”放在“理”或“礼”之上，要求“礼顺人情”。这意味着道德规则只有建立在满足人们的正常情感需要的基础上，才有其合理性。

《喻世明言》插图。

另外，阅读时应注意，像一切古代文学遗产一样，“三言”、“二拍”既寓有民主、进步的精华，也含有封建、落后的糟粕。一些篇章中，充斥着色情描写、因果报应和封建说教。

妙语佳句

· 骂过了孙富，杜十娘又转向李甲，不禁悲从中来，泪如雨下，声色凄厉地说：“妾风尘数年，私有厚积，自遇郎君，引动真心，只怕郎意不诚，特将珍宝隐匿于百宝箱中，只待结为夫妻后充作家资。昔日海誓山盟，只说白首不渝，谁知几句浮言，郎竟将妾拱手相让，只为了换得那区区千金。叹郎有眼无珠，恨郎薄情寡义，今众人有目共证，妾不负郎，郎自负妾，一片痴情，空付枉然，此恨绵绵，今生无尽，待我来世再找郎算清！”

类型	成书时间	推荐理由
游记	清顺治年间（约 1640—1650）	《徐霞客游记》被钱谦益称为“世间真文字、大文字、奇文字”。

世间真文字
——《徐霞客游记》

背景搜索

徐霞客是中国历史上伟大的地理学家之一，也是有名的旅游家。徐霞客名弘祖（或作宏祖），字振之，霞客是他的别号，万历十四年（1587年）出生在江阴县（今江苏江阴市）。徐霞客出身仕宦世家、书香门第，他对“四书五经”和八股文没有很大的兴趣，却特别青睐历史、地理和大自然方面的书籍。这类书在当时被视为不正规的闲书、奇书。他的阅读面很广，诸如古今史籍、舆国方志、山海国经等，他都有所涉猎。

徐霞客19岁时，父亲病故。三年服丧期满，徐霞客萌生了外出游历的想法，而贤德的母亲也认为好男儿志在四方，不愿自己的儿子像篱笆里圈着的小鸡，车辕上套着的小马一样，由于被束缚而没有见识和出息。她对徐霞客的决定给予了极大的支持和鼓励。

年轻的徐霞客终于告别书斋生活，挣脱了仕途功名的束缚，开始实现儿时的梦想。他22岁就开始外出旅游，历经34年，直到生命结束为止。他先后游历了大半个中国，足迹遍于今天的华东、华北、中南、西南，包括江苏、浙江、安徽、福建、山东、河北、山西、陕西、河南、江西、广东、广西、湖南、湖北、贵州及云南等16个省区及北京、天津、上

《群峰雪霁图》，清代画家黄鼎绘。

海3市。踏遍泰山、普陀、天台、雁荡、九华、黄山、武夷、庐山、嵩山、华山、武当、罗浮、盘山、五台、恒山、衡山等名山；游尽太湖、长江、黄河、富春江、闽江、九鲤湖、钱塘江、潇水、湘水、郁江、黔江、黄果树瀑布、盘江、滇池、洱海等大川。

在漫长的旅途当中，徐霞客为了考察得准确、细致，大都步行前进。他披星戴月、风餐露宿，对于所遇的险阻，都以顽强的斗志去克服，而且无论身体多么疲惫，条件多么恶劣，他都每天坚持记日记。这些旅游日记记录了他的旅途经历、考察的情况以及心得体会，给后人留下了宝贵的地理材料。

明崇祯十三年（1640年），疾病缠身的徐霞客已经无法行走，被云南木知府用轿子送回家乡。回到家乡后，徐霞客的病情不但没有好转，反而日益加重。即便是在这种情况之下，他仍然割舍不下自己的科学研究，让家人将他几十年来在旅途中采集的岩石、矿物、植物标本一一陈列在病床前，终日摩挲观察。他在弥留之际，委托外甥季梦良（字会明）来整理自己的游记手稿。后来，季梦良和王忠纫经过共同努力，终于将游记手稿编辑成书。

山陕交界处的黄河壶口瀑布。

内容精要

《徐霞客游记》最初的稿本共计两百四十多万字，现在仅保存下来六十多万字，但仍然可以在字里行间领略到徐霞客非凡的才情。在这部以日记体裁写成的科学著作里，凝结了作者毕生的心血。它生动、翔实地记录了祖国丰富的地理、地质、水文、气候、植被等自然资源和地理景观，还包括了大量风土人情、社会人文等方面的内容。

《徐霞客游记》专注于“审视山脉如何去来，水脉如何分合”。在游览五岳之一的衡山后，作者写下了《游衡山日记》，其中对衡山的形成原因和分支问题进行了科学的分析，对山区水系的流向和特点也做了非常细致的叙述。徐霞客对湖南、湖北、广西、云南等省区的大小河流的源头、走向都做过认真的调查勘探。他对云南水系做过认真的考察，确定了南盘江的发源地是交水，北盘江的发源地是可渡河。这一崭新的结论，澄清了《大明一统志》中的模糊、错误的记载。这些在他的《盘江考》中都有记述。徐霞客在《江源考》一文中提出“何江源短而河源长也”，于是他“北历三秦，南极五岭，西出石门金沙”，跋涉数千里，得出了新的结论：长江的正源是发源于昆仑山南麓的金沙江，而不是岷江，大胆推翻了“岷山导江”的错误论断，比前人进了一步（现代科学考察的结果证实，长江的真正正源是发源于西藏自治区唐古拉山脉主峰各拉丹冬雪山的沱沱河）。“岷山导江”的说法出自儒家经典《书经 · 禹贡》，到徐霞客生活的年代，这个说法已经流传了一千多年，几乎成了不容动摇的定论。徐霞客敢于推翻占据统治地位的儒家经典中的言论，做出这样惊世骇俗、离经叛道的举动，和他一贯追求真知的求实精神是分不开的。

游记中描述了一些特殊地貌。如提出流水侵蚀地貌，指出河流的侵蚀作用使“山削成壁”。云南腾越活火山喷发后，山上持续几天燃烧着大火，烧毁了附近的山林，山顶留下了质地极轻的赭红色石头。火山喷发过去三十多年后，徐霞客来到这里考察，他在《硫塘吼虎》一节中记载了这一奇异现象，并科学地推断出硫磺等都是火山喷发所留下的产物。此外，书中还对一些自然界的奇异景观进行了叙述。例如终年不化的“万年冰”，形态奇异的“龙翻石”，神秘奇幻的“蜃吐重台”。

《徐霞客游记》还保存了风土人情、社会人文方面的历史资料。例如它记载的武夷山的“架壑舟”，在武夷山绝壁的岩石缝隙中架设有木板并放置着船形物，它实际上是古代人民的一种“岩棺葬”的遗物。

《徐霞客游记》被誉为“明末社会的百科全书”，这部书“既锐于搜寻，尤工于摹写”，具有很高的科学价值和社会效益。它在地理方面的成就最大，它是世界上第一部广泛而系统地描述石灰岩地区岩溶地貌的科学记录。桂林素以“山水甲天下”而闻名，桂林石灰岩所组成的峰林地貌形态万千，“无山不洞，无洞不奇”。徐霞客在桂林两次游览。在《徐霞客游记》里有一篇《七星岩日记》，在这篇游记中，徐霞客生动地再现了洞内幽暗曲折奇绝的景观，详细地叙述了岩洞外的自然状态，并且在最后有条理地概括了整个西山的情况。广西、贵州、云南、四川四省区，是我国乃至整个世界岩溶面积辽阔、发育完整的区域之一，徐霞客对这些地区都做过细致的调查，是岩溶地貌学的先驱。

妙语佳句

· 山谷川原，候同气异。

· 左天都，右莲花，背倚玉屏风，两峰秀色，俱可手揽。

类型	成书时间	推荐理由
戏剧	明神宗万历二十六年后（16世纪末叶）	《牡丹亭》一出，家传户诵，几令《西厢》减价。它在内容上则开创了戏曲创作表现民主思想、要求个性解放的新领域。

誉满曲坛，家传户诵
——《牡丹亭》

背景搜索

汤显祖，字义仍，号若士、海若、清远道人，晚年号茧翁，江西临川人，生于明嘉靖二十九年（1550年），卒于万历四十四年（1616年）。他出身于书香门第，13岁时就先后从乡人徐良溥、罗汝芳学习古文，21岁中举，并以善写时文而名播天下，被称为当代举业八大家之一。汤显祖虽早有文名，但因性格耿直，仕途发展很不顺利。后来，朝廷实权落在“浙党”沈一贯手里，政治更为黑暗，汤显祖深感难以施展自己的抱负了，便于万历二十六年弃官回到了临川老家。这以后，他主要从事戏曲创作，接连写成了《牡丹亭》、《邯郸记》、《南柯记》三本传奇，还把在南京时所做的《紫箫记》修改成《紫钗记》。因这四部戏中都有“梦”的情节，故合称“临川四梦”或“玉茗堂四梦”。除戏曲外，汤显祖还有诗文集《红泉逸草》、《问棘邮草》、《玉茗堂全集》等。

汤显祖不仅是一位杰出的戏曲家，而且也是一位进步的思想家。早年他就从王艮的再传弟子罗汝芳那里初步接受了王学左派思想的影响，后来在南京任职时，又佩服当时被封建统治者视为异端之尤的杰出思想家李贽和从禅宗出发反对程朱理学的紫柏和尚。在这些进步思想家的影响下，汤显祖从王学左派的“百姓日用即道”这一进步思想出发，提出了崇尚真性情、反对假道学的主张，从一般人情出发来反对封建理学。他把“情”和“理”看成是两种截然对立的东西，认为“情有者理必无，理有者情必无”(《寄达观》)。

内容精要

汤显祖的进步思想在他的《牡丹亭》传奇中得到了最充分的体现。《牡丹亭》是汤显祖的戏曲代表作，他自称：“一生四梦，得意处唯在《牡丹》。”(见王思任《批点玉茗堂牡丹亭叙》)《牡丹亭》又名《还魂记》。故事取材于明代的话本小说《杜丽娘慕色还魂》，但汤显祖又补充了许多新的情节。剧本写南宋初福建南安府太守杜宝之女杜丽娘长期被父母禁锢在闺房之中，后在丫环春香的引逗之下，到后花园游春，美好的春光引发了杜丽娘的春情。她回到闺房后不禁昏然入睡，在梦中见到一位风流才子，手持柳枝，拉她到花园内牡丹亭畔的梅树下幽会。醒来后，她念念不忘梦中的情人，忧思成疾，不久竟忧郁而死。临死前，她画了一幅自画像，托春香藏在后花园的山石边，并要其父将她的尸体安葬在后花园的梅树下。三年后，青年书生柳梦梅去临安赴试路过这里，与杜丽娘的鬼魂相遇，知道她是自己三年前曾在梦中幽会过的那位女子，就依照杜丽娘鬼魂的指点，掘坟开棺，使杜丽娘起死回生，两人便结为夫妻。但杜宝却不认柳梦梅和起死回生的女儿。后柳梦梅考中状元，由皇帝做主，杜宝才勉强认下了女儿及女婿。

杰出的戏曲家汤显祖像。

《牡丹亭》在题材上虽不脱一般才子佳人戏悲欢离合的窠臼，但它通过杜丽娘和柳梦梅的爱情故事，一方面深刻揭露了封建礼教的残酷性，另一方面又表现和歌颂了广大青年男女追求个性解放、争取婚姻自主的不屈斗争。游园是杜丽娘对封建势力的第一次反抗，当她在春香的引逗下，未经父母同意，来到后花园游玩时，大自然的美丽景色，唤醒了她的青春活力，产生了要求挣脱封建礼教桎梏的强烈愿望。惊梦、寻梦是杜丽娘继游园之后对封建势力的又一次反抗。游园回到闺房后，杜丽娘就开始做梦，在梦中她找到了自己所爱的人。在现实生活中不可能实现的事，在梦中实现了。醒来后，她不顾母亲的"慈戒"，又来到后花园寻找梦中所见到的情人，这无疑是对封建势力的大胆反抗。接着她又殉情而死，这是她对封建势力的最大反抗。通过游园、惊梦、寻梦，她的思想行为与封建礼教之间达到了水火不相容的地步，面对现实中封建势力的压迫，杜丽娘决不放弃自己的追求和理想，直至为情而死。但她的死并不是放弃对理想的追求和对封建势力的反抗，而是新的斗争的开始。在阴间这个幻想的世界里，她摆脱现实世界的种种束缚，找到了梦中的情人，最后得以还魂与柳梦梅结为夫妻，终于实现了自己的理想。显然，《牡丹亭》所表现的这一反抗封建礼教束缚、要求个性解放和婚姻自主的主题，是一般才子佳人戏所不及的。《牡丹亭》在艺术上也有着较高的成就。首先，作者采用了现实主义和浪漫主义相结合的表现手法。作者在揭露封建礼教和封建势力对杜丽娘的束缚和管制时，就采用了现实主义表现手法，真实地反映了封建礼教的残酷和虚伪；而在表现杜丽娘为争取自己的理想而斗争时，则采取了浪漫主义的表现手法，设置了梦幻和魂游等具有浪漫主义色彩的情节，让杜丽娘能够摆脱封建礼教的束缚，实现自己梦寐以求的美好理想。这两种手法的交替运用，突出了理想与现实的矛盾，即"情"与"理"的矛盾，深化了剧本的主题。

其次，剧中人物形象鲜明。我们看剧中的人物确是各具性格的，如同样是对封建势力的反抗，杜丽娘和春香由于身分和教养上的差异，便表现出两种不同的性格和行为方式，春香的反抗是大胆泼辣的，而作为大家闺秀的杜丽娘却表现得谨慎含蓄。再如杜宝这一人物在剧中虽是次要角色，但也很真实，很有个性。作者把他当作封建礼教的代表人物来塑造，但没有丑化这一形象，一方面写他因恪守封建礼教而扼杀了女儿的青春，另一方面又写他对杜丽娘的溺爱。而杜宝身上的这种矛盾的性格是符合当时实际的，也是很生动的。

《牡丹亭》在语言上具有华丽与质朴相兼的风格。《惊梦》和《寻梦》两出的曲文最能体现这种语言风格，如脍炙人口的〔皂罗袍〕曲："原来姹紫嫣红开遍，似这般都付与断井颓垣。良辰美景奈何天，赏心乐事谁家院。朝飞暮卷，云霞翠轩，雨丝风片，烟波画船，锦屏人忒看的这韶光贱！"明代戏曲理论家王骥德曾评《牡丹亭》的语言说："其掇拾本色，参错丽语，境往神来，巧凑妙合，又视元人别一蹊径。技出天纵，匪由人造。"(《曲律》)

妙语佳句

· 云髻罢梳还对镜，罗衣欲换更添香。

· 朝飞暮卷，云霞翠轩，雨丝风片，烟波画船，锦屏人忒看的这韶光贱！

明代画家黄炳忠笔下的《牡丹亭》。

类型	成书时间	推荐理由
农学专著	明崇祯十二年（1639年）	《农政全书》基本上囊括了古代农业生产和人民生活的各个方面，而其中又贯穿着一个基本思想，即徐光启的治国治民的“农政”思想。

用意勤而民事切
——《农政全书》

背景搜索

《农政全书》是我国古代一部著名的农业著作，该书全面而系统地总结了中国传统农业科学技术和农业政策。其作者是明朝的徐光启。

徐光启，字子先，号玄扈，上海徐家汇人。出生于明嘉靖四十一年（1562年），生活于明代晚期，崇祯六年（1633年）逝世，终年71岁。

徐光启是明末封建统治阶级中的高级官员，担任过翰林院检讨、詹事府少詹事、河南道监察御史、礼部尚书等职位，71岁时又被授为文渊阁大学士。当时的明王朝政治腐朽，吏治黑暗，统治阶级内部腐朽，对外实行反动统治，国家的整体水平下降，以至于整个国家十分萧条窘困，劳动人民生活非常困苦。徐光启为人刚正不阿，面对这个局面，他向朝廷提出了许多救国救民的主张，可是都没有被采纳，他反而受到了贵族官僚的排挤迫害。于是他把大部分精力用于科学研究，写出了中国集古代农业科学之大成的巨著《农政全书》60卷。徐光启与汉代氾胜之、东魏贾思勰、元代王祯，一起称为中国古代四大农学家。

《纺车图》，北宋画家王居正绘。我国的纺织业历史悠久，自古以来人们就十分重视栽桑养蚕与纺织技术。

内容精要

《农政全书》共60卷，五十多万字，内容非常详尽。全书共分为12个部分。

第一部分“农本”，在全书中起到了指导思想的作用。内容有《经史典故》、《诸家杂论》、《国朝重农考》。这一部分包括了第一卷至第三卷。

第二部分“田制”，主要记述的是农田制度。内容有《玄扈先生井田考》和《田制篇》，包括第四和第五两卷。

第三部分“农事”，主要介绍了土地屯垦、农事季节和天气等方面的经验及知识。内容较为详细和全面，因此占用了第六至第十一卷共六卷的篇幅，其中包括了《营治》、《开垦》、《授时》以及《占候》。

第四部分是“水利”，主要叙述了农田水利方面的问题。徐光启非常重视水利建设对农业发展的影响，因此在第十二卷至第二十卷九卷当中，专门叙述了与兴修水利有关的许多问题。内容分为《总论》、《西北水利》、《东南水利》（三篇）、《水利策》、《水利疏》、《灌溉图谱》、《利用图谱》、《泰西水法》（上、下两篇）。

第五部分“农器”，记述的是农业生产及加工过程中所使用的器具，主要内容直接来源于王祯的《农书·农器图谱》。这一部分包括了四卷（第二十一卷至第二十四卷）。

第六部分“树艺”，记述了各种农作物以及果树的栽培和管理技术，分为《谷部》（上、下）、《瓜部》、《蔬部》、《果部》（上、下）四部分，在书中一共占有六卷（第二十五卷至第三十卷）。

第七部分为“蚕桑”，集中记述了栽植桑树和养蚕的经验和技术，并以图谱的形式形象地介绍了采桑、抽丝以及纺织所用的工具。分为《养蚕法》、《栽桑法》、《蚕事图谱》、《桑事图谱》、《织维图谱》。这一部分共包括四卷（第三十一卷至第三十四卷）。

《耕获图》，描绘了江南地区生产劳动的场面，反映了水稻种植从耕田到收获的全过程。

第八部分“蚕桑广类”，主要记述了纺织用的棉、麻、葛等纤维作物的栽培，是与“蚕桑”并列的部分，分为《木棉》和《麻》两部分，共有两卷。

第九部分“种植”，主要介绍了经济林木、特用作物以及药用作物的栽培及管理方法。包括了《种法》、《木部》、《杂种》（上、下），这一部分共有四卷。

第十部分“牧养”，顾名思义，记述的是畜牧和水产方面的技术，内容还涉及医学知识。仅有一卷。

第十一部分是“制造”，主要记述的是农产品加工、土木及日常生活知识等方面的内容。分为《食物》和《营室》两部分，也只有一卷。

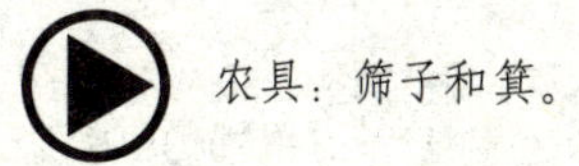

农具：筛子和箕。

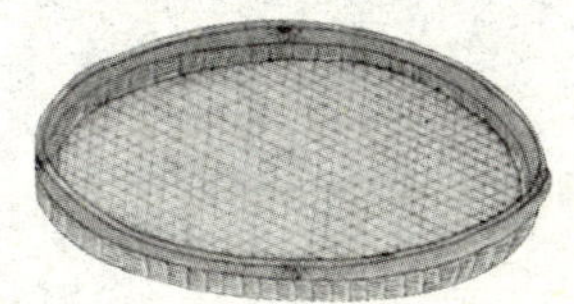

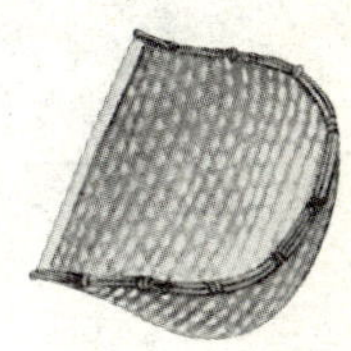

第十二部分“荒政”，也是最后一部分，其中辑录了贮粮备荒的文献及史料。包括《备荒总论》、《野菜谱》以及附在后面的《救荒本草》、《野菜谱》。

《农政全书》对农业生产中的许多方面的问题都考虑得十分周全，影响和决定收成的因素，如土壤、气候、耕作方法等在书中几乎都有论述。书中将土地按照品质的高低划分为3种不同的档次，指出不同的土地适合种植不同的庄稼，所有土地中最好的叫五粟，这种土地，干湿适度，上面没有杂草和沼泽。上土一共6种30类，能种植12种植物。中土一共6种30类，能种12种植物。下土一共6种30类，能种12种植物。又如书中所提到的耕田之道：先从黑土开始，这是因为黑土少沼泽而又易保持水分。早耕的先于时令，晚耕的又后于时令，于是冷热不调，庄稼容易遭受灾害。田地要大而平，水沟要窄而深，这样才利于生长。播种不要太密集也不要太疏松。

《农政全书》在鼓励发展农业的同时，还兼顾到农民的切身利益，提出了许多宝贵的致富方法以及建议。例如作者在书中指出：黄梅过后的五天之内，如果天气晴朗，就多雨水。这一年丝棉价格必定会偏高。

《农政全书》区别于其他农书的一个显著的特点是，该书将“农政”摆在了首位。《农政全书》提出的农政方面的主张，在一定程度上影响了后来的社会政策。

妙语佳句

· 夏末秋初一场雨，赛过唐朝一囤珠。

· 生人之率，大抵三十年而加一倍。自非有大兵变，则不得减。

类型	成书时间	推荐理由
小品、散文	晚明	《王季重集》写景清嘉，写人如见，说理透脱，述情婉转，是绝妙的小品文。

绝妙小品文
——《王季重集》

背景搜索

如果要在晚明文体中寻求一种代表样式，这种样式就是散文，或者说是小品文。

这些作品不是代圣人立言的大块文章，也不板起严肃的面孔进行说教，或是宣传儒学圣道。题材多样，形式也很自由。叙事抒情，谈情说理，信笔直书，毫无滞碍，其中有幽默，也有讽刺。

这一派的作家，以徐渭、汤显祖为前驱，以袁宏道、王思任、张岱为代表，其他如陈继儒、祁彪佳、刘侗等人，各有特色，形成晚明小品文蔚为大观的情形。

其中，王思任主要以其谐趣小品著称。

王思任（1574—1646），字季重，号遂东，后又号谑庵，山阴（今浙江绍兴市）人。万历二十三年（1595年）中进士，因晚明时阉党横行，政治昏暗，王思任特立独行，以清流自居，故仕途偃蹇，三仕三黜。直到晚年，清兵南下时，鲁王监国，王思任应诏任宫詹，晋秩少宗伯。清兵占领绍兴后，他遁入城南风林山中，自号采薇子，建筑孤竹庵自居，自誓不剃发，不入城，不见清官吏，在清当局一再逼迫出山的情况下，绝食而死。

小品文讲究情趣与闲适，如同这幅《秋庭戏婴图》所传达出的那种乐趣，娱人且娱己。

内容精要

晚明文人，后人多斥为浅薄浮华。然而他们当承平时追求文采风流，有失检束，一旦江山易主，却又表现出坚贞不屈的节操与气骨。王思任在国难之前，以能文善谑著称。

王思任论文，追求自然洒脱，空灵俊秀。如为司马汉章所做的《廛说序》，称其文“灵杳孤诣，心花绽鲜”；《诗三四房选序》谓“阅文如听味”，“一切醯酱桂姜，皮毛髓汁，俱命玄水汰尽，第赏其先天之味，最清最厚者，养脾悦口而止”。这里的用词取譬，虽不免带有晚明时代追求新隽的意味，但他尚自然、重本色、反做作、反刻板的观点还是很明显的。至于他所景仰的文人，与时人相同的是，他们都远绍苏东坡，近承徐文长。与张岱诸人稍异的是，他对袁枚并不怎么推崇。《知希子诗集序》中甚至有“近日诗坏于钟、袁”之语。

王思任的小品文，山水游记最负盛名，其次则尺牍，再次为题跋。他一生三任三黜，又性好山水，屐痕处处，几乎遍及半个中国。每见秀丽山水，便如遇故友，如见美色，喜溢眉宇，韵生齿颊。既能勾其形，又能摄其魄。山水风光一经其品题，几成定论。虽然岁月流逝，而山川不变，后人登临寻绎，少有人能另出手眼。

描写山容水色，如《西小洋记》：

由恶溪登括苍，舟行一尺，水皆汗也。天为山欺，水求石放，至小洋而眼门一辟。吴闳仲送我，挈睿孺出船口，席坐引白，黄头郎以棹歌之，低头呼卢。俄而惊视，各大叫，始知颜色不在人间也。又不知天上某某名何色，姑以人间所有者仿佛图之；落日含半规，如胭脂初从火出。溪西一带山，俱似鹦绿鸦背青；上有猩红云五千尺，开一大洞，逗出缥天，映水如锈铺赤玛瑙。日盆岵，沙滩色如柔蓝懈白，对岸沙则芦花月影，忽忽不可辨识。山俱老瓜皮色。又有七八片碎剪鹅毛霞，俱金黄锦荔，堆出两朵云，居然晶透葡萄紫也。又有夜岚数层斗起，如鱼肚白，穿入出炉银红中，金光熠熠不定。

这一段写残阳，写山水，写云霞变幻，着重写色彩。使人感觉如画，但又很难画出。文学家的调色盘比画家更丰富，因为它可以借助想象，唤起既往的色彩记忆与审美积淀，语言艺术的短处也就因而成为长处。当然，这里不仅是想象问题，还有个驱遣文字的功力问题。

《饭石山农像》，清代画家任颐绘。

写山水而且兼写风俗人情的如《游慧锡两山记》：

越人自北归，望见锡山，如见眷属。其飞青天半，久渴而得浆也。然地下之浆，又慧泉首妙。居人皆蒋姓，市泉酒独佳。有妇折阅，意闲态远，予乐过之。买泥人，买纸鸡，买木虎，买兰陵面具，买丐冽者清者，渠言燥点择奉，吃甜酒尚可做人乎！冤家，直得一死。

这一段写山容水色，又写风俗人情，意到笔到，精练又自然。写远望锡山曰“飞青天半”，写当垆妇人则曰“意闲态远”，唯其简洁，方能传神。自然，其间也流露出晚明文人风流倜傥的心性，而作者不加掩饰，大概以为好美色与好山水无异，皆属人之常情吧。作者有《徐伯鹰天目游诗纪序》云：“尝欲佞吾目，每岁见一绝代丽人，每月见一种异书，每日见几处山水，逢阿堵举却，遇纱帽则逃入深竹，如此则目著吾面不辱也。”显然，在作者看来，好色、好书、好山水，均为文人雅事，而好钱（阿堵）、好官（纱帽），则不免俗气。

大凡善小品者皆善尺牍，宋代苏、黄就是这样，晚明人尤喜借尺牍做小品文。因为读者与己水平相当，声气相通，故点到即止，绝不饶舌。而且，晚明人似乎有意把尺牍当作创作，故遣词造句，极其考究，绝无冗蔓之弊。这里选数则以见一斑。

《简赵哲臣》：

汾水西流，弟愿随去看李公子王气，随上清凉台，食古雪，袖天花数朵寿老亲，未必不韵，谪官何足挂怀！

这样的尺牍，写景清嘉，写人如见，说理透脱，述情婉转，其实正是绝妙的小品文。

妙语佳句

· 吾越乃报仇雪耻之国，非藏垢纳污之区。

· 汾水西流，弟愿随去看李公子王气，随上清凉台，食古雪，袖天花数朵寿老亲，未必不韵，谪官何足挂怀！

类型	成书时间	推荐理由
科技论著	明万历年间（17世纪初叶）	《天工开物》是中国17世纪的百科全书，它对传统农业和手工业有着重要的指导意义，具有很高的文献价值。

杰出的科技著作
——《天工开物》

背景搜索

宋应星所处的明代，我国的农业、手工业、商业都达到了比较高的水平，由于商品经济的发展，手工业中心不断涌现，冶金、陶瓷、纺织等行业最为发达。明代中期后，部分地区的不少行业中还出现了资本主义萌芽。

因此宋应星在编撰《天工开物》一书时，条件更为优越，可以参照和囊括的内容更为丰富完备，而且具备了更为先进的科学理念。可以说，《天工开物》一书是集历代科技著作之大成者，在我国古代科学史上，具有不可替代的重要地位。

宋应星是我国明代的科学家，字长庚，江西省奉新县北乡人。明代万历十五年（1587年），宋应星出生在一个官僚地主家里。虽然家道中落，但宋家一直是个书香门第，宋应星自幼聪慧过人，几岁便能押韵，听见兄长背书，也能立即脱口而出。宋应星虽然天资聪颖，但并没有自命不凡，看到家境日趋窘迫，他更加努力学习、刻苦钻研，并四处寻求名师指点。万历四十三年（1615年），28岁的宋应星与长兄二人同榜中举，被人们赞为“奉新二宋”，一时传为佳话。然而一切并没有就此一帆风顺，在此后的多次应试中，宋应星却“六上公车而不第”。

纺织与农耕。

宋应星兴趣十分广泛，他的学习范围绝不囿于“四书五经”之类的科举考试书籍，他对农业、手工业生产都比较注意观察和研究，当在科场中屡受挫败之后，宋应星便将全部的精力和热情都投入到了科学研究之中。

崇祯七年（1634年），宋应星出任分宜县学教谕，因为教学工作比较清闲，有大量可以支配的自由时间，这段时期便成了宋应星写作生涯中最重要的时期。从公元1634年到1637年，宋应星花费了三年的精力和辛劳，完成了《天工开物》这部著作。

内容精要

对于“天工开物”一名的含义，可以理解为：“‘天’指的是自然界，‘工’是人们的技巧，‘开’就是开发，‘物’是有用之物，或物质财富，综合起来，就是‘自然界靠人工技巧开发出有用之物’。”《天工开物》一书，总结了明朝的工农业生产技术，其内容非常丰富详尽，几乎囊括了当时我国劳动人民在农业、矿冶、铸造、纺织、食品加工、造纸、印刷及其他手工业生产方面的全部生产经验。《天工开物》是一本图文并茂、生动实用的科技名著，除了文字资料外，书中还附有123幅精美直观的插图，提供了各种生产方式、工艺流程或机器构造方面的图片资料，所描画的生产工具及机械比例匀称，有很强的立体感。针对插图，作者还提供了简洁明确的文字说明和具体详细的数据资料。这种用图形辅助文字的记录方式，在当时的工农业生产中具有很高的实用性，而且书中这些生动的插图，为我们保留了古代工农业生产宝贵而翔实的历史资料。

《天工开物》是我国明朝工农业生产技术的总结性著作。全书共分为18卷，依次为：

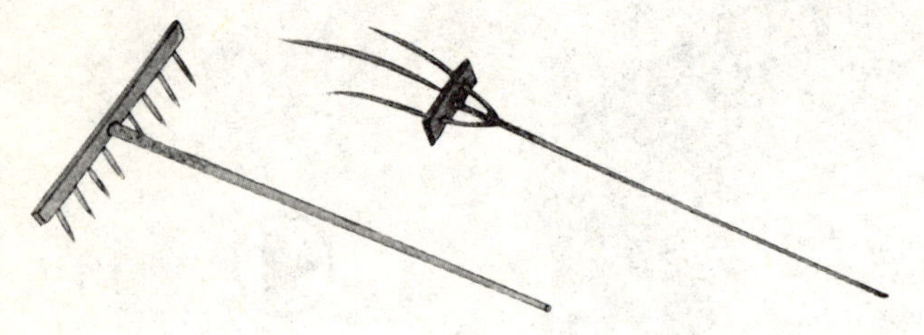

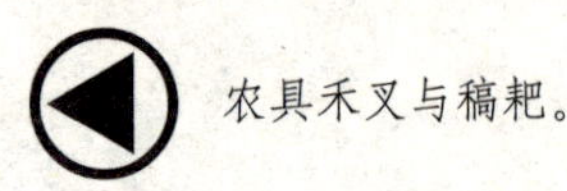
农具禾叉与耥耙。

乃粒（五谷）、乃服（纺织）、彰施（染色）、粹精（粮食加工）、作咸（制盐）、甘嗜（制糖）、陶埏（陶瓷）、冶铸（铸造）、舟车（车船）、锤锻（锻造）、燔石（烧造）、膏液（油脂）、杀青（造纸）、五金（冶金）、佳兵（兵器）、丹青（朱墨）、曲蘗（制麹）、珠玉。首篇《乃粒》，末篇《珠玉》，这样的安排次序是“贵五谷而贱金玉之义”，一定程度上反映了作者对于农业生产的重视。

对农业生产方面的记述，主要分为《乃粒》、《乃服》、《彰施》、《粹精》、《甘嗜》、《膏液》、《曲蘗》等篇。

《乃粒》篇主要介绍了谷物的种植及收割加工等生产技术和经验，详细地记载了选种、育种、土壤、肥料、耕作、水利等方方面面的农业技术及知识。书中还提供了许多非常重要的数据，例如在介绍水稻插秧的比例方面，《天工开物》是第一部明确记载水稻插秧比例的农业著述，书中将水稻的秧田和本田的比例定为1∶25，即一亩秧田可以分摊到25亩本田中。这个比例在当时是比较先进和科学的，甚至到了三百多年之后，我国的某些地区还在依照这个比例进行插播。

在纺织方面，《乃服》篇介绍了麻、棉、丝、毛等不同材料的纺织技术，并且提到了纺织机械以及与纺织相关的养蚕技术。在纺织机械方面，该卷描述的“花机”，在当时世界上出现的提花织机中，堪称是技术最先进、设计最精巧的一款。在介绍养蚕技术方面，该篇提到了民间用早雄蛾与晚雌蛾杂交，“幻出嘉种”的方法来培育蚕种，这是我国古代劳动人民在应用生物学定向变异原理方面的成果，《天工开物》的部分养蚕内容还被英国大生物学家达尔文赞叹为有关人工选择和变异的权威著作。此外《彰施》篇还介绍了纺织物的色彩印染。

在副食方面的介绍，主要反映在《作咸》、《甘嗜》和《膏液》中。其中《作咸》篇介绍的是食盐的制造，提到“舂碓凿孔”，即开凿所用的冲击式方法，并且特别讲解了四川井盐的吸卤唧筒装置的科学原理。此外，《甘嗜》篇介绍了制糖工艺。《膏液》篇说明了食用油榨制工艺。《曲蘗》篇介绍了酒、醋等的酿造。《冶铸》、《锤炼》、《五金》三篇，则专门介绍了冶炼金属、制造合金的技术以及如何加工金属类器物。尤其是在冶炼金属方面，书中介绍的“冶铸”内容，在当时民间的使用范围是最广的。作者对当时有关炼生铁、熟铁，炼钢的生产知识和经验进行了较为系统的总结。《五金》篇中还谈到利用金、银、铜、锡、铅、锌、汞的物理、化学性质来分离或检验金属。此外，作者并没有仅仅局限于单纯的记载和总结，书中还对钢铁冶炼技术进行了许多的改造和革新。书中有许多工业项目在当时世界上是处于领先水平的，例如关于箱式渗碳制钢工艺（即今天所说的“焖钢”）以及用炉甘石（碳酸锌）制倭铅（锌）的操作方法的记载，在世界历史上均属首例。

在开采矿物方面，《天工开物》详细列举了一些主要矿产的分布。例如书中讲到金矿时便具体指出云南、四川、湖北、湖南、江西、河南等省均有金矿。讲到银矿时，作者重点记述了云南省的有关情况，同时也列举了产银的省区有浙江、福建、江西、湖北、湖南、贵州、河南、甘肃等。《燔石》篇说采煤，介绍烧造石灰、矾石、砒石的技术。《燔石》卷介绍了井下掘煤的两项重要措施：一是用中空的竹管把井下瓦斯引出地面，一是设“支板”防止塌井事故。这说明我国早在宋代就已经有了相当好的安全防护措施。

此外，《陶埏》篇记述了砖瓦和陶瓷的制造，《杀青》篇记述了造纸业的情况，《丹青》篇讲述了织物染料的制造工艺，《舟车》篇介绍了车船工业，等等，不再一一赘述。

妙语佳句

· 凡中国产金之区，大约有百余处，难以枚举。

《万亩登丰图》，清代画家董洁绘。这里选取了描绘收割场景的局部图。

类型	成书时间	推荐理由
哲学论著	明清之际	《明儒学案》是中国封建社会最早、最完备的一部学术史，在史籍编纂学方面具有重要的意义。

我国第一部完整的学术史
——《明儒学案》

背景搜索

《明儒学案》的著者黄宗羲，字太冲，号梨洲，浙江余姚人，生于明万历三十八年（1610年），与顾炎武、王夫之一起被称为“清初三大儒”，又被称为梨洲先生，是浙东史学派的始祖。他的父亲黄尊素因为反对宦官魏忠贤，冤死狱中。那时黄宗羲19岁，他拿着长锥入京诉冤，刺魏阉余党许显纯、崔应元于公堂之上。明亡后，黄宗羲在浙江起兵反清，号称世忠营。清顺治十六年（1659年）以后，清军征服浙江。黄宗羲此时已55岁，他开始讲学著书。康熙年间，诏征“博学鸿儒”，叶方蔼推荐他，他不肯应征。徐文元推荐他修《明史》，他又不肯。但是儿子黄百家和弟子万斯同受命入京，以私人资格参加修《明史》的工作。黄宗羲死于康熙三十四年（1695年），享年85岁。

黄宗羲生平撰有《明史案》244卷，《明儒学案》62卷，《行朝录》8种，《历代甲子考》1卷，《明夷待访录》20篇等。其中《明夷待访录》是一部著名的政治论文集，而《明儒学案》则是中国封建社会最早、最完备的一部学术史，在史籍编纂学方面具有重要的意义。

内容精要

《明儒学案》的编写不仅流派分明，而且能抓住各人的主要思想。每派立一学案，先以小序为概括说明，其下分列各学者，依次叙述传略，摘录其重要著作或语录等，以具体的材料表明各学者的思想见解，间有作者自己的意见。特别是每个人的小传，虽然长短不一，却都能表达出人物的个性、特长以及一生的功过。他提出了分立学案的明确原则，又指出所摘录者都是取自原书，未有转录于他书者，是为本书的一个特点。

《明儒学案》是黄宗羲一生治学心血的结晶。此书的写作，不仅表明了他学识的渊博，也说明了他的独创精神，特别是本书编辑内容的取舍，更反映了他的治学精神和为学宗旨。因此，书成之后，不仅为人们交口称赞，就是作者本人也非常自负。近代资产阶级学者梁启超从近代学术发展的要求方面对此书做了评论，他说："著学术史有四个必要的条件：第一、叙述一个时代的学术，须把那个时代重要的各学派全数网罗，不可以爱憎为去取。第二、叙述某家学说，须将其特点提挈出来，令读者有明晰的观念。第三、要忠实传写各家真相，勿以主观上下其手。第四、要把各个人的时代和他一生经历大概叙述，看出那人的全人格。梨洲的《明儒学案》，总算具备这四个条件。"（《中国近三百年学术史》）梁启超提出的四个条件都很重要，尤其是一三两点，要真正做到是很不容易的。《明儒学案》的编纂，能够基本上做到反对宗派，不树立门户，不从主观上下结论，这一精神当然值得称颂！

诚然，我们说"基本上做到"，就意味着做得并不彻底，还不全面，有些重要的学者、思想家应该立案而未立，如王世贞和李贽等人，无论从文学思想、史学思想还是政治思想来说，对当时和后世都发生过较大的影响。就王世贞而言，他的文学思想虽然是复古的，可是史学

"中国思想启蒙之父"黄宗羲像。

清初三大儒之一黄宗羲所著的《明儒学案》书影。

思想仍有不少可取之处，不为他立案，显然是很大的缺憾。在黄宗羲的学术思想中，那些习气的残余还很难一下子除尽，既有残余存在，势必就要有所反映。他在学术上提倡独创，反对模拟，而王世贞则是当时文坛上倡导拟古的旗手，既是“倚门傍户，依样葫芦”，自然便没有价值可言。尽管他还做过文坛的盟主，但《明儒学案》就是没有他的位子。至于李贽，看来也许就是因为他好“骂先贤”，“生平喜骂人，且其学术偏僻”。(《破邪论·骂先贤》) 在黄宗羲看来，这些言论恐怕都有损于“名教”，自然不宜收入。就连颜山农、何心隐诸人也仅在小序中略加叙述而不单独立传，当然李贽也就不可能被收入学案了。这就说明，研究黄宗羲的学术思想及其著作既要肯定他的贡献，又要看到他的不足之处。因为他毕竟是封建社会的一位学者，尽管他能提出同时代人所不曾提出的进步思想和政治主张，但他跳不出所处的那个时代和那个阶级。

《明儒学案》共62卷，把明代19个学派、300年学术思想、208名学者按时代顺序，按学派组织起来。采集明代学者的文集、著作、语录，分成宗派，成立19学案。大致分为3个时期、4个部分。明初9卷，以程朱之学为主，陆象山派为次，故先立崇仁、白沙两学案，如同摆开两方之阵势。全书卷首列《师论》一篇，简要介绍方孝孺等二十余人的学术思想，类似全书总论。其下为各学案，分别叙述明代学术成就。

妙语佳句

·故欲齐治平，在于安身……身未安，本不立也。知身安者，则必爱身敬身；爱身敬身者，必不敢不爱人不敬人。能爱人敬人，则人必爱我敬我而我身安矣。一家爱我敬我则家齐，一国爱我敬我则国治，天下爱我敬我则天下平。故人不爱我，非特人之不仁，己之不仁可知矣。人不敬我，非特人之不敬，己之不敬可知矣。

类型	成书时间	推荐理由
哲学论著	清康熙元年（1662 年）	梁启超评价：这部书是说他（黄宗羲）的政治理想，极力排斥君主专制政体，提倡民权。这种眼光，在17世纪时候真是不容易得了。

清初我国最进步的思想的结晶
——《明夷待访录》

背景搜索

黄宗羲（1610—1695），字太冲，号梨洲，浙江余姚人。其父黄尊素，东林名士。黄尊素任御史期间，因弹劾奸臣魏忠贤而被阉党所害。崇祯即位，宗羲时年19岁，袖长锥，草疏入京讼冤。

时魏阉已死，他上疏请除其余党，乃亲手锥击魏之余党许显纯、崔应元，遂显名，并报了乃父之仇。

黄宗羲遵父嘱拜刘宗周为师。清兵入关后，黄宗羲参加了福王政权。福王败，又组织乡里子弟，号为"世忠营"，拥立鲁王，并编了鲁王监国元年的大统历。军败，入四明山，结寨自固。清王朝曾对之悬赏访缉二次，指名捕捉一次，他被人告发谋反三次，被牵连遭祸无数次，真是九死一生。他见明朝统一的希望已绝，抗清无望，遂返里门，致力于著述。清廷屡次征召，均辞拒。

其主要著作为《明夷待访录》与《明儒学案》。黄宗羲学识渊博，能取众家之长而自成体系。

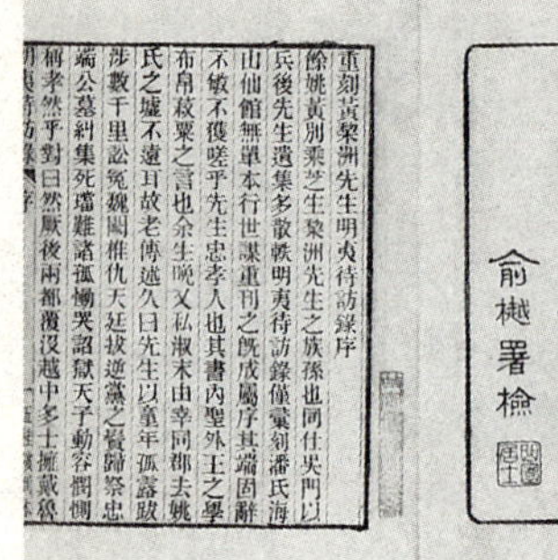

重刻黄梨洲先生明夷待訪録序

餘姚黄别乘芝生梨洲先生之族孫也同仕吳門以兵後先生遺集多散軼明夷待訪録僅彙刻潘氏海山仙館無單本行世謀重刊之既成屬序其端固辭不敏不獲嗟乎先生忠孝人也其書內聖外王之學布帛菽粟之言也余生晚又私淑末由幸同郡去姚氏之墟不遠耳故老傳述久曰先生以童年孤露跋涉數千里訟冤魏閹椎仇天廷拔逆黨之鬢歸祭忠端公墓糾集死璫難諸孤慟哭詔獄天子動容惻惻稱孝然乎對曰然厥後兩都覆没越中多士擁戴殺

明夷待訪録 序

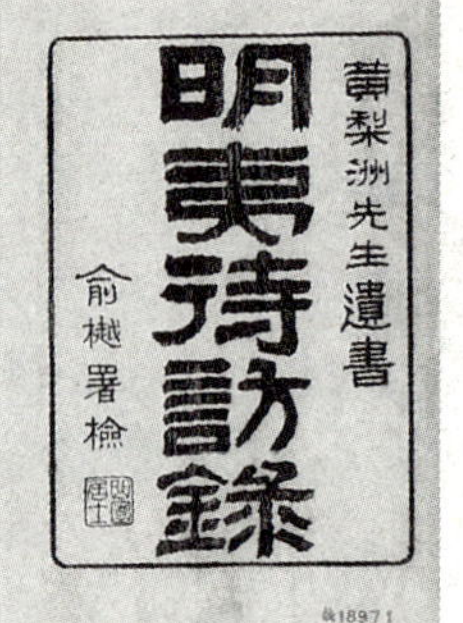

黄梨洲先生遺書

明夷待訪錄

俞樾署檢

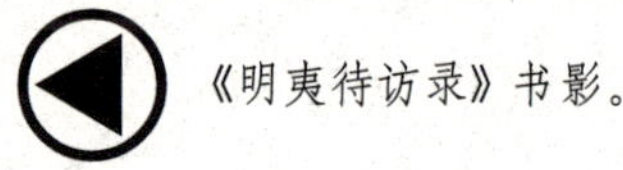

《明夷待访录》书影。

内容精要

《明夷待访录》是黄宗羲的一部杰出的作品，也是清初中国最进步的思想的结晶。全书21篇：原君、原臣、原法、置相、学校、取士上、取士下、建都、方镇、田制一、田制二、田制三、兵制一、兵制二、兵制三、财计一、财计二、财计三、胥吏、奄宦上、奄宦下。书取名为《明夷待访录》，含有几个方面的意义。“明夷”是《易经》中的一个卦名，意思是“明入地中”，象征太阳落山的黄昏时刻。太阳是落山了，但西天的红云仍在，光芒犹射，而且明天太阳还会升起。他用“明夷”暗示明朝虽亡，其政尚在，其史长存，其兴可待。然而从内容来看，是作者之政治理想的设计，是对明朝统治的经验的总结。兴亡之事全在于政治之是否能革新。“待访”也代表其个人的不幸，但又暗示其学说还有用，等待人们采访备用。

我们归纳本书的主要内容，则曰：限制君权，扶助工商，减轻对农民的剥削。作者将《原君》置于书首，则知其重心在于猛烈攻击君主制度。

黄氏的《原臣》则批评封建社会的官吏制度，谓臣仆之设，乃为巩固君权，参与压迫人民，并没有恪守臣道。

在作者看来，君应明白君道，臣应明白臣道，只能以天下为公，不能以天下为私。他进而主张宰相可代行君主的部分或全部的权力，从而达到限制君权的目的。他认为宰相不是君主的傀儡，因此遴选的宰相必须是贤能者。

黄宗羲为限制君权，又主张广开言路，把学校当作“公其非是”的场所。因此他主张学子应陈述政见，议论是非，以提供施政之参考。故黄氏的政治思想极富近代的民主色彩。他不失为我国近代思想史上的先驱。他在近代思想史上的建树，即使顾炎武和王夫之也难以比肩。

《财计》、《田制》诸篇，则主要反映工商农在封建社会中的现状以及对他们应采取的政策措施，这是黄氏政治思想中的重要组成部分。中国封建社会传统的政策是崇农抑商，至明末清初未尝稍改。官僚们总惧怕市肆中多了一个工商之民，则田亩之中少了一个耕作之人，于封建统治不利。明朝后期，一方面是封建主义处于衰落时期，一方面是资本主义处于萌芽时期，因此，工商业必随之兴盛发展起来，想抑制也是抑制不了的。黄宗羲看到了这种趋势，又认识到工商业对于国计民生的积极作用，便提出了"工商皆本"的理论，这是破天荒的划时代的先进思想。"工商皆本"之说，有两个方面的意义：扶助工商业的正常发展，以利于国计民生；节制费用，限制封建统治者与民众的迷信活动及统治阶级的特殊享受。

明代土地兼并现象严重，封建官僚占有大量土地，名曰官田。官田所有制严重地束缚了生产力的发展。

黄宗羲鉴于封建统治者之剥削无已，人民的生存无望，企图改革土地制度。他主张恢复井田制度。

黄氏对于土地制度的理想，乃是土地使用的平均主义和税出负担的平均分任主义。他企图通过土地制度的改革，把官僚们所夺走的大量民田夺回来，使人民有田可耕，有饭可吃，有衣可穿。问题是，官僚、地主能把土地交出来吗？故黄宗羲的理想固可称许，但在事实上若不通过急风暴雨式的武装斗争，其理想是断不能成为现实的。

妙语佳句

·古者不传子而传贤，其视天子之位，去留犹夫宰相也。其后天子传子，宰相不传子。天子之子不皆贤，尚赖宰相传贤足相补救，则天子亦不失传贤之意。

《货郎图·冬景》，明代画家吕文英绘。

类型	成书时间	推荐理由
哲学著作	清康熙二十年（1681年）	顾炎武的《日知录》既包含着历史考据的成果，又包含着援古证今、经世致用的重要思想资料。

思想价值极高的读书笔记
——《日知录》

背景搜索

顾炎武（1613—1682），字宁人，江苏昆山人，学者称亭林先生。顾炎武富民族气节，清兵入关，起兵抗清。失败后，从商，继之以南北漫游，足迹踏遍了京畿、昌平、代州、蓟州、遵化、玉田、永平、山海关，又到过太原、大同、榆林。67岁时，始在陕西的华阴定居。他终生不仕清朝，竭全力于著述事业，写出了《日知录》、《天下郡国利病书》、《音学五书》等学术著作。

内容精要

《日知录》共有1019条，每条都有一个小标题。虽不标大的类目，但各卷的归聚与编次，还是根据内容而定的。他自编的《日知录》依次分经术、治道、博闻三大类。《四库全书总目提要》对《日知录》一书的分类归纳得比较详细："书中不分门目，而编次先后则略以类从。大抵前七卷皆论经义，八卷至十二卷皆论政事，十三卷论世风，十四卷、

《日知录》是顾炎武的读书笔记。

十五卷论礼制，十六卷、十七卷皆论科举，十八卷至二十一卷皆论艺文，二十二卷至二十四卷杂论名义，二十五卷论古事真妄，二十六卷论史法，二十七卷论注书，二十八卷论杂事，二十九卷论兵及外国事，三十卷论天象术数，三十一卷论地理，三十二卷为杂考证。”总之，《日知录》涉及的领域非常广泛，政治、经济、军事、教育、科技、哲学、宗教、历史、法律、经学、文学、艺术、语言、文字、典章制度、天文地理，古今中外，无所不包，反映了作者渊博的学识。阎若璩是清代著名经学大师，长于考据，但他服膺顾炎武的学识，曾说：“读顾炎武书，心花怒放，又汗流浃背。”

《日知录》反映了顾炎武的历史进化观点。顾炎武不仅承认天下之变无穷，而且认为在变化之中有一条不以人们包括圣人意志为转移的“相因之势”在起作用。他以秦朝实行郡县制为例证说，以往人们都认为这是秦始皇的独创，其实不然，这是历史发展的必然趋势，不是哪个个人所能独创的，秦始皇不过是顺应了历史发展的趋向罢了。倘若秦始皇违背这个历史的总趋向，企图恢复古代的制度，就势必会在严酷的历史面前碰壁。他列举大量史实说明，对于历史的趋向、潮流，即使是圣人都无法阻挡、改变，只能顺其“进”而进之，顺其“退”而退之。在历史发展中，他十分重视发展生产，认为只有在搞好物质建设的前提下才谈得上推行教化，才谈得上正人心、厚风俗。基于这一认识，顾炎武毕生的学术活动，总是把有关民生利弊的实际学问放在十分重要的地位。他每到一地，总是特别关注当地的生产和群众的生活。他到北方游历时，发现那里的人民不懂得纺织技术，致使无御寒之衣，因此他主张给每个州县发一套纺织工具，招募外地能者为师，到北方传授纺纱织布的技术；同样，他还主张把南方的水车、水碾、水磨技术也推广到北方去。

如前所说，顾炎武倡经世致用之学，故其每条都离不开考证，但却并不以考据为整个写作的目的。他力主“明六经之旨，通当世之务”（《日知录》卷一《生员论中》）。作者的许

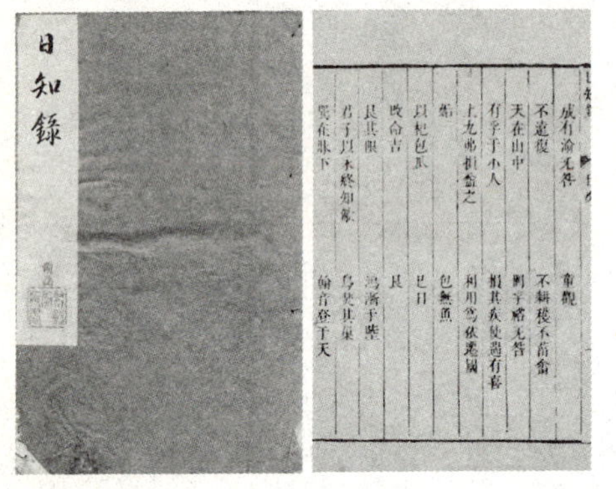

顾炎武手札《日知录》书影。

多条目，其实就是借题发挥，是有感于当世之务而发，渗透着作者极鲜明的政治观点。

《日知录》中涉及作者的政治理想的论述也不少。其对政治的主张，大率备详于《日知录》卷八至卷十二之五卷中，表现为对于地方建设和风俗的重视，故论政亦多着眼于风俗人心，涉及当时乡治之松弛、皇权之集中以及贪贿之风。但实际上，作者是在暴露整个封建政权的弊病。其以“地方自治说”试图削弱封建集权制，是勇敢和富有革新观念的政见，带有十分明显的民主色彩。

妙语佳句

· 明六经之旨，通当世之务。

· 礼义，治人之大法；廉耻，立人之大节。

· 呜呼！今日之变，有甚于此。自神宗以来，赎货之风，日甚一日，国维不张，而人心大坏，数十年于此矣。

类型	成书时间	推荐理由
经济地理著作	清康熙三年（约1664年）	《天下郡国利病书》是一部资料性较强的经济地理书。该书以“利病”命名，反映了作者探究有关国计民生的问题的宏大旨趣。

地理与政治
——《天下郡国利病书》

背景搜索

顾炎武生活的年代是明末乱世，他目击时世艰难状况，又亲身经历倭寇之患、建州女真的侵扰、风灾水害虫灾的交替侵袭、饥民的暴动和农民起义的此起彼伏。崇祯十一年（1638年），清兵攻下畿辅城，北京因此戒严了。第二年（1639年），27岁的顾炎武参加科举考试再一次失败。此后，他不再参加科举考试。他深深感到国家处于多事之秋，如果没有真才实学，就不能挽救国家和民族，于是发愤读书，着手进行《天下郡国利病书》的写作。

为了写作此书，顾炎武通读二十一史和天下郡国地方志、名人文集、奏章文册之类数万卷，历时24年，单查阅的地方志书就有一千多部。他还往来南北做实际调查，曲折行程两三万里。他的这种解决国计民生问题的精神和学风是难能可贵的。作者编订好这些资料后，希望后人能在此基础上斟酌去舍，“续而传之”。在他晚年时，他又将此书一分为二：“一为舆地之记，一为利病之书”，前者即《肇域志》，后者为《天下郡国利病书》。

内容精要

《天下郡国利病书》的主要内容是研究全国各地的农田、赋役、水利、盐法、矿产、交通和各地的疆域、关隘要塞、兵防等情况。在这部巨著里，顾炎武揭露了封建国家徭役太重、赋税不均的积弊，地主阶级通过诡寄、洒派、换算、改册、隐匿赋役、接受投献、侵占屯田等种种手段，将国家的赋役巧妙转嫁到农民头上。仅诡寄一项而言，有些地主将自己的田地诡寄于优免赋役的贵族、军屯卫所，甚至诡寄于边疆少数民族的酋长，这样就逃避了国家的夏税秋粮。顾炎武探究其原因是：明朝初年，民田大致以五升起科，但被官府抄没的田地起科有重达一石以上者。朱元璋平定张士诚叛乱后，在苏州一带抄没的田地特别多，所以这一带的田赋也就特别重。据顾炎武统计，苏州的土地，大部分都是官田，民田只占1/15，无地佃户却占9/10。东南地区的私租也相当重，以致有今日完租明日就得乞讨的悲惨现象。

《京畿水利图》。

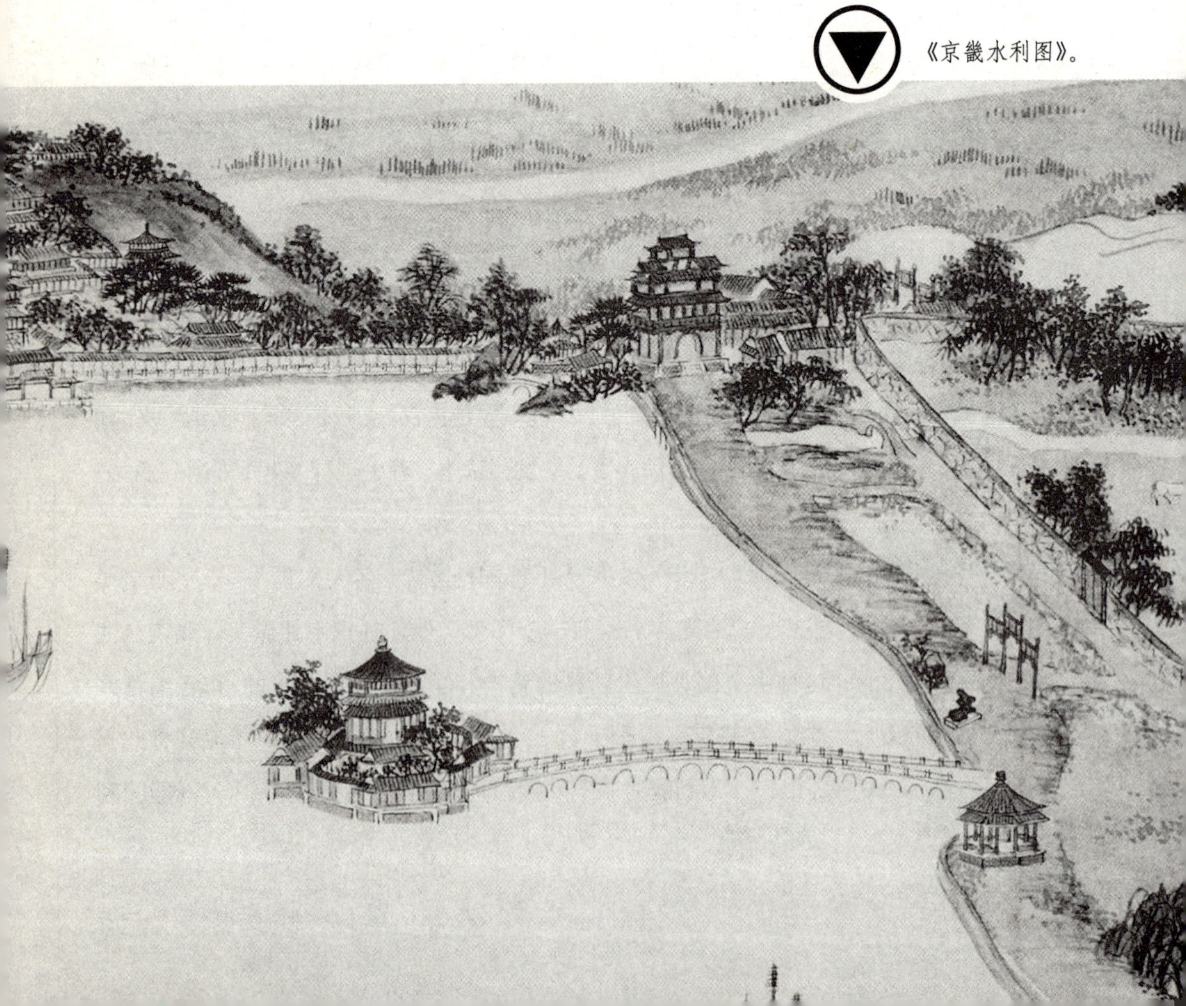

《天下郡国利病书》书影。

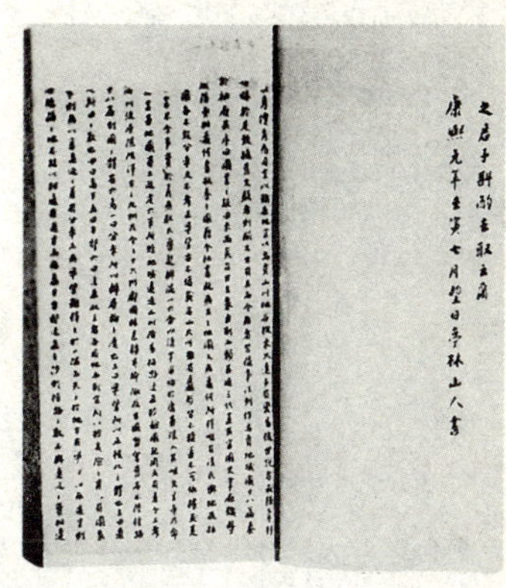

《天下郡国利病书》的首卷为舆地山川总论，作者搜集了前人论述全国山脉分布（地脉）、各地自然形势（形胜）、气候（风土）及河川源流（百川考）的内容，可看作是全国的地理总论。末卷则为外国地理资料。此外几卷绝大部分为各省地理资料。从全书体系观之，顾氏此书实际上是初创了今天区域地理的体系。

《地脉》一章记述了全国的山脉分布，并且分析了历代建都形势。《百川考》一章记述了全国水系的源流，对历代黄河的决口及其支流的记载颇为详细。这两章是当时全国山脉和河流地理的系统论述。《形胜》一章从全国各地的自然地理特征来论述各地形势。作者把全国划分为晋中、关中、蜀中、湖广、江右、西广、西南、中原、山东、两浙等十个自然地理区。作者所划的十个自然地理区，实际上提出了全国自然区域的概念。

《风土》其实是一篇关于全国气候的概述。作者除了论述全国各地的气候特征之外，还试图解释其形成的原因。如论述黔中、粤中、滇中的气候特征及其形成的原因时说："黔中则多阴多雨，滇中则乍雨乍日，粤中则乍暖乍寒，滇中则不寒不暖。黔中之阴雨，以地在万山之中，山川出云，故晴霁时少，语云'天无三日晴，地无三尺平'。粤中之乍暖乍寒，以土薄水浅，阳气尽泄，故顷时晴雨，叠更裘葛，两用兼之，林木蔚荟，虺蛇嘘吸，烟雾纵横，中之者谓之瘴疟，宜也。"书中的许多文字简洁优美，可与《水经注》媲美。

本书对于各省区的叙述部分，特别是对于疆域沿革、山川形势和农田水利等方面的论述，尤为详备。作者尤其重视农田水利方面的介绍和论述，可见其对国计民生的注意。在十五卷"江南苏州府"一篇中，以大量篇幅编辑了历代治水的主要措施和名家的治水言论，如对宋代郏亶的《水利书》、单锷的《吴中水利书》、元代任仁发的《水利问答》、明代归有光的《水利书》等均做了扼要的摘录，并根据自己的见解加以综合归纳。

《天下郡国利病书》对于边疆的形势和沿革叙述得特别详细，可以看到作者对于祖国

江苏无锡太湖日出风光。

边陲安全的关切及其中蕴含的爱国深情。在有关云南省的篇章中，历述了云南、大理、临安、永昌、楚雄、曲靖、澄江、蒙化、鹤庆、姚安、广西、寻甸等府和车里、木邦、孟养等军民宣慰司的沿革。在“边备”一卷中介绍了辽东、宣府、大同、榆林、宁夏、甘肃、哈密等地的形势。在“河套”及“西域”二卷中叙述了交趾、安南、琉球、日本、真腊、爪哇、三佛齐、暹罗、满剌加、苏门答腊、锡兰、佛郎机等国的位置、沿革、交通和物产等情况。这些内容对于我们今天了解古代边境各地和国外的情况仍有相当重要的参考价值。

此书保留了许多珍贵资料，并且进行了实地考察，对这些资料加以厘正，更重要的是它对明史研究有特殊价值。正如赵俪生研究后所云：在考查明朝社会经济方面，此书与《明实录》、《皇朝经世文编》有三鼎足之妙。自上而下的材料，多见于《明实录》，《皇朝经世文编》中主要是来自中层士大夫的意见，唯有《天下郡国利病书》是通过基层人民的回忆、总结、评论及一些下层人士的意见，来纠正《明实录》内容的片面性的，对研究明代社会经济是很有价值的。

妙语佳句

· 天无三日晴，地无三尺平。

· 一至天欲雨，则石山输云，岚烟岫雾，钟趾相失，咸挟石气而升，幽寒迫人，故虽盛暑，亦无异隆冬之时，及夫云收雨止，日出气蒸，乍热乍寒，无冬无暑，皆以是故。

类型	成书时间	推荐理由
戏剧	清圣祖康熙十七年（1678 年）	洪升的《长生殿》情节曲折、结构严谨、曲词华美，与孔尚任的《桃花扇》并称为清传奇的“双璧”。

爱文者喜其词，知音者赏其律

——《长生殿》

背景搜索

洪升（1645—1704），字昉思，号稗畦，又号稗村、南屏樵者，浙江钱塘人。洪升出身于日趋没落的官宦名门，他的母亲在怀他的时候正遇上明末的战乱，辗转逃难，洪升一生下来就在无衣无食的状态中煎熬。

他 24 岁时游历北京，怀才不遇，又亲眼目睹新贵的豪华和没落贵族的衰颓，这更使他有一种悲凉的兴亡之感。

洪升创作《长生殿》，历时15年，3次删改。他于康熙十二年（1673年）动笔，写成《沉香亭》传奇，康熙十八年，改成《舞霓裳》，到康熙二十七年时，他觉得这段故事中最打动人的是其中“帝王家罕有”的爱情力量，于是“专写钗盒情缘”，并最后定名为《长生殿》。

《长生殿》问世以来，大受人们欢迎，但也给洪升带来了灾祸。康熙二十八年（1689年）八月，他召集伶人在家中上演《长生殿》，很多名士都观看了这场演出。不巧的是，皇后佟氏正好在上个月去世，举国服丧。结果这件事被当时的给事中黄六鸿检举到朝廷，皇帝下令查处，洪升因此进了监狱，并被开除了国子监学籍，彻底断送了功名。

华清宫遗址。据记载，唐玄宗就是在华清宫与杨玉环相遇的。

幸喜洪升没有待太久就从狱中被放了出来。康熙四十三年（1704年），驻守在松江的江南提督张云翼把他请去，演出《长生殿》。江宁织造曹寅（即曹雪芹的祖父）听说后，又把他请到南京，也举行了盛大宴会，搬演《长生殿》，共演了三昼夜，并且请了很多名士观看，盛况空前。

但是从南京返回家乡的途中，他经过乌镇，当地朋友请他赴宴。洪升酒后回船时，失足落水，就这样淹死了。这一天是阴历的六月初一，恰好是杨贵妃的生日。

内容精要

在《长生殿》之前，戏曲创作主要以两类题材为主，一类写才子佳人的儿女情长，婚姻爱情是它们描写的核心；二类写出将入相，褒忠诛奸，政治和军事的斗争是其主要内容。洪升在以往李杨戏的基础上，更加自觉地将政治题材与爱情题材有机地结合了起来，以男女主人公在爱情上的悲欢离合为媒介，成功地反映了广阔的社会生活，从而为戏曲创作开拓出一条新的途径。

作家在撰写历史剧，创造历史人物形象时，既不能脱离基本的史实，任意想象，又不能为局部的事实所拘囿。洪升在主要人物和重大历史时间上以信史为其依据，主要人物的

绢扇上所绘制的《杨妃上马图》。 

重大行动，重大历史事件的基本情节符合历史本来面目，在这个前提下，他对有关的历史材料有所选择和取舍，集中表现主要历史人物和历史事件的某些侧面，同时也虚构一些次要的人物、情节和细节。所以洪升删去杨贵妃秽乱宫廷的那些传说，抛开了李隆基、杨玉环和江采苹之间的纠葛。这样处理，减少了头绪，集中了情节，突出了李杨形象。

运用生动、细腻的心理描写，深刻揭示人物内心世界和感情的细微变化，是洪升塑造人物的成功之处。《长生殿》中的几个重要人物，如杨国忠的奸、安禄山的阴、郭子仪的忠、雷海青的烈，都刻画得很有深度，这在塑造唐明皇与杨贵妃的形象时尤为重要。在《献发》一出中，作者对杨妃又气、又怨、又恨、又惊、又喜的心理刻画，就真实而准确地传达出了杨妃当时的复杂心理。《埋玉》一出中，杨妃处于生死关头，心情极为复杂，洪升从这一特定场景出发，极有层次地写出了杨妃内心感情的起伏变化，因而显得十分动人。《哭像》一出则几乎全是对唐明皇心理活动的细致刻画。剧本是写唐明皇因为自己的背盟而悔恨，“是寡人昧了她盟誓深，负了她恩情广”，接着他剖白自己，说当时事出无奈，并非见死不救，由此便迁怒于陈玄礼。但他也不完全委罪于人，推卸自己的责任，所以又由恨陈玄礼转而自责：“是寡人全无主张。”悔恨交加，加上对杨妃的思念，使他精神恍惚，一见杨妃的塑像便以为死者复生，就要与她“说我惊魂，话我愁肠”。这些极有层次的心理描写，可谓九曲回肠，淋漓尽致地传达出了唐明皇对杨贵妃刻骨铭心的思念。

妙语佳句

· 是寡人昧了她盟誓深，负了她恩情广。

· 说我惊魂，话我愁肠。

· 做一株冢边连理，化一对墓顶鸳鸯。

类型	成书时间	推荐理由
戏剧	清康熙二十八年（1689年）	《桃花扇》作为一部成熟的传奇历史剧，在历史真实与艺术真实相结合方面取得了巨大成功，并为古典历史剧的创作提供了典范。

借离合之情，写兴亡之感
——《桃花扇》

背景搜索

明朝中期开始，传奇剧越来越多地以重大历史事件为题材，这无疑加强了传奇的厚重之感。但直到清前期的《长生殿》和《桃花扇》的出现，历史剧的创作才真正被推到一个艺术的高峰。这两部戏剧都是在巨大的社会动荡中讲述一个悲欢离合的爱情故事，使爱情与政治达到完美的融合。区别在于《长生殿》是在国势兴衰中歌颂至死不渝的爱情，《桃花扇》则是“借离合之情，写兴亡之感”。

《桃花扇》的作者孔尚任，字季重，号东塘，又号岸塘，又号云亭山人，山东曲阜人，孔子第六十四代孙。他早年在石门山读书，1684年，37岁的孔尚任受到康熙皇帝的赏识，被额外授为国子监，踏入仕途。从1687年到1690年他在江淮治水4年，丰富了自己的阅历。孔尚任很早就注意搜集南明五朝的遗事，在治水期间，他游历了扬州、南京的一些古迹，并结识了一些耿介之士和明末的遗民。1689年，《桃花扇》写成，上演之后引起了明朝故臣遗老的亡国之痛，康熙皇帝对此很不满。半年之后，他就因一桩遗案罢职回家。他写诗道：“我是白头著书郎，被谗不辩如聋哑”，表达了自己的难言苦衷。除了《桃花扇》

外，孔尚任还和顾采合写了《小忽雷》传奇，这也是一个揭露权贵误国的戏。孔尚任的诗文有《湖海集》、《岸堂文集》、《长留集》等，近人编为《孔尚任诗文集》。

作为一部传奇剧，《桃花扇》有着特定的历史背景。明末，东林党与魏忠贤阉党的斗争十分激烈。在崇祯帝打击阉党的时候，东林党人曾得势，后来东林党人失败了，继之而起的是复社的政治活动，他们以诗文方式议论朝政，在国家危亡之际表现出极大的政治热情和深刻的忧患意识。李自成打入北京，崇祯缢死，福王朱由崧逃到南京之后，阉党马士英、阮大铖不择手段地推举福王为弘光皇帝，夺得了迎立之功，而史可法被排挤出南京，在扬州奋勇抗击清军。马、阮在南京打击报复，排斥异己，弄得朝政混乱，人心惶惶。在兵临城下的危急时刻，福王还在排演阮大铖的《燕子笺》传奇，花天酒地，寻欢作乐。主张清除二贼的复社文人侯方域、左良玉等遭到马、阮势力的搜捕，最后一同陷入了覆灭的境地。《桃花扇》就反映了这段史事。

内容精要

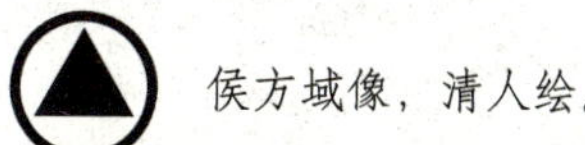
侯方域像，清人绘。

在大明江山风雨飘摇的危急时刻，忧国忧民的风流名士侯方域和色艺双全的秦淮名妓李香君相遇了。他们的结合是浪漫的，又是多灾多难的。结婚的第一天，一个政治黑影就出现在他们中间：阉党余孽阮大铖为了讨好颇有政治声望的侯方域，竟然转经他人送来了奁资。新娘李香君比丈夫侯方域还要看重名节，馈赠被退回了，冤仇也结下了。阮大铖时刻准备报复。

在那样一个兵荒马乱的年代里，报复的机会是很多的。当时南方的军事政治集团在危难中出现了矛盾和纷争，侯方域出面劝说左良玉部收敛形迹，阮大铖则向督抚马士英诬告

《孔尚任引驾图》，清人绘。画中描绘了康熙游览孔庙、孔林时，孔尚任担任引驾官的场景。

侯方域勾结左良玉，这就使得侯方域不得不离开李香君，投奔史可法。后来，南明小朝廷建立，阮大铖利用权势逼迫李香君给漕抚田仰做妾。李香君一心思念远行的丈夫侯方域，当然不肯从命，当着抢婚人的面以头撞地，把斑斑血迹都溅在侯方域新婚之夜送给她的诗扇上。目睹此情景的一位友人深受感动，把扇面上的血迹勾勒成朵朵桃花，使诗扇成了一面“桃花扇”。李香君托正直的友人苏昆生带着这把包含无限情意的扇子去寻找侯方域。侯方域一回到南京，就被捕入狱，李香君也被迫做了宫中的歌妓。直到清军席卷江南，南明小朝廷覆亡，这对夫妻才分别从狱中和宫中逃出。他们后来在栖霞山白云庵不期而遇，感慨万千。但是国破家亡，他们也不想再重温旧梦了，便各自出家。

《却奁》是《桃花扇》的第七出，是《桃花扇》“借离合之情，写兴亡之感”的关键一出。从这一出开始，才正式把爱情的纠葛和政治的斗争结合起来。对《却奁》这出戏，作者的原评指出：“秀才之打也，公子之骂也，皆于此折结穴。侯郎之去也，香君之守也，皆于此折生隙。一官咸凑，百节不松，文章关键也。”戏从第一出《听稗》到第三出《眠香》主要是分别写侯、李的结合以及复社文人与阮大铖的矛盾。到第七出《却奁》，由于阮大铖等人的插手，致使侯李的结合，并非单纯由男女主人公的郎才女貌，一见钟情，如同一般才子佳人戏所描写的那样，而是直接由一场政治斗争所促成的。他们的结合，一开始就陷入了政治斗争的漩涡。由于李香君对政治的敏感，看出了阮大铖助奁的阴谋，所以才有她却奁的壮举，使得阮大铖的阴谋落空，因而怀恨在心，妄图报复。这出戏通过各个人物对待阮大铖助奁这件事的不同态度和表现，展开人物对比，突出刻画李香君疾奸邪、重气节的形象。

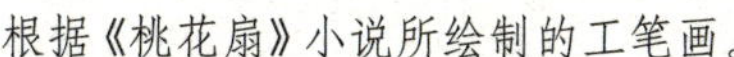
根据《桃花扇》小说所绘制的工笔画。

《桃花扇》是一部抒情韵味很浓的传奇剧，就文采而言，说它是诗剧毫不过分。作者将悲壮的历史、凄惨感伤的爱情有机地融合在一起，既令人动情不已又发人深思。跨过残垣断壁，透过无限相思泪，我们不难看出作者的良苦用心——以爱情的离合幻灭，显现美好梦想的破灭和道德理想的崩溃。孔尚任自称写《桃花扇》“不独使观者感慨涕零，亦可惩创人心，为末世之一救”。

妙语佳句

· 拆散夫妻惊魂迸，割开母子鲜血涌，比那流贼还猛。做哑装聋，骂着不知惶恐。

类型	成书时间	推荐理由
小说	清乾隆五十七年（1792年）	《红楼梦》是我国历史上一部非凡的古典小说，它与另外三部古典小说《西游记》、《三国演义》、《水浒》一起，被称为中国的“四大名著”。

满纸荒唐言，一把辛酸泪
——《红楼梦》

背景搜索

《红楼梦》的作者曹雪芹（约1724—1763或1764），字梦阮，号雪芹，又号芹圃、芹溪居士。祖籍辽阳。

曹雪芹生活在清朝康熙、雍正、乾隆先后执政的时期，即18世纪中叶，祖先原本是汉人，后来入旗籍，为正白旗。康熙二年（1663年），康熙任曹玺为江宁织造，从曹雪芹的祖父曹寅起，又三代世袭江宁织造之职，前后长达60年，在当时是个很显赫的家族。

家中丰富的藏书，使曹雪芹从小就能够接触和吸收到丰富的传统文化知识；他的叔父和英国商人的频繁往来，使得他有机会增加海外文化知识；曹氏家族本身与宫廷的密切关系，更是让他从小就具备了丰富而独特的社会经历。这一切都使得曹雪芹的眼界比一般人要开阔许多，也为他日后创作《红楼梦》打下了坚实的基础。

然而天有不测风云，雍正执政以后，开始千方百计地排除异己。曹家也未能幸免于难，家道从此败落。

政治的变故、家族的没落，给曹雪芹带来了极大的打击，给他留下了难以抚平的创痛。

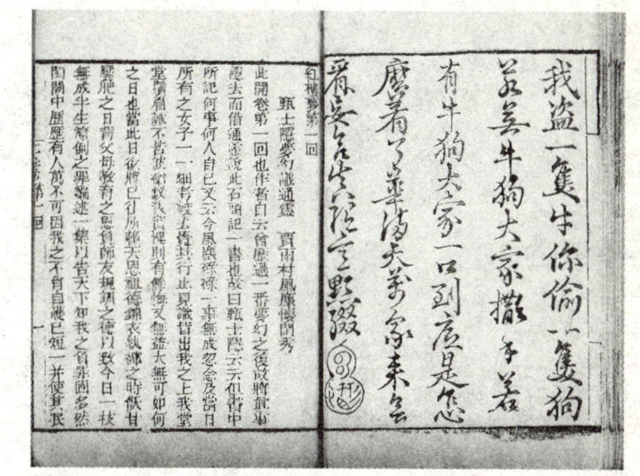

紅樓夢第一回

甄士隱夢幻識通靈　賈雨村風塵懷閨秀

此開卷第一回也作者自云曾歷過一番夢幻之後故將真事隱去而借通靈說此石頭記一書也故曰甄士隱云云但書中所記何事何人自己又云今風塵碌碌一事無成忽念及當日所有之女子一一細考較去覺其行止見識皆出我之上我堂堂鬚眉誠不若彼裙釵我實愧則有餘悔又無益大無可如何之日也當此日欲將已往所賴天恩祖德錦衣紈袴之時飫甘饜肥之日背父母教育之恩負師友規訓之德以致今日一技無成半生潦倒之罪編述一集以告天下知我之負罪固多然閨閣中歷歷有人萬不可因我之不自護己短一并使其泯

紅樓夢第一回　一

《红楼梦》书影，藤花榭本。

成年以后的曹雪芹，很长一段时间都过着一种放浪形骸的生活，他终日借吟诗作画、饮酒听曲来排遣心中的积怨。

曹雪芹晚年流落到北京西郊，生活更加凄凉困顿，靠朋友接济和卖画维持生计。他对悲欢离合的尘世人生有了越来越深刻的领悟，渐渐地萌生出一种将自己的感受和认知用笔墨记录下来的念头，于是在生活的基础上创作了《红楼梦》这部伟大的著作。曹雪芹前后花费了10年以上的时间撰写《红楼梦》，随着人生阅历的不断拓展和艺术修养的日臻完善，他又先后对书稿“披阅十载，增删五次”。但因为失去爱子的悲痛，加之贫苦病患，只遗留下《红楼梦》前80回的稿子便长辞人世，后40回，一般认为是高鹗所续。

内容精要

《红楼梦》全书以贾宝玉、林黛玉的爱情悲剧为线索，叙述了“宁、荣”两府及“贾、史、王、薛”四大封建家族由盛转衰的变迁，揭示了封建制度的腐朽和必然崩溃的趋势，全面而深刻地向我们展现了我国封建社会末期的政治、经济、文化和生活，是我国古典小说中思想性和艺术性最强的作品之一。

思想是作品的灵魂，作为一部世人瞩目的古典小说，《红楼梦》的伟大成就首先体现在高度的思想性上。

曹雪芹笔下的贾府，实际上是当时社会的一个缩影。作者希望借贾府这个典型，折射出整个封建社会的面貌和形势。这个所谓的“花柳繁华地，温柔富贵

民国时期所刻的大观园图。

乡”，看起来一片太平，让人自由逍遥，实际上这里用严酷的封建礼教禁锢青年人的肉体和灵魂，用不平等的阶级制度压榨百姓，用腐朽的权力颠倒黑白。这座皇亲贵胄的大宅门内矛盾此起彼伏，无处不在，从上至下充满了争夺和厮杀。作者对这些矛盾的描写并不是仅仅停留在琐碎的家庭纠纷上，而是把更多的笔墨放在了对封建大地主阶级之间的矛盾的描写上。

曹雪芹不但描写了贾府显赫一时的盛况，还给这个家族安排了一个出乎意料的悲惨结局，这和大多数古典小说以喜庆形式结尾的写法大不相同，但也正是因为如此，这部小说才更加具有现实意义。作者从现实的角度出发，深层次地揭露了贾家及其他几大封建家族由盛转衰的根源——封建贵族内部的利害关系及剥削集团之间的矛盾冲突。

这部书在艺术上最突出的成就，就是成功地塑造了以贾宝玉、林黛玉、薛宝钗为首的众多的人物形象。

贾宝玉是《红楼梦》里的第一主人公。他容貌俊美、气质脱俗，和《红楼梦》里的其他男性有很大的不同。他的思想和行为当中，包含了主张平等，要求个性解放，抵制封建礼教等积极进步的因素。

他热爱女性、尊重女性、崇拜女性，这也是这个人物典型的最突出的特征。

曹雪芹笔下所创造的林黛玉是个美貌与智慧的统一体，她集柔弱与坚贞、倔犟与随和、机巧与憨直于一身。作者似乎要把天下女子所具备的全部优秀品质都融入到这个人物当中：论容貌，她至柔至美，有一种别人身上找不到的独特风韵；论才华，她才气逼人，在贾府上下，唯一可以与之抗衡的只有薛宝钗一人，但也终归较之稍逊一筹；论性情，她敏感多情，追求爱情热烈而执著。林黛玉与贾府里其他女子最大的不同，在于她的性格里具有和贾宝玉一致的叛逆精神，自始至终散发着浓重的悲剧气息。

曹雪芹深谙人物对于一部作品的意义所在，因此在《红楼梦》中塑造了四百多个栩栩如生的人物形象。这些人物的容貌、体态、性格、身份、地位各不相同，但无论是外貌、语言还是心理活动，作者的描写总能做到浓淡相宜，恰到好处。

例如黛玉和宝钗两位女子，同样是美丽，在作者的笔下却各有各的精彩。描写黛玉："两弯似蹙非蹙笼烟眉，一双似喜非喜含情目，态生两靥之愁，娇袭一身之病。泪光点点，娇喘微微。闲静时如姣花照水，行动处似弱柳扶风。心较比干多一窍，病如西子胜三分。"足见其文弱纤细、超凡脱俗之美；而写宝钗则着力突出她鲜妍妩媚、丰润端庄的风韵。

老舍说过"文学是语言的艺术"，语言艺术是《红楼梦》的又一大成就。《红楼梦》中对语言的驾驭能力几乎达到了臻于完美的境界。书中娴熟地运用人物谈话的形式，表达方式多样化，有插话、对话、议论等不同形式，还穿插了不少生动活泼的成语、俚语。不只是人物的语言极富个性，描写生动细致，叙述也不流于贫乏。

妙语佳句

· 机关算尽太聪明，反误了卿卿性命。

· 子系中山狼，得志便猖狂。

· 满纸荒唐言，一把辛酸泪。都云作者痴，谁解其中味。

类型	成书时间	推荐理由
小说	清康熙十八年（1679年）	由于《聊斋志异》在深度、广度、明晰度上都大大超过了文学史上的同类作品，挺立于志怪群书之上，所以清代思想家陈廷机称它是“空前绝后之作”。

厌作人间语，爱听鬼唱诗

——《聊斋志异》

背景搜索

《聊斋志异》是我国的一部优秀的短篇小说故事集，它的作者蒲松龄，字留仙，一字剑臣，别号柳泉居士，世称聊斋先生。他生于明朝崇祯十三年（1640年）农历4月16日，家住山东淄博市淄川县城东的蒲家庄。

蒲松龄自幼聪敏，而且勤奋好学，19岁那年第一次参加童子试，蒲松龄过五关斩六将，一连夺得县、府、道三个第一，考中了秀才。然而科举考试的道路并没有一路平坦地通向下一个关口。康熙十八年（1679年），蒲松龄将短篇小说初次结集，定名为《聊斋志异》。

通过蒲松龄所做的《聊斋志异》，我们可以了解到，《聊斋志异》乃是发愤之作，也是孤愤之书。因为在世俗观念中，蒲松龄和他的《聊斋志异》受到了讥笑和冷落；即便是亲朋好友，也没有支持他的知音，对他执著于创作的态度或是不屑，或是劝阻。大约在康熙二十七年，蒲松龄结识了生命中非常重要的一位知己——当时的诗坛盟主王士祯。蒲松龄与王士祯两人一见如故，结下了文字之交。王士祯读过蒲松龄的《聊斋志异》后，颇为赞赏。通过这位文坛泰斗的称赞，《聊斋志异》声名远扬，在社会上引起了关注和重视。

蒲松龄像，清代画家朱湘麟绘。

蒲松龄从刚刚成年的时候便开始了对《聊斋志异》的创作，到整部书完成，前后耗费了四十多年的时间，凝聚着作者大半生的心血。清康熙五十四年（1715年）正月，这位中国古代文学界的伟大文学家，有如一颗闪动着奇光异彩的明星，在历史的天空中悄然陨落，与世长辞，时年76岁。

内容精要

《聊斋志异》采用的是讲狐说鬼的浪漫主义写作手法，这部曾经被蒲松龄称为“狐鬼史”的《聊斋志异》，属于志怪传奇类小说，描写的多是狐仙鬼怪、花妖精魅这样的“异类”，记述了一些奇闻异事，一共包括四百九十多篇小说和故事。

蒲松龄笔下的狐仙、鬼怪和花妖多是女性，她们有的温婉娇弱，如《青凤》中的青凤；有的坚贞刚毅，如《鸦头》中的鸦头；有的天真无邪，如《婴宁》中的婴宁；有的成熟深沉，如《聂小倩》中的聂小倩；顽皮可人的有《小谢》中的阮小谢、乔秋容；哀怨悲观者如《巧娘》中的巧娘和《连琐》中的连琐；豪爽不羁的像《莲香》中的莲香；羞涩怯弱如《莲香》中的李女。她们个个性格鲜明且千差万别，给人以千姿百态、情趣盎然的印象。

作者有意塑造了许多德才兼备的优秀女子，这些女子不但智慧聪颖，而且语言机智幽默，这在很大程度上推翻了封建社会“女子无才便是德”的传统准则。书中的女性和封建夫权压抑下的不幸女性不同，她们有健康的身心，发育完善的人格。没有太多的忌讳，不必谨言慎行，畏首畏尾。她们可以逾越封建道德礼法的鸿沟，冲破一切艰难险阻去追求自己的理想，实现自我的价值。这些女性实际上是作者理想中的女性，她们的生活，实际上也是作者理想中女性们应该享有的生活。从这些女性人物的身上，我们可以看到蒲松龄思想中所闪烁的民主精神的光芒，他怀着对美好未来的憧憬，向世人展示了一幅积极健康的妇女生活的画卷，令人耳目一新。

《聊斋志异》描写了许多人鬼狐妖之间动人的爱情故事。例如在《瑞云》这篇故事里，贺生所爱的女子原本秀外慧中，但后来脸上却长满了墨痕，丑陋得触目惊心，尽管如此，贺生却毫无嫌弃之心，始终如一地珍爱着对方。他的爱摒弃了以貌取人的肤浅，发自内心深处，重视精神上的结合，因此即便是被迫从事一些艰难的工作他也绝无怨言。又如《连城》一文，讲的是连城与乔生二人爱好诗文，因此而结为知己，感情至深，为了给连城治病，乔生不惜忍受剧痛将自己的肉割下。他们生不能拜为夫妻，死也要结成连理。这样真挚的感情，足以感天地、泣鬼神！

《聊斋志异》深刻揭露了整个封建官僚机构的黑暗、统治阶级腐朽而丑恶的本质，控诉了他们对劳苦人民进行的残酷蹂躏和迫害。例如《梦狼》篇，写了一个老人的可怕梦境：衙门里上上下下林立着吃人嗜血的恶狼，堂上堂下，“白骨如山”。这不正是当时残酷的社会现实的形象写照吗？深受其害的老百姓，阅尽世态的明眼人，他们谁又会否认官府就是杀人的魔窟，官吏就是披着人皮的冷血动物，是一群吃人肉、喝人血的牲畜呢？说到底，《聊斋志异》就是一面镜子，反照的皆是封建社会的阴暗面和丑恶面。

妙语佳句

· 小生不避险恶，实以卿故。幸无他人，得一握手为笑，死不憾耳。

类型	成书时间	推荐理由
小说	清乾隆十五年（1750年）	《儒林外史》是中国古代最杰出的讽刺小说。

借滑稽笑闹写悲凉凄惨
——《儒林外史》

背景搜索

小说《儒林外史》的作者吴敬梓，字敏轩，号粒民，别署“秦淮寓客”，因有一书斋名叫文木山房，晚年时又号“文木老人”，人称文木先生。吴敬梓出生于清康熙四十年（1701年），家住安徽省全椒县。

吴敬梓的一生充满了悲痛、贫苦和艰辛。在他13岁的时候母亲便离开人世，22岁那年又失去了父亲，在父亲吴霖起死后，他房的兄弟将其财产瓜分殆尽，其结发妻子也不堪忍受族人的欺凌，抑郁而终。同时，科举考试的失败让他在乡里受尽轻慢，饱尝了人情冷暖。

雍正十一年（1733年），吴敬梓迁居到南京秦淮河畔，从此跳出了过去压抑的生活。《儒林外史》就是从这个时候开始撰写的。在吴敬梓的书斋——文木山房里，经常有形形色色的人出入，从文人墨客到道士伶人，都是他结识来往的对象。这种广泛的来往，为吴敬梓创作《儒林外史》积累了丰富的素材。

吴敬梓是位多才多艺的学者，他一生著述丰富，保存流传下来的诗文词赋有《文木山房文集》4卷，集外佚文有《玉巢诗草序》、《玉剑缘传奇序》、《尚书私学序》3篇。此外还有《诗说》7卷以及一些零散诗歌。我们今天看到的《吴敬梓集外诗》，是后人为其收录编辑的。

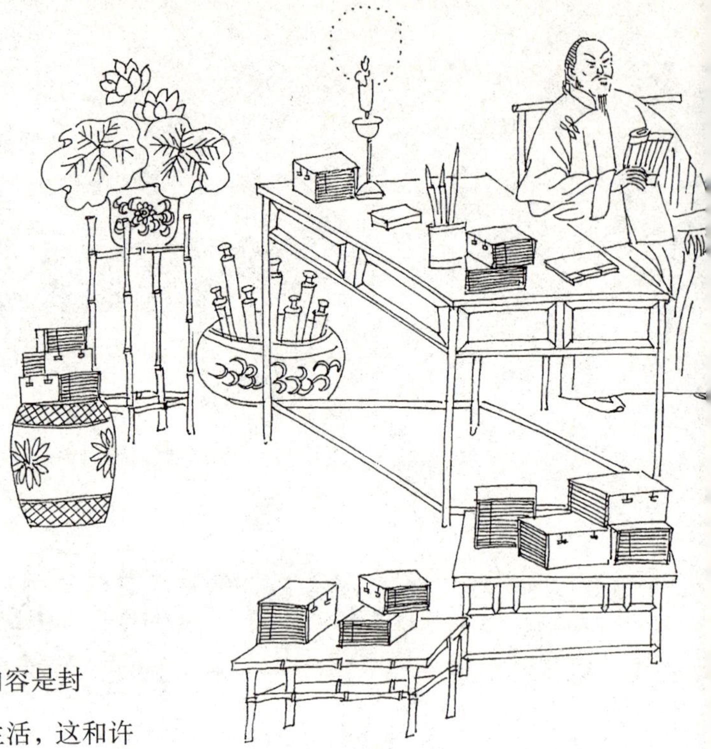

内容精要

《儒林外史》所描写和反映的内容是封建社会后期的知识分子的思想和生活，这和许多著名的长篇小说有很大的不同，同时也正是这部小说的独特之处。《儒林外史》在中国小说史上第一次塑造了一系列生动且个性鲜明的知识分子形象，第一次对封建科举制度进行了深刻的揭露和鞭挞。它也是我国文学史上第一部长篇讽刺小说。吴敬梓杰出的讽刺艺术，可以与17世纪法国优秀的讽刺作家莫里哀、19世纪俄国进步的讽刺作家果戈理所取得的艺术成就相媲美。

“功名富贵”四个字，既是全书的主题，也是吴敬梓创作《儒林外史》时的着眼点，是全书的“大主脑”。小说中形形色色的儒林众生相，都是围绕这个主题勾画的。以“功名富贵”为行为和道德的分水岭，这群知识分子主要可以分为两大类：一类是厌弃名利富贵的高尚者，他们视金钱如粪土，出淤泥而不染，例如王冕，他便是一个视富贵功名如浮云的正派人，寄情于山水之间，放纵于诗酒之中，以一技之长过着清淡悠闲的生活。另一类则是热衷于追求名利富贵的卑污者，例如二王（王仁、王德），眼里只有功名富贵，一心要谋得金钱和权位，却还要说什么“我们读书人，全在纲常上做工夫”之类的鬼话。

谈到《儒林外史》的艺术成就，必须着重强调的是小说浓郁的讽刺色彩，吴敬梓塑造的众多反面知识分子形象，无不体现出作者辛辣而犀利的讽刺艺术。

吴敬梓历经了科举考试的磨难，因此对于科举考试的虚伪性和毒害性也看得非常透彻，《儒林外史》揭露和讽刺科举制度的毒害和八股取仕的弊端是不遗余力的。例如写匡超人，他原本是个纯朴无瑕的年轻人，因为受了“功名举业”之类的怂恿和蛊惑，跌入社会的泥潭，最终彻底失去了良好而宝贵的品质，沦为了封建科举制度毒化下的败类。又如写倪霜峰，他因为读了几句死书，弄得高不成低不就，手无缚鸡之力，日子一天穷似一天，到最后居然落到了卖儿鬻女的悲凉地步。

吴敬梓用冷静、理性的笔触，揭示和讽刺了科举制度的腐朽。例如书中描写安庆七学的科举考试情况，主考官公然收受贿赂，把考场视为集市，将功名当做商品，估价出售，庐州的秀才价值300两银子，绍兴的秀才卖到1000两。从上至下，皆视科举取仕为儿戏，为各取所需的交易手段。在这些冠冕堂皇的考场里，不知隐藏着多少阴谋和阳谋。

帝皇时代所设制的科举考场。

吴敬梓出身于正统的封建地主阶级家庭，接受并遵从的是正统的儒家思想。而他看到的一些依靠儒学登科入仕的文人儒生，却打着孔孟的幌子，私底下干着污秽不堪的丑恶勾当。他们的行为和思想无疑激怒了吴敬梓，因此我们可以在《儒林外史》中看到许多这种社会渣滓的丑恶嘴脸。例如吴敬梓笔下的王惠，读书是为了做官，做官是为了捞钱，时时刻刻惦记着的，是“三年清知府，十万雪花银”，追逐名利富贵到了恬不知耻的地步。他到南昌府上任第一天，就迫不及

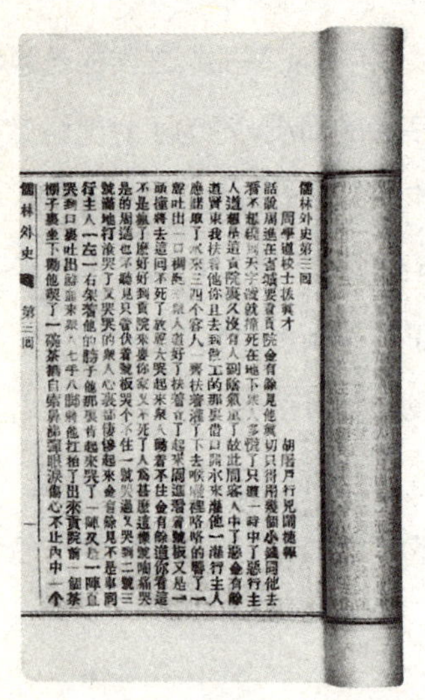

儒林外史第三回

周學道校士拔真才　胡屠戶行兇鬧捷報

儒林外史　第三回

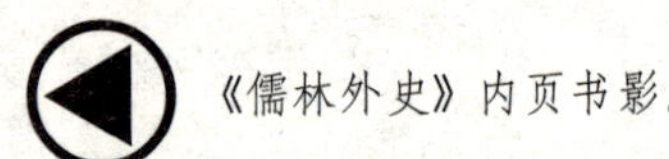

《儒林外史》内页书影。

待地打听如何中饱私囊。又如欺世盗名的牛浦卿，偷了“牛布衣书稿”去换取功名，最后索性冒名顶替，被人唾弃为“书中第一等下流人物”。作者揭露了封建官僚地主卑鄙、贪婪的本质，实际上也暗示了封建统治者的必然下场，那就是从政治腐败走向最终的衰亡。

《儒林外史》体现了吴敬梓主张自由、平等的民主观念，这一点在书中人物杜少卿身上得到了淋漓尽致的体现。杜少卿是一个特立独行的叛逆人物，他反对纳妾，主张一夫一妻制；尊重妇女，提倡男女平等。他认为娶妾是“一个人占了几个妇人”，觉得这样“最伤天理”。游玩清凉山，他敢于在公众场合，挽着妻子的手游山看景，漠视所有惊骇的眼神和议论。

《儒林外史》通过对形形色色的儒林人物的刻画，多层次、多角度地展现了封建社会各个方面的风貌，深刻地描写了精神空虚、道德堕落的知识分子形象，进而抨击了使知识分子道德败坏的科举制度。《儒林外史》犹如一面历史的镜子，如实地折射了整个封建社会的阴暗面。

妙语佳句

· 三年清知府，十万雪花银。

· 钱到公事办，火到猪头烂。

· 见义不为，是为无勇。

类型	成书时间	推荐理由
诗歌选编	清乾隆二十八年（1763 年）	熟读唐诗三百首，不会作诗也会吟。

老少皆宜，雅俗共赏
——《唐诗三百首》

背景搜索

从我国最早的一部诗歌总集《诗经》开始，经过几千年的磨砺和发展，诗歌这种艺术形式得到了非常充分的发展。尤其到了唐朝，近体诗的形式确立了，古体诗和近体诗全面发展，我国古典诗歌进入了空前的黄金时代，出现了前所未有的诗歌大繁荣局面。唐诗创作之繁荣，流派之众多，题材风格之丰富多样，各类诗歌体制之愈益齐备和全面定型，诗歌艺术之全面发展，是前所未见的。这表明了中国古典诗歌的发展已经进入了完全成熟的阶段。唐代诗坛上名家辈出，涌现了一大批优秀的诗人。如陈子昂、王维、孟浩然、高适、岑参、韩愈、柳宗元、元稹、刘禹锡、李贺、杜牧、李商隐等。在他们中间，尤以李白、杜甫、白居易等的成就最高，是世界闻名的伟大诗人。流派众多的诗人创作了大量风格各异、内容丰富、意境高远、动人心弦、脍炙人口的诗篇。

早在唐代，流传的唐诗选本就已有不少种类，宋元明清各代也出现了各种不同类型和版本的唐诗选本。清蘅塘退士依照“以简去繁”的原则，选取了大量的唐诗名篇，辑录而成《唐诗三百首》。

《琵琶行》，明代画家郭诩根据白居易《琵琶行》的诗意所创作的写意人物画。

内容精要

《唐诗三百首》一书，分为8卷，入选诗篇按诗体分为五古、七古、五律、七律、五绝、七绝六类，乐府诗附入各体之后。《唐诗三百首》的命名，是沿袭“诗三百”的说法，有要继承《诗经》传统的含义。“三百首”是个概数，实际上该书一共收录了310篇诗作。该书不但适合百姓阅读，也能登大雅之堂。《唐诗三百首》，因篇幅适中、老少皆宜、雅俗共赏的优点，成为两百年来刊刻最多、传播最广、在旧选本中影响较大的一部诗歌集。

唐诗标志着中国古典诗歌成就的高峰。

李白和杜甫的诗歌，标志着盛唐诗歌的最高成就。韩愈曾称赞过这两位举世瞩目的伟大诗人：“李杜文章在，光焰万丈长。”李白与杜甫的诗歌风格不同，但在艺术成就上各自达到了两个不同的巅峰。他们彼此不能替代，也不能掩盖对方的光芒。因为《唐诗三百首》收录的作家作品众多、流派各异，因此本文主要具体介绍李白、杜甫两位最突出的诗人及其作品。

杜甫早期的作品，有着纵横驰骋的饱满热情和活力。例如他在《望岳》诗中曾这样写道：“会当凌绝顶，一览众山小。”

进入中年时期，诗人杜甫对人生和社会的看法趋于成熟，他了解百姓的疾苦，透彻地看到了朝廷的腐败本质，创作了一系列具有思想深度的现实主义作品。例如他在《丽人行》一诗中，描述了皇室成员杨贵妃和其兄杨国忠等人糜烂的生活，讽刺了统治阶级的罪恶，暴露了黑暗的社会现实。

唐王朝内部的腐败终于引发了“安史之乱”，整个国家陷入了战争、杀戮、分裂的动荡混乱的局面之中，人民流离失所，国家的统一和安定遭到破坏。杜甫一改过去的诗风，饱蘸着忧国忧民的深厚感情，写出了“国破山河在，城春草木深。感时花溅泪，恨别鸟惊心”的诗句，流露出对战争的痛恨以及对苦难人民的深切同情。

《唐诗选》书影，明陈氏双色套印本。

“安史之乱”基本平定后，杜甫到了成都，当他听说朝廷收复了河南、河北的喜讯时，内心顿时百感交集，感到无比的欢欣振奋。他写下了《闻官军收河南河北》：“剑外忽传收蓟北，初闻涕泪满衣裳。却看妻子愁何在，漫卷诗书喜欲狂。白日放歌须纵酒，青春作伴好还乡。即从巴峡穿巫峡，便下襄阳向洛阳。”将一个爱国诗人由惊到喜，由涕泪到雀跃的情绪传达得淋漓尽致。

由于杜甫的诗作艺术地再现了动乱的现实，故而有了“诗史”的美誉。

李白的诗虽然不像杜甫的诗那样和现实有着极其紧密的联系，但独树一帜，具有毫不逊色于现实主义诗作的浪漫情怀。李白的诗，在艺术上的突出特点是具有丰富的、令人惊奇的想象力。《梦游天姥吟留别》是李白的名篇，通过这首诗，我们可以领略到诗人恣意纵横的想象、浪漫豪放的笔法，更可以通过缤纷华美的诗句，领会诗人“安能摧眉折腰事权贵，使我不得开心颜”的洒脱。又如在《将进酒》一诗中，诗人同样以豪放的语言，最大限度地宣泄了内心对现实的愤懑。

战乱后的唐朝，逐渐走向衰败，文化和艺术领域也呈现

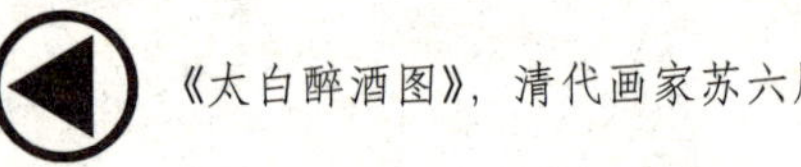
《太白醉酒图》，清代画家苏六朋绘。

一片凋敝的景象。尔后出现了“新乐府”运动，整个诗坛又开始复苏、兴盛，活跃着一批以白居易、元稹、韩愈、柳宗元、刘禹锡等为代表的优秀诗人。白居易的诗和杜甫的诗一样，是我国文学史上现实主义的代表作品。这些诗或是描写百姓的贫困疾苦，或是揭露官吏的贪婪腐败，或是揭露社会矛盾，或是抒发自己的政治见解。例如《长恨歌》、《琵琶行》等，均堪称是不可多得的优秀作品。

到了晚唐，重要的诗歌作品多出自于杜牧、李商隐等诗人之手。由于当时的唐王朝已处于风雨飘摇的境地，因此反映在诗歌中的也多是没落、消沉、颓废的思想情绪。但是在艺术上，这些作品仍然有着突出的成就，在格律对仗、文词构思、诗歌意境方面都是值得把玩的佳作。

妙语佳句

· 白日放歌须纵酒，青春作伴好还乡。

· 烽火连三月，家书抵万金。

· 孤帆远影碧空尽，唯见长江天际流。

类型	成书时间	推荐理由
文选	清康熙二十四年（1695年）	这部书由于所选文章短小精悍，大多脍炙人口，易于记诵，因此成书近三百年来，受到了读书人的偏爱，在一般群众中也流传甚广。

最优秀的古文选本
——《古文观止》

背景搜索

《古文观止》是一个流传了三百多年的古文读本。“观止”，原本是春秋吴国公子季札观看鲁国乐舞《韶箫》时，盛赞其尽善尽美、无以复加时所说的话。书名《古文观止》，意谓书中所选皆为古文精美之作，此书亦为最佳之古文选本。

所谓古文，是一种奇句单行、文风质朴的散体文。作为文体名称，它是唐代古文家针对骈文（一种以双句为主，讲究词语对偶、声韵和谐，注重藻饰、用典的文体）提出来的。但古文早在骈文盛行之前就已大量存在。古文的发展源远流长，到《古文观止》出现时，已经过了先秦、秦汉、唐宋几个重要阶段。

《古文观止》的编者是清初山阴（今浙江绍兴）人吴乘权、吴大职叔侄俩。乘权，字楚材。他一生研习古文，好读经史。康熙十五年（1676年）就在福州辅助先生教伯父之子学习古文，后以授馆终其一生。大职，字调侯，也是嗜“古学”而“才器过人”。他一生的主要经历，是在家乡同叔父一道教书。

二吴编撰《古文观止》费时有年。起初，他们只是为给童子讲授古文而编了一些讲义。

后来逐年讲授，对古文的见解越来越深，讲义越编越精，以致“好事者手录”而去，“乡先生”读后有“观止”之叹，劝他们“付之剞劂以公之于世”。这样，他们才“辑平日之所课业者若干首”为一书。书稿编好后，即寄往归化（今呼和浩特市）请吴兴祚审阅。兴祚，字伯成，号留村，为乘权伯父。他官至两广总督，时任汉军副都统。他“披阅数过”，以为此书于初学古文者大为有益，便于康熙三十四年（1695年）端午节为书作序，且“亟命付诸梨枣”。这样就有了《古文观止》最早的刻本。

内容精要

明清以来，出现过许多古文选本，若论流传之广、影响之大、至今还受到广大读者喜爱的，莫过于《古文观止》。它能流传不衰，与二吴编书的指导思想迥异于常人大有关系。

前人编古文选本，有的是借点评以泄愤，提倡一种义理，张扬一种精神；有的是借选古文标榜一种流派，推行一种文风。虽然两者都介绍古文的思想、艺术特色，但尚理、尚文，各有偏重，都难免有用意狭隘或独守门户之嫌。二吴不是这样，他俩“杂选古文，原

为初学设也”，既要供先生“课弟子”用，也供“童子”“肄习”用。用今天的话说，就是要编一本老师可用来讲授、学生可用来自学的古文教科书。既然如此，就要求：一、编者选篇合理，态度公允、客观，打破门户之见，真正选出古文中的名篇佳作，使学子能比较全面、正确地认识历代古文的精神特质和艺术风貌；二、编选体例合理，要适应教和学的需要，特别要便于自学。这两点，二吴都做到了。

先说选篇。《古文观止》共选自周到明61位作者的古文222篇（中有骈文4篇），其中西汉以前（包括西汉）文100篇，西汉以后文122篇。西汉以前文中，《左传》文有34篇，《国语》文有11篇，《战国策》文有40篇，司马迁文有15篇。西汉以后文中，唐宋文有94篇，明文有18篇。而唐宋文中，“八大家”之文占78篇。八家文中，韩愈有24篇，柳宗元有11篇，欧阳修有13篇，苏轼有17篇。可见，《古文观止》所选古文，主要来自先秦文、西汉文和唐宋文。应该说，各期古文在选篇中所占份额，大体能反映出古文盛衰的历史状况。书中不但有大家的代表作，还收有虽非出自大家却在古文史上卓有影响的名篇，因而选篇中精品多，覆盖的作者面较广。又由于注意选入各家不同题材、体裁、风格的作品，因而能使初学者较为全面地了解诸大家古文的艺术特色。而选篇数量适中，为读者收

《前赤壁》，明代画家陈道复绘。苏轼的散文《前赤壁赋》借景立论，纯真自然，为后人所推崇。

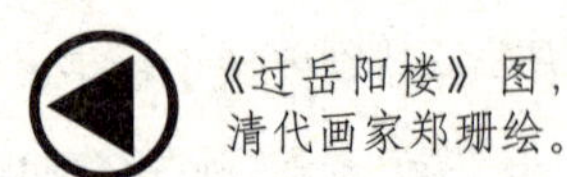

《过岳阳楼》图，清代画家郑珊绘。

尝鼎一脔之效，提供了可能。

再说体例。该书体例亦“为初学设也”。全书篇目按时代先后分为12卷。每篇于重要文字上加圈点以引人注目，又于语气停顿处加圆点断句以便诵读，同时还作了评注。二吴认为评注兼有对初学者十分有用，说：“古文评注兼有方能豁然。若有注无评，或有评无注，譬若一人之身，知其有面目而不知其有血脉，知其有血脉而不知其有面目，可乎？是编字义、典故逐次注明，复另加评语，庶读之者明若观火。”（《例言》）“注”即注释。一是注音，所谓“是编音声无一字不注，且即注于本字之下，便于诵读”。二是释义，所谓“是编于艰奥须解者固细加阐发，即目前便语亦未尝率意忽过，庶于初学有补”。三是“注解典故”。“评”即评议。一是对文章内容的评议，如评汉武帝《求茂材异等诏》中“盖有非常之功，必待非常之人”句，谓“武帝雄心，露于非常之中”即是。二是对文章艺术的评析，其中大量出现的是对文章结构形式的分析，包括揭示文字主旨、理清脉络、概括段落大意以及说明用语之妙。此类评语完全分布在原文字句下，彼此内在联系紧密，实是评论者在总体把握文章艺术特点的前提下，对行文艺术的具体分析，措词简明，点到即止。对全篇艺术特点的归纳，则以总评形式置于篇后。总评论艺术特色，往往兼论内容。文字短则数十字，长不过百余字，都能说出全篇的艺术特征。在结合文中点评诵读全文后，再读总评，读者常常会产生一种纵观全局、豁然开朗的感觉。

妙语佳句

· 兢兢焉义之未合于古，勿敢登也；一理之未慊于心，勿敢载也；一段落、一钩勒之不思于法度，勿敢之不协于还韵，勿敢书也。

类型	成书时间	推荐理由
类书	清康熙二十一年（1782年）	这本书基本上概括了清代中叶以前中国的重要著作，对了解中国古籍，研究中国古代文化，有着极其重要的意义。

门类允当，考证精详
——《四库全书总目提要》

背景搜索

《四库全书》的修编起于朱筠奏请校阅《永乐大典》，每校完一种书，必写成一篇提要，将这些提要汇成一本书，历经9年，编成《四库全书总目提要》（又称《四库全书总目》）。其编写形式是，先标列书名、卷数及来历，下文依次叙述作者的简历和其书的内容提要以及优劣得失等，每篇数字到数百字不等，甚为简要得体；而《四库全书总目提要》较原书所列提要不同，它经过纪昀、陆锡熊加工润色，论述更为确切了。

纪昀（1724—1805），字晓岚，河北献县人。31岁（乾隆十九年）中进士，历任翰林院编修、四库全书馆总裁、侍读学士、兵部尚书、礼部尚书、协办大学士。其一生精力，全部付诸《四库全书总目提要》一书。

《四库全书》的编纂，始于乾隆三十七年（1772年），历时10年，到乾隆四十七年（1782年）纂修完成。开始时，乾隆以充实内府图书为名，令各省督抚购访遗书进呈，实际是想借此查禁民间流传的反抗清朝统治的书籍，并进而删削我国典籍中有碍于封建统治的内容。不到一年，各省进呈的书籍就有四五千种。

乾隆三十八年，翰林院编修朱筠又条奏从明代的《永乐大典》中辑录古书。因此，在翰林院设立了“四库全书处”，以纪昀、陆锡熊为总纂官，将各省所进的书和《永乐大典》中所收的书对勘，分别有无，校正异同，然后把应该辑录的誊写成篇，没有抄录的，也登记书名，汇为总目后，依照经、史、子、集的分类分别编定。参与这项工作的有四百多人。

乾隆四十年（1775年），又改“四库全书处”为“四库全书馆”，馆臣把一万多种书应抄的和应存目的分别开列，每一种书各撰写一篇提要，附在书前。由于当时《四库全书》收录的书极多，卷帙浩繁，所抄又非一部，所以直到乾隆四十七年（1782年）才完工。

“敏而好学可为文，授之以政无不达”的大学士纪晓岚像。

后来，《四库全书》又屡经抽换抄补，延迟到乾隆五十四年（1789年）才真正全部竣工。先后共抄7部，分别储藏于宫内文渊阁、圆明园文源阁、热河避暑山庄文津阁、奉天行宫文溯阁、镇江金山寺文宗阁、扬州大观堂文汇阁、杭州圣因寺行宫文澜阁。文源阁、文宗阁、文汇阁处三部书先后毁于兵火。文津阁一部现藏于国家图书馆，文渊阁一部现在在台湾，文溯阁一部在甘肃省图书馆，文澜阁一部在浙江图书馆。这是《四库全书》的编纂及其馆藏的变迁情况。

内容精要

《四库全书》收录的书有3461种，79309卷，分装为三万六千多册。没有采入而只存目录的书有6793种，一共93551卷。纪、陆二人在短短10年中怎能够本本精读，做出“颇为详核”的提要200卷呢？原来各省的进呈本和内府本都已有简略的提要。当时纂修官有360人，他们分类校书，校完后，各人都写出原书提要。纪昀是总裁，各纂修官的分目提要，都要经过他的增删考订，最后合为“总目提要”，使它成为有体例、有组织、有见解的目录学书。这是纪昀著述事业上的辉煌成就。朱珪在其所写的《纪昀墓志铭》中说：“公馆书局，笔削考核，一手删定为‘全书总目’。”所以，《四库全书总目提要》一书，虽然

清军渡海战船模型。

是依据各个纂修官的提要草稿，但裁定成书，却主要表现了纪昀一人的才识。而这部书，便也成了超越前代、内容丰富、有极高学术价值的目录学巨著。

《四库全书》的分类，依据的是唐初所修的《隋书·经籍志》，以经史子集四部来区分所有图书的性质。其中经部分10类，史部分15类，子部分14类，集部分5类。类目如下。

经：易、书、诗、礼、春秋、孝经、五经总义、四书、乐、小学。

史：正史、编年、纪事本末、别史、杂史、诏令奏议、传记、史钞、载记、时令、地理、职官、政书、目录、史评。

子：儒家、兵家、法家、农家、医家、天文算法、术数、艺术、谱录、杂家、类书、小说家、释家、道家。

集：楚辞、别集、总集、诗文评、词曲。

所立44类当中，有的流派众多，则又分立子目，按照书的性质和内容分列。如史部地理类竟立子目9项之多，各从其类，条理井然。从总体上说，其分类是十分审慎的。每部书的归类，据“凡例”所说，都曾经“考校原书，详为厘定”。只有子部收书过杂，应当是受了四部类属的限制，无法突破其樊篱所致。

在编纂的方法上，《四库全书总目提要》确立了目录学的样式。它分类详明，编排有序，最重要处在于每部前面有总序，每类前面有小序，以辨彰学术，考镜源流。该书的凡例云："四部之首，各冠以总序，撮述其源流正变，以挈纲领。四十三类之首，亦各冠以小序，详述分并改隶，以析条目。"其总序着重于论述学术的渊源派别，评述历来门户之见的是是非非。小序大都陈述立目的缘由和本类收书的范围和取舍标准。每类后面有跋语，有时子目下面还有按语。撰述者接受了历代校书编目的优良传统和经验，又能根据时代的不同而有所变更。这些都构成了目录学的体系。这也合乎章学诚说的"著录部次，辨彰流别，将以折衷六艺，宣明大道，不徒为甲乙纪数之需"。

地球仪，康熙年间制。

《四库全书总目提要》的治学倾向的最大问题是正统观念。正统观念的核心是馆臣们怎样避免得罪清王朝，所以他们兢兢业业，唯思免咎，稍涉忌讳之处，无不先意承旨，爬罗剔抉。他们对于典籍的处理有三种方式。一、凡是进呈著录之书，全部抽改，尤以史部为甚。二、凡是直接抵触清室的书籍，则禁毁无疑。三、其余的著录存目之书，馆臣不可能一一删改，就在提要中微发其意，正统观念尤其明显。

中国古代的图书典籍浩如烟海，《四库全书总目提要》尽力收录各种已刊或未刊的书籍，其中有许多珍本秘籍，保存了许多重要的历史文献，为后人研究中国古代文化提供了方便。

妙语佳句

·四部之首，各冠以总序，撮述其源流正变，以挈纲领。四十三类之首，亦各冠以小序，详述分并改隶，以析条目。

类型	成书时间	推荐理由
字典	清嘉庆二十年（1815年）	《说文解字》是东汉古文经学大师许慎的杰作，是中国第一部系统地分析字形、说解字义、辨别声读的字典

文字之指归，肄经之津筏
——《说文解字注》

背景搜索

《说文解字》成为研究的专门之学，是在唐宋之后。到了清代，随着汉学的复兴，对《说文解字》的研究更加深入，更加自觉而臻于极盛。

段玉裁（1735—1815），字若膺，号茂堂，又号砚北居士、长塘湖居士、侨吴老人，雍正十三年（1735年）生于江苏金坛县。

段玉裁6岁即从祖父发蒙，11岁从父命就读于毗陵连江桥馆舍，受到严格训练。

乾隆二十五年（1760年），段玉裁26岁中了恩科举人，不免踌躇满志，决意在举业上一展宏图，不久便赴京师应试。在钱大昕的寓所，他读到了顾炎武的《音学五书》。该书考据博衍，立论精当，使他惊叹不已。这是段玉裁转而致力于治学的原因之一。他读顾书而进一步认识到古音的重要，便下了决心要研究音韵之学。翌年春闱大试，不料段玉裁名落孙山。为维持生计，他以举人资格担任景山万善殿官学的教习。

段玉裁在万善殿教习期满，返回故乡，乃与弟段玉成悉心研究上古音韵学，开始了他的学者生涯。上古音韵学的奠基人是顾炎武。他离析唐韵，把上古韵分成10部，后来江

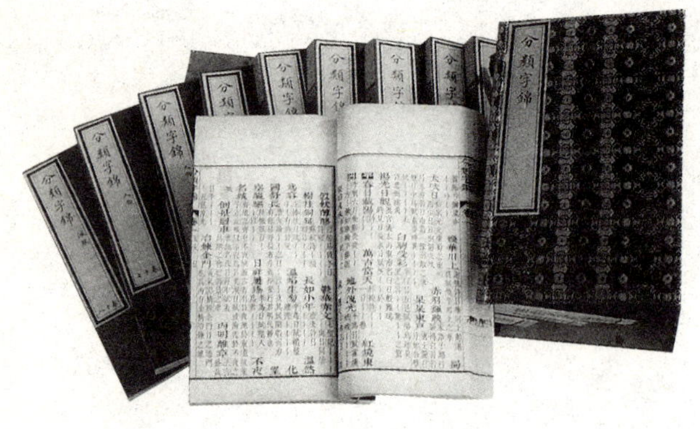

《分类字锦》书影，康熙六十一年武英殿刻本。

永细分为13部。段玉裁仔细研究，认为还不完善，于是“证其违而补其未逮”，在顾、江的基础上前进一步，分为17部。他的这项研究成果体现在他的《诗经韵谱》和《群经韵谱》这两书之中。段玉裁的成就，得到了当时学术界的好评。

后来，在四川任职期间，他又写成了《六书音韵表》，提出了“古四声不同今韵”、“上古有平上入而无去声”的重要论点。乾隆四十五年（1780年），适段父有病，玉裁得以卸职回到金坛，从此“键户不问世事者三十余年”，潜心著述。这一时期先后著成《毛诗故训传定本小笺》、《周礼汉读考》、《古文尚书撰异》、《经韵楼集》、《仪礼汉读考》、《集韵校定本》等近30种学术专著，并于此时正式开始撰写巨著《说文解字注》。这部巨著的准备阶段，实际上是从乾隆四十一年（1776年）起开始编纂长编性质的《说文解字读》而开始的。正当他要做进一步努力时，病、贫、讼一齐向他袭来。经过13年的努力，他终于将《说文解字读》浓缩、精炼成《说文解字注》。书成，他又反复修改八年，直到嘉庆二十年（1815年）才付梓刊行，前后历时四十年之久。

内容精要

《说文解字注》阐发了蕴藏于《说文解字》内的体例，使简奥的原本呈现出清晰的脉络，有利于后人学习、研究。在考求字义时，注重形、音、义的互相推求，综合分析，于许慎析义的基础上，大加扩展，旁征博引，所引之书达226种之多。所以该书在语言学、文字学、词汇学、词义学等方面的成就是卓著的。

段玉裁注《说文解字》，多有创见，考辨精当，较之《说文解字》当然要详赡得多。

从段注中，一方面可见他的征引浩博，一方面也看到作者凝聚的生活经验。如《说文解字·丸部》："鼠，鸷鸟食已，吐其皮毛如丸。"段玉裁注："玉裁昔宰巫山县，亲见鸱鸟所吐皮毛如丸。"这使我们联想到李时珍实地考察穿山甲及其食蚂蚁的事。梁代陶弘景在《名医别录》中对它有一段生动的描写。他说穿山甲状似鳄鱼而较短小，又似鲤鱼而有四足，黑色，水陆两栖。它白天爬上岸晒太阳，把全部鳞甲张开，似死然，把一群群蚂蚁引诱入甲中，然后将鳞甲紧闭，投入水中。入水后，鳞甲张开，蚂蚁则全部浮在水面，它就在水面上游弋吞食。李时珍对此记载很感兴趣，但他认为百闻不如一见，他要实地考察一次。一次，他在蕲州西北的一处山坡上发现一只穿山甲正在觅食。他隐蔽在灌木丛中，仔细观察。只见穿山甲左摇右摆地爬到蚂蚁窝旁，张开嘴把舌头伸出，紧贴地面。蚂蚁以为是一块鲜肉，便把所有同伴招来共尝美餐。待到舌头上全是蚂蚁时，穿山甲巧妙地将舌头往嘴里收缩，蚂蚁则葬身其腹中了。李时珍捕捉了这只穿山甲，当即解剖，发现它脏腑俱全，而胃特别大，胃中"约蚁升许"。这样，李时珍完全弄清了穿山甲食蚁的真相，既肯定了陶弘景所说穿山甲是两栖动物和食蚁兽的特点，又大大补充和丰富了陶氏未能观察到的内容。段玉裁对于猫头鹰吃老鼠后所吐皮毛如丸的事，说自己在巫山曾考察过，证明许慎此解是正确的。不过所记简略，我们仅得其"玉裁昔宰巫山县，亲见鸱鸟所吐皮毛如丸"17字而已。

这部书当然也有缺点，除一般的封建观点外，段氏之病在于盲目尊许和过于自信。由于盲目尊许，所以除在个别地方略有微词外，全书中几乎找不出一句真正批评许慎，指摘其错误的话。更有甚者，凡许氏错解字形、误释字义者，段往往旁征博引，详为之注。如"为"字，许慎据小篆说为"母猴"，当是不伦不类，所解是错误的。段玉裁则又引《左传》辗转为之解释，说"下腹为母猴形……其下又全像母猴头目身足之形也"，纯是臆说。又如"也"字，本与"它"同字，许据小篆释为"女阴"，纯系无稽之说。段氏则强调说"此篆女阴是本义，假借为语词"，"许在当时必有所受之"，为之开脱。又由于自信过甚，也就难免主观武断，且信《韵会》等后出之书胜于信《说文解字》，以致增删篆文，而多有不当处。

妙语佳句

· 玉裁昔宰巫山县，亲见鸱鸟所吐皮毛如丸。

类型	成书时间	推荐理由
史学理论	清嘉庆六年（1801年）	《文史通义》是一部史学理论著作。它是清代著名学者章学诚的代表作，与刘知几的《史通》一直被视作中国古代史学理论的双璧。

史义是史学的灵魂
——《文史通义》

背景搜索

章学诚（1738—1801），字实斋，号少岩，浙江会稽（今绍兴市）人，是我国封建社会晚期一位杰出的史学评论家。章学诚在《文史通义》中，不仅批判了过去的文学和史学，也提出了编写文史的主张。他对编纂史书的具体看法，又表现在他所修的诸种地方志之中。

章学诚在这部书中提出了“经世致用”、“六经皆史”、“做史贵知其意”等著名论断，建立了自己的史学理论体系；同时还在总结前人修志经验的基础上，提出了“志属信史”、“三书”、“四体”、“方志辨体”和建议州县“特立志科”等重要观点，建立了方志理论体系，创立了方志学，从而奠定了他在清代史学上的重要地位。

章学诚在太学志局的不幸遭遇，是促使他下决心着手撰写《文史通义》的直接原因。乾隆三十二年（1767年），章学诚因“二三当事，猥以执笔见推”，进入太学志局，参与《国子监志》的编修工作。但他进入志局后，便感到处处受牵制，难以施展自己的才干。尤其令他气愤的是，志局监领嫉贤妒能，倚仗自己手中的权力，颠倒是非，排

北京国子监彝伦堂。

挤和打击有真才实学之士。数年之后，章学诚忍无可忍，于是愤然离开志局。

离开志局后不久，他给曾任顺天乡试考官、一向很关心和器重他的朱春浦先生写了一封长信，陈述了自己离开志局的原因和今后的打算。他说："学诚用是喟然谢去，非无所见而然也。昔李翱尝慨唐三百年人文之盛，几至三代两汉，而史才曾无一人堪与范蔚宗、陈承祚抗行者，以为叹息。夫古人家法，沈约以前，存者什五，子显以下，存者什三。唐史官分曹监领，一变马班以来专门之业，人才不敌陈、范，固其势也。每慨刘子元不以世出之史才，历景云、开元之间，三朝为史，当时深知，如徐坚、吴兢辈，不为无人，而监修萧至忠、宗楚客等，皆痴肥臃肿，坐啸画喏，弹压于前，与之锥凿方圆，抵龉不入，良可伤也。子元一官落拓，十年不迁，退撰《史通》。是以出都以来，颇事著述，斟酌艺林，作为《文史通义》，书虽未成，大旨已见。"刘知几，字子元，是唐朝著名的史学理论家，曾任史官多年，后因忍受不了人浮于事、相互扯皮和嫉贤妒能的腐朽官僚体制，愤然离去，撰写《史通》，于是成为一代史学名家。章学诚在这里通过叙述刘知几在史馆里的遭遇，不仅暗示了自己离开志局的原因，同时

也说明了自己开始撰写《文史通义》的原因和动机。

关于《文史通义》一书的写作年代，章学诚未曾明确说过，但还是可以通过他的一些行迹和言谈推断出来。

在上面给朱春浦的这封信中，章学诚还说道："出都以来……作为《文史通义》。"这表明《文史通义》一书的动笔时间，应当在他出都后不久。根据他信中说明的情况，章学诚是在出都的次年写的《文史通义》，那时已经距离他离开故乡整整20年了。章学诚离开故乡是1753年，则《文史通义》的动笔时间应当是1773年，章学诚时年35岁。

由于章学诚一生贫穷，为了生计常常要四处奔波，这使他不可能安稳坐下来从事学术研究，所以《文史通义》一书的写作时断时续，进展十分艰难和缓慢。章学诚逝世前一年，因为积劳成疾，已经双目失明，即使这样，仍笔耕不辍。但天不假年，他早已列入计划的《圆通》、《春秋》等篇还未及动笔，便遗憾地辞世了。可见，《文史通义》一书的写作，自章学诚35岁时起，至他64岁逝世时止，共历时29年。但严格说来，仍没有写完。

内容精要

章学诚撰写《文史通义》最主要的目的是为了阐发史意或史义。他在《和州志·志隅自叙》一文中说："郑樵有史识而未有史学，曾巩具史学而不具史法，刘知几得史法而不得史意。此予《文史通义》所为做也。"在这里，他通过与以上诸家的比较，明确指出自己撰写《文史通义》一书，就是为了阐发史意。此外，他还在《文史通义》的许多篇章中谈到了阐发史意的重要性。例如他在《文史通义·言公》篇中说："做史贵知其意，非同于掌故，仅求事文之末。"在《文史通义·史德》篇中说："史所贵者义也。"在《文史通义·中郑》篇中说："史家著述之道，岂可不求义意所归乎？"等等。

章学诚为何如此强调史意的重要性呢？他认为史学主要包括史事、史文、史义三个部分，其中史义是灵魂，因此最为重要。他在《文史通义·申郑》篇中说："孔子做《春秋》，盖曰其事则齐桓晋文，其文则史，其义则孔子自谓有取乎尔。"据此，章学诚把自己的著作命名为《文史通义》，表明他希望通过对史书和史文的研究达到通晓史义的目的。

妙语佳句

· 做史贵知其意，非同于掌故，仅求事文之末。

· 后之言著述者，舍今而求古，舍人事而言性天，则吾不得而知之矣。

类型	成书时间	推荐理由
书信集	清咸丰年间（19世纪中叶）	刘伯承说：“这位‘曾文正公’，其人不可取，但也不要因人废言。他的家书，也并非都是腐儒之见，其中有些见解，我看还是可以借鉴的。”

风靡天下的生活宝鉴
——《曾国藩家书》

背景搜索

曾国藩，号涤生，谥文正，湖南湘乡人，1811年11月26日出生在一个偏僻山村的地主家庭里。曾国藩从小发愤图强，6岁入塾读书，8岁随父学五经，14岁应童子试，22岁考取秀才，28岁中进士。初授翰林院检讨，1846年充文渊阁直阁士，次年升内阁学士兼礼部侍郎。曾国藩少年得志，官运亨通，10年之中连升10级，官至二品。他能获得这么快的擢升，关键在于他刻苦修身。他受儒家思想影响很深，从不放弃自己的品德修养，至其年衰，政治思想成熟，也不放弃对自己的行为进行反省。他的一生是“修身齐家治国平天下”的真实写照。击败太平军，是他一生事业的顶峰。他一生的转折点是处理“天津教案”。他卑颜屈膝，为洋人卖力，最后在国人的讥骂声中感觉到“天津教案”是“外惭清议，内疚神明，为一生憾事”。《曾国藩家书》记述了曾国藩一生的主要活动和他从政、治家、治学、治军的主要思想，是后人研究曾国藩思想的宝贵资料。

曾国藩在攻克天京后，权势极大，功高震主，清廷对其极不放心。咸丰帝曾在湘军克复武汉时叹道：“去了半个洪秀全，来了一个曾国藩。”曾国藩具有丰富的政治经验和历史知识，熟悉历代掌故，因而在击败太平天国后一方面自裁湘军，一方面把家书刊行于世，借以表明自己忠心为清廷效命，以塞弄臣之口。《曾国藩家书》自那时起便流行开来，历久不衰。后经多家取舍整理，形成多种版本。总的来说，他的家书现存一千四百多篇，从道光二十年到同治十年，历时31年，其内容包括了修身、教子、持家、交友、用人、处世、理财、治学、治军、为政等方面，这些家书真实而又全面，平常而又深入，是一部生动的生活宝鉴。

内容精要

曾国藩的家书，上自祖父母至父辈，中对诸弟，下及儿辈。他一生强调立志，常说："志不立，天下无可成之事。"他为自己写下座右铭道："不为圣贤，便为禽兽；不问收获，只问耕耘。"在其家书中，立志之论甚多。立志之后，自律自勉。他说："余身旁须有一胸襟恬淡者，时时伺吾之短，以相箴规，庶不使'矜心'生于不自觉。"曾国藩原先嗜好吸水烟，后来他要戒绝，但也不太容易，他对其弟说："自戒潮烟以来，心神彷徨几若无主。遏欲之难，类如此矣！不挟破釜沉舟之势，讵有济哉？"曾国藩硬是凭律己的毅力将烟戒绝。

在为人处世上，曾国藩终生以"拙诚"、"坚忍"为原则行事。他在致其弟的信中说："吾自信亦笃实人，只为阅历世途，饱更事变，略参些机权作用，使把自家学坏了……贤弟此刻在外，亦急需将笃实复还，万不可走入机巧一路，日趋日下也。"至于坚忍功夫，曾国藩可算修炼到了极点。他说："困心横虑，正是磨练英雄，玉汝于成。李申夫尝谓余怄气从不说出，一味忍耐，徐图自强。因引谚曰：'好汉打脱牙和血吞。'此二语，是余生平咬牙立志之诀。余庚戌辛亥间，为京师权贵所唾

清代名臣曾国藩画像，他所留给后人的"家书"成为当今人们学习范本。

南京太平天国天王府花园里的不系舟。

骂；癸丑甲寅，为长沙所唾骂；乙卯丙辰为江西所唾骂；以及岳州之败，靖港之败，湖口之败，盖打脱牙之时多矣，无一次不和血吞之。”曾国藩崇尚坚忍实干，不仅在得意时埋头苦干，尤其是在失意时绝不灰心。他在安慰其弟曾国荃连吃两次败仗的信中说：“另起炉灶，重开世界，安知此两番之大败，非天之磨炼英雄，使弟大有长进乎？谚云：‘吃一堑，长一智。’吾生平长进，全在受挫辱之时。务须咬牙励志，费其气而长其智，切不可徒然自馁也。”

在持家教子方面，曾国藩主张勤俭持家，努力治学，睦邻友好，读书明理。他在家书中写道：“余教儿女辈唯以勤俭谦三字为主……弟每用一钱，均须三思，诸弟在家，宜教子侄守勤敬。吾在外既有权势，则家中子弟最易流于骄，流于佚，二字皆败家之道也。”他希望后代兢兢业业，努力治学。他常对子女说，只要有学问，就不怕没饭吃。他还说，门第太盛则会出事端，主张不把财产留给子孙，子孙不肖留亦无用，子孙图强，也不愁没饭吃，这就是他所谓的盈虚消长的道理。

在治军用人方面，曾国藩更是有其独到之处。对于武器和人的关系，他认为“用兵之道，在人不在器”，“攻杀之要在人而不在兵”。他在军队治理问题上主张以礼治军：“带勇之法，用恩莫如用仁，用威莫如用礼。”“我辈带兵勇，如父兄带子弟一般，无银钱，无保

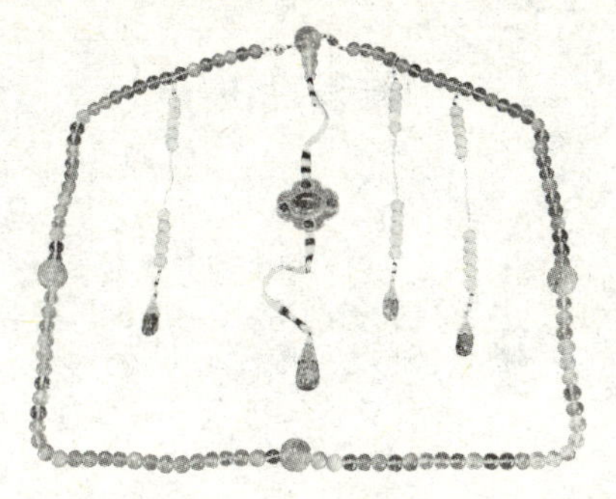

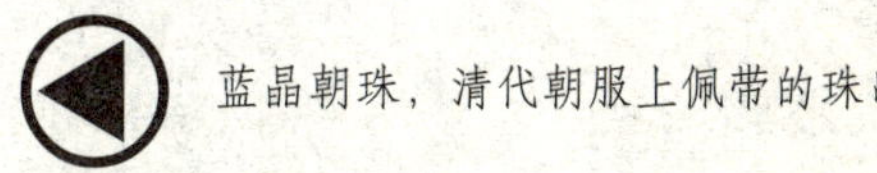

蓝晶朝珠，清代朝服上佩带的珠串。

举，尚是小事，切不可使他扰民而坏品行，因嫖赌洋烟而坏身体，个个学好，人人成材”。为使官兵严守纪律，爱护百姓，曾国藩亲做《爱民歌》以劝导官兵。在战略战术上，他认为战争乃死生大事，应“先求稳当，次求变化”。在用人上，讲求“仁孝，血诚”原则，选拔经世致用的人才。选人标准是“崇实黜浮，力杜工巧之风”，因而石达开说“曾国藩不以善战名，而能识拔贤将”。曾国藩的幕府就是一个人才培训基地，李鸿章、左宗棠、彭玉麟、华蘅芳等都与其共事。

关于曾国藩的“与弟书”，刘伯承对薄一波说过：“这位‘曾文正公’，其人不可取，但也不要因人废言。他的家书，也并非都是腐儒之见，其中有些见解，我看还是可以借鉴的。比如说，他给他的弟弟曾国荃写过不少的信，其时曾国荃镇守南京，已是万军之将。曾国藩在信中一条是劝他戒躁，处事一定要沉着、冷静、多思；另一条是劝他要注意及早选拔替手，说‘办大事者，以多选替手为第一义’。”薄一波也补充道：“曾国藩讲的这两条，作为治军为政之道，不无道理。”

曾国藩的“教子书”谈的多是读书做文之法，“与弟书”谈的多是治军为政之道。曾国藩、曾国荃的治军为政，与刘伯承、薄一波的治军为政，当然是有很大不同的；但如“处事一定要沉着、冷静、多思”，“办大事者，以多选替手为第一义”，这类方式方法也就是战略策略，则古今尽可相通。故刘伯承觉得可以借鉴，薄一波认为不无道理。

妙语佳句

· 有福不可享尽，有势不可使尽。

· 盖士人读书，第一要有志，第二要有识，第三要有恒。

类型	成书时间	推荐理由
文艺理论论著	清光绪年间（19世纪后期）	刘熙载的《艺概》是中国近代文学史上的一部优秀的理论著作，它的广博为后代许多学者所推崇。

古典美学之经典
——《艺概》

背景搜索

刘熙载在上海龙门书院的十四年间（1867—1880）写了许多著作，文艺理论著作《艺概》就是在这个时期完成的。全书共分6卷，分别是《文概》、《诗概》、《赋概》、《词曲概》、《书概》和《经义概》，是我国近代文学史上的一部经典性的文艺理论著作。

刘熙载（1813—1881），字伯简，号融斋，江苏兴化人，出身于一个比较贫寒的知识分子家庭。道光十九年（1839年）中举，道光二十四年（1844年）中进士，官拜翰林院庶吉士，后改授编修。同治三年（1864年）补国子监司业、广东提学使，不久请假返回故乡，从此离开官场。晚年寓居上海，担任龙门书院主讲，长达14年之久。他始终保持着一个学者的本色，闭门读书、写作。正像俞樾在《左春坊左中允刘君墓碑》中所说的："自六经、子、史外，凡天文、算术、字学、韵学及仙释家言，靡不通晓。而尤以躬行为重。"

《艺概》是同治十二年（1873年）写成的，是刘熙载对自己历年来谈文论艺的札记所做的集中整理和修订。六卷中，《书概》和《经义概》分别谈论了书法艺术同诗与画的关系以及治经与八股文写作的关系，其他部分都是专门论述文艺创作的。他的写作目的也相当明确，就是“举此以概乎彼，举少以概乎多”，以达到举一反三、触类旁通的目的。

内容精要

《艺概》的写作缺乏完整的体系。它采取的是以三言两语论述创作上的一个问题或评论一个作家、一种文学现象的方式。他把自己的这部著作，以“概”名之，是因为“欲其详尽，详有极乎”？因此采取“举此以概乎彼，举少以概乎多”的办法，以期起到触类旁通、举一反三的作用。综观《艺概》全书，的确也基本上做到了这点。尤其在论文、诗、词、赋诸部分中，对作家作品的评定，对文学形式的流变，对艺术特点的阐发等，时有卓见。

《艺概》的写法是传统的诗话的写法，用短短几句话，评论一位作家或一部作品，概括其艺术特点。但是比起传统诗话的多部著作来，《艺概》有两个特色：一、它评论作家、作品，主要着眼于艺术作为审美创造的特点和规律，理论性比较强，不像传统诗话、词话那样，用大量篇幅记载传闻逸事或搞史料考证。所以它更带有美学的性质。二、它不像传统诗话、词话那样，只涉及文学的一个门类，而是涉及诗、文、词、曲、书法等艺术的各个门类，这在过去也不多见。

《艺概》最突出的特点，是对艺术创作中一系列辩证关系的探讨，对于这些关系的探讨比起前人来更自觉、深刻和全面。他从解剖各种艺术的具体实践出发，概括出一百多个对立统一的美学范畴，构成了艺术辩证法的一个独特的审美体系，这既是《艺概》的一大特点，也是刘熙载在总结古代艺术辩证法方面的一大贡献。这个审美体系的基本内容，可以从七个方面加以概括：主观与客观统一的本质论、真实与虚幻统一的真实论、“一”与“不一”统一的意象论、似花还似非花统一的意境论、阳刚与阴柔统一的风格论、用古与变古统一的发展论、人品与诗品统一的鉴赏论。

刘熙载是一个重视躬行实践、力求独善其身的儒者。他论诗话文评曲品词，十分强调作家的思想感情以及为人处世的“人品”在创作实践中的作用和影响，提出了“诗品出于人品”的著名论断。这也是他文艺品评的重要原则和文学评论的核心。

知人论世，是我国文艺批评和文艺理论的基本观点，所以就有“读其文想见其人”的评论。刘熙载的“诗品出于人品”，就是认为诗品是人品的一种反映，是诗中的人品。前者具

《远眺图》，明代画家仇英绘。

体指作品的思想和艺术水平的高低，后者指作家的道德品质。从这个观点出发，在《艺概》中，对品格高尚的作家的作品，他给予了极高的评价；对于品格不高者，则常有微词。这就强调了人的才学、思想、性情。

基于上述思想观点，刘熙载对一些作家作品的认识，往往相当深刻、明确。他能够透过一些作品扑朔迷离的表面现象，发掘出作家作品深层的思想内涵，揭示作品的真实内容和艺术价值。在评论李白、杜甫的异同时，他清楚地指出李白的“志在经世”，李白是有理想有抱负的，他的一些描写神仙境界的游仙诗，表面上看来浪漫、超脱，可仍然是一种“有为言之”的创作。他论杜诗，认为杜甫“志在经世”，又善于抒发真实情感，这样的人，如果能够得到明主的器重，为世所用，一定能够“济物”救世。宋代苏轼、辛弃疾的诗词，他十分推崇，《词曲概》里面说：“苏、辛皆至情至性人，故其词潇洒卓荦。”又说：“英雄出语多本色，辛弃疾词，于是可尚。”他对那些具有高尚情操和崇高品质，又有伟大的抱负和爱国心的作家，都给予了很高的评价。相反，对那些在创作上虽然也有很高造诣，但是人品上欠缺或内容空泛的作家作品，却表示出明显不满，甚至加以否定。他尖锐地指出那些描写歌姬、舞女的词作，“类不出绮怨”。（《词曲概》）说北宋大家周邦彦与妓女谈情说爱的词不过是其淫情荡旨的宣泄，“当不得一个‘贞’字”。这在晚清浙江词派与常州词派大都推崇温庭筠、冯延巳、柳永和周邦彦的情况下，无疑是一副清凉剂。

刘熙载对于艺术创造中“天”、“人”的关系，即自然和人工的关系，有很好的论述。他说：“书当造乎自然。蔡中郎但谓书肇于自然，此立天定人，尚未及乎由人复天也。”（《书概》）所谓“肇于自然”，就是说，艺术家创造的审美意象，应该回到自然，不露人工的痕迹，所以叫“由人复天”。

妙语佳句

· 书当造乎自然。

· 文之道，时为大。

· 文变染乎世情，兴废系乎时序。

类型	成书时间	推荐理由
思想论著	中华民国（1919年）	《大同书》最先企图予以改良主义“大同”空想的最高目标。它贯通中西思想，极大地推动了当时社会的发展。

改良主义的乌托邦
——《大同书》

背景搜索

中国近代历史上基本出现和经历了三种空想社会主义思潮。这就是太平天国农业社会主义思想，康有为资产阶级自由派改良主义的“大同”空想和孙中山的小资产阶级革命派的“民生主义”空想。

康有为生于1858年，原名祖诒，字广厦，号长素，广东南海人。他受老师朱次琦的影响，青年时便重视“经世致用”之学。他早年去过香港、上海等地，接触到一些西方资本主义的事物，还攻读了一些介绍西学的书，因而深感中国再也不能以“天朝上国”的身份夜郎自大了，这使康有为的革新思想逐渐萌发，并把学习外国、搞改良当做救国救民的真理。

贯通中西思想的《大同书》，酝酿较早，而正式成书较晚。

康氏自称早在1884年就开始“演大同主义”，1885年就“手定大同之制，名曰《人类公理》”。1898年秋，康有为在日本时，已有稿本二十余篇，1902年避居印度时，最后成书。《大同书》初名为《人类公理》，它是康氏的主要代表作之一。当时除梁启超等少数门徒看到过外，很少人有机会目睹这部杰作。直到1913年才第一次把它的甲部和乙部发表

我国近代著名思想家、政治家康有为。

在《不忍》杂志上。1919年由上海长兴书局将甲乙两部合印成单行本，书名为《大同书》。一直到1927年康有为死后的第8年，才由他的弟子钱定安将全书交给中华书局出版。1956年，古籍出版社重印《大同书》。

内容精要

《大同书》共分十部，它们是：一、“人世界观众苦”，二、“去国界合大地”，三、“去级界平民族”，四、“去种界同人类”，五、“去形界保独立”，六、“去家界为天民”，七、“去产界公生业”，八、“去乱界治太平”，九、“去类界爱众生”，十、“去苦界至极乐”。其中，在客观意义上最重要同时也为康氏自己所特别看重的是一、五、六、七、八部的思想。其第一部则是对封建社会种种罪恶的揭露和批判。

“人世界观众苦”之所以列为《大同书》的第一部，正是为了作为这些自命为“救世主”的英雄们产生伟大抱负的理由和根据，“吾既生乱世，目击苦道，而思有以救之，昧昧我思，其唯行大同太平之道哉”。作者首先多方面考察乱世的种种“苦道”，“观众苦”这一部实际上就成了封建社会形形色色的矛盾、苦难的反映。正是在这种基础上，作者提出了摆脱苦难境地的呼号，描绘了他的空想社会的美丽。

虽然，《大同书》的作者一方面勇敢地诉说了社会的困穷、人民的苦难，但

八国联军从天津乘火车攻进北京。

另一方面，却又企图掩盖这种困穷和苦难的真实根源。例如，他把封建社会的主要矛盾，即地主阶级对农民的残酷剥削掩盖起来。他把旧社会各种实质根本不同的“苦”——从被剥削者真正的痛苦到剥削者的“帝王之苦”、“富人之苦”并排罗列在一起，俨然是超乎各阶级之上来“普度众生”的。这实际上是调和阶级矛盾，有利于和平共处，共同走向“大同”的彼岸。所以，本书一开始，在对待世界“众苦”的现实社会问题上，就暴露了《大同书》作者的改良主义思想实质。

在揭露封建社会苦难根源的基础上，作者展开了其美满的大同世界的设计蓝图。他理想的大同世界的生活基础，是达到一种物质文明的高度完善。

“大同”世界的社会结构被康氏规划为一个消灭阶级、废除家庭、没有任何天然或人为束缚的绝对独立自主的个人的志愿结合体。《大同书》全书的中心环节、康有为的民主思想和“大同”空想的最重要的基石，是个人的自由、平等、独立，是个人的权利的获得和个性的解放。康氏认为：“欲引农工商之大同，则在明男女人权始。”

与社会结构相连的是妇女问题。《大同书》“去形界保独立”一部完全是呈献给妇女权利的呼吁书。作者对封建社会中妇女被压迫的悲惨境地做了详尽透彻的叙述，表达了激烈的反对。

主张“去国界合大地”，也是《大同书》的重要论点之一。《大同书》主要是从痛责因为国家而产生的无穷战祸出发，而发出必须废除国家的呼声的。他从现象上认为国家是侵略工具而予以否定，实际上是反映当时半殖民地中国对帝国主义的野蛮侵略的抗议。这种空想的产生有一定的合理性，却又同时怀着资产阶级种族主义的偏见，受着资产阶级人种学的反动影响，因而认为“文明国”灭“野蛮国”是文明的进化，将来也将由“文明国”一统世界来实现大同。与此相适应，《大同书》之“去种界同人类”一章又是宣扬白人是优种，黑人是劣种，后者须改种进化的反动种族理论。这样，废除国家，就不是从各国人民的共同利益出发，而是从现有的各国国家政权之间的所谓协议、联合出发。如是，废除国家，也是一种由上而下的改良主义的解决方式。这就不可避免地迫使其以后会堕落到拥护帝国主义的“国际联盟”，认为它是“大道之行也”（《大同书题词》）的反动立场上去。

综上所说，康有为的历史观，是一种庸俗进化论——承认渐进，否定飞跃的思想。这种历史观是康氏整个社会政治理论的精髓。康有为的“大同”世界空想正是建筑在这样一种改良主义历史观点之上的：一方面建筑在进化论上面，认为社会是不断向前发展进化的，美好的“大同”世界空想正是这种进化的必然结果；但又是建筑在庸俗进化论上面的，这就是说，“大同”世界不可能骤然实现，还要经过一个漫长的渐进的历史过程。“大同”世界的内容和原则，诸如土地公有化、政治民主化，等等，都是将来的事，现在所应要求的，完全是另外的事。例如，如果按照“大同”世界所主张的，土地应该公有，政府应该民选，应该废除皇帝……这一切当然不符合改良主义者当时实际的主张、心意和路线。再如按“大同”世界原则，广大人民就有权起来为自己争取政治权利，争取幸福，这当然与地主资产阶级自由派的利益根本不相容，所以，这也无怪乎康有为把《大同书》写完后，“恐非今日所能骤行，骤行之恐适足以酿乱，故秘其稿不肯以示人”（张伯桢《南海康先生传》）。

妙语佳句

· 其视欧美之民，广厦细旃，膳饮精洁，园囿乐游，香花飞屑。均为人也，何相去之远哉！

· 农民穷苦，胼胝手足以经营之，而终岁之勤，一粒无获。

类型	成书时间	推荐理由
文艺理论论著	清光绪末年（1908 年）	《人间词话》把“境界说”提到了美学理论的本质论的高度，创近代讲美学之先例，对美学历史有着重要的贡献和启蒙意义。

唯心主义的美学理论
——《人间词话》

背景搜索

王国维在1908年发表的《人间词话》，是文艺批评类著作。他利用了传统的诗话形式，而论及的内容达到近代美学理论的新高度，是“取外来之观念与固有之材料互相参证”的作品。

王国维，字静安，又字伯隅，号观堂，浙江海宁人。1877年出生，少年时致力于科学。16岁考中秀才，早年研究哲学、文学，受到西方唯心主义哲学和文艺思想的影响。1903年起，任通州、苏州等地师范学堂的教习。1907年起，任学部图书馆编辑，从事中国戏曲史和词曲的研究，著有《曲录》、《宋元戏曲考》、《人间词话》等。辛亥革命后以清朝遗老自居。1913年从事中国古代史料、古器物、古文字学、音韵学的考订，尤致力于甲骨文、金文和汉晋简牍的考释，1925年任清华研究院教授。除研究古史外，兼做西北史料和蒙古史料的整理考订。1927年6月2日在北京颐和园投水自尽。

王国维天生忧郁悲观，他执著于理想，向往一种无功利、纯粹的学问。然而，他生活在中国社会前所未有的大变局中。清朝的覆灭给了王国维一个很大的打击，兼之儿子早

国学大师王国维。1927年6月，北伐军逼进北京，王国维留下“经此世变，义无再辱”的遗书，在颐和园投昆明湖自尽。

逝、1927年北伐军北上、叶德辉遭难、章太炎家中被抄，一切的发生都在一瞬间。于是，他选择了一个最不为自己所欣赏的方式结束了生命。

内容精要

“意境”说在近代文学评论中运用甚为广泛，“境界”一词甚至用于小说评论，人们相当普遍地以有无境界和境界高下来评论作品。如康有为、梁启超论诗，况周颐、刘熙载论词，林纾论文，王国维论小说戏曲，都运用了“境”或“境界”的观念。其中最为突出的是王国维。

王国维在《人间词话》中对“意境”说做了新的阐发。他说：“境，非独谓景物也，喜怒哀乐，亦人心中之一境界。故能写真景物、真感情者，谓之有境界；否则谓之无境界。”

境不仅指景物，也指感情，景与情构成文学的两个基本元素，而这两者又是互相联系的，这是客观与主观对立统一的关系。在这一美学理论的指导下，王国维提出了四个关系。

一、“自然”与“理想”的关系。

王国维要求观照景物时能体现某种景物内在的本性，即“神理”，达到“真景物”，“理念”的真；在体现人的感情时能反映人的内在本性的真，表现真感情，创造出独特的艺术

《秋林觅句图》，明代画家万邦治绘。诗人只有善于观察，同时能“超以象外”，使得情景相融为一体，才能写出好句来。

画面，诗人“忧生”、“忧世”的理想与感情自然渗透在作品之中。自然与理想，写境与造境，写实派与理想派，总而言之，都应当达到这种境界，这便是美。

二、“人”与“出”的关系。

诗人对于宇宙和人生，要观察、体会、了解、领悟，便要“入乎其内”，到生活中去。同时，还要能突破自身狭隘的眼光，能“出乎其外”，站得更高，“超以象外，得其环中”，能排斥私欲、功利等障碍，将客体的本性体察、领悟出来。作者既要“超以象外”，轻视外物，能以奴仆命风月，又要重视外物，情景相融为一体，能与花鸟共忧乐。

三、“渐悟”与“顿悟”的关系。

王国维用晏殊、柳永、辛弃疾三首词的断句，描绘了做词的艰苦历程。审美主体（作者）对人和物的审美把握，形成待物化的意识客体，第二自然、第二人生以及第二自我，再将此用艺术形式表现为意识性的客体（作品），其间有一个渐悟到顿悟的过程。第一境界是“昨夜西风凋碧树，独上高楼，望尽天涯路”。“西风凋碧树”，是一种烦躁的心情，诗人要观物，首先要摆脱现实的种种纷扰，破除一切我执，包括苦乐、毁誉、利害、得失，挣脱一切个人的私念，达到胸中洞然无物，才能达到观物之微。“独上高楼，望尽天涯路”，这时，便能人定，能去体会物之内在本质的美了。第二境界“衣带渐宽终不悔，为伊消得人憔悴”。这是对审美客体的审美把握，审美主体（作者）有一种固执的、终身无悔的精神，在探索着事物的美。诗人在此境界的心情是平静、纯净、自然的，寻求一种自然的乐趣。一方面，这种寻求是艰辛的，使人憔悴和消瘦，同时，另一方面，这种寻求又使作者的感情得到升华，达到完美的意境，虽然“衣带渐宽”，也是值得的，殉身无悔的。第三种境界：“众里寻他千百度，蓦然回首，那人却在，灯火阑珊处。”这里说的是顿悟。经过第一阶段、第二阶段的苦苦寻求，作者能用最明快的语言，将事物玲珑剔透地表达出来，浑如天成。这时作者的心情达到了无欲、无念、无喜、无忧的境界，获得了智慧。“众里寻他千百度”，表达了对“智慧”的寻求的艰辛，“蓦然回首，那人却在，灯火阑珊处”，表达了智慧的顿悟。诗人在艰苦的寻求中，豁然开朗，灵感顿生，妙语连珠，境显现得光辉耀人，情表达得沁人心脾，这是极不容易达到的一种境界。在第三种境界，诗人也从自己创作的诗中得到了精神上的慰藉，获得了精神上的愉悦。

四、“隔”与“不隔”的关系。

王国维强调诗词要自然、真实，真事物，真感情，生动地再现自然与人生，反映了美的本质。王国维的所谓“不隔”，就是指能真实地表达感情，形象生动地描绘景物，不多用典故，“不使隶事之句”，“不用粉饰之字”，“忌用替代词”，排斥“游词”。他对姜夔（白石）的词评价不高，主要便在于“隔”。造成隔的原因，一是姜白石词中用典太多，读者读时不易理解，再是词中“雅”的程度过高，“仙”的韵趣过重，而人情味相对地减弱了，读者不能直接感受到其境界，因此，王国维评论说：“白石写景之作，如‘二十四桥仍在，波心荡，冷月无声’。‘数峰清苦，商略黄昏雨’，‘高树晚蝉，说西风消息’，虽格韵高绝，然如雾里看花，终隔一层。”

妙语佳句

· 诗人对宇宙人生，须入乎其内，又须出乎其外。入乎其内，故能写之。出乎其外，故能观之。入乎其内，故有生气，出乎其外，故有高致。

类型	成书时间	推荐理由
史籍	1928年	《清史稿》体系完整，条目详备，比较详细地提供了清代史事素材，对于研究清代历史不无参考价值。

系统完整的清代历史
——《清史稿》

背景搜索

中华二十六史最后一史是《清史稿》，为近代人赵尔巽所撰。

赵尔巽，生于1844年，死于1927年，号次珊，奉天铁岭（今辽宁铁岭）汉军正蓝旗人。同治进士，入选翰林院。任监察御史时，以直言著称。以后曾任地方官，历任知府、道台、按察史、布政史，后升任湖南巡抚。1904年，调京署理户部尚书。第二年任盛京将军。1911年第三次出任东三省总督时，恰逢辛亥革命爆发。由于赵尔巽善于随机应变，被拥为奉天都督。

中华民国三年（1914年），袁世凯政府设立清史馆，纂修《清史》，任命赵尔巽为馆长，缪荃孙、轲劭忞等为总纂，金兆蕃、张尔田等为纂修。其下有提调、协修、校勘等，多达百人以上，知名人士多被网罗在内。主事者皆以清代遗老自居，和较有进步思想者很难合作，故馆中实际工作人员不及半数，而且常有变动，最后只剩下十几人。加上当时军阀混战，政局多变，经费不足，纂修工作处于半停顿状态，未能定稿成书。到1926年，大革命形势发展迅速，修史者与北洋军阀政府虽派系不同，但都属于封建统治阶级，他们对于大革命的胜利发展深感恐惧，于是由袁金铠建议刊行初稿。84岁的赵尔巽病得要死了，急于见到《清史稿》编印出来。在北洋军阀的支持下，他们取得了一笔经费，于是袁金铠总理发刊事宜，金梁负责校勘事宜，将底稿略加勘定，即以《清史稿》的名义刊行。仓促行事，随校随印，希望在北洋军阀政府颠覆之前出齐。书未印成，赵尔巽便死去，馆中也无人主事，印书的事全在袁金铠和金梁二人操纵下进行。《清史稿》从1927年8月间开始付印，到1928年夏全部印成。《清史稿》内容起于明神宗万历四十四年（1616年）太祖努尔哈赤在赫图阿拉（今辽宁新宾）建国称汗，终于宣统三年（1911年）辛亥革命推翻清朝，建立民国，共有296年历史。全书共536卷，为中国正史中卷数最多的一种。

将清军引入关内，起改朝换代决定性作用的吴三桂画像。

《清史稿》资料虽然齐备，可是时逢战乱，编修工作时断时续，仓促成书，从未进行过一次总审阅，加上纂修者当时也认为本书反正是"史稿"，并非定本，用不着认真讨论，可以等待将来修正，所以更没有去进行仔细推敲和校对便仓促付印。因此，《清史稿》存在着剪裁不当、体例不一、前后矛盾、繁简不均、文理不通等严重缺点，至于时间、地名、人物、事实的错误、遗漏、颠倒等现象就更为严重。

内容精要

《清史稿》本纪25卷，记载12个皇帝。在各本纪中，以乾隆的本纪分量最重，有6卷，占本纪部分的四分之一。应该指出的是，当时编修清史的多为旧文人，不少还是顽固的清朝遗老，所以即使在辛亥革命之后，他们写书时仍对清朝皇帝大肆歌功颂德。

《清史稿》有志135卷，分为16目。它的志与《明史》的15志相比较有不同的地方，如把《五行志》改为《灾异志》，把《历志》改为《时宪志》，还将《仪卫志》并入《舆服志》，新增加了《交通志》和《邦交志》。

《地理志》分量最重，有28卷。《艺文志》四卷，分经史子集四部，完全按照《四库全书总目提要》的名称次第进行编排。新增加的《交通志》记载了当时的铁路、轮船、电报、邮政等四个方面的内容，反映了近代交通情况。《邦交志》是以前史书所没有的，主要记载了近代中国与世界上其他各国的外交关系。

《清史稿》有表53卷，分为10类。这部分内容大都是吴士鉴、吴廷燮、刘师培等撰写的，还算是编得不错的。其中《大学士》和《军机大臣》二表，相当于《明史》的《宰辅表》。《部院大臣》相当于《明史》的《七卿表》。《疆臣年表》记载各省总督、巡抚和各边关将军、都统的更替情况；《藩部表》记载属国的事情；《交聘表》记载当时中外使节的往来；而这些，又都是以前史书所没有的。

《清史稿》有列传316卷，分量相当大。类传有《后妃传》、《诸王传》等14目，共为62卷；其余均为诸臣传，共有254卷。

类传中的《畴人传》，是根据阮元的《畴人传》以及后来的《续编》、《三编》而写成的，有2卷，记有数学家梅文鼎、李善兰等人的事迹。列传中的材料，多取自清朝国史馆所修纂的《国史列传》，现在该书仍在，改称《清史列传》，所以这部分史料价值不大。应该指出，诸臣传的最后一传是太平天国农民起义军领袖洪秀全的传。把《洪秀全传》摆在吴三桂、耿精忠、尚之信等曾反叛清朝统治的人物之后，其态度和目的可想而知。编修者们作为清朝遗老，对于忠于清室的臣民，绝对称扬备至。

《清史稿》中，《忠义传》长达10卷，叙述人物达400人之多，其中不少人是忠于清室的臣民。该传的最后一名是清末民初著名学者王国维，他虽然在学术上成就很大，但思想顽固，常以清朝遗老自命。1924年冬，遇上冯玉祥驱赶溥仪出宫，王国维誓死以身殉清，因家人阻拦，未果。他最终于1927年6月2日自沉于颐和园昆明湖。一个死

奉
天承運
皇帝詔曰朕纘承丕緒統御寰區仰惟
天地眷佑之庥
祖宗付託之重
聖祖母太皇太后慈訓之殷夙夜孜孜勤求化理期於兵革寢
息海寓乂安不意逆賊吳三桂負國深恩倡爲變亂陰結
奸黨同惡相援抗違詔令竊據疆土滇黔閩浙楚蜀關隴
兩粵擾害之間所在驛騷肆竊及三桂僭稱偽號逆焰
彌滋負罪尤甚朕恭行天討分命六師剿撫並施德威互
濟或繫頸於闕下或殲戮於師中擒捕誅鋤以次收服乃
三桂既膺神殛逆孫世璠猶復鴟張踞六詔之一隅延殘
喘以拒命朕惟賊患一日不除則民生一日不靖爰厲將
士奮勉師期於是克殫協心進逼城下賊食計窮勢蹙遣
款軍門約日獻城兇渠授首師克之日市肆不擾邊境晏
如捷書既至上慰
御
自

《平吴三桂善后诏谕》。

于清朝灭亡后16年的人物，《清史稿》还把他列入清史的《忠义传》，可见编史者的用意。

相反，对于反对清朝政府的革命者，《清史稿》却大肆进行诬蔑诋毁。如诬蔑革命党人徐锡麟、秋瑾等的反清活动为“叛乱”，视明末义师为“土贼”，称太平天国起义军为“粤匪”，诋毁辛亥革命为“倡乱”。所有这些，都说明《清史稿》的编撰者们完全是站在清朝统治者一边的。

正因为这样，此书刊行出版以后，立即受到舆论的抨击。当时故宫博物院曾对《清史稿》列举了19条罪状，请求禁止其刊行。但禁止了一段时间以后，到抗日战争时期，又开始流行。

妙语佳句

·二十一年壬戌春正月壬戌，上元节，赐廷臣宴，观灯，用柏梁体赋诗。上首唱云：“丽日和风被万方。”

·闰三月三日，昆山雨雹，大如斗，破屋杀畜。六年六月，临淄大雨雹；寿光大雨雹，平地深数尺，木叶尽脱。

类型	成书时间	推荐理由
政治论著	1921年	《中国历史研究法》是梁启超在史学理论方面的代表作，也是中国近代资产阶级史学理论的经典著作。

中国资产阶级史学理论之先声
——《中国历史研究法》

背景搜索

梁启超（1873—1929），字卓如，号任公，别号饮冰室主人，广东新会人。17岁中举人。会试不第，从康有为学，倡导维新变法，为戊戌变法领导人之一。变法失败后，潜居国外，在日本创立《新民丛报》等。辛亥革命后，出任北洋政府财政总长等职。后又与蔡锷等组织护国军讨袁。后弃政治，治学术，在清华大学任教，并著述不辍，临终前还为辛弃疾做年谱。梁启超大力宣传诗界革命、小说界革命，对晚清文学许多方面有影响。他的学术贡献也很大。

《中国历史研究法》《中国历史研究法补编》，是他在史学理论方面的代表作，也是中国近代资产阶级史学理论的经典著作。

内容精要

这两部著作，虽然只有二十一万余言，涉及的内容却十分广泛。《中国历史研究法》共6

《点石斋画报》之公车上书图。

章，第一章论述了史的定义、意义和范围；第二章回顾并评价了中国的旧史学；第三章讲如何改造旧史学、建立新史学；第四、第五章专谈史科学；第六章则阐述史实上下左右的联系。《中国历史研究法补编》在《总论》部分论及修史的目的、史家四长，概说五种专史；在《分论》部分则详细论述了各种专史的体例、特点和撰修方法。从这两部著作中，可以看到梁启超在史学思想、史科学、编纂学、文献学、考据学、方法论等方面的一系列观点，其中不乏创见。

梁启超认为历史是“人类社会之赓续活动”，是发展变化的。他认为，只有这种连续的人类活动才能构成历史，才是研究对象，而那种在空间上“含孤立性”，在时间上“含偶合性断灭性”的活动，“皆非史的范围”。虽然梁启超的结论绝对了一些，但他把历史看作是一个发展变化的连续过程，比用静止的观点看历史的旧史学家要高明得多。

梁启超还强调对因果关系的探讨。他认为研究出的某一历史活动的那个“总成绩”就是“果”，这个“果”必然是另一活动的“因”。梁启超同时也看到了历史现象的复杂性，一因多果，一果数因，除纵向的因果关系外，还有横向的因果关系，同一时代的某一活动和其他活动有因果关系，这一地区的活动和别的地区的活动也有因果关系。

正因梁启超强调历史的总体性、连续性和因果关系，所以他在史著中特别推崇通史，在史家中特别推崇“通人”。他在这两部著作中，用了很大篇幅来叙述能贯通古今的各种专史的写法。他认为旧史体中只有能反映出事物全貌的纪事本末体为最好，史家则必须成为德、学、识、才皆佳的“通人”。

梁启超很重视历史研究的目的性，他在《中国历史研究法补编》中写道：“凡作史总有目的，没有无目的的历史。”旧的史学研究只是为了少数统治者提倡的“资鉴”，而现代史著则“为国民资治通鉴或人类资治通鉴”，以达到“为现代一般人活动之资鉴”的目的。这就把史学服务对象大大扩展了。

梁启超又非常强调史实的客观性。他在《中国历史研究法补编》中论及史家四长时，主张以德为首，而“史家第一件道德，莫过于真实”。史家应提倡实事求是，对旧史不可轻信，“十之七八应取存疑态度”。

梁启超在论及历史研究的目的性和史实的客观性时，与旧史学家不同的是，他更看到了二者之间存在的矛盾，并试图从史家的主观方面去找原因，找解决的办法。这与传统的旧史学家相比要高出一筹。

梁启超在谁是历史的真正创造者的问题上认为，在古代是英雄创造历史，今后是人民创造历史。此外，梁启超在论及英雄人物与人民群众的关系，时势与英雄的关系时，也得出了与传统旧英雄史观不同的结论。他认为，虽然从现象上看似乎一切史迹皆少数人创造的结果，但少数杰出人物背后却不能没有“多数人的意识”在发生作用。“首出的人格者”和“群众的人格者”是相辅相成的。研究历史的奥秘在于少数的个性何以能扩充为一个时代一个集团的共性以及一个时代一个集团的共性何以体现在少数人的个性之中。为此，梁启超特别提出要注重研究民族心理或社会心理因素，认为这是“史的因果之秘藏”地。

历史是一门实证科学，历史资料的有无和其真实与否是能否得出科学结论的重要因素之一。史料是历史研究的基础，梁启超特别重视史料的搜集整理和鉴别工作。与传统史学不同，他对史料的理解十分宽泛，把史料区分成两种12类，在《中国历史研究法》及《中国历史研究法补编》中，梁启超还提出了具体的搜集史料和鉴别史料的方法，书中列出辨伪公例12条，证明真书方法6条，伪事由来7条，辨伪应采取的态度6条。虽然梁启超的史料学理论和方法还有很多不足，但毕竟跳出了旧考据学的框框，使近代史料学得到很大发展。

搜集和鉴别史料固然重要，但“善治史者，不徒致力于各个之事实，而最要着眼于事实与事实之间，此则论次之功也”。所谓“论次之功”，就是撰写历史的方法。在梁启超看

我国近代著名政治家、思想家梁启超，曾与康有为一起领导“戊戌变法”。

来，史事之间相互关联，息息相通，史学家要阐明社会与时代背景，理清事件的眉目，说明事实的因果关系。为了使读者学会研究历史的因果关系，他列出程序：先画一“史迹集团”为研究范围，即确立研究范围，然后搜集、鉴别史料，注意集团外史事的影响，认取该史迹集团中的“人格者”，深入研究史迹中的心理因素和物质因素，并估量二者最大的可能性，寻找事件发生的导火线、原因和结果。在论述这些程序时，他列举出大量实例，从而加强了说服力。

《中国历史研究法》出版之后，风行一时，在学术界产生了很大影响。

在其《中国历史研究法补编》写就之前，1922年12月，梁启超在南京金陵大学第一中学的一个讲座上，对他的《中国历史研究法》进行了“修补”，修补的内容主要有三处：其一，归纳法只适宜整理史料，不适宜研究史学，研究史学要靠直觉；其二，因果律是自然科学的命脉，而历史是“人类自由意志的创造品”；其三，他认为历史现象中人类平等观念和“文化共业”是进化的，其余则是按照“一治一乱”的方式循环着的。由于这三点正是《中国历史研究法》的精华所在，对它们的“修正”，便意味着对全书基本观点的“修正”，这反映出其历史思想的退步。

妙语佳句

· 史家第一道德，莫过于真实。

· 今后之历史，殆将以大多数之劳动者或全民为主体。

类型	成书时间	推荐理由
小说	1921年	《沉沦》是我国现代文学史上的第一本小说集，被公认为是惊世骇俗的作品，影响力极大，造成了当时的“郁达夫热”。

露骨的真率
——《沉沦》

背景搜索

郁达夫，名文，字达夫，1896年12月7日出生于浙江富阳满洲弄（今达夫弄）的一个知识分子家里，幼年家庭贫困。

1913年，他随长兄东渡日本，开始了他炼狱般的留学生活。近十年的留学生活，加深了郁达夫思想中的忧郁，对他的创作和生活甚至性格都形成了巨大的影响。中国留学生作为弱国子民，到处受到欺凌和侮辱。由于时代的黑暗、祖国的贫弱，郁达夫长期饱受痛苦的煎熬，这使他的忧郁感伤情绪与日俱增。

郁达夫在进行文学创作的同时，积极参加各种反帝抗日组织，先后在上海、武汉、福州等地从事抗日救国宣传活动。

1938年底，郁达夫应邀赴新加坡办报并从事抗日救亡的宣传活动，新加坡沦陷后流亡至苏门答腊，因精通日语被迫做过日军翻译，其间利用职务之便暗暗救助、保护了大量文化界流亡难友、爱国侨领和当地居民。1945年8月29日，被日本宪兵残酷杀害，终年49岁。

内容精要

《沉沦》是郁达夫早年的一篇代表性作品。小说通过对一个中国留日学生的忧郁性格和变态心理的刻画，抒写了“弱国子民”在异邦所受到的屈辱和冷遇以及渴望纯真的友谊与爱情而又终不可得的失望与苦闷；同时也表达了盼望祖国早日富强起来的热切心愿。

作品主人公在“五四”狂飙和西方新思潮的感召下业已觉醒，热切地渴望恢复刚刚意识到的失去的自身价值，向往异性的爱。然而，在这“文明”的现代社会，尤其是他这样一个身处异邦的弱国子民，他的所有追求都“已成为一种观念”，成了不可实现的理想。他的生活处于一种极端矛盾的状态之下：在自身小的方面，他内心的情火熊熊燃烧，现实给他的却是残酷的压抑，于是，在一种青春欲望的蛊惑下，他便用病态和变态的行为来满足自己的欲望，走向沉沦；在国家大的方面，他热爱祖国，却眼看着祖国日益“陆沉”，使这个处在民族歧视中的弱国子民的自尊心与自卑感发生了剧烈的矛盾冲突。他渴求理解、温暖和同情以及“从同情而来的爱情”，但他却没有能力也无由找到这种爱。在心理上，他才华横溢，却反受社会歧视；在生理上，他渴求爱情，却找不到安慰体谅他的心。他在孤独与忧郁中挣扎，以至于进妓院麻醉自己苦寂的精神。在“贪恶的苦闷与向善的焦躁”的双重夹击下，自戕与自责又构成了他心理上更深刻的矛盾和苦闷。终于，伴着个人理想的彻底幻灭，他走向投海自尽的绝路。

郁达夫通过大胆直率的描写，呼喊出了那一代知识分子所共有的内心需求，进而控诉了外受帝国主义压迫、内受封建势力统治的罪恶社会，因此在当时发生了很大的影响，引起许多知识青年的共鸣。

妙语佳句

·在稠人广众之中，感得的这种孤独，倒比一个人在冷清的地方，感得的那种孤独，还更难受。

·祖国呀祖国！我的死是你害我的！你快富强起来吧！你还有许多儿女在那里受苦呢！

类型	成书时间	推荐理由
小说	1918—1922	《呐喊》是中国现代文学史上的第一部白话小说集，在中国文学史上具有划时代的意义。这部小说体现了鲁迅锐意创新的革命精神。

直刺封建堡垒心脏的匕首

——《呐喊》

背景搜索

鲁迅先生是我国杰出的无产阶级文学家、思想家、革命家，原名周树人，字豫才，1881年出生于浙江绍兴。

在青年时代，他曾进入南京水师学堂学习。1902年，鲁迅赴日本留学，起初在东京弘文学院学习日语，后来发现西方医学对于日本的维新运动起到了重要的促进作用，于是转入日本仙台医学专门学校学医。在仙台，鲁迅对人生的追求目标有了重大的转变。鲁迅开始意识到，一个民族的强盛，主要依赖的不是国民的身体素质，而是民族的精神。从此他开始致力于文艺创作，以笔代刀，揭露当时社会血腥的事实，讨伐黑暗的反动势力，强烈地震撼了广大民众，在社会上掀起了轩然大波。

1918年5月，他第一次用鲁迅的笔名发表了小说《狂人日记》，在这部作品当中，鲁迅用荒诞不经的笔法，深刻地揭露了封建社会人吃人的罪恶，鲁迅成为了中国文学史上的先驱人物，为新文化运动奠定了基石。

"五·四"运动前后，鲁迅开始接触并研究马列主义，实现了"从进化论到阶级论，从绅士阶级的逆子贰臣进到无产阶级和劳动群众的真正的友人，以至于战”这一思想上的重大飞跃。

1930年起，鲁迅先后参加了中国自由运动大同盟、中国左翼作家联盟以及中国民权保障同盟等进步组织，与国民党反动派及其御用文人进行了坚决斗争，为中国的民主革命做出了巨大的贡献。

鲁迅一生创作的文学作品很多，体裁多种多样，包括了小说、杂文、诗歌、散文等许多形式。1911年鲁迅发表的第一篇作品《怀旧》，属于文言文小说。鲁迅创作的现代小说分别归入了《呐喊》、《彷徨》及《故事新编》三个作品集。

鲁迅出席中华全国木刻第二届流动展览会时的照片。

内容精要

我们要着重介绍的是《呐喊》这部小说集，主要是因为《呐喊》中收录了鲁迅创作的三篇非常重要的小说：《狂人日记》、《阿Q正传》及《孔乙已》。收录的其余作品如《故乡》、《一件小事》、《药》、《风波》等也都是具有深刻思想和时代理念的佳作。

鲁迅在自述《狂人日记》的创作动机时说道："意在暴露家族制度和礼教的弊害"，而这个弊害被形象地提炼为两个硕大的字——"吃人"。

小说的主人公"狂人"，既是一个现实意义上的"狂人"，同时也是一位清醒的旧社会的叛逆者和反封建战士。他终日生活在怀疑、恐惧与妄想之中，行为诡异，言语异常，受到周围人的孤立和排斥。导致言行异常的原因在于他的个人思想与现实存在的尖锐矛盾。狂人是寂寞的，然而"狂人"不但以清晰的视角透彻地剖析了整个封建礼教的"吃人"本质，而且呼吁不要让这种社会的流毒残害到下一代。

《狂人日记》中大量地运用了象征手法和双关语，而这种象征没有确指的对象，例如

“黑漆漆的，不知是日是夜”，既可以理解为暗无天日的社会，也可以理解为狂人恐惧的心理。这些都加强了文章思想的深度和广度，留给读者广阔的思索空间。

《阿Q正传》是鲁迅的代表作，这部中篇小说以辛亥革命前后为大的时代背景，以一个闭塞落后的小镇——未庄为人物的活动舞台。

阿Q这个人物性格上最突出的特征是“精神胜利法”，这是一种脱离现实的病态表现。现实生活中，阿Q是一个生活在社会最底层的百姓，他没有田地，没有住所，靠四处打短工糊口。尽管如此，他和别人斗嘴时却要说：“我们先前——比你阔多啦！你算是什么东西！”他不但夸耀自己从前是阔绰的，而且虚夸将来的荣耀：“我的儿子会阔得多啦！”在虚构的精神世界里充满了自我陶醉的感觉。

自觉意识沦丧的原因来自于社会和个人两方面。一方面，阿Q作为人的尊严已经被当时的社会所贬低和否定，他仅仅被看做一件劳动的工具和供人们在精神上宣泄和调侃的玩具。另一方面，阿Q本人深受封建等级制度和伦理道德观念的毒害，在心理上有很强的自我压抑的意识。

鲁迅在景云里寓所。

鲁迅先生创作《阿Q正传》的意图在于“暴露国民的弱点”、“写出一个现代的我们国人的魂灵”。鲁迅看到了砌筑在国民心中的那堵无形的“高墙”，而砌筑高墙的罪魁祸首就是封建等级制度，它将人分为三六九等，身份地位上的差距，导致了人们相互之间的隔阂，人与人之间由此缺乏关爱和发自内心的交流。围绕着对阿Q这个人物典型的塑造，鲁迅成功地将国人沉默、麻木的魂灵暴露无遗，“哀其不幸，怒其不争”，体现了鲁迅对被压迫却尚未觉醒的劳动人民最深沉的感情。

继《狂人日记》之后，鲁迅又创作了第二篇白话小说《孔乙己》。这部小说也是鲁迅本人最满意的作品之一。小说以清朝末年的鲁镇酒店为背景，通过酒店里一个小伙计之口，描述了一个落魄的读书人孔乙己的形象。孔乙己的悲剧是必然的，他是封建社会的知识分子，骨子里渗透着“万般皆下品，唯有读书高”的封建偏见，一心希望通过科举考试取得权势和荣耀，却在科举考试的道路上一筹莫展，连个秀才都没有考中，最终沦为贫民。但他仍然从根本上看不起劳苦大众，不肯放下读书人的架子，时刻要穿一条破旧的长衫，以示和短衫的劳动人民的区别。在酒店里，站着喝酒的是短衣帮的下层百姓，穿长衫的则是坐着喝酒的“上等人”，只有他是“站着喝酒而穿长衫的唯一的人”，因此孔乙己就将自己置于一种奇怪和尴尬的境地，一方面被上等人鄙视，另一方面受到短衣帮的嘲笑。

鲁迅既刻画了孔乙己单纯、善良、真挚的品质，又描写了旁人对孔乙己无情的嘲笑和讥讽，从而形成强烈而鲜明的对比，用孔乙己的善良反衬群众的麻木和冷漠，用人们的阵阵哄笑来烘托孔乙己的悲凉。他们用孔乙己作为茶余饭后的谈资，孔乙己在他们看来“是这样地使人快活”，但是孔乙己始终是可有可无的小丑，“没有他，别人也便这么过”。人性的残忍与冷酷令人触目惊心。同是生活在社会最底层的劳苦大众，却又贬斥和伤害同样不幸的同胞，群众的愚昧也由此可见一斑。小说通过孔乙己这个典型人物形象以及他的悲剧经历，揭露了封建社会的人情冷暖，痛斥了国民的劣根性，鞭挞了封建科举制度和封建文化的罪恶。

妙语佳句

· 当我沉默着的时候，我觉得充实；我将开口，同时感到空虚。

· 我看出他话中全是毒，笑中全是刀。

类型	成书时间	推荐理由
诗歌	1921年	《女神》是郭沫若的第一部新诗集，也是“五四”运动以后影响最大的一部诗集，更是中国新诗发展史上的第一座里程碑。

浪漫的自由体新诗
——《女神》

背景搜索

郭沫若是继鲁迅之后，中国文化战线上又一面光辉的旗帜。

在中国新诗的发展史上，郭沫若的诗集《女神》是不能不说的一部重头作品，这部诗集体现了狂飙突进、摧枯拉朽的“五四”时代精神，传达了当时青年一代渴望自由、民主和祖国新生的迫切心情，开拓并奠定了中国的新诗格局。

郭沫若是我国现代杰出的剧作家、诗人、马克思主义历史学家、考古学家、古文字学家等。郭沫若原名郭开贞，号尚武，笔名郭鼎堂、麦克昂等，1892年出生在四川乐山沙湾。郭沫若出身于一个地主家庭，不但学习了“四书”、“五经”、《古文观止》等古代文史经典，而且有机会涉猎《三国演义》、《水浒》、《红楼梦》等当时所谓的“闲书”，广泛阅读了大量中国的诗、词、曲等作品以及国外的许多文学作品，尤其是诗歌。这些对郭沫若今后在文学、历史以及考古学等方面的发展都有着很大影响。

1914年春，郭沫若赴日本留学，主修医科。在此期间，他接触到泰戈尔、海涅、雪莱、歌德、斯宾诺莎等人的著作，倾向于泛神论思想。

诗人郭沫若。

“五四”运动初期，郭沫若就已开始接触惠特曼的《草叶集》。惠特曼及其《草叶集》对郭沫若的诗歌创作产生了重要的影响。

从1919年下半年至1920年上半年，郭沫若的诗歌创作进入了高峰时期，收获了大量的诗篇。1921年8月，郭沫若将这一时期所做的154首诗结集出版，这就是轰动一时的诗歌集——《女神》。《女神》以强烈的革命精神，鲜明的时代色彩，浪漫主义的艺术风格，豪放的自由诗体，开创了“一代诗风”。

1924年，郭沫若接触到了河上肇的《社会组织与社会革命》一书，由此对马克思主义有了比较系统和全面的认识。1927年，他加入中国共产党。强烈的爱国意识和政治意识使他怀着满腔热情投身于抗日救亡和争取民主的斗争。

1978年6月12日，郭沫若逝世，终年86岁。他为世人留下了丰富而宝贵的科学文化著述，在中国新文化运动中做出了突出的贡献并占有重要的地位。

内容精要

诗集《女神》是时代的产物，“五四”运动爆发时，革命运动和反封建斗争的剧烈浪潮，给当时身在异乡、盼望祖国新生的爱国青年学生郭沫若以极大鼓舞，引起他强烈的共鸣。受歌德的影响，他翻译了《浮士德》等，同时开始诗剧的创作，并出版了他在这个时期主要的创作成果《女神》。

郭沫若将自己的诗集命名为《女神》，诗人解释说，由男神为中心的宇宙而变为女神为中心的宇宙，这可能包含有天界革命的象征，“大体上男性的象征可以认为是独立自主，其流弊是专制独裁；女性的象征是慈爱宽恕，其极致是民主和平。以男性从属于女性，即是以慈爱宽恕为存心的独立自主，反专制独裁的民主和平”。茅盾在《我走过的道路》中这样评论《女神》：“剧中女神象征着诗人：‘女神不愿再在壁龛中做神像，象征着诗人不应再住在‘象牙之塔’。”通过以上的这些话，我们可以把握《女神》的主题。

《女神》的时代精神首先体现为强烈的爱国精神，其中代表作《凤凰涅槃》集中、鲜明地体现了这种炽热的爱国主义情怀。诗人借凤凰之口，“诅咒”黑暗的旧中国和黑暗的世界，表达了破坏一切、扫荡一切、创造一切的狂热。《凤凰涅槃》象征着中国的再生，“涅槃”后的凤凰得到了新生，在革命火焰的洗礼中，凤凰得到了升华，她变得华美动人、芬芳高贵、自由雄浑。

郭沫若故居。

整部《女神》自始至终都洋溢着一种叛逆的、革命的热情，这也正是《女神》的时代精神的又一具体表现。例如《女神之再生》，就突出地表现出了狂涛般的民主要求和空想社会主义的理想色彩。

1919年5月4日，北平学生上街游行时的情景。

——破了的天体怎么处置呀？

——再去炼些五色彩石来补好他罢？

——那样五色的东西此后莫中用了！

我们尽他破坏不用再补他了！

待我们新造的太阳出来，

要照彻天内的世界，天外的世界！

诗人要以新造的太阳代替“补天”，体现了“五四”运动彻底的革命精神和新的理想。

在《女神》中，诗人还通过《笔立山头展望》、《我是个偶像崇拜者》等作品，对科学、对21世纪的物质文明进行了讴歌，从而在另一个方面再次体现了“五四”时代精神。

妙语佳句

·我要去创造些新的光明，不能再在这壁龛之中做神……我们要去创造个新鲜的太阳，不能再在这壁龛之中做甚神像。

·我如烈火一样地燃烧！我如大海一样地狂叫！我如电气一样地飞跑！

类型	成书时间	推荐理由
诗歌	20世纪20年代	作为“新月派”代表诗人，徐志摩的大量诗作在感情的宣泄、意境的营造等方面体现着特殊的美学价值。

文采华丽，字字珠玑
——《徐志摩诗全编》

背景搜索

徐志摩（1896—1931），浙江海宁人，出身于富商家庭。笔名云中鹤、南湖、诗哲等。中学与郁达夫同班。1916年考入北京大学，并于同年奉父命与年仅16岁的张幼仪成婚，1918年赴美留学，1920年赴英国，就读于剑桥大学，攻读博士学位，其间徐志摩于婚外爱恋林徽音，并于1922年3月与元配夫人张幼仪离婚。同年8月辞别剑桥启程回国，历任北京大学、清华大学教授，经常发表诗作。1923年与胡适等成立新月社，为主要成员。1924年，印度大诗人泰戈尔访华，徐志摩任翻译，后随泰漫游欧洲。同年认识有夫之妇陆小曼并与之相恋，1926年10月，与陆小曼结婚。1927年在上海光华大学任教授，1929年兼任中华书局编辑。1930年秋，应胡适之邀，到北京大学任教授。在此期间，徐志摩为了生计，于北平与上海之间疲于奔命，然而仍旧难以满足早已移情别恋的陆小曼，碍于旧情与面子，不好再次离婚，但他已陷于深深的痛苦中。

1931年11月19日，徐志摩从南京乘飞机去北平，途中飞机失事，不幸遇难，死于泰山脚下，时年35岁。

内容精要

《徐志摩诗全编》包括《志摩的诗》、《翡冷翠的一夜》、《猛虎集》、《云游》几部分，现在我们选出其最有名的一首——《再别康桥》，供大家欣赏。

再别康桥

轻轻的我走了，
正如我轻轻的来；
我轻轻的招手，
作别西天的云彩。

那河畔的金柳，
是夕阳中的新娘；
波光里的艳影，
在我的心头荡漾。

软泥上的青荇，
油油的在水底招摇；
在康河的柔波里，
我甘心做一条水草！

那榆荫下的一潭，
不是清泉，是天上虹。
揉碎在浮藻间，
沉淀着彩虹似的梦。

寻梦？撑一支长篙，
向青草更青处漫溯，

《徐志摩散文集》封面。徐志摩不仅写诗，并且也写散文，他的散文在剖露自我感情的同时，融入诗情和哲理，成就也十分显著。

满载一船星辉，
在星辉斑斓里放歌。

但我不能放歌，
悄悄是别离的笙箫；
夏虫也为我沉默，
沉默是今晚的康桥！

悄悄的我走了，
正如我悄悄的来；
我挥一挥衣袖，
不带走一片云彩。

康桥，即英国著名的剑桥大学所在地。1920年10月—1922年8月，诗人曾游学于此。康桥时期是徐志摩一生的转折点。1928年，诗人故地重游。11月6日，在归途的南中国海上，他吟成了这首传世之作。

《再别康桥》这首诗，较为典型地表现了徐志摩诗歌的风格。诗歌记下了诗人1928年秋重到英国、再别康桥的情感体验，表现了一种含着淡淡忧愁的离情别绪。

作者对康桥有着极大的依恋，所有入目的事物都能拨动作者的心弦。诗歌开头用三个“轻轻的”为全诗定下哀而不伤的基调，然后通过入目所见来表达那浓浓的离愁别绪。“那河畔的金柳”像自己心中的新娘，让读者马上联想到微风中的垂柳如一位婀娜娇羞的可人儿，让人不禁心旌飘摇：“波光里的艳影，在我的心头荡漾。”作者用层层剥笋的方式一步步表达对康桥的依依惜别之情。这是作者梦想驰骋的地方，沉淀着作者“彩虹似的梦”，作者想再重温旧梦，“寻梦？撑一支长篙，向青草更青处漫溯”，虽然旧日不会重来，但回想起以往的激情岁月，作者想要放声高歌，要“在星辉斑斓里放歌”，但理智告诉作者，在这肃静的学府不宜做过多的喧哗，作者只能按捺下这激动之情，以沉默的方式向自己所钟爱的地方告别，轻轻地离开这个给自己梦和幻想的地方。

全篇给人以曲径通幽的恬静和余音绕梁的回味，让人一读再读，不忍释卷。全诗共分七节，排列错落有致，韵律在其中徐行缓步地铺展，颇有些“长袍白面，郊寒岛瘦”的气度，可以说，正体现了徐志摩的诗歌主张。

康桥，因为有了志摩，而有了它的灵性，径自走入中国文学史灿烂的一页。志摩，又因为有了康桥，而找到了精神寄托。

妙语佳句

·偶然

我是天空里的一片云，
偶尔投影在你的波心——
你不必讶异，
更无须欢喜——
在转瞬间消灭了踪影。

你我相逢在黑夜的海上，

你有你的，我有我的，方向；
你记得也好，
最好你忘掉，
在这交会时互放的光亮！

·雪花的快乐

假如我是一朵雪花，
翩翩的在半空里潇洒。
我一定认清我的方向——
飞扬，飞扬，飞扬，——
这地面上有我的方向。

不去那冷寞的幽谷，
不去那凄清的山麓，
也不上荒街去惆怅——
飞扬，飞扬，飞扬，——
你看，我有我的方向！

在半空里娟娟的飞舞，
认明了那清幽的住处，
等着她来花园里探望——
飞扬，飞扬，飞扬，——
啊，她身上有朱砂梅的清香！

那时我凭借我的身轻，
盈盈的，沾住了她的衣襟
贴近她柔波似的心胸——
消溶，消溶，消溶——
溶入了她柔波似的心胸！

类型	成书时间	推荐理由
小说	1933年	《子夜》是中国“五四”以来新文学运动中产生的一部杰出的现实主义长篇巨作，是20世纪30年代左翼文艺的重大收获，也是茅盾的代表作。

第一部成功的现实主义长篇小说
——《子夜》

背景搜索

《子夜》的作者茅盾，原名沈德鸿，字雁冰，笔名有茅盾、沈余、玄珠等，浙江桐乡人，小说家、散文家、文艺批评家、翻译家，1896年7月4日生于浙江桐乡县乌镇。茅盾自幼就接受了良好的文学、自然科学及社会科学方面的教育。在茅盾的中学时代，爆发了辛亥革命，他接受了资产阶级改良主义和民主主义的思想，并参加了义务宣传革命的活动。

1920年初，“五四”文学革命深入开展中，茅盾参加了“五四”以来第一个大型纯文艺刊物《小说月报》的革新工作并担任主编。

1921年初，茅盾参加了上海共产主义小组。同年7月，转为中国共产党第一批正式党员。

1927年7月，汪精卫组织“分共会议”，公开叛变革命，茅盾撤离武汉，返回上海，被迫转入地下活动。在反文化“围剿”的斗争中，与鲁迅等人结成战友，并肩战斗。1927至1937年，是茅盾创作上的成熟和丰收的阶段，优秀的长篇小说《子夜》就是在1933年创作出版的。新中国成立以后，茅盾担任中央人民政府文化部部长职务，并担任《人民文学》杂志的主编。

桂枝香　为商务印书馆建馆八十周年纪念作　茅盾

维新大业，数出版先驱，堪推巨擘。世事白云苍狗，风涛荡激。顺潮流左右应付，稳度过，滩陡浪急。曾开风气，影印善本，移译西哲。　忆往昔鱼龙混杂，渐小人嚣张，君子缄默。学术传播正路，险堕邪僻。人民革命换天地，红太阳普照无极。工商改造，旧瓶新酒，愿长青冽。

一九七七年九月杪于北京

茅盾为商务印书馆作的题词。

1981年3月27日，茅盾病逝于北京。茅盾是中国现代文学的开拓者之一，他被誉为现代文学巨匠。在中国新文学史上，茅盾先生曾与鲁迅先生同道，为中国新文学的发展，做出了极大贡献。

内容精要

中国新文学的长篇小说成就，主要体现于茅盾最重要的代表作——长篇小说《子夜》上。《子夜》写于1931年10月至1932年12月，由上海开明书店1933年初版。其后多次再版，版本有所变动。

《子夜》是以1930年春夏之交为时代背景的。在当时的现实社会中，国民党内部争权的斗争，扩大为规模巨大、非常激烈的内战。不仅殃及百姓，也阻碍了工商业的发展，内忧兼有外患，欧洲出现的经济恐慌对当时中国的民族工业的发展产生了负面影响，甚至给某些行业带来了致命的打击。中国的民族资产阶级为了维护自身的利益，普遍加强了对工人的剥削，引起了工人的猛烈的罢工浪潮。此时在共产党的领导下，全国的武装起义渐入高潮。

北京大学。

作品以20世纪30年代初的上海为背景，通过对民族资本家吴荪甫从兴办实业进行公债投机直至破产的生动描写，深刻揭示了在半封建半殖民地的中国是不可能发展资本主义的，而且全景式地展现了当时中国社会的面貌。

小说的主人公吴荪甫曾经游历过欧美，拥有过人的胆识、才华和雄厚的资金，在故乡双桥镇发展了实业，构建自己的“双桥王国”，想用他这一双铁腕和那不可抗争的帝国主义的工业侵略进行斗争，这个人是为了权力，为了名誉，为了民族的发展而存在的！他又在上海组织益中信托公司，制定发展新的企业的蓝图。因为受了金融界巨子赵伯韬的利用，他向秘密公司伸手，进行公债投机。他满怀壮志地拼搏在公债、实业和农村三条战线上。但是，因为时局不利，外资入侵、战乱频仍、产品滞销、工人反抗、农民暴动，特别是以买办赵伯韬为代表的外国资本势力的打击，他的事业迅速地崩溃了，终于落得倾家荡产的凄惨结果，只好逃往牯岭“避暑”。

吴荪甫是第二次国内革命战争时期民族资产阶级的典型形象，性格复杂丰富。《子夜》中的吴荪甫是一个鲜明的矛盾统一体。进步和反动、魄力和狡诈、刚愎和软弱等等一组组截然对立的性格原素有机地融合为一体。吴荪甫有强烈的民族意识，同时，压倒一切的又是个人利益。他办实业，以发展民族工业为己任，向来反对做投机买卖。他精明强悍，但又时时显露出民族资产阶级先天的软弱性。他同农民武装起义势不两立，而在对待工人运动上更显露了仇视革命的面目。

吴荪甫是个富有魄力的民族资本家，作者本人称吴荪甫为“权力的铁腕”。但他的“铁腕”比之资本主义内部所发生的必然铁律，那就要脆薄得多了。吴荪甫遇上了有美国资本家做后台老板的买办资本家赵伯韬。这个对手一出现，就是站在主动者的地位上。略施小技，便使得吴荪甫无法顺利地进行吞并活动。处在半殖民地的地位的国家，它要想发展民族资本，是不可能的。吴荪甫本不赞成投机，但为迅速地扩充他们的资本，便也钻到公债里去了。他们的企业的基础，因此便在风雨飘摇之中。这便是“民族资本主义的发展与崩溃的缩影”。

左联纪念馆。

作品塑造了屠维岳、赵伯韬等众多的人物形象。屠维岳是吴荪甫手下得力的鹰犬，赵伯韬是美帝国主义所豢养的金融资本家，是半殖民地的特有产物，作品一方面尖锐地揭示了走向灭亡道路的封建地主阶级的无耻，另一方面也突出刻画了赵伯韬的卑鄙形象。李玉亭、范博文等人物身上也多少显示了当时某些资产阶级知识分子的堕落、虚伪的精神面貌。

妙语佳句

· 他喜欢和同他一样的人共事，他看见有些好好的企业放在没见识，没手段，没胆量的庸才手里，弄成半死不活，他是恨得什么似的。对于这种半死不活的所谓企业家，荪甫常常打算毫无怜悯地将他们打倒，把企业拿到他的铁腕里来。

类型	成书时间	推荐理由
小说	1936 年	长篇小说《骆驼祥子》是老舍的经典之作，也是 20 世纪 30 年代中国最优秀的作品之一，被誉为“抗战前夕中国最佳的长篇小说”。

京味十足的苦难小说
——《骆驼祥子》

背景搜索

老舍是我国现代著名的小说家、剧作家。他原名舒庆春，字舍予，“老舍”是他长期使用的主要笔名，另有笔名絜青、鸿来、非我等。1899 年 2 月 3 日生于北京一个满族贫民家里。老舍 7 岁入私塾，1918 年毕业于北京师范学校，因品学兼优，被委任为京师公立第十七高等小学（今方家胡同小学前身）校长。在近二十年的教学生涯中，还在国内担任过北郊劝学所劝学员、教育会文书、天津南开中学教员等职。

1923 年，老舍创作并发表了第一篇短篇小说《小玲子》。1924 年，应伦敦大学东方学院之聘赴英国，担任该校的汉语讲师。1929 年，老舍离开英国，在新加坡做了短暂停留，次年经上海回到北平，不久，先后受聘任济南齐鲁大学、青岛山东大学教授。从这个时候开始，老舍的创作进入了旺盛阶段，他创作了众多的小说作品。除了《猫城记》、《离婚》、《牛天赐传》、《月牙儿》、《我这一辈子》等小说之外，还完成了他的重要的代表作——《骆驼祥子》。这部作品曾经从 1936 年 9 月起在《宇宙风》上连载。

抗日战争爆发后，老舍积极投入到了抗日救亡的事业之中。

1946年5月，老舍与曹禺同赴美国讲学，并继续进行文艺创作，任职期满后，老舍仍留在美国进行创作，最后完成了长篇小说《四世同堂》。

1949年10月，老舍应周恩来的邀请回到北京，曾任政务院文教委员会委员、政协全国委员会常务委员、中国文联副主席等职。1966年8月24日，老舍因不堪忍受林彪与“四人帮”的凌辱和迫害，投湖而死。

内容精要

长篇小说《骆驼祥子》是老舍的经典之作，标志着老舍的创作进入了新的阶段。这部书于1939年3月由上海人间书屋初版。作品以军阀统治下的北平为背景，讲述了一个破产的农民祥子，迫于生计，由农村流落到城里，在车行里做了人力车夫。祥子希望凭着年轻力壮和吃苦耐劳，通过自己的辛勤劳动买一辆洋车，做一个自食其力的人力车夫。他苦干了三年，好容易买到一辆新车，可是第一趟出车就撞上了士兵，连人带车一并被掳走。祥子重新振奋精神，到曹教授家继续苦干，省吃俭用，积攒起了准备买车的钱，结果又被特务孙侦探在搜捕时敲诈去了。因为受了车行老板刘四女儿虎妞的诱惑，祥子不情愿地和她结了婚，但是他们之间并没有真正的爱情。最后，他用妻子虎妞的私房钱买了一辆旧车，不久虎妞却难产而死，为了给亡妻办丧，祥子被迫卖掉了洋车。失去妻儿的打击，加上生活的窘困，使得他的身心受到了严重的摧残，从此一蹶不振。但是他对生活还有一丝憧憬，他希望能靠自己的努力，把他一直钟爱却被迫卖身的小福子从下等妓院里赎出来。然而最后，小福子忍受不了地狱般的折磨和屈辱而自杀，含恨离开了人世。失去精神支柱的祥子终于崩溃了，开始沦为一个懒惰自私的无赖，一具没有希望和思想的躯体。

作者通过祥子的悲剧，从纵深的层面揭露和控诉了那个不公平的旧社会把人变成鬼的罪行。

小说突出地表现了作家对于城市贫民的真挚同情和深刻理解：“一个拉车的吞的是粗粮，冒出来的是血；他要卖最大的力气，得最低的报酬；要立在人间的最低处，等着一切人一切法一切困苦的击打。”字里行间都流露着作者老舍对苦难的劳动人民深深的同情。

作品还表现了祥子正直善良的性格特点。祥子自己是个多灾多难的苦命人，但从来不吝惜对弱者的同情和关心。他关心贫寒的少女小福子，照顾老马和小马祖孙两代，顶着被捕的危险去为曹先生送信。这和后来糜烂堕落的祥子有着天壤之别。作品在同一个人身上

上个世纪二三十年代，有不少穷苦百姓以拉人力车为生。图为三座门大街前的一幕场景。

做了鲜明的对比，这种强烈的反差使得读者为之动容。正直善良的灵魂被旧社会的铁蹄踏碎，美好的事物被毁灭，悲剧的意义就在于要让读者在痛心的同时，深深痛恨那个惨无人道的旧社会。主人公祥子作为一名社会最底层的劳苦人民，遭受的是重重的压榨和欺凌，性格中自然具有潜在的反抗性。然而这种反抗是自发的，没有明确的目标，也缺乏有效的抗争手段及方法，在强大的反动势力的铁蹄下，这种个人的反抗显得微不足道而且软弱。盲目的个人奋斗，从一开始就注定了这个人物的悲剧命运。

在描写祥子的同时，作者又将视野拓宽到了广阔的社会领域，通过祥子生活中的其他人物反映了当时畸形的社会状况。小说呈现了二十世纪二三十年代中国社会黑暗、动荡、没有任何安全感的时代图景：车厂主人刘四对车夫们进行贪婪无度的盘剥；政局混乱，大学教授曹先生遭受政治迫害；巫婆陈二奶奶害死了难产中的虎妞；老马小马祖孙两代的悲惨遭遇；小福子在贫困中沦为被侮辱的玩物。祥子的妻子虎妞，是一个具有复杂性格的人物形象。她是个大胆泼辣而且有点变态心理的三十多岁的老姑娘。作为刘四的女儿，她在父亲的车行掌管事务，失去了最美好的时光，她在苦闷中也渴望得到幸福。虎妞的性格中也继承了父亲的那些剥削者的特点：贪懒、刁钻、喜欢指使人呵斥人。她的惨死和小福子的自杀，寄寓着作者对于社会恶势力的愤懑。

妙语佳句

一个拉车的吞的是粗粮，冒出来的是血；他要卖最大的力气，得最低的报酬；要立在人间的最低处，等着一切人一切法一切困苦的击打。

类型	成书时间	推荐理由
戏剧	1933年	《雷雨》是中国话剧史上不朽的杰作，是一部杰出的现实主义的悲剧，是文学史上具有划时代意义的一面旗帜。

中国话剧史上的不朽杰作
——《雷雨》

背景搜索

《雷雨》的作者，是有“中国的莎士比亚”之称的中国现代文坛著名的剧作家——曹禺。

曹禺，现当代剧作家。原名万家宝，字小石。1910年生于天津一个没落的封建官僚家里，祖籍湖北潜江。

他从小对戏剧和文学有着浓厚的兴趣，涉猎过大量的古今中外的文学作品，十五六岁开始接近戏剧。

1924年他升入天津南开中学，参加了南开新剧团，并广泛涉猎新文学作品，开始写小说和新诗。1928年考入南开大学政治系。在此期间，钻研了大量的世界名剧。1930年转清华大学西洋文学系。

1933年创作了处女作四幕剧《雷雨》，标志着中国话剧艺术开始走向成熟，几十年来成为最受观众欢迎的话剧之一。

1933年大学毕业后，曹禺考上清华研究院研究生，专门研究戏剧文学。1934年，到天津河北女子师范学校任教。

1935年写成剧本《日出》，深刻解剖了20世纪30年代中国的都市生活，批判了那个“损不足以奉有余”的罪恶社会，曾获《大公报》文艺奖。

《雷雨》和《日出》两个剧本反映了半封建半殖民地的中国的上层社会生活的腐烂与罪恶。作者以卓越的艺术才能深刻地描绘了旧制度必然崩溃的图景，对于走向没落和死亡的阶级给予了有力的揭露和抨击。

曹禺是第二次国内革命战争时期成就突出、影响广泛的卓越的剧作家，他对中国戏剧文学发展所做的贡献是不朽的。1996年，这位戏剧大师离开了人世。

内容精要

《雷雨》是一部杰出的现实主义悲剧，该剧以19世纪末到20世纪20年代中国半封建半殖民地的时代特征为背景，反映了新兴资产阶级家庭周家和下层劳苦人民家庭鲁家之间的纠葛。《雷雨》的故事情节主要是围绕三对矛盾展开的：一是周朴园和妻子蘩漪之间的矛盾，体现的是专制者与反抗者的冲突；二是鲁侍萍同周朴园之间的矛盾；三是鲁大海同周朴园之间的矛盾，这对矛盾从根本上来说，就是工人阶级同剥削阶级的矛盾。

周朴园是周家的最高统治者，用作者本人的话来说，周朴园这个人“可以说是坏到家了”。他在三十年前，为了赶着娶一位有钱有地位的小姐，无情地把遭他引诱、迫害并为他生了两个孩子的丫头侍萍，在大年三十晚上，赶出了周家。被他母亲留下的大儿子周萍成了周府的大少爷；二儿子则被侍萍抱走，当时尚在襁褓之中，而且病得奄奄一息。三十年后，当鲁侍萍鬼使神差地来到周朴园的面前时，他感到了不安，害怕自己的利益和地位受到破坏。

“不劳动者不得食”，这是曹禺创作剧本一贯的主导思想。他在剧本里所抨击的，“是那群不劳而食、不劳而获，把劳动人民踩在脚下的荒淫无耻的统治者以及依附于他们、过着寄生生活的‘帮闲’们”。因此他着意刻画了身为资产阶级分子的周朴园的贪婪、自私以及种种罪行：他故意让承包的江堤出险，用2200名小工的生命为代价，来满足自己对金钱无休止的欲望；为了镇压工人运动，他心狠手辣地让警察开枪打死了几十名工人……

清华学堂。曹禺在清华大学读书时创作了《雷雨》这部话剧。

《雷雨》在人物的性格分析方面，最成功、最深刻、最完整之处体现在女性身上。蘩漪这个形象的出色塑造，就是一个最有力的例证。作者赋予了蘩漪独特的精神面貌与思想性格，这就是作者所说的，"她是一个受过一点新教育的旧式女人"，"拥有行为上许多的矛盾，但没有一个矛盾不是极端的"、"最'雷雨的'性格"。但是当"雷雨"遭遇周萍的"懦弱"时，却被卷入了一场悄无声息而又致命的漩涡中。周萍虽然接受过新思潮影响，但是这种思想并没有驱除封建思想在他心中布下的魔咒，他虽然身处动荡巨变的时代，却对社会没有敏锐的观察力和感受力。他回到周家，不但没有帮助苦闷不堪的蘩漪挣脱封建的铁笼，还将她引向乱伦的歧途。因为父亲周朴园的"谆谆训导"，重新召唤起他脑子里深埋的封建伦理观念，他觉得往日里犯下了天大的"罪恶"，于是背叛了自己当初的诺言，归顺于封建秩序的脚下。

四凤这个人物，和她的母亲有着类似的遭遇，她在周家不过是个地位卑微的女仆，但她纯真善良，对生活充满着美好的向往，并且爱上了大少爷周萍，这个人物的悲剧特征在《雷雨》第四幕被推向了高潮：隐藏多年的冤孽和如今发生的秘密猛然被揭开，一

剧作家曹禺，四幕剧《雷雨》的剧照。

切都真相大白，原来自己的母亲竟是周朴园残酷抛弃的侍萍！原来她所钟爱并以身相许的情人，竟然是自己同母异父的哥哥，而且还是继母蘩漪的姘夫。突如其来的打击让四凤惊恐万分，同时感到周家这个大院内，从里到外都充满着无耻荒淫和滔天的罪恶。她彻底绝望了，跑了出去，在电闪雷鸣、风雨大作的天空下，她要用死来控诉这个不公平的人世，让雷雨来冲刷这个污浊不堪的世界。周家唯一友善、开明的小少爷周冲为了救四凤触电而亡；占有侮辱过四凤的周萍也死了，作者有意将一切在很短的一段时间内集中毁灭，这不但深深震撼了读者的心灵，而且在思想上给人以无尽的思索。

两家人死的死、疯的疯，但是这个剧本留给人们的不只是悲凉的体味，作者还安排了鲁大海这个人物，虽然曹禺最熟悉的是资产阶级及其知识分子和封建的家庭生活，对鲁大海等劳动者不甚了解，在描写上力度不够，但他通过这个人物，设定了一个意味深长的结局：作为工人阶级一员的鲁大海，坦然地从毁灭的世界中走出，他的出现给作品的阴郁气氛带来了明朗与希望。作家还说：太阳会出来，我知道。作者就是要把这个旧社会毁掉，走向雷雨过后的新天地。

妙语佳句

·你不要以为我的心是死了，你以为一个人做了一件于心不忍的事就会忘了吗？你看这些家具都是你从前顶喜欢的东西，多少年来我总是留着，为着纪念你。

类型	成书时间	推荐理由
小说	1932年	《金粉世家》描写豪门盛衰和世态人情，堪称经典之作，至今读来仍有着不朽的艺术魅力。

民国《红楼梦》
——《金粉世家》

背景搜索

著名章回小说大师、报人张恨水（1895—1967），原名张心远，1895年生于江西广信，1967年病逝于北京。“恨水”这一笔名，取自于南唐后主李煜的“自是人生长恨水长东”词句。张恨水一生共创作一百二十余部中、长篇小说，还有大量的诗歌、散文和杂文，在国内拥有众多的读者，是位影响深远、功力深厚的大作家。张恨水早期创作的《春明外史》、《金粉世家》、《啼笑姻缘》等作品，曾经名噪一时，人人传阅，以致洛阳纸贵。他善于用白描的手法，准确入微地刻画社会生活；又十分熟悉旧中国的市民生活，对底层社会小人物的举手投足、情趣追求描写得很到位，创造了很多成功的形象，给读者留下了难忘的印象。同时，他也是一位涉猎很广的作家，他塑造的三教九流都惟妙惟肖、栩栩如生。

《金粉世家》是一部连载作品，1926年在北京《世界日报》连载，至1932年刊完，将近6年。读者来信雪片一样涌向报馆，关注人物命运和故事走向，掀起“张恨水热”，评论界有“民国《红楼梦》”之誉。在1934年鲁迅写给母亲的一封信中，说及曾买张恨水的

中国言情小说第一人大师张恨水。 

《金粉世家》给母亲做礼物，因为鲁迅母亲当时也是“张迷”。

从《金粉世家》到《啼笑姻缘》，张恨水的创作达到高峰，经常为六七家报刊写长篇连载。每天深夜，索稿人排队等候。他往往坐在放满鲜花、盆景的书房里，铺好竹纸，文思如涌，几千字一挥而就。五六篇手稿同时交与来者，书中人物不会混杂、跳格，前后情节也不重叠或遗漏。据悉，有一次坐在麻将桌上赌瘾正酣，报馆催稿，他左手打牌，右手书稿，“手挥目送，文不加点”。他说过，酷爱李煜的词“胭脂泪，留人醉，几时重？自是人生长恨水长东”，于是便取名恨水，从而澄清了热传的“恨水不成冰”的绯闻。

内容精要

上世纪20年代初，国务总理金铨之家，可谓一代豪门、金粉世家。风流倜傥的七少爷金燕西，是一个多情的种子。他仰仗着担任国务总理的父亲的权势，整日游手好闲，不务正业，广交女友。一日，他与一群朋友去西山郊游，与女学生冷清秋邂逅，从此一见钟情，欲罢不能……

为了得到清秋的爱，燕西每天在校门口等候。一见清秋放学出来，他便跟踪其后，但每次清秋都以惊人的智慧甩开了燕西。清秋不屈的个性更加吸引了燕西，他不惜重金买下了清秋家隔壁的房子，并主动与清秋的舅舅宋世卿交友。爱慕虚荣的舅舅为了攀上高枝，不断安排机会给燕西，结果反而加

深了清秋的反感。当燕西得知清秋喜欢做诗后，他马上组织起一个诗社，聘来了一大群文人墨客帮自己写诗作画。每天清秋放学回家，就从隔壁传来燕西朗朗的吟诗声，句句情深意切，脉脉含情。日复一日，清秋终于改变了对他的看法，认定燕西是个才华横溢的风流才子。

清秋的家境贫寒，她怕遭到燕西家族的反对，因此始终没有公开他俩的关系。此事被出身显贵的燕西原女友白秀珠得知，她不依不饶，闹得金公馆鸡犬不宁，天翻地覆。

青年诗人欧阳于坚喜欢上了清秋，并对清秋百般关心和体贴，在诗文创作上给了她很大的启迪，清秋发现燕西求爱的“杰作”原来均出于欧阳于坚之手，二人之间渐渐产生朦胧的好感。

金府的花车终于将清秋迎娶到豪门大宅。清秋对豪门内的种种礼节一概不知，在婚礼上被金家几位少奶奶耻笑。

金公馆内，各房儿孙矛盾不断，金铨、金太太心乱如麻，不得安宁。金铨国务总理的地位摇摇欲坠，几个儿子又不争气，面对内忧外患的压力，金铨一命呜呼。顶梁柱倒了，金太太支撑不起这庞大的家族。不久，几个儿子纷纷闹着分家。玉芬嫁祸于清秋，说是她首先闹着分家的，又传出她与欧阳于坚有染，燕西不问青红皂白也责怪她。清秋有口难辩，真是跳到黄河也洗不清。她知道，面对金家的势力，她是无力反抗的。她吞下了一桩桩一件件的委屈……

燕西与秀珠公开交往，他不顾全家各房及清秋的感受，夜不归宿。燕西将分家的钱尽情挥霍，清秋稍一过问就与清秋吵闹。清秋忍无可忍，欲回娘家，但又怕母亲伤心，犹豫再三还是留下来了。

产期临近，清秋顺利产下一个男孩。但是，奉子成婚的谣言在金公馆盛传，清秋感到无地自容。

热心的八妹在秀珠家找回燕西，他应付着看了看清秋，偷偷从箱子里拿钱，被清秋发现，清秋欲制止，燕西说出绝情的话，二人大吵之后，燕西扬长而去。从此，燕西再也没有回家，他和秀珠鬼混并策划去德国的事。

清秋在月子里受了刺激，执意要搬回娘家，但被金家百般阻拦，她只好把自己软禁在常年没有人住的空房子内，准备与世隔绝。正值金公馆四分五裂之时，一场劫难在金公馆发生，显赫一时的金粉世家被大火吞没了……

大火扑灭后，金公馆变成一片废墟，清秋在大火中失踪。三姨太挟巨款逃跑。冷太太跑到金公馆要女儿。金太太无计可施，只好答应想尽一切办法寻找清秋。清秋带着孩子和满腹的心酸与燕西的六姐润之一起去了南方，投入到新生活的洪流中。

此刻的燕西终于觉醒过来，发现失去了自己生命中的另一半，他四处寻找清秋的下落，但毫无结果，在意冷心灰之下远渡重洋，永远地告别了这块令人伤感的土地。

一代豪门家族——金粉世家就这样解体了……

妙语佳句

· 山上是很幽静的，人的心思一定，远处的香味，只要还有一丝在空气里流动着，也可以闻得到，这就叫心清闻妙香了。

· 快乐不光是吃喝嫖赌穿，最大的快乐，是人精神上可以得着一种安慰。

类型	成书时间	推荐理由
小说	1929年至1940年	《激流三部曲》是巴金呼吁自由、民主、尊重人格、人性解放的最鲜明的一面旗帜，在中国现代文学史上占据着重要的地位。

人性解放的呼声
——《激流三部曲》

背景搜索

巴金是我国现代的文坛泰斗，原名李尧棠，字芾甘，祖籍浙江嘉兴，1904年11月25日生于四川成都一个封建官宦家里。他从小就对下层人民有浓厚的同情心，在五四运动中接受了民主主义和无政府主义思潮的洗礼。1931年，巴金创作的著名的“激流三部曲”之一《家》，在《时报》上连载，引起了强烈反响。

“九·一八”事变发生后，中国面临着严峻的民族危机，于是年轻的巴金投入到了抗日救亡的运动之中。

抗日战争爆发后，巴金辗转于上海、广州、桂林、昆明、重庆等地，曾任历届中华全国文艺界抗敌协会理事，从事过《呐喊》等刊物的编辑工作。这段时期，也是巴金创作的旺盛时期，他的许多小说、散文及杂文就是在这时创作的。“激流三部曲”的另两部长篇小说《春》和《秋》，分别于1938年和1940年完成出版。

抗战胜利后，巴金主要从事翻译、编辑和出版工作。新中国成立后不久，在首届全国文代会上，巴金当选为文联常委，并历任中国文联第三、第四届副主席，中国作家协会第

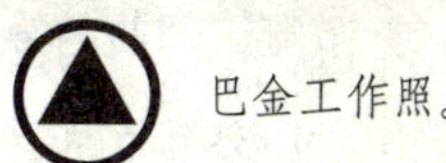

巴金工作照。

二、第三届副主席及第四、第五届主席，中国作家协会上海分会主席，上海市文联主席，《文艺月报》、《上海文学》、《收获》杂志主编。中国文联第二届至第四届委员，中国作家协会第一届至第四届理事，全国第五届人大常委，全国第六届至第八届政协副主席，中国作家协会主席。

巴金笔耕不辍，著作甚丰，除著名的长篇小说集“激流三部曲”以及处女作长篇小说《灭亡》外，还包括长篇小说：《新生》、“爱情三部曲”（《雾》、《雨》、《电》）、《春天里的秋天》、“抗战三部曲”、《第四病室》、《寒夜》；中短篇小说：《可爱的人》、《复仇》、《死去的太阳》等；散文集：《随想录》（5卷）等；诗歌：《散文诗》；译作：长篇小说《父与子》、《处女地》、《木木》，戏剧《丹东之死》、《前夜》；回忆录：《往事与随想》等。出版了《巴金文集》（14卷）、《巴金全集》（26卷）、《巴金译文全集》（10卷）等。

在国内，巴金是与茅盾、老舍、曹禺齐名的著名作家；在国外，巴金及其著作同样享有很高的声誉，曾被授予1982年意大利国际但丁奖、1983年法国荣誉军团勋章、1985年美国文学艺术研究院名誉外国院士称号及1990年苏联人民友谊勋章。国际天文联合会批准了北京天文台的申请，同意以“巴金星”命名8315号小行星，这是全世界给予巴金的一项崇高而永久的荣誉。

内容精要

巴金的代表作中，最具影响力的作品便是“激流三部曲”:《家》、《春》、《秋》，这也是作者本人最为满意的三本书。

《激流三部曲》以成都为背景，描写了在1919年至1924年这一风起云涌的动荡时代中，封建大家庭高家四代人的生活，记述了一个封建大家庭走向分化与衰落以及青年一代冲破封建宗法束缚，走向新生活的过程，描绘出封建宗法制度的崩溃和革命潮流在青年一代中掀起的改变旧生活的伟大力量。此外，《憩园》是《激流三部曲》尾场，主要讲述了一座以“憩园”命名的花园的先后两代主人的命运。

激流三部曲的第一部:《家》，是作者的代表作，在我国现代文学史上占有极其重要的地位。1933年5月首次由上海开明书店出版。《家》中描写了高氏三兄弟的恋爱故事，其中高觉慧与婢女鸣凤构成了第一个悲剧事件; 高觉新与钱梅芬及瑞珏构成了另两个悲剧事件。她们的不幸都与高老太爷直接间接地相联系着。作品在描写青年一代爱情悲剧的同时，揭示了造成这种悲剧的根源——封建大家庭必然的衰落过程。高觉慧在“五四”新思潮的影响下，积极参加学生运动，创办杂志，对家中在道德礼法掩盖下的种种腐败现象十分厌恶。他的祖父高老太爷是家中的专制魔王，一手包办儿孙的婚姻，造成了梅芬、鸣凤、瑞珏、觉新等人的悲剧。觉慧不满大哥觉新的“作揖主义”，积极支持二哥觉民抗婚。最后，当这个封建大家庭的象征高老太爷死去时，觉慧毅然离家出走，奔向新的生活。

激流三部曲的第二部《春》，1938年3月上海开明书店初版。主要情节是，高克明要把女儿淑英嫁给轻浮浪荡的陈公子，周伯涛要把女儿蕙嫁给品行恶劣的郑某。尽管她们都对自己的婚事不满，但生性懦弱的蕙逆来顺受，对她充满同情和爱慕的觉新又不敢帮她摆脱困境，她只得按照父命出嫁，最后含恨死去。蕙的死教育了高家的年轻人，在觉民、琴等人的鼓舞和帮助下，淑英终于逃到上海，重获新生，迎来了自己生命中自由、美好、绚丽的春天。这部小说表现了不合理的、丑恶的婚姻制度对妇女的摧残以及对封建专制的婚姻制度的控诉和批判。

激流三部曲的第三部《秋》，上海开明书店1947年7月初版。作品《秋》从封建家族后继人的堕落上以及从受封建观念毒害最深的懦弱者的反抗上，描写了封建大家庭高家的最后衰败过程。主要情节是：经过一系列事变之后，克明和觉新虽然还想维持高家的门面，但它已经到了千疮百孔、无法挽救的地步。克明的儿子不争气，克安、克定公开纳妾宿娼，克定的女儿淑贞不堪父母逼迫而自杀。克明死后，克安、克定闹着分家，最后将高公馆卖掉，各家搬出另觅住处，高家彻底崩溃。《秋》是解剖封建社会教育弊病的一本书。巴金在揭示这种愚昧、专制的封建家庭教育如何戕害灵魂的同时，又深入地揭示了这种反动教育是怎样地一步步地伤害年轻人的，梅的夭折就是对万恶的封建制度的血泪控诉。

妙语佳句

·他站在门口，好像把守住一道关口似的。他的脸也涨红了。愤怒抓住了他，热情鼓舞着他。他完全忘记这些人是他的长辈。他愤怒地而且轻蔑地问道……

“九·一八”事变爆发后，日军占领了中国军队驻地——沈阳北大营。“九·一八”事变使中国面临严重的民族危机，这对年轻的巴金影响很大。

类型	成书时间	推荐理由
戏剧	20世纪30年代	在人们的眼里，夏衍是“中国的契诃夫”，他的《上海屋檐下》这部戏剧一上演就引起了极大的轰动。

“小人物”的生活交响曲
——《上海屋檐下》

背景搜索

夏衍（1900—1995），作家、剧作家。他是抗战前期影响较大的剧作家之一，原名沈乃熙，字端先，浙江杭州人。1915年入浙江甲种工业学校。1919年，参与创办并编辑《浙江新潮》，开始走上文学道路。1920年毕业后赴日本留学，接受马克思主义，参加日本左翼运动。1927年“四·一二”政变后，在上海从事翻译工作，译有高尔基的《母亲》等名著。

新中国成立后曾任文化部副部长、中国文联副主席、中国电影家协会主席等职。改编和创作了《祝福》、《林家铺子》等电影剧本，著有《写电影剧本的几个理论问题》等理论专著。1994年10月，国务院授予他“有杰出贡献的电影艺术家”荣誉称号。

1937年四五月间，夏衍开始以现实生活为题材创作三幕剧《上海屋檐下》。当时正是西安事变之后不久，抗日统一战线正在酝酿之中，国民党政府被迫有条件地释放一批长期关押的共产党人和其他政治犯。一些革命者经营救陆续出狱，他们中间有些悲欢离合的故事触动了作者，使他写出了这部一度名为《重逢》的剧作——《上海屋檐下》。在这个剧本中，作者认真地“用严谨的现实主义去写作”，有意识地在人物性格刻画和环境描写等方面下工夫，力图“从小人物的生活中反映这个大的时代，让当时的观众听到些将要到来的时代的脚步声音”。

内容精要

民国时期的时髦女郎画像。

这是一个发生在郁闷得使人不舒服的黄梅时节的故事。从开幕到终场，细雨始终不曾停过。雨大的时候丁冬的可以听到檐漏的声音，但是说不定一分钟之后，又会透出不爽朗的太阳。空气很重，这种低气压也就影响了这些住户们的心境。从他们的举动谈话里面，都可以知道他们一样地都很忧郁，焦躁，性急。

正是在如此“梅雨”中，夏衍描写了“上海屋檐下”一群小人物的苦闷、悲伤和希望。

剧本通过一座弄堂房子里五户人家的一天经历，十分真实地表现了抗战爆发前夕上海小市民的痛苦生活。

在这黄梅大一样晴雨不定、郁闷阴晦的政治气候中，家家都有一本难念的经。

沦落风尘的弃妇施小宝，被流氓逼迫去卖淫，她想挣扎，然而四顾无援，跳不出邪恶势力的魔掌。

老报贩“李陵碑”孑然一身，他的独生子在“一·二八”战事中参军牺牲，使他孤苦无依，精神错乱，成天哼着“盼娇儿，不由人，珠泪双流……”，酗酒解愁。

失业的洋行职员黄家楣，正陷于贫病交困中，偏巧这时辛辛苦苦培植他到大学毕业的老父亲从乡下来了。老父亲满以为这个自幼就被看作“天才”的儿子，早在上海有了“出息”，实际上“天才在亭子间里面”。儿子儿媳企图用借债、典当把窘况隐瞒过去，强颜欢笑，谁知老父亲耳聋心不聋，私下发觉了实情，立刻托故回乡，临走还把自己最后一点血汗钱，偷偷留给了小孙子。

小学教师赵振宇安贫乐命，与世无争，可他的妻子却唠唠叨叨，为讨菜贩的一点小便宜竟至连蒙带唬，“回身摸袋，故意迟疑，好容易将两个铜板交给卖菜的，当卖菜的挑起担子正要走的时候，她就很快地从他的担子里面拿了一支茭白。”

作为剧中主线的，是二房东林志成、杨彩玉一家的故事。林志成是一个工厂中的下级职员，他不仅由于做着亦“牛”亦“狗”的工作而整天担忧、赌气，更由于被监禁十年、久无消息的匡复的突然归来，使他禁不住良心的谴责。匡复是革命者，是林志成的好友，是杨彩玉的丈夫和葆珍的生身之父。匡复在被捕时托付志成照顾其妻女，后来匡复数年音讯皆无，志成与彩玉在患难中相爱同居。现在匡复意外地出现，志成哑然如遭雷击，惶然不知所措，只从牙缝里挤出“你……你……”两个字，冲到匡复身边“差不多抱住了他，但是一瞬间后，面色又惨变了”。他想以倒茶找烟来掩饰自己的窘态，却欲盖弥彰。匡复探问妻女的下落，他欲说不能；匡复听说妻女很好而感激他的救助，更使他羞愧难言。而妻子与朋友同居，这对满怀喜悦来找寻妻女的匡复来说，更不啻当头一棒。他内心异常混乱，随即颓然坐下，只茫然地、“学语似的”说：“同——居了！”长期的牢狱生活损害了他身体的健康，而眼前的尴尬局面又给了他意外的苦楚和酸辛。彩玉过去是同情革命的少女，为同匡复结合而脱离家庭，可匡复被捕后，孤苦、贫穷的磨难逼得她退却了，她在误以为匡复已经遭难的情况下与林志成结合，变成一个小心翼翼随顺夫权的家庭主妇、生活的奴隶，尽管她的感情还在前夫与后夫之间痛苦地挣扎着……

剧本借助于戏剧冲突所表现的种种生活处境和精神面貌，无一不是与那个社会密切相关的，无一不是那个黄梅天一样压得人透不过气来的政治气候带来的结果。正是通过人物的不幸命运，剧作对当时的黑暗社会和国民党反动统治提出了深沉强烈的控诉。

作者对这群人物的未来还是抱着希望和信心的。他把希望寄托在葆珍等“小先生”身上。孩子们高唱《勇敢的小娃娃》歌，朝气蓬勃，表达了“大家联合起来救国家”的决心。这歌声促使匡复重新振作起来，毅然出走。他声称，这“决不是消极的逃避”，并鼓励朋

旧中国老上海的街道。

友们“勇敢地活下去”！他终于成为一个革命者，用革命的理想战胜了个人生活上的伤痛，走上“救国家”的人生大道。舞台上从远处轰轰然响起惊雷之声，预示着沉闷的黄梅天即将过去。

妙语佳句

·这是一个郁闷得使人不舒服的黄梅时节。从开幕到终场，细雨始终不曾停过。雨大的时候丁冬的可以听到檐漏的声音，但是说不定一分钟之后，又会透出不爽朗的太阳。空气很重，这种低气压也就影响了这些住户们的心境。从他们的举动谈话里面，都可以知道他们一样地都很忧郁，焦躁，性急……所以有一点很小的机会，就会爆发出必要以上的积愤。

类型	成书时间	推荐理由
小说	1941年	《围城》是钱钟书创作的唯一一部长篇小说，是钱钟书对特定的社会人生和历史文化进行反思的结果，是描写知识分子最优秀的一部现代小说。

人类生存的困境
——《围城》

背景搜索

《围城》是著名学者钱钟书先生写的一部关于知识分子的小说。

钱钟书（1910—1999），字默存，号槐聚，江苏无锡人。早年就读于教会办的苏州桃坞中学和无锡中学。1933年于清华大学外国语文系毕业后，在上海光华大学任教。1935年与杨绛结婚，同赴英国留学。1937年毕业于英国牛津大学，获副博士学位。又赴法国巴黎大学进修法国文学。1938年秋归国，先后任昆明西南联大外文系教授、湖南蓝田国立师范学院英文系主任。1941年回家探亲时，因沦陷而羁居上海，写了长篇小说《围城》和短篇小说集《人·兽·鬼》。《围城》已有英、法、德、俄、日等译本。散文大都收入《写在人生边上》一书。

他曾在上海暨南大学、中央图书馆和清华大学执教或任职。1953年后，在北京大学文学研究所任研究员。

他写的《谈艺录》是一部具有开创性的中西比较诗论。所著多卷本《管锥编》，对中国著名的古籍进行了考释，并从中西文化和文学的比较角度进行了阐发、辨析。

内容精要

《围城》这部小说，以留学生方鸿渐归国后的谋职、恋爱和婚姻为轴，摹写了学校、家庭和社会的“世相”，特别是旧中国一些知识分子的陋劣之态。

《围城》的主题主要是通过主人公方鸿渐的个人经历表现出来的。鸿渐这个人不算好，可也找不出一丝一毫的坏处来，看来看去，只是无用无能，既可怜却又不足惜。借了那个“名存实亡”的丈人的资助，得以出洋深造，在国外混了数年，买了一纸假文凭，交代完事。

方鸿渐的性格虽有轻浮、孟浪的一面，但主要是体现了一个善良的知识分子在动乱黑暗的世道中彷徨苦闷、进退维谷的艰难处境以及满腹牢骚却又忍气吞声、洁身自好却又懦弱自卑的双重人格。方鸿渐不愿同流合污却不得不随波逐流，不想盗名欺世却不由得弄虚作假，“你不讨厌，可是全无用处”，“本领没有，脾气倒很大”。方鸿渐“是一个有着广泛代表性的时代的产儿”，“是一个充满矛盾的复杂的人物”，他身上“有着对封建文化和封建秩序的绝望，也有着古老社会和传统的重袭，有着20世纪文明的影响，也有着对西洋文化的鄙夷”。

方鸿渐是我国抗战初期留学生的一种典型。近代中国沦为半殖民地半封建社会后，一些先进知识分子出于救国的目的，努力向西方资本主义国家寻求真理。他们之中的绝大多数应该说是爱国的，都想学成后报效祖国，有所作为。可是旧中国没有他们的安身立命之所。许多留学生往往苦于生计，陷入绝境。方鸿渐的道路揭示了抗战前期部分缺乏生活理想的小资产阶级知识分子的悲剧命运。

《围城》所写的是当时中国这一特殊社会形态下一部分知识分子的深刻的精神危机问题。他们都缺乏积极献身民族、献身进步事业的理想，并且在漂泊生活中找不到自己理想的归宿。

作者对当时的上层知识分子的自私、猥琐、空虚、自欺欺人、勾心斗角以及崇洋媚外的灵魂做了淋漓尽致的剖析，表现了作者对社会思想的深度开掘。他们中的多数人自私、狡诈而虚伪，这里仅列举三闾大学内部的重重矛盾为例：李梅亭与汪次长的伯父汪处厚为争夺中文系主任职位的矛盾，外文系主任刘东方与历史系主任韩学愈之间的矛盾，韩学愈因方鸿渐了解他的底细而引起的恐惧，高松年和赵辛楣因为汪太太而争风吃醋，陆子潇又以方鸿渐为情敌，汪处厚和汪太太因做媒不成而对范赵二人不满，范小姐与孙柔嘉、方鸿渐的不和，等等。

电视剧《围城》剧照。

《围城》所写的这些上层社会知识分子的一个突出的、共同的特点，即他们精神上患着很深的崇洋症。三闾大学的韩学愈，花钱买了个美国冒牌大学的假博士学位，并且把在国外报刊上广告栏里刊登的寻找职业的广告当作自己的著作，把自己在国内娶的白俄老婆当做美国人。上层社会知识分子普遍的崇洋媚外的心理，正是中国社会长期处于半殖民地地位给一部分知识分子思想上、精神上造成的最深的创伤。

方鸿渐的感情纠葛是贯串《围城》始终的主线：方鸿渐念大学时，在父亲方遁翁的坚持下和一个同乡女子订下婚约。他对那女子缺乏认识，但对婚约略示反对后即表示同意。在回程中抵受不住鲍小姐的肉体诱惑。但船到香港，鲍小姐回到未婚夫的怀抱，弃方鸿渐如草芥。苏文纨极力讨好他，使他极难逃避她的好意。在故乡住了一段时期，方鸿渐和苏小姐交往，并由她介绍认识了她的表妹唐晓芙，他虽然暗中在追求后者，却一直鼓不起勇气和苏小姐分手。时过境迁，方鸿渐经赵辛楣推荐受聘到后方三闾大学去教书。后来赵辛楣辞职去了重庆，方鸿渐的地位也随着动摇，在暑假辞职。随赵辛楣而来的孙柔嘉，只好由方鸿渐陪伴回上海。孙柔嘉的柔情，成了疗伤应急的良药。两人在离校之前订婚，回上海途中结婚。生活安定下来后，两人感情很快即告破裂。

《围城》的主题非常明显，作者清清楚楚地指出了："结婚仿佛金漆的鸟笼，笼子外面的鸟想住进去，笼内的鸟想飞出来；所以结而离，离而结，没有了局。”“法国也有这么一句话，不过，不说是鸟笼，说是被围困的城堡，城外的人想冲进去，城里的人想逃出来。”“我还记得那一次褚慎明还是苏小姐讲的什么‘围城’。我近来对人生万事，都有这个感想。”

《围城》尽管没有描写知识分子对革命理想的追求和抗日斗争，不曾指出生活的理想和道路，但它“真实地反映了那个时代生活的一些本质的方面，真实地表现了那个腐朽社会所造就的腐朽而又空疏、虚伪的知识分子灵魂”。

独特而出色的讽刺艺术，可以说是《围城》一书最为突出的艺术特点。通过作者汪洋恣肆的笔力，我们可以看到《围城》独特的讽刺艺术。单单说是表现抗战时期知识分子的苦闷、动摇——“围城”中的知识分子及知识分子的精神“围城”——似还不能全部道出钱钟书的讽刺艺术特色。作者对庞大的知识分子人群进行刻意的描绘，具有一种《儒林外史》式的气魄，这在整个现代讽刺史中是极罕见的。钱钟书的语言风格是在比喻中发挥讽刺的威力的。如讽刺买办张先生喜欢在中国话里夹无谓的英文字：他并无中文难达的新意，需要借英文来讲，所以他说话里嵌的英文字，还比不得嘴里嵌的金牙。因为金牙不仅装点，尚可使用；而那些英文字只好比牙缝里嵌的肉屑，表示饭菜吃得好，此外全无用处。他继承了《儒林外史》的讽刺艺术的传统，同时还有独特的、崭新的创造。《围城》中巧妙的、形象的比喻的运用，既增强了知识性和学术性，又增加了他的著作的生动性。

除了讽刺外，富有浓郁的喜剧色彩也是《围城》语言的显著特点，其表现形式是多种多样的。

出色的心理描写也是《围城》的艺术特色之一，小说对人物进行了犀利、细腻的心理观察和分析，如留学生、大学教授、女博士以及其他角色，从这些人物的活动上，展现了一幅现实社会的图画。

妙语佳句

· 红海早过了，船在印度洋面上开驶着，但是太阳依然不饶人地迟落早起，侵占去大部分的夜。夜仿佛纸浸了油，变成半透明体；光给太阳拥抱住了，分不出身来，也许是给太阳陶醉了，所以夕照晚霞隐褪后的夜色也带着酡红……

类型	成书时间	推荐理由
文化著作	1936 年	《吾国与吾民》以冷静犀利的视角剖析了中华民族的精神和特质，是一部不可多得的研究民族文化及精神内涵的好书。

真实的中国，真实的民族
——《吾国与吾民》

背景搜索

林语堂，1895年10月10日生于福建省龙溪县一个传教士家里，卒于1976年3月26日，是中国著名的文学家及学者。林语堂，原名和乐，后改玉堂，又改语堂，曾用过毛驴、宰予、岂青等笔名。林语堂自幼接受了西方文化的熏陶，1912年，他考入上海圣约翰大学，毕业后在清华大学任教。1919年秋赴美留学，在哈佛大学文学系攻读硕士学位，1922年获文学硕士学位。同年转赴德国入莱比锡大学专攻语言学，1923年获博士学位后回国，在北京大学、北京女子师范大学分别担任教务长和英文系主任。1924年后负责《语丝》的编撰工作。1926年任厦门大学文学院院长。1927年任外交部秘书。1932年后创办并主编《论语》半月刊，1934年创办《人间世》，1935年创办《宇宙风》，提倡"以自我为中心，以闲适为格调"的小品文，推动了小品文的创作，成为论语派主要人物。1936年旅居美国，在美国用英文创作了《吾国与吾民》、《京华烟云》、《风声鹤唳》等作品。1944年曾一度回国到重庆讲学。1945年赴新加坡筹建南洋大学，任校长。1947年任联合国教科文组织美术与文学主任。1952年在美国与人一起创办《天风》杂志。1966年定居台湾。

1967年受聘为香港中文大学研究教授。1975年被推举为国际笔会副会长。1976年在香港逝世。

内容精要

《吾国与吾民》一书，又名《中国人》，是林语堂先生的代表作，同时也是他在西方文坛的成名作。原书是作者用英文创作的，后来郝志东、沈益洪二人将全书翻译为中文，由上海学林出版社出版。这部全译本《吾国与吾民》补上了原著中的一些重要而颇有争议的篇章，有《蒋介石其人其谋》、《收场语》（初版）、《我们的出路》、《领袖人才的要求》等。在保持原著原有风格的基础上，又增添了译者的附记、索引等内容，使得整部书的思想及内容更为完备。

《吾国与吾民》一书的主体内容，共分为两大部分。第一部分是“背景”，包括了《中国人》、《中国人的性格》、《中国人的心灵》、《人生的理想》四章。

在阅读此书之前，很有必要了解一下作者当时的写作动机和所处的时局。20世纪30年代的中国是动荡的、混乱的，一个庞大的中华民族的精神，在错综复杂的局面中显得模

旅顺大屠杀旧照。日军占领旅顺后，制造了长达四天的骇人听闻的旅顺大屠杀，旅顺死尸堆积如山，如同人间的地狱。

糊而朦胧，让人无所适从。当时“中国最重要的事情之一，是中国的青年知识分子正在重新认识自己的国家”。(赛珍珠序) 林语堂也是这批知识分子中的一员，他看到当时的中国“无疑是这个地球上最混乱、最受暴政之苦、最可悲、最孤弱、最没有能力振作起来稳步向前的国家”。在个人和周围人群对中国命运的焦虑和担忧中，林语堂却又以崭新的理论，探究了潜在的和必然的希望，断言了中国是伟大而不会轻易分解的。

林语堂在书中，毫不留情地揭示了当时中国社会方方面面的弊端和流毒，将旧中国压在箱底的老古董都抖了出来，放在阳光下翻晒、筛选、杀毒。

在该书的《中国人的性格》一章中，作者从民主性的角度粗略地勾勒了中华民族的特点，这些特点既包括了好的品质，也包括了一些很糟糕的东西，而且有些特点粗略看来并无大碍，甚至会被误认为是优点，但很值得细细地探究。依照林语堂的看法，中国人公认的“遇事忍耐”、“退一步海阔天空”的思想就很要不得。在中国人中，这种品质被过分地发展了，从而演变成为一种“恶习”，对暴政的屈服和逆来顺受的普遍心理，将中国引入了一个更为痛苦和艰难的境地。

在《中国人的心灵》一章中，林语堂将“智力”摆在了首位，因为尊重脑力劳动者是中国文明的显著特点。作者对中国人的“智慧”表示了自己的担忧，因为在中国并不缺乏智慧，相反，过多的例如“超脱老狡”、“避世洁身”这样的“智慧”，成为了中华民族的隐患。

在《人生的理想》一章中，作者阐述了中国的人文主义、宗教、中庸之道、道教和佛教思想，分析了这些因素在中国人思考人生意义的过程中所产生的重大影响。

《吾国与吾民》的第二部分是“生活”。包括了《妇女生活》、《社会生活与政治生活》、《文学生活》、《艺术生活》、《人生的艺术》、《中日战争之我见》六章。

作者在《妇女生活》一章中，研究了“妇女的从属地位”、“家庭与婚姻”、“理想的女性”、“女子教育”、“恋爱与求婚”、“妓女与姬妾”、“缠足”、“妇女解放”等当时中国的社会现象及问题。

在第六章《社会生活与政治生活》中，作者回答了中国人缺乏公共精神的原因；揭露了家庭制度对社会的负面影响，并具体探讨了家族制度所造成的“裙带关系”、社会腐败及“礼俗”等社会问题。

在《文学生活》中，作者阐述了中国人对文化的划分，中国人的语言与思维，中国人对学术的盲目崇尚，中国的散文、诗歌、戏剧、小说以及国内的文学革命和西方文学对中国的影响，还分析了文学与政治的关系。

《艺术生活》通过介绍中国的书法、绘画和建筑，体现出中国人的精神风貌。

《人生的艺术》包括了“人生的乐趣”、“住宅与庭院”、“饮食”、“人生的归宿”四部分内容。

在最后一章《中日战争之我见》中，作者以中日战争为出发点，探讨了日本失败的原因和中国发展的趋势及未来的前途，反映了中国对领袖人才的呼吁和寻求。

《吾国与吾民》一书在美国一经出版，便引起巨大的反响。赛珍珠誉其为“最真实、最深入、最重要的一本关于中国的书”。该书和林语堂作为20世纪中国文学史的一部分，受到了国内文学批评家、文学史研究者以及读者的普遍关注和重视。

妙语佳句

· 我可以坦诚相见，我并不为我的国家感到惭愧。我可以把她的麻烦公之于众，因为我并没有失去希望。中国比她那些小小的爱国者要伟大得多，所以不需要他们涂脂抹粉。她会再一次恢复平稳，她一直就是这样做的。

类型	成书时间	推荐理由
小说	1958年	《青春之歌》是中国当代文学史上第一部描写学生运动，塑造革命知识分子形象的优秀长篇小说，是新中国时期在国际上流传最广的长篇小说之一。

流淌着革命激情的小说
——《青春之歌》

背景搜索

《青春之歌》是当代文学史上的一部优秀长篇小说。1931年“九·一八”事变，日本帝国主义迅速占领了东北三省，并且把侵略的矛头进一步指向华北大地。在这民族存亡系于一发的危急关头，蒋介石集团不思救亡，反而叫嚣“攘外必先安内”，继续进行反共、“剿共”活动。“冀东防共自治政府”的成立和“冀察政务委员会”的出现等一系列事情，终于激起全国各阶层人民的不满，导致全国范围的抗日反蒋救亡运动。青年学生始终站在抗日斗争的最前列。他们经过黑暗中的彷徨、摸索，终于在新的历史时代找到了自己的出路，那就是跟着中国共产党走上革命的道路。《青春之歌》是以“九·一八”事变到“一二·九”运动这段历史为背景；以学生运动为主线，描绘了当时我国知识界形形色色的人物的精神面貌，展示了中国革命知识分子所走的道路。在20世纪50年代后期出版后，曾经激起了共和国一代青年奋发向上的理想和热情，成了共和国一代青年的人生教科书。它的作者是杨沫。

杨沫，当代女作家，原名杨成业，笔名杨君默、杨默，祖籍湖南湘阴，生于北京。曾就读于温泉女中，因家庭破产而失学，当过小学教员、家庭教师和书店店员。1934年开始文学创作，发表的作品多是些反映抗日战争的散文和短篇小说。抗战爆发后到冀中参加中国共产党领导的游击战争，做妇女宣传工作。1943年起任《黎明报》、《晋察冀日报》等报纸的编辑、副刊主编。中华人民共和国成立后，曾任北京电影制片厂编剧、北京市作协副主席、中国作协理事、全国人大常委等职。她的代表作《青春之歌》是一部描写中国共产党领导的爱国学生运动的优秀长篇小说，成功地塑造了知识青年林道静这一艺术典型。小说在读者中特别是在青年学生中影响深广，曾由作者改编为电影剧本，拍成同名电影上映。杨沫的作品还有中篇小说《苇塘纪事》，短篇小说选《红红的山丹花》，《杨沫散文选》，长篇小说《东方欲晓》、《芳菲之歌》、《英华之歌》，长篇报告文学《不是日记的日记》、《自白——我的日记》以及《杨沫文集》等。

内容精要

《青春之歌》的女主人公林道静出生在一个官僚地主家庭。她的生母是佃户的女儿，在林家受尽折磨。母亲死后，林道静的异母百般虐待她，养成了她乖僻、孤独和强烈的反抗性格。同时，她在中学所接受的那套教育，又使她成为30年代小资产阶级知识分子的典型。财迷心窍的异母想把林道静当做摇钱树嫁给官僚做太太，这件事使她的反抗性格得到了充分的展示。她毅然离家出走北戴河，想“自己养活自己”。初到海滨，她还有赞赏大海的闲情逸致，但黑暗的社会现实，尤其是余敬唐设下的让她做县长小老婆的圈套，沉重打击了她的幻想，于是她绝望地投进了大海。然而又被具有“骑士兼诗人”风度的北大学生余永泽所救，两人由恋爱而同居。余永泽的温存虽然使饱受磨难的林道静感到慰藉，但他的庸俗、自私和热衷名利、沉溺于故纸堆的生活又使她看不到光明的前途，两人的感情出现裂痕。在与余永泽渐渐产生分歧的时候，林道静接触了卢嘉川等一批革命青年。在他们的影响下，她如饥似渴地阅读《国家与革命》、《反杜林论》等著作，接受共产主义思想的哺育；她还参加到纪念“三·一八”的游行队伍中，成为革命潮流中的一滴水。革命书籍和群众运动在林道静面前展开了一片新天地，使她更感与余永泽格格不入。但是，小资产阶级知识分子

平型关大捷中的八路军指挥所。

特有的温情主义，又使她不忍心离开“爱她”的余永泽。直到他们之间出现严重的政治分歧，余永泽反对她参加革命活动并直接导致了卢嘉川的被捕，残酷的现实才使她清醒过来，与余永泽彻底决裂。这同时也是她的思想和人生道路转变的开始。她开始由一个小资产阶级知识分子向着无产阶级革命战士转变。在这以后，林道静在江华等人的帮助与指导下，投身革命活动。在斗争中，她不幸被捕。严酷的监狱生活锻炼了林道静，培养了她坚强的革命意志，她的难友——共产党员林红给了她很多帮助，使她经受住了严峻生活的考验，终于成为了无产阶级的革命战士。在作品结尾，作者写到了迎着敌人的水龙、大刀，和革命队伍一道勇往直前的林道静，她已经是一个成熟、英勇的革命战士了，在党的指引下，正逐步走向光辉的革命前程。

妙语佳句

· 又过了半天，喝了一点稀米汤，道静年轻的生命真的复活了。可是痛，浑身上下全痛得像要粉碎了似的，针刺似的，火烧似的。可是，她不喊叫。

类型	成书时间	推荐理由
小说	1961年	《红岩》是当代文学中一部优秀的革命英雄传奇，曾经震撼了许许多多青年读者的心。

优秀的革命英雄传奇
——《红岩》

背景搜索

《红岩》写于1961年，作者是罗广斌、杨益言。

罗广斌（1924—1967）、杨益言（1925—？）都是在重庆解放前投身反蒋斗争的共产党员。被捕后，在“中美合作所”集中营内目睹了许多革命者顽强不屈的斗争和壮烈牺牲的场面，并且自己也亲身经历了光明与黑暗的生死搏斗。新中国成立后，那些革命者的伟大形象和感人事迹时刻萦绕在他们心头。他们饱含着对敌人的刻骨仇恨和对先烈的景仰之情，写下了纪实文学《圣洁的鲜花》、《江姐》等，记述先烈的斗争史实。1958年，他们又写了革命回忆录《在烈火中永生》。《红岩》（中国青年出版社1961年出版）就是将这些纪实性作品的素材经过艺术加工，反复锤炼创作而成的。丰富的生活素材和崇高的革命理想，使《红岩》成了一部革命现实主义的文学力作。

《红岩》的历史背景是：解放战争正以雷霆万钧之势向前推进，反革命的最后堡垒重庆正处于全面包围之中，盘踞在这里的国民党反动派进行着垂死的挣扎，而被关押在“中美合作所”集中营里的共产党员则同他们展开了一场胜利前光明与黑暗的殊死搏斗。为了

新中国成立后，我国文学界出现了一大批优秀的作品。

表现这种在全局上我们处于绝对优势而在局部处于暂时劣势的局面，作者将笔触从渣滓洞、白公馆伸展开去，把震撼人心的狱中斗争、城市地下党的活动和学生运动以及农村的武装斗争这三条线索交织成一个整体，描绘了重庆解放前夕革命者同敌人进行斗争的最后一幕，从一个重要侧面反映了解放战争走向全面胜利的斗争形势和时代风貌。

内容精要

1948年，在国民党的统治下处在黎明前最黑暗的时刻。为了配合工人运动，重庆地下党工运书记许云峰命甫志高建立沙坪书店，作为地下党的备用联络站。甫志高为了表现自己，不顾联络站的保密性质，擅自扩大书店规模，销售进步书刊。一天，区委书记江姐要去华蓥山根据地，甫志高到码头为江姐送行，江姐嘱咐他要注意隐蔽，他嘴上答应，心里却不以为然。江姐到离根据地不远的一座县城时，发现自己的丈夫、华蓥山纵队政委彭松涛的人头被高挂城头。见到纵队司令员“双枪老太婆”后，她强忍悲痛，坚决要求到丈夫生前战斗的地方工作。甫志高自作主张吸收一名叫郑克昌的青年入店工作，许云峰知道情况后大吃一惊，几经分析发现郑克昌行迹可疑，便让甫志高通知所有人员迅速转移。甫志高却根本不听劝告，反而认为许云峰嫉妒自己的工作成绩，结果被捕并成了可耻的叛徒。

由于他的告密，许云峰、成岗、余新江和刘思扬等人很快相继被捕。特务头子徐鹏飞得意忘形，妄图借此将重庆地下党一网打尽。然而，他使尽各种伎俩，都没能从许云峰等人身上得到任何所需的东西。

叛徒甫志高带领特务窜到乡下，江姐不幸被捕，关押在渣滓洞里。在狱中，她受尽了折磨，凶残的敌人把竹签钉进了她的十指。秋去冬来，转眼到了年底。全国革命形势一片大好，国民党当局在受到沉重打击后开始放出和谈空气。阴历年三十，渣滓洞全体难友举行了一个别开生面的联欢会。更令人高兴的是，地下党派人与他们取得了联系。敌人为了表示和谈的“诚意”，假意释放了一些政治犯，来自资本家家庭的共产党员刘思扬是其中之一。在他被送回刘公馆的第二天夜里，一个自称姓朱的人潜入刘家，说他受区委书记李敬原的委派，前来了解刘思扬在狱中的表现，并要他详细汇报狱中地下党的情况。正当刘思扬对此人产生了怀疑时，李敬原派人送来情报，揭露了这个伪装特务郑克昌的真面目。刘思扬来不及转移，又被抓起来关进另一所监狱“白公馆”。郑克昌在诱骗刘思扬失败后，又伪装成同情革命的记者高邦晋打入渣滓洞，他妄图通过苦肉计刺探狱中地下党的秘密。余新江等人识破了他的伪装，并借敌人之手除掉了这个阴险的特务。解放军日益逼近重庆，地下党准备组织狱中暴动。在白公馆装疯多年的共产党员华子良与狱中党组织接上了关系。同时，关在地窖中的许云峰用手指和铁镣挖出了一条秘密通道。当解放军攻入四川，即将解放重庆的时候，徐鹏飞等狗急跳墙，提前秘密杀害了许云峰、江姐、成岗等人。就在许云峰等人被害的当天晚上，渣滓洞和白公馆同时举行了暴动。刘思扬等一些同志牺牲了，但更多的同志终于冲出了魔窟，伴随着解放军隆隆的炮声，去迎接黎明时分灿烂的曙光！

《红岩》为我们塑造了一组革命英雄的群体形象。这些不同年龄、不同性别、不同经历、不同性格的共产党员和革命者，经过作者的精心刻画，都活灵活现地以各自的形貌出现在我们面前。江姐是作者着力刻画的一个主要人物，她对党忠贞，对敌斗争顽强不屈，在危急关头从容镇定，对革命同志血肉情深。

许云峰是作者着力刻画的另一个主要人物形象。他经验丰富、胆识过人、沉着机智、顾全大局。此外，齐晓轩、成岗、华子良等人，作者虽着墨不多，但却给人留下了深刻的印象。《红岩》在对反面人物的刻画上也很有特点，作者没有采用漫画化的手法，简单地把敌人丑化一通，而是用高度的概括艺术，写出他们的反动本质和性格特征。

结构宏伟而严谨，错综复杂而有条不紊，是《红岩》又一个显著的艺术特色，小说描写了三条线索上纷繁复杂的社会生活，但却能做到秩序井然。作者以一些主要人物的活动为中心，牵引出不同的斗争线索，如以许云峰等的活动牵引出地下斗争的线索，又以《挺进报》的斗争将这些纷纭繁复的斗争串联起来，构成一个统一的整体。所有的斗争，又都是围绕粉碎敌人挽救覆灭的阴谋、迎接重庆解放这一共同目标展开的，表现出了作者在艺术构思上的独特匠心。此外，注重心理活动的描写和环境气氛的渲染，也是《红岩》的一个鲜明的艺术特色。由于充分调动了这两方面的艺术手段，人物的精神世界得到了充分的展示，人物的形象也得到了有力的烘托。所有这些特点，都使得《红岩》有别于其他同种性质的长篇小说，在塑造传奇英雄的同时，也显示了英雄性格所包含的思想深度。

妙语佳句

·如果需要为共产主义的理想而牺牲，我们每一个人，都应该、也可以做到脸不变色心不跳。

油画中所表现的南昌起义时的场景。

类型	成书时间	推荐理由
小说	1972 年	《鹿鼎记》是金庸武侠小说的封笔之作，也是金庸武侠小说创作的最高峰。书中主人公韦小宝这个名字，在华语世界可谓家喻户晓。

金庸武侠的巅峰之作
——《鹿鼎记》

背景搜索

金庸，是香港著名报人查良镛的笔名。读国际法的他本来想当律师，也曾求职于中华人民共和国外交部，但没有成功，最后踏上了一条记者之路。但真正在华人世界给他带来巨大声誉的却是其业余时间创作的 14 部武侠小说。

在东吴大学读书时他就在《大公报》兼职，进入社会后，《大公报》记者成了他的第一个身份，后来虽也拍过电影，一部《王老虎抢亲》至今脍炙人口，但一场无奈的爱情最终使他回到报纸。他创办了《明报》。当初拼凑的八万资本，今天已经演化成十多亿资产的明报集团。《明报》是在知识分子中流行最广的报纸，特别是金庸的社论，还受到了各国政要的关注。

1955 年，金庸技痒，涉足“武林”，从此欲罢不能，一直到 20 世纪 70 年代才退出“江湖”。他总共写了 14 部小说，按年代顺序，依次是：《书剑恩仇录》、《碧血剑》、《雪山飞狐》、《射雕英雄传》、《神雕侠侣》、《飞狐外传》、《白马啸西风》、《鸳鸯刀》、《连城诀》、《倚天屠龙记》、《天龙八部》、《侠客行》、《笑傲江湖》、《鹿鼎记》。这些小说都是在业余时间创作的，很多都是晚上 12 点以后写的。因为白天要忙于报社行政事务和写作社论。但这些业余创作为他赢得了“武林至尊”的称号，大家都喜欢称他“金大侠”。

金庸对自己的武侠小说也是钟爱的，他曾将自己14部作品的首字连成一副对联：飞雪连天射白鹿，笑书神侠倚碧鸳。

《鹿鼎记》写完后，金庸决定封笔，因为他不愿在成功的边缘徘徊。

内容精要

《鹿鼎记》可以说是武侠小说的异数。主人公韦小宝是生长在扬州妓院里的一个小顽童，因为一次偶然机会救了江湖好汉茅十八的性命。后来，韦小宝跟着茅十八进京看热闹，却莫名其妙地被太监捉进宫，然后冒充了照顾海大富的小桂子，并与小皇帝康熙成为好朋友。

《塞宴四事图·布库》，清代宫廷画家绘。康熙为除去鳌拜，特地挑选了一批可靠的侍卫一起练习布库，后来趁上朝之际擒拿了鳌拜。在《鹿鼎记》中，韦小宝就是练习布库的少年之一。

韦小宝因参与擒拿鳌拜有功被升为首领太监，并在海大富死后，成为了尚膳监总管。

在康王府审讯鳌拜的时候，正碰上天地会来袭。韦小宝趁乱杀了鳌拜，但自己也被天地会给掳走。在天地会驻地，韦小宝因为杀鳌拜，被天地会总舵主陈近南收为徒弟，成为天地会青木堂香主。这一年他才13岁。

天地会是陈近南奉郑成功之命创办的一个反清复明的帮会组织。陈近南是台湾郑成功手下大将。

韦小宝虽做了天地会青木堂香主，但仍被派回宫中做卧底。

《续七侠五义插图》，上海大成书局石印本。《七侠五义》等中国古典侠义小说对金庸的影响很大，金庸正是在这些小说的基础上开辟了一个神奇的武侠世界。

之前，海大富调查到董鄂妃是被太后害死的真相后与太后摊牌时，被太后打死，正好被韦小宝看见。当时太后就想杀韦小宝灭口，终因伤重暂时隐忍。太后伤好了以后，又想杀韦小宝灭口。但她派来的御前侍卫副总管瑞栋被韦小宝用计给杀了。韦小宝还和前明宫女陶红英联手刺伤太后，夺取太后处数本《四十二章经》。

从陶红英处，韦小宝知道了《四十二章经》的秘密。原来此书关系满清龙脉，并指示了藏有大量财宝的地点。

韦小宝准备逃出宫去，但不放心康熙，便把太后的事告诉了康熙。康熙知道了他是假冒太监，便任命他做御前侍卫副总管，不再做太监，并派他去五台山探父。

在赴五台山的途中，韦小宝又遇到了因《明史》一案受害又被救的庄家三少奶奶等人，三少奶奶送给韦小宝一个丫环双儿。但与韦小宝同行的沐剑屏和方怡却被神龙教掳走。神龙教是盘踞蛇岛的一个邪教组织。

在五台山，韦小宝遇到了西藏喇嘛企图劫持已经出家的顺治皇帝的叛乱事件。韦小宝

《康熙便服半身像》，清宫廷画家绘。在这部《鹿鼎记》中，有虚构人物也有历史人物，康熙便是其中仅次于韦小宝的二号男主人公。

在双儿和少林寺和尚的帮助下，平息了这一风波，保护了老皇爷。

在回京途中，神龙教利用被俘的方怡，把韦小宝诱上了蛇岛。

神龙教主洪安通，武功极高。洪夫人苏荃是一个非常美丽的女人。两人猜忌创教时的老兄弟，大力扶植年轻教众。在神龙教的一场内乱中，韦小宝又机缘巧合地成为了神龙教的白龙使，并得教主和夫人各授“英雄三招”和“美人三招”的武功。他被派回北京偷盗《四十二章经》。

回到北京，结识了康熙的妹妹建宁公主，一个极具野性的女孩。在和建宁公主的玩闹中，发现太后竟是神龙教的属下，地位比韦小宝还要低。

康熙担心父亲身边没有人照料，派韦小宝去假装出家，侍候老皇爷。为了寻求少林寺的支持，韦小宝先被派往少林寺出家。

在少林寺，韦小宝认识了美少女阿珂，把少林寺弄得鸡飞狗跳。

在少林寺住了半年多，康熙册封韦小宝为“辅国奉圣禅师”，出任五台山清凉寺主持。在清凉寺，韦小宝又一次挫败喇嘛们绑架老皇爷的阴谋，救了老皇爷。但在掩护来五台山探父的康熙皇帝时，被刺客白衣尼掳走。

这白衣尼九难原来是明朝末帝崇祯的长公主。韦小宝花言巧语地又做了她的徒弟。

更让韦小宝心花怒放的是，上次少林寺碰到的那个阿珂原来也是九难的徒弟。在寻访另一徒弟阿琪的途中，九难一行遇到了台湾郑经的二公子郑克爽。他拼命追求阿珂，阿珂也对他有意。

在一次危难中，九难把她手中的一份《四十二章经》地图交给韦小宝保存。

九难为了寻找剩下的几部经书，带着韦小宝和阿珂重回北京城。韦小宝得以再次入宫。韦小宝向康熙揭发了假太后，救出了真太后。康熙又派他送建宁公主去云南嫁给吴三桂的儿子吴应熊。

在云南，韦小宝和吴三桂发生冲突，俘获了蒙古派赴昆明的使臣罕帖摩。韦小宝把吴应熊带到北京。

韦小宝还得到了吴三桂手上的一部《四十二章经》，至此八本经书全部集齐。双儿帮他拼接出全图。原来宝藏在东北的鹿鼎山。

康熙又派他带施琅到蛇岛去剿灭神龙教。在炮火的轰击下，神龙教灰飞烟灭，但逃出来的洪教主及神龙教高层却俘获了韦小宝和双儿。

韦小宝和双儿逃出来，结识了沙俄的苏菲亚公主，并随其到了莫斯科。在莫斯科韦小宝利用听来的评书故事，帮苏菲亚夺取了俄国政权。苏菲亚以大小沙皇之名封韦小宝为俄国管领东方鞑靼地方的伯爵。

韦小宝带着俄国使臣回到了北京。为了平三藩，笼络汉人，康熙派韦小宝去扬州修史可法祠堂，免去当地赋税。

在路上，韦小宝大收各地官员贿赂，还将王屋派纳入天地会青木堂。

在扬州，韦小宝探望了母亲，还在妓院和洪夫人、阿珂等女发生了关系。但回到北京后，他的天地会香主身份被叛徒揭发。他带着建宁公主出逃。在一个荒岛上，他和洪夫人等七女成婚，并有了三个孩子。

郑克爽暗杀了陈近南，做了台湾之主，不久为施琅攻破。吴三桂之乱也为韦小宝所举荐的将领平息。康熙原谅了韦小宝，封韦小宝为鹿鼎公，抚远大将军，远征沙俄。

韦小宝大败俄军，收回失地，签订了《尼布楚条约》。

回京后，面对皇帝和天地会的矛盾，韦小宝带领众妻归隐。

全书50回，一百多万字，描写了183人，语言幽默，气势磅礴。

妙语佳句

· 诗词做得好，不过是小才子。有见识、有担当，方是大才子。

· 天下倘若没这些糟男人、糟皇帝，美人再美，也害不了国家。

类型	成书时间	推荐理由
历史论著	1976 年	《万历十五年》打破了学术与通俗的分界，以小见大，为中国历史的研究和写作开辟了一块新的天地。

特立独行的历史著作

——《万历十五年》

背景搜索

黄仁宇，1918年生于湖南长沙。父亲是中国革命初期同盟会会员、孙中山的战友黄震白。

1935年，黄仁宇先考入天津南开大学，念电机工程专业。后来他放弃学业，在长沙《抗战日报》做编辑访问工作。《抗战日报》的社长是田汉，总编辑是廖沫沙。黄仁宇后投笔从戎，直接参加抗战。抗战胜利后，黄仁宇随军由上海飞到东北，任第三方面军及东北保安司令长官司令部少校参谋。1946年参加全国考试后，被选派到美国雷温乌兹要塞陆军参谋大学深造，1947年由美国陆军参谋大学毕业，回国任国防部参谋。后来又到日本参加中国驻日代表团。1950年以中国驻日代表团少校团员的身份退伍。1952年，再度赴美于密西根大学攻读历史学。那一年黄仁宇34岁。他把半生的事业成就全部放弃，重新和年轻的学生们生活在一起，半工半读，发愤攻读，先后获学士、硕士、博士学位，前后一共12年。

他毕业后相继在南伊利诺大学和纽约州立大学任教，又曾任哥伦比亚大学访问副教授及哈佛大学东亚研究所研究员。黄仁宇虽然到中年才开始治史，但十分用功，著述颇丰。其中影响最大的就是《万历十五年》。

内容精要

万历十五年，即公元1587年。这一年，在西欧历史上为西班牙舰队全部出动侵英的前一年。这一年，在中国历史上，用黄仁宇的说法就是“实在是平平淡淡的一年”。

为什么选择这一年做横截面来观察？这也是黄仁宇与众不同的地方。一般大家对中国现代化的探讨都在于中西碰撞的过程，而黄仁宇一开始就将历史的基点向后挪移了三五百年，从这里来寻求中国社会发展的秘密。《万历十五年》是为了了解“中国大历史”，是进一步谈论“资本主义与21世纪”的一个断代的切入点，可以说他的一系列著作构成了一个思考的整体，其最初的立足点实际是他那部扎实的博士论文《16世纪明代之财政与税收》。

他选择了万历十五年作为横截面，然后又精选了一些人物来做解剖。万历皇帝、张居正、申时行、海瑞、戚继光、李贽只是了解16世纪中国社会体制的一个个切入点。这些人物构成了这本书的基本框架，也构成了这本书的章节。

他考察的第一个人物就是当时中华帝国的第一号人物——万历皇帝朱翊钧。这一年他虽然还是一个24岁的青年，但已经做了15年皇帝了，有一系列的礼仪制度束缚着他。

万历少年登基，和母亲慈孝皇太后感情很深。除了太后，他需要尊敬的还有首辅张居正和“大伴”冯保。张冯的结合对今后的政治形势产生了相当深远的影响。张居正还兼管着万历的教育事务。

张居正是古代杰出的政治家，在他的治理下，万历朝的第一个十年欣欣向荣，北方的“虏患”和南边的“倭患”都被平定，国家府库大为充实。

张居正十年新政，其重点在于改变文官机构的作风，提高行政效率。他所带来的空前压力使全部文官终生难忘。他还干涉万历的私人生活，限制皇帝的花费。张居正死后被清算，“大伴”冯保被逐出京。万历实际掌握了政府权力，但不久他发现自主之权还是受到很多的约束，即使贵为天子，也不过是一种制度所需要的产物。

万历和郑贵妃由于共同的读书兴趣而真心相爱。万历想废

明代抗击日本倭寇名将戚继光。

长立幼，立郑妃的儿子为太子，但为文官集团所不允许。于是他消极怠工，20年不理朝政。

由于成宪不可更改，一个年轻皇帝没能把自己的创造能力在政治生活中充分使用，他的个性也无从发挥，成了一个“活着的老祖宗”。

万历十五年的首辅是申时行，申接受张居正的教训，下定决心当和事佬，除非把全部文官罢免，代之以不同的组织和不同的原则，否则身为首辅只能和文官合作。他还停止了张居正的考成法。虽然谦虚抑让，申还是巧妙地起用潘季驯治河，潘治理黄河成绩卓著。他以温和的态度和万历建立亲切的信任关系，并利用这个关系使皇帝的举动接近文官集团的期望。

海瑞是一个古怪的模范官僚。他充分重视法律的作用并且执法不阿，但作为一个在圣经贤传培养下成长的文官，他又始终重视伦理道德的指导作用。他的一生体现了一个有教养的读书人服务于公众而牺牲自我的精神，但这种精神的实际作用却至为微薄。

一代名将戚继光，他试图改革武备的努力遇到了文官集团的阻碍。由于和张居正的密切关系，被免职。万历十五年的年底，他在贫病交加中死去。

哲学家李贽在万历十五年的后一年剃度，开始自己的精神追求。对于同时代的人，他推崇张居正，倾倒于戚继光。对于海瑞，他认为过于拘泥于传统道德，只是“万古青草”。张居正是政治家，李贽是哲学家，他们同样追求自由，有志于改革和创造，又同样为时代所扼止。

万历十五年，表面上似乎四海升平，无事可记，实际上帝国已经走到了发展的尽头。万历的年鉴，是历史上一部失败的总记录。

张居正的身后荣辱实在与他个人的品格和皇帝的成人等因素有关；作为理想主义者的海瑞无视社会现实而推行的激进改革，往往可能导致教条主义的无人理解的结果。更为重要的是，黄先生是要通过发生在万历十五年的这些貌似微不足道的事情，通过这一个个个人的例子，揭破中国社会的结构，把握16世纪的中国的历史走向。

妙语佳句

·文武百官看到端门午门之前气氛平静，城楼上下也无朝会的迹象，既无几案，站队点名的御史和御前侍卫“大汉将军”也不见踪影，不免心中揣测，互相询问：所谓午朝是否讹传？

·惊魂既定，这空穴来风的午朝事件不免成为交谈议论的话题：这谣传从何而来，全体官员数以千计而均受骗上当，实在令人大惑不解。

类型	成书时间	推荐理由
艺术论著	1981年	《美的历程》把数千年的文艺、美学纳入时代精神的框架内，揭示了众多美学现象的历史积淀和心理积淀，具有浑厚的整体感与深刻的历史感。

带你进入美的殿堂
——《美的历程》

背景搜索

李泽厚教授，著名哲学家，湖南长沙人，生于1930年，1954年毕业于北京大学哲学系。1955年在中国社会科学院工作，1979年提升为中国社会科学院哲学研究所研究员，1980年当选为中华全国美学会副会长，1981年至1991年获聘为国务院学位委员会哲学评议组成员，1988年当选为巴黎国际哲学院院士。1992年至1993年被邀任德国图宾根大学、美国密西根大学、威斯康辛大学客座教授。1998年更获美国科罗拉多学院颁发的荣誉人文学博士学位。

李泽厚年少成名，当他还是个二十几岁的青年的时候，就参加了当时全国性的美学问题论战，以其重实践、尚“人化”的“客观性与社会性相统一”的美学观，脱颖而出，卓成一家，奠定了其在中国美学界的重要地位。进入新时期之后，他不断拓展和深化学术探索，在美学、哲学和思想史研究诸方面，迭出新作，对美学、哲学、文学和文化诸领域都产生了较大的影响，直接或间接地引发了新时期的美学、文学理论的更新与突破，其人其作已成为当代中国思想文化界引人瞩目的现象之一。1981年成书的《美的历程》即是其在新时期的重要著作。

内容精要

《美的历程》是一部小书，篇幅不过十几万字；《美的历程》又是一部大书，它考察了从远古图腾到明清绘画数千年华夏民族的艺术发展历程，读之使人神驰千年，遨游于历史的长河中，不断领略一个又一个时代的艺术精神，捕捉到华夏民族美的足迹。

《美的历程》全书按历史时期分为10个部分。

一、龙飞凤舞

远古时期的审美与艺术并未独立或分化，它们潜藏在种种原始巫术礼仪等图腾活动中。龙是中国西部、南部部落联盟的图腾旗帜，而凤成为中国东方集团的另一图腾符号。它们正是审美意识和艺术创作的萌芽。而原始歌舞正是龙凤图腾的演习形式，是巫术礼仪的活动状态。

新石器时代的陶器的几何纹样是由对动物形象的写实而逐步抽象化、符号化的，这正是一个从内容到形式的积淀过程，也是美作为“有意味的形式”的原始形成过程。

二、青铜饕餮

自夏代起，具有浓厚宗教性质的巫术文化开始了。此时的青铜器纹饰体现了早期宗法制社会的统治者的威严。饕餮纹，一种凶狠可怖的兽面纹，呈现一种神秘的威力和狞厉的美，正好可以作为那个充满战争、屠杀的时代的标准符号。它一方面是恐怖的化身，另一方面又是保护的神祇。以饕餮为代表的青铜器纹饰具有肯定自身、保护社会，“协上下”、“承天体”的祯祥意义。

三、先秦理性精神

先秦百家争鸣中贯穿的一个总倾向就是理性主义，主要表现为以孔子为代表的儒家学说，而以庄子为代表的道家则作为对立面和补充。儒家强调艺术的人工制作和外在功利，道家提倡自然即美与艺术的独立，二者刚好互相补充。

《诗经》中的民歌和氏族贵族们的某些咏叹，奠定了中国诗的基础，形成了以抒情为主的基本美学特征，其中赋比兴的原则影响久远，而比、兴正是使主体情感与想象、理解相结合而得到客观化的途径。先秦散文在某种意义上体现了赋的原则，但仍然是情感与理解、想象等多种因素和心理功能的交融。

四、楚汉浪漫主义

当理性主义在北中国取得优势的时候，南中国仍保持和发展着绚烂的远古传统。这一文化传统在两汉得到继承，原始图腾、儒家教义和谶纬迷信在两汉交织共存，仍然是一个想象混沌丰富、情感热烈粗豪的世界。汉代艺术通过神话跟历史、现实和神、人与兽同台演出的丰满的形象画面，展示了一个琳琅满目的世界。楚汉浪漫主义是继先秦理性精神之后中国古代又一伟大艺术传统，它是主宰两汉艺术的美学思潮。

东晋风流名士王羲之。

五、魏晋风度

魏晋时期门阀士族阶级占据了历史舞台的中心，他们的世界观人生观形成新思潮，其特征就是人的觉醒。对生死存亡的哀伤，对人生短促的感叹成为时代的典型音调，而核心则是怀疑论哲学思潮下对人生的执著。书法这种把线条的艺术高度集中化纯粹化的艺术也是由魏晋开始的。外表轻视世事，洒脱不凡，内心却因更强烈地执著于人生而非常痛苦，这构成了魏晋风度内在的深刻的一面。陶潜和阮籍分别创造了两种艺术境界，一是超然世外，冲淡平和；一是忧愤无端，慷慨任气。他们以深刻的形态表现了魏晋风度。

六、佛陀世容

本章内容是从南北朝到宋朝的佛教艺术。南北朝时期国家长期分裂、战祸连绵，现实中充斥着苦难，北魏的石窟壁画也多割肉饲虎的内容，沉重阴郁的故事表现出煽动人们皈依天国的巨大情感力量。隋唐的统一和安定形成另一种美的典型，唐代雕塑更多人情味和亲切感，形象更具体化、世俗化，壁画中极乐世界的佛国景象取代了残酷悲惨的场景，在这个时期，以对欢乐和幸福的幻想来取得心灵的满足和神的恩宠。中唐至宋，壁画开始真正走向现实：欢歌在今日，人世即天堂。人世的生活战胜了天国的信仰，艺术的形象超过了宗教的教义。宋代的雕塑，完全是世俗的神，即神的形象。总之，在宗教艺术中，随着时代和社会的变异，有各种不同的审美标准和审美理想。

七、盛唐之音

唐代世俗地主阶级的势力在上升和扩大，南北文化交流融合。一种丰满的具有青春活力的热情与想象，渗透在盛唐文艺中。诗歌由于时代的变迁而走向青春少年的清新歌唱：从刘希夷、张若虚到“四杰”，到陈子昂，直到盛唐的李白，痛快淋漓，天才辈出，盛唐艺术奏出了最强音。以张旭、怀素为代表的草书和狂草与李白的诗歌共同体现出盛唐风貌。

八、韵外之致

中唐以来，世俗地主逐渐取代门阀贵族，这一社会变化经由赵宋而确定下来，也正是在这一时期，真正展开文艺的灿烂图景，诗、书、画各艺术部门取得高度成就，风格繁多，个性突出。在美学理论上，对韵味、意境、情趣的讲究，成了美学的中心。

九、宋元山水意境

绘画艺术尤其是山水画的高峰在宋元。北宋时期形成整个中国画的美学特色：不满足于追求事物的外在形似，而要表达出内在精神，这要建立在对对象真实而又概括的观察和把握的基础上。这是无我之境：情感思想不直接外露，而是通过纯客观地描写对象而传达出来。从北宋过渡到南宋，无我之境逐渐在向有我之境推移，南宋时对细节逼真写实的追求和对诗意的提倡都达到顶峰，二者相得益彰。而在元代的社会氛围和文人心理的条件下，形似与写实便被主观意志压倒，自然景物不过是通过笔墨借以表达主观心意罢了。

十、明清文艺思潮

以小说戏曲为代表的明清文艺描绘的是世俗人情，是近代市井图画。这一时期的话本小说，具有生命活力和新生意识，反映对个人命运的关注，是对正统儒学的侵袭破坏。还有戏曲、木刻等，共同构成了明中叶以来的文艺的真正基础。以此为基础，在上层士大夫那里出现了与正统古典主义相对抗的浪漫主义文艺洪流。这一思潮在清初出现了倒退性的严重变异，市民文艺突然萎缩，上层浪漫主义变为感伤文学。从《桃花扇》到《红楼梦》，渗透了浓厚的人生空幻感，并走向批判现实主义的道路。这时期的绘画同样经历了从市民特色和浪漫思潮到感伤，到对抗揭露的过程。它们共同反射出封建末世的声响。

妙语佳话

·也许，“蛇”被添上了翅膀飞了起来，成为“龙”，“凤”大体无所改变，就是这个缘故？也许，由于“凤”所包含代表的氏族部落大得多，为“龙”所吃不掉，所以它虽从属于“龙”，却仍保持自己相对独立的性质和地位，从而它的图腾也就被独立地保存和延续下来，直到殷商及以后，直到战国楚帛画中仍有在“凤”的神圣图像下祈祷着的生灵。

类型	成书时间	推荐理由
小说	1986年	被誉为“审父杰作”的《活动变人形》是中国当代“家族文学”的开山扛鼎之作，也给当代中国“寻根文学”提供了宝贵的启示。

深入人性的现代派小说
——《活动变人形》

背景搜索

王蒙，当代作家，河北南皮人，生于北平。他上中学时参加中共领导的城市地下工作，1948年加入中国共产党，1950年从事青年团的工作。1953年创作长篇小说《青春万岁》。1956年发表短篇小说《组织部新来的年轻人》，由此被错划为右派。1958年后在京郊劳动改造。1962年调北京师范学院任教。1963年起赴新疆生活、工作了十多年。1978年调北京市作协工作，后任《人民文学》主编、中国作协副主席、中共中央委员、文化部长等职。这时期著有长篇小说《活动变人形》、《季节四部曲》（《恋爱的季节》、《踌躇的季节》、《失态的季节》、《狂欢的季节》）及其他作品。有多篇小说和报告文学获奖。作品被译成英、俄、日等多种文字在国外出版。王蒙的作品反映了中国人民在前进道路上的坎坷历程，他也由初期的热情、纯真趋于后来的清醒、冷峻，而且乐观向上、激情充沛，并在创作中进行不倦的探索和创新，成为新时期文坛上创作成果最为丰硕也最有活力的作家之一。

王蒙在他将近半个世纪的文学生涯里，创作了小说、文学研究与评论、诗歌散文等近

1000万字。他获得的中国文学奖数不胜数，还获得日本创作学会和平文化奖和意大利蒙德罗国际文学奖，并担任约旦作家协会荣誉会员。

内容精要

辛亥革命爆发前三个月，倪吾诚出生在河北的穷乡僻壤——孟官屯之中。他家是当地首富，祖父参加过“公车上书”，维新失败后上吊自杀。倪吾诚长到十几岁，思想行为继承了祖父的偏激，母亲企图用抽大烟和娶媳妇的办法来挽救他。尽管倪吾诚使尽了浑身解数来反抗，但婚姻的枷锁最终还是套在了他的脖子上。女方静宜是乡下地主的女儿，和寡母姜赵氏及也是寡居的姐姐静珍住在一起。

婚后不久，倪吾诚的母亲亡故，他变卖了家产，坚持要出洋，在静宜家的帮助下，终于如愿以偿。

旅欧两年的倪吾诚回来后，在北平的一家大学任教。倪吾诚本身是位并无多少能力的知识分子，在西方他或许能较轻易地谋一个饭碗，然而在20世纪40年代之中国，光有一些洋理想、洋知识是万万不能做成什么的。他到处借钱，仅为了一解馋瘾，为了给子女们买份礼物。他是深爱妻儿的，但又见他们生活在“愚昧”、“落后”中而不自觉，便觉可惜，便觉可恨，而他，其实又无能力真正让他们过上好日子。

倪吾诚喜欢酒肉，喜欢舞会，喜欢洗澡，喜欢西方文明，在他眼中，沾上“洋”字的便是好的。他也曾试图给子女们一些“洋”知识。教女儿挺起胸走路，带儿子上澡堂，给他们买玩具——活动变人形。可惜，这一切遭家人群起而攻之，故收效甚微。

倪吾诚一身洋气，以文明人士自居，追求爱情，追求生活质量，并企图以此改造妻子。然而静宜要的不是当狐狸精，要的是生孩子，要的是省钱买煤球而不是没有用的玩具“活动变人形”。争论一直贯穿于他们的全部生活，尤其是静宜乡下的母亲和姐姐也来北平和他们同居后，三个女人组成了反对倪吾诚的统一战线，家里成了一个随时可以爆炸的火药桶。

倪吾诚几天不回家，静宜恨得咬牙切齿，以为他在外面嫖妓。而实际上他只是受不了家里的气氛，就在外面游荡请客，大谈自己的抱负，和学生探讨中国的前途。回家后冷战依然不断，他给了静宜一枚用来领工资的图章，母女三人与他立刻化干戈为玉帛。

静宜郑重其事地去学校领工资，却发现倪吾诚早就把工资领去了。她暴跳如雷，回家后与母亲姐姐共同算计丈夫，偷走了他兜里的钱，又扣了他一身绿豆汤，倪吾诚狼狈逃窜。

上海街头小吃摊。

静珍18岁结婚，19岁守寡。她还在如花似玉的年纪就失去了男人的“温存”，造成一种变态的心理；她对妹夫进行抨击的同时，也旁敲侧击地挑拨家庭关系；她没有子嗣，却很爱自己的侄儿侄女；受过一定的文化教育，会配合气氛地念“鼓儿词”。她每天都要疯狂地虐待自己，以压抑那颗躁动的心，就连发情的猫都让她恨得牙痒痒。她抽烟、喝酒、做饭，以打发漫长的时光。每天早晨她都要费尽周折地洗脸擦粉、上胭脂，对镜自怜。与倪吾诚的斗争让她有了营生。

倪萍是静宜的大女儿，才9岁，过早地懂事了。家中三个妇女对爸爸的恶毒诅咒每每让她胆战心惊。

一天，倪吾诚酒醉后在雨中跳墙回家，差一点命丧九泉。静宜的照顾又让他感到了人间的一点温情，然而学校将他开除了，他不知道这是妻子糟蹋他的结果。倪吾诚和静宜的和好让岳母和静珍有些失落，甚至不满，她俩不知道如何排遣这种没有斗争的日子。

在妻子怀第三个孩子的时候他想到离婚，引来同乡好友的一致谴责，于是他远逃他乡。之后又去过解放区，解放后终于离婚，然而再婚并未给他带来幸福。在一次次的运动中，他热情地赞美领袖的英明，一如小丑般地慷慨激昂，倒也少了皮肉之苦。他晚年十分寂寞，子女皆以与他交谈为一大累事。

妙语佳句

· 与其一刀杀死一个人，与其用自己下地狱的代价换取共同下地狱，不如干脆救下一个能救的人。

类型	成书时间	推荐理由
小说	1988年	《平凡的世界》被誉为“第一部全景式描写中国当代城乡生活的长篇小说”。它具有强烈的平民意识和抗争意识，是一部现实主义的巨著。

小说化的家族史
——《平凡的世界》

背景搜索

《平凡的世界》是当代作家路遥（已逝）的长篇小说。

路遥，生于1949年，陕西清涧县人。其作品《人生》获第二届全国优秀中篇小说奖，并被拍成电影。代表作长篇小说《平凡的世界》获第三届茅盾文学奖。

路遥历任陕西省作协副主席、主席。

1992年11月17日，路遥因患肝硬化不幸英年早逝。

路遥这样说起自己的创作心得：“由于现代生产力的发展，又由于社会经历了持久广泛的大动荡，城市与城市，农村与农村，地区与地区，行业与行业，尤其是城市与农村之间的相互交往日渐广泛，加之全社会文化水平的提高，尤其是农村的初级教育的普及以及由于大量初、高中毕业生插队或返乡加入农民的行列，使得城乡之间在各个方面相互渗透的现象非常普遍。这样，随着城市和农村本身的变化和发展，城市生活对农村生活的冲击，农村生活对城市生活的影响，农村生活城市化的追求倾向，现代生活方式和古老生活方式的冲突，文明与落后，新的思想意识和传统观念的冲突等等，构成了当代生活的一些极其重要的内容。这一切矛盾在我们社会的政治、经济、文化、思想意识、道德观念等方面都表现出来，是那么突出和复杂，可以说是立体交叉桥上的立体交叉桥。”

内容精要

1975年的黄土高原，到处还是一片贫瘠景象。

原西县高一（1）班的农村学生孙少平，常常咀嚼着贫困带给自己的自卑和痛苦。

由于同病相怜，少平和班上最贫穷的女生郝红梅的关系密切起来，但不久，红梅疏远了少平，原来她被父母都是高级知识分子的班长顾养民吸引住了。少平的好友金波带人狠狠揍了顾养民一顿。

两年的高中生活转瞬即逝。

少平凭着自己的顽强和勤奋，获得了大家的尊重。在这段时间里，他最重要的收获是认识了县革委会副主任田福军的女儿田晓霞。

高中毕业后，少平和村大队书记田福堂的儿子润生一起成为了双水村学校的民办教师。

这时的少平，思想深处既摆脱不了农村风俗的影响，又不愿受农村风俗的局限，铸成了一种混合型的精神气质。这与他的大哥孙少安形成了强烈反差。

少安13岁时辍学，开始自己的农民生涯。由于他的精明强干和不怕吃苦的精神，少安18岁时已被本队社员推选为队长。他也的确处处为社员着想，如借口划分猪饲料地，为社员扩大了自留地，结果却被当做“走资本主义道路”的黑典型遭到批判。

1978年初，少安还尝试着想进行承包责任制的改革，但又被县委严厉制止了。

少安的爱情生活是既痛苦而又幸运的。他与田福堂的女儿润叶青梅竹马，感情很好。但地位的悬殊使少安最终选择了山西农村姑

当代著名作家路遥写出鸿篇巨作《平凡的世界》。

娘贺秀莲。润叶听到少安结婚的消息，伤心欲绝，嫁给了她并不喜欢的李向前。

时间大踏步地迈进20世纪80年代，生产责任制的浪潮大规模地席卷了整个黄土高原。在这个中国社会发生翻天覆地的变化的时候，孙少平却陷入了极大的苦恼之中。3年的教师生涯结束了，他不得不回家当了农民。

但他所受到的文化教育已使他不可能做个安分守己的农民了。双水村之外的世界那么强烈地诱惑着他，这个22岁的年轻人终于背离了农民安土重迁的古训，到黄原城闯天下去了。

等待少平的生活是艰苦而沉重的。少平除了教书，不会做什么工匠活。他只能像大多数流落异地的农民一样，在各种建筑工地上做小工，扛石头、提泥包、钻炮眼……

一天下午，少平在电影院门口邂逅了田晓霞，并且与其相恋。

当这对年轻人沉醉在爱情的甜蜜中时，田润叶与李向前的关系也发生了令人心酸的转机。

润叶虽然嫁给了向前，但从不让向前摸她碰她，向前成了名义上的丈夫。向前疯狂地爱着润叶，但用尽心机也讨不了她的欢心，只好天天借酒浇愁，终于有一天他酒后开车，翻到沟里砸断了双腿。向前痛不欲生。

润叶主动回到了他身边，坚定了他活下去的信心，并与向前真正地成了夫妻。在润叶的帮助下，向前开了家李记修鞋铺，重新领略着人生的意义。

润生的爱情更加奇特。他开车经过原西县附近的一个村庄时，猛然发现那个卖羊肉水饺的年轻妇女是郝红梅。

红梅在高中毕业时因贫穷偷拿了商店的手帕，这使一向讲究道德的顾家长辈非常恼火，他们逼着养民与红梅断绝了往来。

红梅后来嫁给了一位农村小学教员，没想到在一次意外事故中那位教员死掉了。红梅当时刚生下孩子不久，从此孤儿寡母艰难度日。好心肠的润生于是经常送煤送面帮助红梅，日久生情，他们最终结合了。

为了谋生和结束流浪生活，少平决定去大牙湾煤矿当工人。在这里，他和师傅王世才一家相处得很好，王世才妻子惠英的善良和儿子明明的淘气总让少平有到家的感觉。

不久，田晓霞在抗洪第一线为抢救群众的生命英勇牺牲了。师傅王世才为救徒弟安锁子，也被钢梁夺去了生命。

孙少平几乎被这巨大的悲痛压垮了。这时惠英给了他无尽的关怀和照顾。两个苦命人的心悄悄贴近了。

如果说少平是带着一种悲壮的激情，不断地选择苦难来加深对生活的认识，从而在精神境界上超越了小农意识的话，少安则更多地体现了农民的特性。

农村实行承包责任制以来，少安夫妇日出而作，日入而息，生活得既紧张又踏实。后来少安的同学刘根民（石圪节公社副主任）介绍少安帮工地拉砖。在拉砖的过程中，少安看到了砖瓦的紧缺，就自己开了砖窑，赚了不少钱。创业中间虽因被骗受过重创，但事业终于红红火火地发展起来了。

少安的妻子秀莲这时却患上了肺癌，生活中还有无尽的酸甜苦辣等待着这位农民企业家去品尝。

少安、少平两兄弟用不同的方式进行着对人生的探索，在这个平凡世界中，他们是真正的大地之子。

妙语佳句

·哈呀，他没想到他女儿看起来腼腼腆腆，心胆倒挺大！哼，她凭什么能看上个孙少安？而且还敢在光天化日下坐在村外面谈恋爱哩！他现在才知道，润叶这几次回家来，慌慌乱乱，心神不定，动不动就跑出去了——原来她这都是为了孙玉厚那个大小子啊！